REINALDO MORAES
TANTO FAZ
& ABACAXI

NOVAS EDIÇÕES, REVISTAS PELO AUTOR

MÁ COMPANHIA

Copyright © 2011 by Reinaldo Moraes

1ª edição de *Tanto faz*: Coleção Cantadas Literárias, Brasiliense, 1981
2ª edição de *Tanto faz*: Azougue Editorial, 2003
1ª edição de *Abacaxi*: Coleção Olho da Rua, L&PM Editores, 1985

Grafia atualizada segundo o Acordo Ortográfico da Língua Portuguesa de 1990, que entrou em vigor no Brasil em 2009.

Capa
Retina_78

Preparação
Ana Lima Cecílio

Revisão
Marise Leal
Luciane Helena Gomide

Os personagens e as situações desta obra são reais apenas no universo da ficção; não se referem a pessoas e fatos concretos, e sobre eles não emitem opinião.

Dados Internacionais de Catalogação na Publicação (CIP)
(Câmara Brasileira do Livro, SP, Brasil)

    Moraes, Reinaldo
    Tanto faz & Abacaxi / Reinaldo Moraes. — São Paulo : Companhia
das Letras, 2011.

    ISBN 978-85-359-1821-2

    1. Ficção brasileira I. Título.

11-00998   CDD-869.93

Índice para catálogo sistemático:
1. Ficção : Literatura brasileira 869.93

[2011]
Todos os direitos desta edição reservados à
EDITORA SCHWARCZ LTDA.
Rua Bandeira Paulista 702 cj. 32
04532-002 — São Paulo — SP
Telefone (11) 3707-3500
Fax (11) 3707-3501
www.companhiadasletras.com.br

TANTO FAZ

Este livro é dedicado a Gilberto
Felisberto Vasconcellos

Põe tudo! Põe tudo!
Beth C.

Grande-angular não tá com nada.
Zélia Vitória

1

Chega no studiô e cai matando numa cerveja gelada. Arroto formidável de barítono, que lhe evoca os sabores distantes do jantar. Janela escancarada para o verão. Abafamento. Madrugada.

Tira a camisa. Acende uma bagana em boas condições de uso. Entre os cotovelos apoiados na mesa, a máquina de escrever. Pita calmamente, queixo escorado nas mãos, olhar escapando pela janela. Lembra da caminhada de fim de tarde à beira do Sena. Pescadores, turistas, namorados. Num ponto menos movimentado do cais, sacou a mandioca e deu uma reluzente mijada. Reparou que seu pau, muito do sem-vergonha, aproveitava pra dar uma crescidinha na sua mão. Muita água sempre lhe dera tesão. O mar, por exemplo, já fora batizado várias vezes com sua gala. Das melhores trepadas da sua vida tinha sido com Flora no mar da Ilhabela. O calor da água, o rebolado das vagas, a leveza dos corpos, o gozo sob o sol.

Escreve num esguicho: água tarde mulher. Recosta na cadeira. A baganinha moribunda lhe queima os dedos. Último tapa, longo, tosse violenta.

Matutando. A cidade está fora do meu quarto, mas eu estou dentro da cidade. Dentro e fora. A hierarquia sensível da realidade é a seguinte: primeiro meu quarto, depois a cidade lá fora. Aí vêm o país e o mundo. O país e o mundo são notícias impressas no jornal intacto jogado no chão. Um gole descuidado de cerveja faz um fio gelado lhe escorrer pelo canto da boca e pingar em seu peito peludo. Corrige-se: primeiro meu corpo. Depois o quarto, a cidade, o país, o mundo.

Tudo isso escrito, vai cagar. Passa a mão num livro qualquer pra lhe fazer companhia na privada. Calhou de ser poesia. Abre ao léu e topa com um poema que começa assim: todo anjo é terrível.

Todo anjo é terrível. Uns meses antes da viagem, pichara esse verso num muro cor-de-rosa recém-pintado da rua Artur de Azevedo. Sônia no carro, ansiosa, controlando a rua pra ver se não pintava polícia. Ricardo espreiando o verso com letras caprichosas. TODO ANJO É TERRÍVEL. Depois foram pichar no muro do cemitério da Cardeal Arcoverde. Sônia lascou: TESÃO VOZ UNE.

— Com z?! — gritou Ricardo do carro, coração disparado, pé cutucando o acelerador.

— Com z — respondeu uma Sônia sem saco pra minha aparente incompreensão acerca da incomensurável profundidade translinguística implícita naquele trocadilho juvenil.

Deram a volta no cemitério. Na rua dos fundos, Ricardo pichou: BEIJOS DEMORADOS NÃO PODEMOS MENTIR. Voltando pra casa, reviram a própria obra e a dos outros grafitistas nos muros do caminho. São Paulo virava um texto. O lírico, o sarro, o nonsense superavam o político. Passaram de novo pela esquina onde todo anjo continuava terrível. Ricardo sentiu que aquela molecagem diminuía um pouco a diferença de dez anos que o separava de Sônia.

No apê de Ricardo, fizeram um chá. Treparam. Dormiram.

Saindo da privada, bota um disco na vitrola. Dia claro. Se mira de corpo inteiro no espelho: trintanos pelados. An old beatle song. Half of what I say is meaningless, but I say it just to reach you, Julia... Ricardão peladão espichado na cama ador-mece. Seashell eyes, when you smile...

2

A cidade me excita todos os dias, como uma nova namorada.

3

Estou atrás da Sabine. Ela fala me olhando direto nos olhos, pegando na minha mão, diante do grande espelho que nos reflete. Escutando Caetano: they want to chase me, in the hot sun, of a Christmas day. But they won't find me, in the hot sun of a Christmas day. Ela se estende nas almofadas e fecha os olhos. O espelho não a reflete mais. Eu fumo devagar. Essa ruga na testa. Ela me disse há pouco: gosto dos homens que têm um coração inteligente. Estou triste e a fumaça azul acentua ainda mais minha tristeza. Blue. Na janela refletida no espelho a lua míngua. Vejo à minha frente a lua atrás de mim. Não sei bem por quê, mas apostaria que o primeiro filósofo foi também o primeiro cara a contemplar a si mesmo e ao mundo através de uma superfície reflexiva. Noite gelada de dezembro. Triste feliz. Feliztre. Tristeliz. A felicidade não é necessariamente alegre. Me acho bonito triste assim no espelho. Minhas mãos brancas, meus dedos longos. Meus olhos escuros atrás de duas mechas de cabelo que me cobrem parcialmente a testa como um cortinado duplo. Sabine cochila. No espelho, ele continua me seduzindo com esses olhos escuros. But to-day, but today, but today, I don't know why, I feel a little more blue than then. Minha barba negra, mais preta que meus cabelos. Meus cabelos compridos, como já não se usa mais. Babacool, como eles me chamam aqui. Pernas cruzadas à iogue. Meu nariz mais pra grande que médio. Um nariz reto, que sai bem decidido da testa alta, larga. I'm wandering round and round nowhere to go. Sabine acorda e diz que vai se deitar. Beija com vontade minha boca seca, me afaga os cabelos macios de xampu recente. Gosto demais das mãos dela nos meus cabelos. Go looking for flying saucers in the sky. Meu pescoço fino sai da gola rulê e logo some atrás da barba. Me olho demorado nos olhos. Olheiras suaves que deslizam oblíquas pela minha cara e somem num ponto indefinido. Estou triste. E feliz. Ela me pede, do topo da escada que liga a sala ao mezanino, que a acorde com carinhos quando entrar na cama. Respondo com um sorriso que conservo na cara para admirá-lo no espelho. Me espanto de ver que não há sorriso nenhum. Só uma ruga quase imperceptível num canto da boca. Flying saucers. Fabrico uma pose interrogativa, apoiando o queixo no punho, em pose de escritor pra foto de orelha de livro. Meus olhos escuros não me contam nada. O clek da vitrola é o sinal que me põe na rota do mezanino, onde me espera a cama quente e o corpo de Sabine, que sonha abraçada a um travesseiro.

4

Tem vez que Ricardo pega um livro e fica enrolando na cama até o sono chegar. Quando chega, se entrega a ele feito uma moça. Prazer de embarcar na trip do sono, curiosidade de saber o que vai passar no telão do sonho. De olhos fechados, todo mundo vira cineasta. I had a dream today, o boy...

Tarde de outono com chuva e garoa. Ricardo deixa as árvores do jardim de Luxemburgo morrendo em diversos tons de amarelo e vai se enfiar debaixo dos cobertores. Leva um romance pra cama, mas não chega nem a abrir a *Viagem ao fim da noite* — puxa logo a maior palha.

Meia hora depois, batem na porta. Ora, bate co'a cabeça, resmunga baixinho. Solta um já-vai! mal-humorado e se enfia depressa na calça Lee. Atropela um pentelho com o zíper, ai, porra!, e vai abrir a porta.

— Marisa, chérie! — exclama Ricardo quando vê a amiga.

— Chi, Ricardinho... Te acordei, né? Que cara de travesseiro...

— Bom... digamos que eu tava co'a cabeça em ondas curtas, mas, sendo você, tudo bem. Se fossem os portugas das testemunhas de Jeová de novo querendo me converter, como outro dia aí, eu saía logo na porrada. Mas tu és bem-vinda até nos meus sonhos, Marisoca — galanteia Ricardo, aplicando duas beijocas carinhosas na amiga.

— Tô saindo do cinema aí do lado, puta filme genial, francês, antigão, o *Les enfants du paradis*. Saca? Tem uma cena que o cara vai espiar a lua da janela do hotel e topa, na janela em frente, co'a mesma mulher que ele tinha cantado na rua, à tarde. O cara então abre um baita sorriso e diz pra ela: Paris é pequena para os que se amam como nós! Lindo, né?

— Pode crer, eu manjo esse filme. Realmente do caralho. Você já comeu?

— Não, nada. Eu bem que encarava um sandubinha agora. Ou até uma janta, viu. Tem comida aqui? — pergunta a recém-chegada, descrente.

Ricardo mete a mão na massa. Impressionante como as mulheres admiram a iniciativa culinária num cara solteiro. Antes, inaugura uma botelha de um tinto barato, servindo a amiga e a si, em bem pouco elegantes copos de requeijão, um deles ainda com pedaços do rótulo. Abre um armário embutido onde se esconde a cozinha do studiô, saca dois bifes e um pé de alface da minigeladeira. Sapeca a frigideira no fogão elétrico e se põe a preparar um dos únicos menus que domina com relativa maestria: bife com salada. As outras escassas possibilidades sendo: macarrão na manteiga e sopa de pacote.

— Já tô de saco cheio de bife com salada — reclama Ricardo. — Às vezes, acho que até arroz com bosta caía melhor, pra variar.

— Arroz com bosta particularmente não aprecio muito, Ricardinho, mas seu bife viria a calhar — responde delicadamente Marisa. Que raro talento tem essa garota de ouvir as maiores grossuras com naturalidade e bom humor, como boa conversadora que é.

A carne chia na frigideira. Mansa, bebericando seu vinho no copo de requeijão com a dignidade distraída de quem empunha uma flûte de champanhe, fala de coisas variadas, pernas cruzadas, cigarro entre os dedos longos e finos. Ricardo cutuca a carne com o garfo e recebe na cara a baforada gordurosa. Pergunta à amiga:

— Marisoca, e a transa com o Chico, hein? Desculpe entrar assim de bunda nas suas intimidades, mas eu torro de curiosidade de saber como funciona essa transa na sua cabeça.

— Tudo bem, Ricardinho. No secrets. O Chico é um paraquedista que despenca de repente na minha cama pra depois sumir durante dias, semanas. Costuma me ligar às três da madruga com aquela voz de cachorrão na chuva: "Dá pra pousar aí hoje, Marisa?". E me aparece de cinco minutos a uma hora depois, completamente torto de álcool, maconha e cinema. A gente fica se amando até cair no sono e, quando ele acorda, no meio da tarde, a rotina é: um love rápido, ducha, café preto, cigarro, um beijo, "Te ligo, me liga, tá?", e bye-bye porta afora.

Ricardo não tinha sacado ainda o quanto a amiga caía pelas tabelas de paixão pelo Chico. Diz, em defesa do amigo e de si próprio:

— Você vai achar suspeita a minha opinião, mas eu acho isso aí muito legal. Tem sua beleza. Bem melhor que a prisão a dois do casamento, o contrato entre dois bocejos e quatro pés de chinelo, como diz o Drummond.

— Talvez, sei não. Em todo caso, eu sempre tive tendência a me ligar em caras que entram na minha vida pela tangente. Já brinquei muito de ser a outra, ou uma das.

— Mas é justamente esse o grande dilema da puta da vida, Marisa: ser cônjuge ou amante? Ter marido pode até ser muito confortável pruma mulher, e vice-versa. Alguém devia pesquisar os casamentos ditos felizes pra saber como é que funciona esse troço. Porque eu conheço muito casamento que se segura nos ganchos mais loucos. O Chico mesmo tem uma prima casada que recebe uma mesada especial do marido adivinha pra fazer o quê?

— Menor ideia.

— Pra coçar o saco do cidadão antes de dormir. Verdade; a fulana faz-lhe um cafuné no saco e o cara dorme de perna aberta, feliz como um Buda depois de uma feijoada. E, como esse, deve ter porradas de casamentos que se seguram nessas artes, numa bela chave de buceta, no tamanho privilegiado de um cacete. Cê não acha?

Marisa dá um tempo antes de responder. É provável que não ache. Ricardo serve os bifes nos pratos já providos de alface e rodelas de tomate.

— A rigor, Ricardinho, eu deveria ficar escandalizada com essas barbaridades machistoides que você adora falar. Mas sei lá se a carne não fala mais alto mesmo. Agora me diz um negócio, você que entende do assunto: e os amantes? O que são os amantes?

Entre nacos de entrecôte com verdura e goles de tinto barato, o papo vai pedalando:

— Os amantes? Ora, os amantes... os amantes são aqueles canalhas adoráveis em quem o homem e a mulher pensam quando estão trepando com os respectivos cônjuges.

Marisa ri gostoso. Se ela tivesse um marido, certamente treparia com ele pensando no Chico, seu legítimo amante. Embora quisesse tê-lo é como marido integral. A noite se detém para ver Marisa acabar de rir. Depois, segue em frente.

Pode ser efeito da fumacinha cheirosa que os dois partilham, misturado ao barato do vinho, se não foi qualquer brisa mais forte que lhe bateu na alma, o fato é que Marisa abriu de vez a bica das confissões. Vai contando:

— A primeira vez que eu trepei foi com um desses caras que pegam carona na minha vida. Faz um tempão isso, eu tinha dezessete anos, ele namorava a minha melhor amiga em São José. Nessa época, minha mãe já tinha morrido, eu morava sozinha com o velho num baita casarão no bairro mais chique de São José dos Campos...

5

Ontem Marisa me baixa aqui no meio da minha soneca crepuscular. Comemos uns bifes, queimamos unzinho. Me contou como foi sua primeira trepada. História de primeira trepada de mulher é sempre mais interessante que de homem. Mulher, em geral, não conta bravata sexual. Não trepa com puta nem empregadinha. Não se trata de preconceito contra puta e empregadinha. Pelo contrário, essas mulheres deviam cavalgar os cavalos de bronze dos generais em praça pública. Simplesmente, as histórias que passam por aí tendem ao convencional. Enfim, a Marisa se empolgou, falava com muitos e largos gestos. Sem o Chico por perto pra monopolizar a conversa, revelou-se uma grande contadora de causo. Conseguiu ficar menos elegante e mais moleca. Dizia:

— A história toda começou na festa de aniversário da Cida. O namorado dela, o Zé Carlos, era um sujeito boa-pinta, fazia arquitetura, fotografia, tinha um sorriso aberto que nem te falo. Simpaticão, sabe? Uma hora lá, fui ao banheiro. Aproveitei para espiar pelo vitrô o que se passava nos fundos da casa. Tocava "California Dreamin'", se lembra dessa música? Um carinha abraçado a uma árvore vomitava grosso. Pessoas conversavam de copo na mão. Aí, num canto mais escuro, atrás de umas plantas, flagrei uma tremenda cena: Zeca dando o maior malho na Cida. A mão dele debaixo da blusa dela. Altos e violentos beijos. A certa altura, ele pegou e levantou de vez a blusa da Cida e caiu de boca nos peitos da minha amiga, ela com os braços cruzados em cima da cabeça, rendida, perdida. Te juro, fiquei completamente molhada vendo aquilo. O espetáculo acabou pra mim quando começaram a bater na porta do banheiro. A partir daquele dia, a presença do Zé Carlos começou a me inspirar um pouco mais que simpatia.

— Vinte centímetros a mais. Desculpa. Continua.

— Um dia, num restô chinês que a gente frequentava, o único de São José, minha perna distraidamente roçou na do Zé Carlos, por baixo da mesa. Deixei minha perna encostada no dele. Ele deu uma roçadinha. De leve. A Cida do lado da gente. Deixei ele roçar. Corei. Me arrependi. Tirei a perna. Afinal de contas, a Cida ali, tão amiga... Uns dias depois, o Zé Carlos me deu um disco do Caetano. Deu na frente da Cida, na maior legalidade. Nessa época, eu fazia cursinho pra arquitetura e nem todo pessoal politizado curtia Caetano. Tinha quem achasse ele uma bicha maconheira alienada. Por causa das guitarras, do cabelo, das roupas, dos versos estranhos das músicas. Caretice esquerdista típica. Mas eu convivia com esses caras. Uns deles, bons amigos, acabariam se fodendo de verde-amarelo, tempos depois, no pau de arara da ditadura. Mas essa é outra história. O fato é que eu ainda estava naquelas de samba de protesto, o morro não tem vez, morte e vida severina, CPC, esses papos. Mas ouvi aquele LP solo do Caetano Veloso com atenção, porque era presente do Zé Carlos. E quanto mais ouvia, mais gostava. Que mistérios tem Clarice?... lembra?

— ...pra guardar assim tão triste... — ajuntei eu.

— ...no coração — arrematou Marisa. — Pois é, acabei amando de paixão esse disco, o Caetano e todo lance da tropicália. Alegria, alegria!

— Esse tal de Zé Carlos te introduziu à modernidade. Equivale a ter descoberto Jobim e João Gilberto no final dos anos cinquenta. Grande introdutor, esse Zé Carlos. Ops.

— Ouve só. Aí, comecei a achar que nada mais era inocente entre a gente.

— Nada é inocente entre um homem e uma mulher, nunca. Ou o cara pensa em transar ou pensa em não transar com a mulher que ele acabou de conhecer. Mas sempre pensa nisso.

— Quem sempre pensa nisso é você e o Chico, Ricardinho. Não generaliza. Vocês dois vivem com um caralho teso espetado na cabeça.

— Porra, Marisa...!

— Falocêntricos, é o que vocês são. Deixa eu continuar a história, que agora eu esquentei. Bom, eu já desconfiava que ia acabar acontecendo qualquer coisa entre o Zé Carlos e euzinha aqui. Tinha que. Um dia, a Cida passou mal no chinês, um rolinho primavera, um chop suey estragado, saiu de lá verde, vomitando, um horror. Fui junto com o Zé Carlos levar a coitada até a república dela. Botamos a Cida na cama, o Zeca fez um chá, ela dormiu. Adivinha quem acabou me levando pra casa naquela noite?

— Óbvio.

— Fomos no fusquinha branco dele. Me acompanhou até o portão. Achei que ia ser aquele beijinho de amigo e tchau, como sempre. Achei, mas errei. Não sei quem foi que agarrou quem primeiro, só sei que rolou um puta amasso. Brabo. Já era quase uma trepada aquilo. Senti aquela coisa dura dentro do jeans apertado dele roçando nas minhas coxas. Te juro, tentei, mas não resisti: passei a mão naquele negócio, apertei. Gostei. Logo eu, aluna exemplar do Santa Marcelina.

— Virgem católica apostólica em chamas.

— A própria! Daí, o Zé Carlos falou, com a boca afundada no meu pescoço: "Vamo pro seminário, vamo pro seminário!". Isso era o mesmo que dizer: Vamos trepar. A gente se agarrou ainda mais. Esfrega e chupa e roça, e aí ele fez um barulho com a garganta, um gemido, um grande suspiro terminal, e eu vi que o pano da calça dele ficou molhado naquele lugar. Peguei naquela umidade quente, respondi: "Vamos!... outro dia". E corri pra dentro de casa, esfregando a mão na saia. Tinha perdido a coragem. Nessa noite roubei uísque do velho e tomei o maior porre, trancada no meu quarto, pensando no Zé Carlos. Eu até... Não, isso não conto — disse Marisa, com seu melhor sorriso de vergonha safada, doida pra contar.

— Conta! Conta! Conta! — comecei, pois é o que ela esperava que eu fizesse.

— Não tenho coragem. E para de me provocar. Já confessei aqui segredos que eu nunca abri pra ninguém.

— Qualé, Marisa? Somos filhos únicos, eu e você. Amigos, cúmplices. Sem segredos. Desembucha, vai.

— Bom, bã... Pensando bem, nem foi nada de mais. Eu me... me masturbei com a mesma mão, com os mesmos dedos que tinham pegado na calça úmida de esperma do Zé Carlos...

— Fetichista.

— Gozei ouvindo "Alegria, alegria" na vitrola. "Por que não?!... Por que não?!" Era a música que o Zeca mais curtia no disco do Caetano.

— Why not? Pourquoi pas?

— Pois é. Aí, um dia, pimba! Aconteceu. Eu e o Zé Carlos. Deixei de ser moça-donzela.

— Ah, não, Marisa. Depois de tanto suspense, você não pode acabar a história assim: pimba, perdi o cabaço. Desculpe, a virgindade. Aqui é a França, não tem Dops, não tem censura.

— Quer ouvir como é que foi? Eu conto, eu conto. Você enrola outro?

— Tá na mão. Vamos de cerveja, agora? Vinho já era.

— Onde é que eu tava mesmo? Não interessa. Sei que alguém se casou e teve uma big festa lá em São José. Eu fui, a Cida e o Zé Carlos foram. Eu mal conseguia encarar a Cida, a culpa bateu com tudo. A Cida era muito apaixonada pelo Zé Carlos, se ela desconfiasse de alguma coisa, me matava, matava o Zeca, se matava. Alguém ia acabar morrendo. Aí, a certa altura, o Zé Carlos chegou em mim e cochichou, bem canalha: "E aí, Marisa? O seminário tá lá esperando a gente...". Virei pimentão. Disse nada. O coração disparou. Sentia um latejamento, não sei onde. Fiquei ali tomando um cuba-libre atrás do outro. Aí, tontinha da silva, criei coragem e escrevi um bilhete dizendo que eu ia estar lá em casa esperando por ele, depois da festa. Que era pra ele estacionar na rua ao lado e ficar dentro do carro esperando. Enfiei o bilhete no blêizer dele, na primeira deixa.

— Tchan tchan tchan tchan!

— Despedi da Cida no fusca do Zé Carlos me sentindo uma vilã de telenovela. Uma filha da puta acabada. É o que eu acharia de uma amiga que fizesse isso comigo. Mas eu não podia fazer mais nada, tava louca de tesão. Nunca tinha sentido nada assim na vida.

— Eram teus hormônios gritando: "É hoje, macacada!".

— E o Zé Carlos, do lado da Cida, na maior cara de pau, me dando beijinho de boa-noite e dizendo, naquele tonzinho sacana camuflado: "Té mais...".

— Té loguíssimo, ele queria dizer.

— Vinte minutos depois, tava lá ele estacionando o fusca no escurinho da rua ao lado. Ouvi o ronco grosso do escapamento Kadron, coisa de boy. Meu pai roncava no fim do corredor. Nossa casa era térrea, pulei a janela do quarto. Se o velho acordasse, eu tava perdida, perdida.

— E daí?! Não para! Não para!

— Entrei no fusca, beijei o Zeca na boca e fomos direto pro seminário. Quer dizer, pros fundos do seminário. O pessoal chamava lá de "hotel das estrelas". Ficava no alto de uma colina, dava pra ver a cidade toda lá embaixo, iluminada.

— Era o lugar onde a juventude motorizada ia roçar as interbreubas?

— Um dos. São José dos Campos já era grande. Mas o seminário era o mais romântico. Naquela noite não tinha ninguém. Era muito tarde, faltava pouco pra amanhecer. Fora o frio danado que fazia. Os vidros do carro ficaram embaçados de vapor.

— Me diz um negócio: que é que vocês conversavam no carro?

— Como, conversavam?

— Quer dizer, na ida pro hotel das estrelas, chegando lá...

— Ah, sei lá. Acho que não rolou muito papo, não. A gente tava numa fissura danada, um pelo outro. É a tal história do fruto proibido, o que dá mais água na boca.

— Porra! Você acabou de demolir a tese do Cortázar de que não há erotismo sem verbo, Marisa.

— Em São José dos Campos, havia. Em Buenos Aires, não sei. Argentino é mais tagarela, né?

— E como é que foi a transação propriamente dita? O lesco-lesco? O vamo-vê?

— Foi do jeito que dá pra ser dentro de um Volkswagen. Não deve ter muita variação, né? É incômodo paca, as pessoas precisam realmente estar muito a fim.

— A alavanca do câmbio fica roçando no cu da gente...

— Ricardinho...!

— Desculpe, mas é fato. São as mazelas do subdesenvolvimento. Adolescente americano trepa naquelas baita chevrolas, câmbio hidramático, com banco inteiriço na frente e atrás; a gente, na perifa, tem que se virar com fusquinha mesmo. Quando não é no mato mesmo, de pé, no meio de rato, jararaca. Manjo o drama. Boa parte das minhas sacanagens juvenis foi cometida dentro dum fusca. Mudava só a cor. Até hoje, quando entro num, sinto um negócio. Como aquele sujeito que de tanto fazer espermograma acabou se apaixonando pela latinha...

— Quê?

— Esquece. E aí?

23

— Uma coisa que eu me lembro bem, já que você está tão interessado em detalhes, é que eu fiz questão de que o Zé Carlos me chupasse os peitos, comigo de braços erguidos, assim, dobrados sobre a cabeça, abandonada ao macho, como na cena que eu tinha flagrado naquela festa.

— O cara deve ter achado que a saliva dele tinha alguma propriedade especial: bastava ele chupar um peito pra mulher logo erguer e cruzar os braços em cima da cabeça. E foi legal?

— Delícia! — fez Marisa, a ponta da língua entre os lábios, olhos levemente apertados, revivendo o prazer antigo.

— E a penetration propriamente dita, doeu muito?

— Doer, dói, né? É uma pequena cirurgia, se você for pensar.

— Himenctomia.

— Pode crer. Mas eu tava tão afins que nem dei pelota pra dor. Até achei tudo rápido demais pro meu gosto.

— E ficou nisso? Uma trepadinha, e tchau?

— Naquela noite, sim. Mas nos seis ou sete meses seguintes teve grandes repetecos. Sempre o mesmo esquema: o Zeca deixava a Cida em casa e vinha estacionar na rua ao lado da minha.

— Aí você pulava a janela e ia contar estrelas no seminário.

— Isso aí.

— Que injustiça, hein? Aqueles punheteiros clericais no conforto do seminário, e vocês celebrando o ato primeiro da criação dentro de um fusca de merda.

— Foi lindo.

— Imagino. E como acabou esse rocambole estrelado?

— Acabou que o Zeca pediu transferência pra FAU de São Paulo e, no ano seguinte, casou com a Cida.

— E você?

— Eu? Comecei a namorar um carinha de óculos.

6

Montaigne sentado observa os gatos na rue des Écoles. (Ainda faltam cinco minutos pras cinco da tarde.)

7

Trem é um negócio altamente joia, considera Ricardo. Único jeito civilizado de viajar que existe. Estabilidade rítmica da poltrona, ideal pra se ler novelas de detetive ou poemas líricos ou contos de sacanagem ou qualquer merda. Curtição do vagão-restaurante e seu charme insuperável de bar em movimento. Prazer clandestino de dar umas bolas no banheiro, flanar pelos vagões dando um look nas pessoas. Lembrança dos velhos trens da Sorocabana que sacolejavam na infância do nosso herói. Cara pra fora da janela, o cheiro de mato no ar veloz, o bodum ardido de cigarro de palha nos vagões da segunda classe. Um flerte envergonhado com uma menina de vestido branco e meias soquete e um Chocomilk partilhado com ela a dois canudinhos.

Ricardo folheia o *Ofício de viver*, do Pavese, bebericando seu bordô. Sublinha as frases que lhe chamam a atenção e que relerá ou não mais tarde:

"Fazer poesia é como trepar: a gente nunca sabe se a alegria será partilhada."

"Não sei ainda se sou um poeta ou um sentimental."

"Uma boa razão pra se matar não falta jamais a ninguém."

Tira longas baforadas do Gitane. Pela janela, a paisagem é a escuridão celebrada por esparsos pontos de luz fugidios. Descreve uma panorâmica ocular pelo ambiente, registrando a presença dos seis gatos pingados que, como ele, se esquecem diante de uma bebida no vagão-restaurante. Um trecho do diário do Pavese se insinua mais a fundo na sua cabeça, mostrando o escritor e poeta invocando consigo mesmo:

"Sejamos sinceros. Se Cesare Pavese aparecesse na tua frente agora, se ele puxasse conversa tentando fazer camaradagem contigo, será que não irias achá-lo odioso? Confiarias nele? Toparias sair com ele pra tomar um copo?"

Neca entra agora no seu pensamento. Neca e seus dezenove anos dormem na cabine. Os dois passaram o fim de semana na Normandia, bestando numa fazenda sem carrapato nem criança com barriga d'água. Neca, a única adolescente de coração tranquilo que Ricardo conhece. Chico prancha de tesão por ela. Ricardo com certeza não a jogaria aos tubarões, mas prefere não pensar muito no assunto pra não fissurar. Mas Neca só pensa na chegada do seu love brasuca, frequentador de édens nordestinos à beira-mar, exímio tocador de violão e bandolim. Um serafim artista, paulista e vigarista chamado Juca. Neca e Juca. Juca e Neca. Os nomes pelo menos nasceram um para o outro. Ela finge não perceber as bandeiraças que o Chico dá. O bandido aproveitou a crônica semanal que escreve pra *Gazeta de São Paulo* pra lascar uma lírica e desbundada declaração de amor a Neca. Quando o jornal chegou a Paris, Chico mostrou a crônica à garota, com aquele ar de quem não quer nada. Estavam todos num café, basicamente coçando o saco ao sol. Neca leu, corou, sorriu de olhos baixos. Chico quase teve uma parada cardíaca. Tesão não toma jeito.

Ricardo sacou logo que daquele mato não saía gato nem sapato, e resolveu dar uma sublimada canhestra na velha libido. Apelou para um approach mais fraterno e conseguiu emplacar uma delicada amizade com Neca. A baby ligando sempre para combinar cinemas, rangos, viagens curtas como esta. Ricardo se felicita pela proeza de conseguir ficar mais ou menos sossegado ao lado de tão sublime criatura. Chico não, Chico se desespera e mastiga a barba de aflição. E grita na rua, de madrugada: "Ai, meu caralho! Que puta injustiça!".

Ricardo se encara no reflexo da janela. Alguém lhe disse uma vez que ele tinha uma cara ambígua: metade verde, metade madura. Horror sutil. Uma criança precocemente envelhecida. O homem infantossenil. Certa dona que se pelava de paixão por ele berrara-lhe no calor de um quebra-pau que pra sua cara ser totalmente humana só faltava um pequeno detalhe: a vida.

Nesse dia, a briga tinha estourado no seu apê e viera rolando escada abaixo, três andares, sem elevador. Veroka. Ela descia na frente, chorando e esculhambando aos berros Ricardo porque ele lhe comunicara que seu coração vagabundo tinha puxado o carro do namoro, sem razão aparente. Ele descia atrás, com medo dos vizinhos, especialmente do síndico, que vivia ameaçando chamar a polícia por causa dos buxixos amaconhados no seu mocó até alta madrugada. Veroka chegou no térreo e abriu a porta que dava pro pátio interno do prédio, justo na hora em que chegavam da rua o síndico, a dona síndica, os dois sindiquinhos e a empregada deles, que lhe jogava uns olhares de vez em quando. Atingindo naquele instante o paroxismo do esporro, Veroka concluiu, na frente de todo mundo:

— ...e quer saber o que mais, Ricardinho? VÁ SE FODER!

Ricardo esvazia a garrafa, e dá um look no seu reflexo sentado na janela do trem: Será que eu te curto, velho? Se ao levantar os olhos eu te encontrar na minha frente a folhear o Pavese e a molhar lentamente a língua no bordô, será que eu pediria ao garçom outra garrafa pra comemorar nosso encontro? Ou mudaria de mesa, aporrinhado da vida? Melhor é levantar os olhos e não encontrar ninguém, além do trem, além do trem, além do trem.

8

Depois de mais de uma semana sem dar as caras no curso, Ricardo acorda heroicamente cedo numa quarta-feira esporrante de sol de pré-outono e decide dar um pulo até a faculdade pra ver como andam as coisas.

Jardim de Luxemburgo. École Pratique des Hautes Études Économiques. Ninguém parece ter notado sua ausência. Na verdade, ninguém parece ter notado sua presença também. Numa sala de aula, todos os barbudos são pardos. Há várias equações com vários x's e y's anotadas com giz na lousa. A economia é cheia de incógnitas. Que fiquem ali, cada x e cada y, esperando por incerta decifração ou mais provável ataque do apagador, que eu tenho mais o que fazer.

No primeiro intervalo, Ricardo instrui outro colega brasileiro que segue o mesmo curso:

— Olha aqui, Serjão, se perguntarem por mim, diz que eu não ando passando bem. Que eu estou com... ahn... ponhamos depressão ontológica galopante. Dê-ó-gê, DOG. Em francês deve ser parecido. E me liga no ato, tá?

— Mas, você não vem mais à faculdade? — pergunta o Sérgio, com seu espanto comedido de burocrata nato e chato.

— Venho, venho, depois que eu acabar umas pesquisas que eu tô fazendo por aí.

— Pesquisas?

— Empírico-hedonistas.

— Empírico...?

O herói entrega o colega aos braços das incógnitas e sai pro sol do jardim de Luxemburgo. Ricardo espreguiça, coça as costas. Tanta coisa pra resolver e nada pra fazer. Pelo sim, pelo não, sente fome. Resolve almoçar, aproveitando o fato raro de estar de pé por volta do meio-dia. Lembra dum bistrô excelente ali por perto, na rue Madame, e se manda pra lá sem pressa, assobiando o "Samba do avião", com arranjo mental para flauta, piano e cordas.

O bistrô, minúsculo, sufoca de gente. Ricardo espera sua vaga, barriga colada no balcão, dando estalos de língua num branco gelado e considerando que, de fato, tivera um puta dum rabo em ganhar de mão beijada aquela bolsa de estudos. O curso: planificação econômica para basbaques do terceiro mundo. Egípcios, colombianos, brasileiros, argelinos, ugandenses, zimbabuanos — todos os meus colegas haveriam de voltar para casa armados de um canudo universitário francês pelo qual soprariam, feito zarabatana, todo o conhecimento necessário à planificação da miséria e da profunda corrupção enraizadas em seus respectivos países. Um curso perfeitamente cabulável.

Ricardo sociologa mentalmente, entre goles do branco da casa, assaz palatável: o malandro morreu no povão para renascer na pequeno-burguesia diplomada. Le malin c'est moi, exclama o canalha em silêncio, enquanto se contempla despudoradamente no espelho atrás do balcão, como só uma mulher o faria. Essa mania narcísica feminina que lhe deu em Paris. Um tanto programática, quase que obrigando-se a cada momento a afrontar seus valores machistas trópico-hollywoodianos. Seria chamado de bichinha por Lampião e John Wayne. Talvez Lampião, que excedia em vaidade física, o compreendesse melhor. Duvido que Wayne se arriscasse a chamar Lampião de viado.

A dona do bistrô, um sargentão de ancas mecânicas e voz de lata arranhada, lhe ordena que se meta na mesa ao fundo, onde vagou um lugar. Mata, então, o vinho branco num gole de cowboy e vai se esgueirando pardon pardon pelas carnes sentadas que atulham o espaço minúsculo do salão. Bastou acomodar a bunda na cadeira pra lhe vir a lembrança daquela tarde brasileira em que lia, bocejando, o seu jornalzinho no Instituto. A secretária veio chamá-lo:

— O professor Gonçalves quer falar com você. Urgente.

A menina carregava uma cara preocupada e solidária. Achava, na certa, que ele ia ganhar um pé na bunda, a exemplo de outros pesquisadores que já tinham dançado no embalo da crise. O milagre econômico dos milicos dera seu último suspiro. Terra em transe. Era só do que se falava por ali. Cabeças diplomadas eram chutadas pro olho da rua, como acontecia com qualquer operário desqualificado. O sujeito recebia um telefonema da diretoria no meio da tarde. Todos olhavam para ele. Sabiam que não estaria mais ali amanhã. Crise, darling, crise.

Ricardo foi atender o telefone na mesa da secretária, seguindo aquela bunda cheia de si da Anabel espremida na calça Lee. Pensou: rua! Pelo menos era dia de sol. Negocio a minha demissão e saio daqui livre como um táxi, como diria o Millôr Fernandes. Ligo pra Sônia, agendo uma trepadinha crepuscular, seguida de algumas brahmas num boteco com mesas na calçada, e a vida continua.

Antes de pegar o telefone ainda teve tempo de considerar que não ia sentir a menor falta dessa grande picaretagem que era o Instituto e seus neobarnabés a tagarelar o dia todo em esquerdês tecnoburocrático, dopados de cafezinho com cigarro e tédio. Todo mundo era de esquerda no instituto. Até os boys. Um deles, o Zé Beleza, mulato safo de língua ágil que vivia sarreando todo mundo, atracou-o no elevador:

— Ô meu, descola um galo aí que eu tô a pirigo. Não pago o madureza faz trêis mêis. Tão querendo me chutar, mora — choramingou Beleza no seu jeito socadinho de ejetar as frases.

— Tá ruço, Zé — já foi tirando o corpo Ricardo. — Tô afundado, eu também, num mar de prestações, cara. Até o dentista tô pagando a prazo. Tenta com algum gerente de projeto, algum diretor. O Takeu, o Emílio, o Abraão... Tá cheio de salário bem mais gordo que o meu por aí, bicho.

— Num vem com ideologia pequeno-burguesa pra cima de mim, Ricardão. Qualé, meu? Num tá a fins de coçá o bolso, num coça, tá limpo. Agora, trabalha em aparelho de Estado, com altas mordomia, ganha no mês o que eu não ganho no ano, e ainda vem me dizer que não tem grana? Sai fora, pequeno-burgueis!

Saiu do elevador, irritado, resmungando xingamentos sociológicos que só com phd na USP pra entender.

Nos áureos tempos do Instituto, os pesquisadores pesquisavam, pesquisavam, pesquisavam, até se encherem o saco de pesquisar. Aí empunhavam suas bics preguiçosas e enchiam lentamente milhares de laudas de textos analíticos e tabelas que as datilógrafas transformavam em papers, como eles gostavam de chamar aquela papelama. Os papers, depois de finamente encadernados, iam puxar uma palha eterna nas estantes e gavetas da burocracia, à disposição do mofo, dos ratos, das infiltrações. Em caso de incêndio, seriam muito úteis, proporcionando rápidas e admiráveis labaredas.

Da sua mesa de trabalho, atulhada de livros, pastas, brochuras e papéis variados, Ricardo contemplava todo santo dia o mundão lá embaixo, filtrado pelo insulfilm das janelas seladas. O sol, a chuva, os prédios, as pessoas — cenas longínquas em noite americana. Temperatura constante by General Electric. Cafezinho novo a cada meia hora e a fofocaiada dos colegas. Discutia-se um pouco de política nacional, sim, mas o que prevalecia eram os mexericos paroquiais: quem estava comendo quem no Instituto, quem sacaneou quem, quem sifu sozinho, quem subiu, quem desceu, quem bebe, quem se droga, quem é meio gay, quem é totalmente gay. Num lugar como esse, ninguém é de esquerda, nem de direita, nem porra nenhuma. Não passam de sombras insossas vagando entre as divisórias de resina de cores neutras.

Vez em quando, Ricardo desgrudava a bunda da cadeira, deslizava sem ruído pelo carpete, sorria pra Anabel e ia socar uma punhetinha no banheiro, só para provar a si mesmo que ainda estava vivo. Ou então, dava um pulo até a garagem, com algum estagiário maluco, pra dar umas bolas. Aí voltava, era convocado pra alguma reunião, afivelava uma seriedade acadêmica na cara e se punha a pensar nos anéis de Ringo Starr.

As reuniões do Instituto, numerosas, intermináveis, eram perdigotos em profusão, bocejos discretos e menos discretos, dores lombares e flores geométricas desenhadas no bloco de notas. Formas e riscos pulsionais iam preenchendo os papéis de anotação de quase todos os participantes. Havia grandes artistas ali. Uma vez, Ricardo pilhara um economista de barba ideológica a seu lado desenhando um homem enforcado, nu, de olhos esbugalhados, língua de fora e pau duro ejaculando gordas gotas de esperma terminal. Ricardo se divertia imaginando o dia em que, levantando-se, pediria a devida vênia aos ilustres colegas, e, com as pontas dos dez dedos delicadamente apoiadas na mesa, diria, num tom patibular:

— Cavalheiros, por que não ide todos à grã-puta que vos pariu?

Madame sargenta, a patronne do restô, vem por fim lhe trazer o cardápio. Escolhe, com aquele ar de conhecedor vagamente enfastiado, um patê de canard au kirsch, de entrada, e umas codornas bêbadas — des cailles ivres —, refogadas no vinho tinto com ervas.

— Et comme boisson, monsieur?

— Une demi bouteille de Cahors, s'il vous plaît.

Ricardo faz o gesto instintivo de apalpar o bolso. Está ali a bolada da bolsa que acabou de apanhar no banco, como faz todo dia quinze de cada mês. Ele sempre se permite essas regalias nos primeiros dias de dinheiro novo no bolso, antes de voltar à rotina dos restôs universitários e bifes caseiros. É uma da tarde e não há outro brasileiro presumível no recinto. Que estariam fazendo os brasileiros a uma hora dessas? — pergunta-se Ricardo, puxando papo consigo mesmo. Seu amigo Stênio, provavelmente, dando de comer pro dr. Alceu, o papagaio trotskista que sabe berrar palavras de ordem e formidáveis sacanagens, especialmente quando estimulado por um sopro de cannabis no bico, e é o mascote da república vila-madalênica de solteirões da esquerda boêmia e fornicativa egressa do movimento estudantil e ainda não inteiramente imersa no mercado de trabalho. Sônia, sua linda e apaixonada Sônia, devia estar cabulando aula na cama de algum gatinho priápico que acabou de conhecer. Paulinho, o Belo, grande colega de noitadas, mastigaria por certo seu mau humor ressacoso na redação da revista em cuchê caro e reluzente dirigida aos brasileiros que se creem da elite, proferindo votos de vingança contra os traficantes de uísque falsificado de São Paulo. Jorginho, diretor da dita revista, devia estar ajeitando a gravata italiana e arriscando palpites sobre o futuro da pátria com um dos velhos jornalistas ou políticos de oposição que vão visitá-lo para uma troca de opiniões tão ponderadas quão inócuas sobre os rumos da pátria, entre goles de scotch doze anos, legítimo.

Volta-lhe à memória aquela longínqua tarde paulistana, no Instituto. Finalmente pegou o fone, imaginando num átimo o que faria com a grana da indenização: nada. Talvez, nos primeiros tempos, escolhesse algum lugar barato e descolado do sul da Bahia pra fazer isso. Depois, tentaria sobreviver de frilas para jornais, revistas, fascículos, folhetos, qualquer suporte de tinta de impressão que precisasse de um textinho para encher o espaço entre fotos e anúncios. Faria um curso de ioga, compraria uma bicicleta, voltaria a aprender violão. Sim, frequentaria os sebos nas tardes lentas dos dias úteis e os bares tradicionais do centrão, como o Pari Bar, na praça Dom José Gaspar. Pegaria um cineminha às quatro, talvez emendando com a sessão das seis em outra sala. Not too bad, considerou.

— Alô?

O vozeirão do Gonçalves trovejou na linha:

— Ricardo? Você sabe falar francês?

— Francês? Bom, eu diria que é quase a minha segunda língua. Depois do javanês, é claro.

Gonçalves riu do outro lado; o chefão do Instituto apreciava seu humorzinho canastra de ocasião, o que, às vezes, vinha a calhar.

— Por quê? — indagou Ricardo.

— Você toparia passar um ano em Paris? É que o Beto desistiu da viagem, em cima da bucha. Temos que mandar outro economista, urgente, no lugar do Beto. Não dá pra furar o nosso convênio com a França, entende?

— Um ano? Em Paris? — Ricardo segurou como pôde os músculos da bochecha para não desatar uma risada insana de felicidade. — Bom, ahn, acho que...

— Ótimo! Sobe aqui pra gente acertar os ponteiros.

Gonçalves, como de hábito, bateu-lhe o telefone na cara antes que pudesse dizer um yes, sir! Não só não tinha sido despedido como, um mês depois, desembarcava em Orly, no meio do verão parisiense, depois de uma partida até que razoavelmente tocante, em Congonhas, com Sônia aos beijos molhados de lágrimas, os amigos com piadinhas sexuais sobre certas preferências das francesas, papai & mamãe com importantes conselhos contra constipação, comida estragada e malandros internacionais, e ele, o nosso Ricardinho, com uma pressa danada de zarpar logo dali.

Entrou no avião com um zumbido estranho na cabeça e uma alegria difusa que o preenchia todo feito um gás de balão, tornando-o leve, quase flutuante. Sentou na poltrona, afivelou o cinto, suspirou fundo. Finalmente ia dar um *time* nos trabalhos e nos dias brasileiros. Olhou de esguelha o executivo careca, de óculos, sentado ao seu lado, com uma poltrona vazia de intervalo. Pasta, cara e carisma quadrados. A pasta, aberta, revelava papéis e uma calculadora Hewlett-Packard. Ricardo meteu um chiclé na boca, sem disposição para cálculos de nenhuma natureza. De repente, coração e tripas grudaram forte no assento. O avião começava a decolar e Ricardo a se descolar do Brasil.

9

Chico me apresenta a figura loira-mel que encontramos por acaso na plataforma do metrô.

— Essa é a Pamella.

Nem me olha, a *Pâmela*, conforme o Chico pronunciou corretamente. Vira a cara pro outro lado, atraída pelo trem que vem chegando. É magra, cabelo maltratado lhe escorrendo pela cara. Olheiras fundas que ressaltam ainda mais o azul febril dos olhos. Nariz fino, lábios cheios. Malícia e desespero na expressão.

Jeans chumbados de muitas andanças e prováveis lambanças pelo mundo afora e adentro. Velhíssimo blusão de couro, descosturado num dos ombros; mãos enterradas nos bolsos do blusão. Calculo que ela esconda no direito uma edição esfarrapada das *Flores do Mal*; no esquerdo, um Colt 38.

Já sabia da sua história pela boca do Chico. Era americana. Uma americana em Paris.

— Tava com a Juliá, tomando umas no bar do Olympic — tinha me contado o Chico, menos de uma semana atrás —, quando o garçom disparou atrás de uma garota que já ia se picando sem pagar. O bar silenciou, cara, todo mundo ligado na cena. A garota ficou péssima. Foi até o caixa, chorando. Cavoucou em todos os bolsos até juntar um par de notas amassadas e umas moedas. Cacifou a conta, tomou um puta esporro do gerente e foi liberada. No que ela tava saindo, arrasada, não resisti. Cheguei nela: Toma um copo com a gente? E apontei pra mesa, de onde a Juliá nos olhava, espantada com a minha atitude. A loira deu uma vacilada. Percebi que ela ia embora. Soltei rápido: acho que não é legal você sair assim, humilhada. Ela me olhou nos olhos. Velho, me deu uma tremedeira. Era linda, de uma lindeza diabólica. Um Rimbaud feminino perdido em Paris. Testa franzida de tensão. Olhou de mim pra Juliá na mesa, voltou a me encarar, meio de banda agora, desconfiada. Mas topou com um aceno de cabeça. Juliá quase pulou da cadeira quando ela se aproximou. *Pâmela*, ela disse que se chamava. Nova-iorquina, vivia em Paris havia três anos. Matou num gole a cerveja do meu copo. A mão tremia-lhe um pouco. Ou eram minhas retinas que fibrilavam, sei lá. Daí ela contou pra gente, naquele francês de erres suaves da Jean Seberg no *À bout de souffle*:

— Tô muito nervosa. Saí sem pagar porque esqueci simplesmente da conta. Tô bêbada. Nasci bêbada. Faz uma hora que estou nesse bar juntando coragem pra ir à casa de uma mulher e confessar que estou apaixonada por ela. É muito difícil, sabe, muito difícil pra mim. Além do quê, ela vive com um cara. E eu também.

— No que ela disse isso — prosseguiu o Chico —, com os olhos ainda empoçados de lágrimas, a Juliá tomou um choque de vinte mil volts. Ficou que ficou, de perereca acesa. A Juliá gosta de mulher de um jeito que ultrapassa os limites da mera solidariedade de classe, né? Ficou ligadíssima na história da Pamella, crivou a garota de perguntas sobre o caso, contou suas próprias experiências no ramo, deu a maior força pra americana. Solidariedade xoxotal, sacumé? De vez em quando, nos piques emocionais do papo, as duas se agarravam as mãos, se abraçavam. Só faltou caírem de língua uma na boca da outra. Foi por pouco. Bonito de ver. Fui chutado pra escanteio, desapareci de cena, ser inútil, descartável. A americana praticamente não olhou mais pra mim, nem a Juliá. Se eu fosse um cachorro elas talvez olhassem. Que merda, porra, que merda! E eu ali, me ralando de vontade de falar com a garota, de tocar aquela pele branca dela, aqueles peitos... Que peitos ela devia ter, cara, soltinhos debaixo da malha de lã grossa... que peitos... A horas tantas, os peitos levantaram de sopetão. A americana deu um golaço na cerveja e declarou à praça:

— I must go now.

Saiu meio correndo, esbarrando em mesas e pessoas, sumiu em menos de um segundo. Juliá ficou lá, estática, olhando a porta, com as mãos espalmadas no tampo da mesa, como quem se prepara pra saltar atrás da presa. Não fez isso. Só me disse:

— Chico... me apaixonei por essa menina...

— Só você? — disse que disse o Chico.

— Ela é uma coisa... — suspirava Juliá.

— Tá precisando de um banho e tosa urgente. E de um desodorantezinho, né?

Diz o Chico que isso era toda a verdade. A americana carregava um suor velho com ela, um perfume biológico azedo de clochard, nojentão, mas excitante. Uma fêmea humanoide saída da toca. E aquela cabelama loiro-acastanhada devia ser o hábitat natural de parasitas e crostas sebáceas.

— Ela é linda... — a Juliá delirava.

— E por que não disse isso pra ela? — disse o Chico. — Você deu a maior força pra americana se abrir com a outra lá, mas não investiu uma pipoca no seu próprio tesão.

— Porra, é mesmo. Deixei o anjo partir... — ela disse, daquele jeito teatral dela.

— Corre atrás do anjo, catso! Tá fazendo o que aí sentada, conversando com um mísero homo discartábilis?

A Juliá deu uma olhada tipo "é isso aí" pro Chico e chispou porta afora.

— Acendi meu último cigarro — me contou meu amigo. — Tinha acabado com o maço na hora e meia em que a Pamella esteve ali na mesa. Fiquei dando um look distraído na fauna posuda do pedaço, todo mundo atuando num filme imaginário.

Minutos depois, Juliá trouxe de volta a cara de tacho dela. Sentou, ofegante. E contou pro Chico:

— A americana entrou num táxi. Deu tempo só de gritar meu telefone pra ela. Não sei se ela ouviu, não sei se vai lembrar...

— Isso aqui tá virando um filme do Wim Wenders — o Chico falou.

— A Amiga Americana... — suspirou a Juliá.

Com aquela história que o Chico tinha contado rodando na cabeça, fico ali admirando Pamella sentada ao lado do meu amigo no vagão semivazio, respondendo sem muito interesse às perguntas que ele faz na tentativa de engrenar um papo com o anjo maldito. Deliro e desisto: todo anjo é terrível.

Pulamos os três fora do trem, em Montparnasse. Pegamos o túnel das correspondências. Pamella mora longe, sua direção não coincide com a nossa.

Chico arrisca:

— Você não quer tomar um treco com a gente?

Mas não petisca:

— Não posso — diz a loira, misturando francês, que aqui está em português, com o inglês americano. — O metrô já vai acabar. I got no money for a cab.

— Se é por causa de grana pro táxi...

— Não, really... estou morta de sono. Some other time. Bye.

Saímos, eu e Chico, do fundo da terra para a noite chuvosa do boulevard du Montparnasse. Entramos correndo no café da esquina, encostamos a barriga no balcão.

— Dois demis — comanda Chico — pedindo chopes ao barman.

— O meu escuro, s'il vous plaît — acrescento. O barman não me dá pelota, absorto em seu tédio profissional. Mas acaba trazendo um claro e outro escuro, como pedimos. Afundamos juntos os narizes na espuma.

— Você acha que passou por paquera barata o convite que eu fiz pra Pamella? — começa Chico, paranoico de carteirinha.

— Ué? Por quê?

— Sei lá... essa mulherada aqui da Europa é diferente. Tudo feminista, bi, trissexual, todas com mil giletes na língua. Elas têm ódio à paquera. Consideram uma violência, um crime. Ainda vão conseguir passar alguma lei proibindo a paquera, o flerte discreto e até o olhar de esguelha, você vai ver. Passar por uma gostosa na calçada e dar aquela viradinha pra filar a mina de ré vai dar prisão perpétua. Se assobiar, é guilhotina na certa. Escreva o que eu digo. Já ouvi uma francesa, professora de filosofia, defendendo isso na casa da Juliá.

— Porra, mas nem foi paquera, bicho. Você já conhecia a guria, coisa mais normal do mundo convidar ela prum chopinho. Você não disse "Chupa aqui o meu cacete, tesão", nem nada do tipo. Foi tudo delicado, na moral. Quê que tem o feminismo a ver com isso?

— Também acho. Tem nada a ver. A gente vem de uma ditadura militar, porra, não pode vir pra cá pra viver essa paranoia feminista. Chega a polícia, a classe média, o Dops, o Exército, a CIA, a KGB, os mísseis nucleares, a minha asma, o seu fígado podre... Tô começando a achar que o feminismo é um novo tipo de cristianismo fundamentalista, cara. A gente acaba se culpabilizando só por desejar uma mulher.

— Como é que as feministas acham que a humanidade vai se reproduzir se cortarem o nosso barato? Ou, pior, nosso pau, como muitas gostariam de fazer — digo eu. — Capaz que elas formem tropas de assalto pra roubar espermatozoides nas ruas, com algum aparelhinho de sucção ultrarrápida. Eu acho até que/

— Tô sacando cada vez mais o lance daquele personagem dos filmes do Wim Wenders — me corta Chico, que mal ouve o que eu digo, galopando em pista própria, como de hábito. — Como é que ele chama mesmo?

— De que filme do Wenders? A gente viu vários.

— Aquele que trabalha em todos, ou quase.

— O Rüdiger Vogler?

— Isso, o Vogler. Ele sempre faz o mesmo papel, já reparou? Intelectual cool, meio deprimidão, mas com swing. Maneiro. Nunca mostra fissura por mulher nenhuma. Calado. Na dele. Não fala pelos cotovelos que nem a gente no Brasil, pra dominar os homens e encantar as mulheres. Dá um rolê nas fálicas e nas feministas, ao mesmo tempo. Sabe chegar numa mulher, aborda mas não transborda. Não compete com os amigos.

— Tudo bem. Mas também não vamos cair no teatro da indiferença diante do tesão, né? A gente lá-bas é mais esporrante mesmo, mais safado, mais... sei lá, primitivo, no melhor e no pior sentido da palavra.

— Claro, bicho, tô sabendo. Mas nos filmes de Wenders não se trata de indiferença fabricada. O lance ali é que o carinha desmonta a representação do macho diante da fêmea. É o fim do teatro fálico do conquistador. Não tem o culto do sucesso. O sucesso é o nazismo, a barbárie. O Wenders sacou o bode do Casanova: o cara que fica full-time de pau duro, mas não goza, não perde a cabeça. A gente é assim no Brasil: tudo um bando de nego fissurado, priápico, tenso. E não tem nada de primitivo, não. A sedução vira espetáculo, ninguém fica relax, ninguém solta seus instintos, seus peidos, numa boa. Todo mundo de cu travado. Daí, quando o cara trepa pela primeira vez com uma mulher, acontece o quê? Ou nego brocha, ou fica de pescoço duro por uma semana, ou tem ejaculação precoce, ou esporra mas não goza, essas merdas. É o velho mito da performance, bicho. Um horror, um horror.

— Eu manjo bem isso — comento, um pouco pra mim mesmo. — Eu quase que só dava dessas trepadas operísticas com a Sônia, por exemplo. Eu despencando nos trinta, ela toda fresquinha nos dezenove dela. Me sentia na obrigação de mostrar serviço. Queria ver a desgraçada gozando sem parar, ou fingindo pelo menos. E eu ali, segurando as rédeas daqueles milhões de espermatozoides loucos pra esguichar dentro dela. Nos bares, festas, reuniões, a mesma coisa: tinha que espremer os neurônios para parecer brilhante, culto, smart, de esquerda, e o caralho-a-quatro. Medo de perder a cabritinha prum cara mais jovem, mais bem-sucedido, mais descolado, mais pintudo, mais... Caralho, que puta burrice! Precisei viajar vinte mil quilômetros pra sacar isso.

— Eu também, cara, eu também — emenda o Chico. — Caí nessa cascata a minha vida toda. É foda, velho, aquelas babies brasucas podem gostar de uma paquera, de uma lambança, são atrevidas, te olham nos olhos e tudo mais, numa nice, mas não deixam você perder a cabeça. Não querem que você goze. Te exigem o esplendor e o controle sobre o teu próprio corpo. Acho que chegou a hora de defender a ejaculação precoce, saca? Viva a ejaculação precoce! Deixa a peteca subir e cair quando quiser! Foda-se a performance!

— Pois é — sigo eu, empolgado —, a gente tem que dar um rolê nesse nosso Bogart interno, no ideal do sedutor durão, charmoso, que dá uma porrada na cara do inimigo e um beijo fatal na boca da loiraça, tudo mais ou menos ao mesmo tempo. Na tela, vá lá. Na vida, tô fora, bicho.

— Na vida o papo é outro, a gente tem mais é que ficar de perna aberta na rede, peidando alto, cutucando o nariz, ou então cagando sossegado na frente da câmera, que nem faz o Rüdi Vogler naquela fita do Wenders.

Enquanto Chico deslancha no falatório, esculhambando a teatralidade do sexo e da sedução, flagro uma cena na calçada em frente ao café: uma garota absolutamente gracinha pede fogo a um sujeito que vem passando. Cigarro aceso, ela cai fora rapidinho, com um breve sorriso de agradecimento. O cara fica com o isqueiro na mão olhando a figurinha sumir apressada por entre as árvores do boulevard.

Comento com Chico:

— É foda, bicho. Se a gente topa com a beleza na rua, cara a cara, é muito difícil impedir que o velho Bogart bote as manguinhas de fora. A gente quer logo encontrar um troço interessante pra dizer, um gesto charmoso, uma tirada engraçada, qualquer coisa. Essa Pamella, por exemplo. Fiquei o tempo todo pensando lá no metrô o que de absolutamente espantoso e encantador eu poderia dizer a ela.

— Mas isso é a velha fissura, cara, a maldita fissura do caralho. A gente já emplacou trintão, bicho, não pode mais marcar esse tipo de bobeira na vida. Eu quero folga, quero gozar, quero perder a cabeça, porra!

Chico diz isso cabisbaixo, arando com dedos ansiosos os cabelos molhados. Peço mais dois chopes. Chove chuva, chove sem parar... Faltava um Jorge Ben no áudio agora. O astral começa a baixar. Onde terá ido aquela menina do cigarro? E a Pamella? E a mulher que ela ama? E a Juliá? E a...?

10

Pequena angústia matinal. O dia está uma caca, a julgar pela amostra de céu que me entra pela fresta da cortina. Tudo cinza, garoando, parece São Paulo essa merda.

Um exilado amigo meu comparou a angústia a um urso negro que chega de mansinho por trás do freguês e lhe toca o ombro com a pata felpuda. De leve. Se o sujeito bobear, o urso lhe pula em cima, faz o maior estrago. Um perigo.

Pra mim, a angústia é um gato vira-lata com patas de pluma e corpo de chumbo. Sinto suas andanças dentro da caixa do peito, mas nunca sei onde ele está exatamente.

Sabine levanta primeiro. Ela sempre levanta primeiro nos dias de semana, por causa do trampo. Flagro sua bunda roliça descendo as escadas do mezanino. Seus longos cabelos escuros fluem pelas costas, suavemente. Tem um corpo de Vênus renascentista essa mulher, redondo em todos os ângulos, peitinhos miúdos, primorosos. Vi poucos peitos tão delicados quanto os de Sabine. Deveria falar também do rosto dela, do seu olhar, da sua aura, desses aspectos mais sublimes do ser feminino. Mas fico nos peitos, sublimes pra cacete também, garanto. Sexista! — estridularia Juliá ou Syl, ambas intelectuais feministas, ao contrário de Sabine, que é do comércio, vendedora de uma loja de sapatos da rue de Rivoli, e se contenta em ser apenas feminina. Vamos que eu esteja sendo um pouco sexista. Isso não impede que Sabine bote agora Ravel na vitrola. De minha parte, preferia acordar com o piano de Jobim tendo ao fundo as cordas melancólicas orquestradas pelo Gil Evans. Mas os violinos lentos de manhã chuvosa de Ravel também me caem bem. Pavane pour une infante defunte.

Segundona brava. O rangido da cidade funcionando lá fora me incomoda. Rouba boa parte da suavidade da música. Sabine me pergunta, quando reaparece trazendo chá e biscoitos: "É sua uma cueca azul que está no banheiro?". Com o canto do olho constato que a minha cueca branca está no chão, no mesmo lugar onde a joguei ontem de madrugada.

— Não — respondo com genuína serenidade.

Tudo bem. Entre nós amor não mete o bedelho. Pas de paixão, monsieur. Só uma amigável sacanagem, que já não é pouca coisa aqui em Paris, inda mais no frio. A gente se gosta sem alarde, nem futuro. Chico me advertiu, logo que cheguei a Paris: a cidade é cruel no inverno sem mulher. E que cidade, no inverno ou verão, não é? Observo Sabine ajeitando a bandeja de chá na cama e me pergunto, um pouco cético, se passaremos esse inverno todo juntos. Sabine é uma pérola de moça, como se diz: me traz chazinho na cama, bota musiquinha preu acordar, me chama com terna ironia de mon ange, envolta em seu robe de seda, senta a cavalo sobre o meu ventre livre, sua xaninha nua e úmida do esguichinho recente roçando meu pau demí-bombê. Eu sou um fraco, eu adoro, eu amo essas coisas.

Ontem o sassarico rendeu que foi uma beleza. Tem horas que esse negócio de sexo até que dá certo. Acho que perdi a obsessão da penetração. Estou pondo em prática as teorias antimachistas que ajudo o Chico a desenvolver nas mesas de bar. Não estou mais dando muita bola pro meu pau. Quer subir, sobe; não quer, foda-se. Penso em outra coisa. Chega de fissura na cama, adiar meu gozo pra companheira gozar duzentas vezes, dar logo a segundinha, a terceira, a quarta... a milésima. Mostrar serviço. Never more, major. Não sou cowboy nem cangaceiro. Quero ser um dândi suave, feminino, distraído. Mulher entre as mulheres. O lésbico de que falava o Baudelaire.

Sabine transa mulher também. Tem uma namorada chamada Barrbarrá, que mora na Bretagne. Claro que fantasia já me pintou de transar com as duas. Vi uma foto dela. Parece uma jogadora de basquete aposentada. Deve ser mais alta que eu. Mas não é de se jogar pras piraíbas, não, especialmente agora, na boca do inverno. A ver.

Da primeira vez que trepei com a Sabine, quando ainda arfávamos no colchão, depois de desgrudar nossas conexões amorosas meladas e saciadas, ouvi dela a singela confissão, que nem eu nem ninguém à vista lhe pedira: "É engraçado, mas com mulher é mais gostoso". — "Ah, bon?..." — disse eu, na minha melhor dicção parisiense. Fiquei na minha, à falta de outro que me deixasse ficar na dele. Na segunda rodada, quando nos animamos de novo, sosseguei. Esqueci de penetrá-la. Caí de língua, de norte a sul. Ela acabou relaxando e passou a me tocar como a uma mulher. Ahhhhdorei. Me chupava devagarinho a cabeça do cacete, mordia com delicadeza minhas bolas, escorregava a língua pelo meu rego sem desviar do cu, deixava traços brilhantes pelo meu corpo todo, com sua volúpia experiente. Eu também ia quietinho por onde me levavam mãos e boca e pau. Não precisei de mapa nem de plano de voo. Uma trepada distraída. Batifoler, conforme Sabine me ensinou. Sassaricar seria uma boa tradução.

Aí, quando menos esperava, gozei. Na boquinha de Sabine, minha porra perolizando seu batom vermelho.

Abro de vez a cortina da janela junto à cama pra encarar de vez a manhã. Cracamos biscoitos champanhe com nossas bocas secas e bicamos o chá pelando. O robe de Sabine se abre no peito. Farelos e açúcar pulverizado caem nos peitinhos e na barriga da minha amiga. Nove e trinta. Ela diz: Preciso voar pro trabalho, já devia ter aberto a loja, você não quer dormir mais um pouquinho, mon chou? Não quero não. Ando superdormindo há meses. No banheiro, dou uma esguichada com o chuveirinho íntimo nas partes afetadas pela noite de prazer, pra pele não ficar peguenta, escovo os dentes com a escova dela, dou uma cagadinha, me visto e saímos juntos, eu e ela, abraçados, pra rua molhada. Seríamos facilmente confundidos com um casal de namorados.

O frio de outono me anima e acaba de me despertar. Chuvinha cacete. Sabine pega seu rumo pro trabalho; eu não tenho a menor ideia do que fazer. Guardo nas bochechas os dois beijos castos que ela me deu antes de sumir na multidão da rue de Rivoli. Tiro a contragosto as mãos dos bolsos pra comprar um *Libé*, que entucho debaixo do braço, e afundo escadarrolando no buraco do metrô, sem nem olhar as manchetes do dia.

11

No vagão, me toco de que esqueci o lenço em casa. A coisa vai e vem pelos dutos nasais conforme respiro, e tenho medo de que acabe saindo às vistas da velha sentada à minha frente, a me encarar com sua carranca grisalha. Também na garganta um bolo de muco se instala, querendo escalar até a boca. Se engolir, vou ter que suportar no estômago essa massa de catarro nauseabunda. A loira que acabou de entrar com o grandalhão de gabardine é magnífica. De perfil, parece a Marina Vlady. O cara parece um boxeur rico. Os dois levam jeito de americanos, não sei bem por quê, já que não abriram a boca. Somente ela cochichou algo no ouvido dele, que não ouvi. Se calhar são apenas franceses americanizados. Dou uma chupada de nariz, excessivamente forte, que faz a coisa retroceder e descer quase até a garganta. Imagino o ranho aspirado se encontrando com o catarro num abraço visgoso. O ideal seria assoar o nariz e escarrar discretamente num lenço de papel, do qual, no entanto, não disponho no momento. Dou mais uma espiada na loira que, pensando bem, é loira demais pra ser natural. E viro a página do Henry Miller que estou lendo justo na hora que o narrador, de porre, enfia o dedo no cu do amigo empoleirado numa puta a trepar tchek-tchek tchek-tchek, regular e mecânico, feito esse trem de metrô. O amigo reclama, diz que estava quase gozando, e agora vai ter que começar tudo outra vez. Os americanos escrevem o que bem entendem. Por isso são os americanos. Numa operação sincronizada de fechamento da garganta e ligeira fungação, consigo obrigar o ranho a voltar pro duto nasal, sem deslocar o catarro dos brônquios. Cada macaco no seu galho.

Lembro um dia na classe, tinha dezesseis pra dezessete anos. Ana Lúcia, que eu venerava e homenageava com sentidas punhetas, estava sentadinha na minha frente em sua carteira, anotando a aula. De repente, detono um espirro tão forte e imprevisto que nem deu tempo de cobrir o nariz. Quando abro os olhos úmidos, lá está ele enganchado nos adorados cabelos compridos de Ana Lúcia: o verde molusco brilhante. Ninguém em volta sacou. Nem Ana Lúcia. Eu tinha praticamente escarrado na minha musa. Não era bem essa a intimidade que eu sonhava ter com ela. A aula acabava e eu não sabia o que fazer. Não fiz nada, e Ana Lúcia saiu da sala, impecável como sempre na saia vermelha plissada do uniforme, com os peitos elegantemente alçados pelo sutiã visível através da camisa de linho branco estalando de limpa. Nos seus cabelos que despencavam lisos para trás, a partir da tiara, agarrava-se o crachá verdolengo.

Miller acha que se deve meter a mão na engrenagem humana sempre que ela estiver funcionando com muita regularidade. Por isso o dedo no cu do amigo que fornicava como um pistão copulatriz, sem mesmo olhar pra cara da companheira de quinze francos.

Loirona e Kid Tonelada, meus companheiros de viagem no metrô, de braços dados, não se falam. Chego a um impasse na garganta: ou engulo ou cuspo fora aquele festival de secreções. Falta ainda uma estação pra chegar a Chaussée d'Antin. Me contemplo no vidro da janela e radiografo a massa verde-escuro latejando na garganta, um alienígena traiçoeiro prestes a lançar seu ataque abjeto. Em Ôperrá, como os franceses chamam a estação que fica bem debaixo do famoso Teatro da Ópera de Paris, entra um sujeito embrulhado num mantô de pele, óculos de aro dourado, gravata vermelha visível por detrás da écharpe branca. Sapatos reluzentes, cara perfeitamente escanhoada. A figura emite um cheiro poderoso de loção que logo toma conta do ambiente. Sinto o rabinho da lagartixa gelatinosa escondida no meu nariz escorrendo até meu beiço superior. A situação é crítica: se aspiro, pouca coisa que seja, engulo o catarro; se deixo como está, o rabo da lagartixa acabará atravessando meus lábios e chegando ao queixo. Limpar a nhaca com as costas da mão não vai melhorar muito minha imagem junto à velha que me olha inquisidora.

Chaussée é a próxima estação, onde vou descer. O trem arranca. Desfaço o rabinho de visgo com o nó do dedo indicador. A velha percebe a manobra e desvia o olhar com uma cara ainda mais biliosa. Deve ter sacado que eu sou estrangeiro e deve estar pensando que bom seria se alguma autoridade impedisse que esses bárbaros saiam de seus esquálidos países ao sul do Equador para vir à França verter suas secreções nauseabundas no metrô. Me concentro na leitura. Segundo Miller, no dia do fim do mundo, os últimos caras a sucumbir serão os revisores de jornal. Ficarão em suas bancadas empenhados em colocar nos devidos lugares as derradeiras vírgulas e pontos finais da civilização. Mal consigo respirar. O ar passa com dificuldade pelo muco gelatinoso. Surgem as luzes de Chaussée d'Antin. Gritos metálicos dos freios do trem. Meto meu pocket-Miller no casaco e corro para a porta. Quero ser o primeiro a pinicar. Mas a velha, que está mais bem situada, se adianta e me toma o lugar, pousando sua mão enrugada no trinco. Quando o trem para e clan! a porta se abre, quase passo por cima da velha. O pardon me sai inaudível, amortecido pelo catarro que já começou sua inevitável ascensão em direção ao meio ambiente. Corro atrás da primeira lata de lixo, cruzo meu olhar, num relance, com o da loira americanoide que ficou no vagão. Ela me joga um olhar coquete. Ou será apenas curioso? Kid Tonelada ao seu lado não se toca. Estanco diante da lata e invoco o bolo visgoso com um ruído que ecoa por toda a estação. O catarro vem fácil e aterrissa com um pof sonoro no fundo da lata vazia. Em seguida, desesperado, destaco a folha de rosto do meu *Trópico de Câncer* e assoo o nariz com brio. Analiso a melecada farta que passou para o papel. Belo ranho. Todo mundo sente um certo orgulho da própria caca, uma vez que se vê livre dela. Inicio aliviado a longa escalada até a manhã gelada que circula apressada pela rue Lafayette.

12

Vodka no congelador, fumo na latinha de cigarrilhas, fotos da Marilyn espalhadas por toda parte. Apartamento térreo da rue Budé, com a janela da sala dando pra calçada. Chez Sylvana, flor judia e branca da Guanabara, carinha de donzela inglesa daquelas ilustrações do século XIII. Falando de homem:

— Eu é que não aturava um bofe dentro da minha casa, regulando a minha vida. Horário pra chegar em casa, contar com quem andou, onde foi. Monopólio sexual. Cuecas pelo chão. Ah, não. Não, não e não!

Bofe. Me recuso a ser considerado como tal. Mais pelo som bufo que pelo sentido da palavra, que, aliás, me parece indefinido. Syl usa bofe pra enquadrar quase todo mundo, de Chico Buarque a Nixon. De Bogart ao vizinho que veio de chinelos e roupão reclamar do barulho, certa madrugada. Seja lá o que for um bofe, me acho muito delicado pra ser um troço desses, comentei um dia com a Syl. Ela deu uma de suas gargalhadas bordélicas e me endereçou um de seus estudadíssimos hollywood looks que fazem a gente se mexer um pouco na cadeira.

De madrugada, se tem luz na janela do apê da Syl, entra-se para um papo. Tricô de intelectuais em férias prolongadas. Charos, copos, risadas. Às vezes algum chororô também, que as mulheres sempre arrumam um motivo pra chorar. E, se não há motivo, choram sem motivo mesmo. Tudo ao som de um blues. Ou de Dalva de Oliveira. Ou de: Stones, Roberto, Pepino, Jobim,

Lou Reed, Caetano. Ou de Angela Ro Ro e seus blues cariocas mandrakados. Syl faz de seu micro studiô um salão de intelectuais pirados, como o da Gertrude Stein, ali mesmo em Paris, e o da Olívia Guedes Penteado, em São Paulo. De vez em quando a gente vê também ali travestis brasileiros emigrados discutindo seriamente a possibilidade de "botar boceta" no Marrocos por 5 mil dólares. Pode-se encontrar também o Chico esculhambando a caretice universitária no Brasil. Ou eu aqui, quer dizer, ali, falando do romance que estou ameaçando escrever há anos e agora, enfim, está baixando no papel. Ou um casal de psicólogos, ele francês, ela brasuca, sempre às turras. Uma vez vi os dois se estapearem de verdade. Ou um filósofo bonito, de óculos e voz macia, que gosta de contar seus sonhos e adora David Bowie. Ou a própria rainha do pedaço, a Syl herself, confessando em voz baixa:

— Ainda vou botar uma placa de mármore na porta do meu prédio, dizendo assim: aqui mora Sylvana Zemel, nascida no mesmo dia que Marcel Proust.

Esse é o salon-saloon da Syl. Qualquer nota. Anything goes. Não deixa de ser curioso que a Sylvana, um verdadeiro tufão guanabarino, preze tanto sua solidão essencial. Sylvana é das companhias transitórias. Jogo rápido. Ninguém passa muito tempo esquentando seus lençóis.

— Ninguém senta praça na minha vida — se gaba a doida. — Amo acordar sozinha na minha cama abraçadinha comigo mesma.

Já ouvi muito a Syl pontificar sobre bofes em geral:

— Não há bofe perfeito. Com cuspe e com jeito se come o cu de qualquer sujeito. Já encaminhei vários bofes, sei do que estou falando. Se alguém aí se habilitar...

Numa dessas cotidianas madrugadas, eu e o Chico despencamos na ilha, como de hábito. Luz na janela do térreo, batemos na porta. Beijos e abraços. Mas Syl logo faz:

— Pssiu! — com o dedo pressionando os lábios. — Tem uma poeta carioca dormindo lá em cima.

Lá em cima é o mezanino de madeira onde fica a larga cama de casal da Syl. Ou cama de casais, como ela diz, com disposição bacante. Levo um choque quando ouço aquilo. Uma poeta CARIOCA? Dormindo na cama da Syl?! Acordes dissonantes de Jobim on my mind.

— Poeta carioca dormindo às três da madrugada?! — sussurro, alto o suficiente pra que a poeta me ouça, se estiver acordada. — Nenhuma poeta carioca pode estar dormindo a uma hora dessas. Três da madrugada, quase nada, já disse o Torquato. E a vocação saturniana dos poetas malditos, meu Deus? O gosto pela solidão das ruas desertas na madrugada? A volúpia dos vícios mal iluminados da alcova e do cabaré?

Chico estapeia minhas costas:

— Baixou de novo o Coelho Neto no compadre.

O papo desliza baixinho. Aparentemente esquecemos da poeta adormecida, vinte e cinco anos, segundo a Syl, bolsista de literatura inglesa em Londres. Mas tudo que eu falo pro Chico ou pra Syl tem, na verdade, um único endereço: os ouvidos da poeta carioca que dorme sobre nossas cabeças. Lígia, a poeta carioca. Quero que ela acorde, quero que ela me ouça, quero que ela me ame e me ache genial.

Naturalmente, começo a ficar bobo. Gracioso, verborrágico, esguichando citações numa chuva de perdigotos retóricos, ávido por demonstrar arrojo e radicalidade nas opiniões. Quero que o meu espírito tagarela entre nos sonhos da poeta carioca que dorme lá em cima. Imagino-me cruzando de barco o canal da Mancha numa noite de neblina em busca dos braços inspirados e inspiradores de Lígia, a poeta carioca sediada em Londres. Já suficientemente bêbado e louco de fumo, brado:

— Lígia, ó Lígia, essa maconha, esse ócio, deixam a gente melado como um quiabo!

Eis que a cabeça da poeta carioca desponta no horizonte alto do mezanino. Loira, cabelos frisados formando uma espécie de halo ou moldura em volta do rosto. Olhos azuis repletos de sono.

— Lígia?! Te acordamos? — diz Sylvana, numa voz tão male-moleca que me faz conjecturar se as duas já não andaram se...

— Não... — responde Lígia à pergunta da Syl, esfregando os olhinhos azuis avermelhados de sono. — Só quero fazer um pipi...

Sublime criatura. Corpo magro, pernas apertadas num collant preto de balé, camiseta branca, desce macio a escadinha de madeira. E segue leve e zonza pro banheiro, sem dar bola pra gente. Ouvimos o esguichinho na privada. Daí, volta pelo mesmo caminho, dá um "Tchau gente, amanhã a gente se vê, tô morta de sono", escala a escadinha íngreme, afunda-se de novo no mezanino.

Eu e o Chico nos olhamos, boquiabertos.

13

Gripe. Paris inútil lá fora. Cama com delírios intermitentes. Suores melados. Cheiro de quarto de tia viúva. O studiô me parece um criatório de fungos, vírus e bactérias. Mando uma aspirina com água da torneira. Leio no Miramar: "João, a vida é relativa". Compreendo a modernidade e me aborreço tremendamente.

Cecília me liga no meio da tarde:

— Tem um negócio aí que pode te interessar, Ricardinho. Uma mulher que mexe com teatro e tá precisando de um assistente na área de texto. Ela tá afins de fazer um trabalho de corpo em cima da literatura, saca? Pegar as palavras e traduzir elas em gestos, cheiros, cores, emoções, sabores. Saca? Tirar a palavra do fluxo do discurso, explorar todas as outras dimensões da linguagem verbal. Saca?

— Saco... — murmuro, com evidente desinteresse e duplo sentido.

Mas, não querendo ser totalmente indelicado com a Cecília, fabrico uma frase de ocasião:

— É um pouco aquele velho lance de voltar ao concreto das palavras, né? Interessante...

— É isso aí! O concreto das palavras! O corpo das palavras! Pode crer! Pode crer! — entusiasma-se a Ciça ao telefone, ferindo meus tímpanos preguiçosos, como se eu tivesse acabado de descobrir a perspectiva ou a fissura do átomo com a minha frase.

Ela continua me explicando as revolucionárias propostas da mulher "que mexe com teatro". Não é que eu seja totalmente contra a ideia de abolir o discurso linear tramado pelas palavras, passando a tratá-las como coisas que ocupam um lugar físico no espaço. Os concretistas já fizeram isso no Brasil. Sendo assim, estamos liberados para voltar a escutar o que as palavras têm a dizer — o velho e bom discurso linear. Mas respondo:

— Olha aqui, Ciça, tô achando o maior barato essa ideia da palavra-corpo, dou a maior força pra você e pra sua amiga do teatro, mas é que... Sei lá. Acho que eu tô mais é afins de namorar as palavras, na boa. Não quero encrenca com elas nesse momento. Mas, ó, vai nessa, Ciça, vai nessa, baby.

— Pode crer...

Sinto a Ciça murchando do outro lado da linha. Coitada. Já me telefonou várias vezes com propostas pré e pós-modernistas, e eu sempre tirando o corpo. Vou confessar: modernidade demais me enche um pouco o saco. Gosto também da palavra que me toma pela mão, vem com a mamãe, vem, filhinho, e me leva por aí, num passeio pela vida afora e adentro. Além do quê, não tenho o menor tesão pela Cecília, voilà tout.

Desligamos, depois de nos enviarmos beijos chochos. Se a Cecília fosse mais gostosa, eu podia até pensar em virar poeta concreto. But... Procuro por minha piroca mole recolhida na floresta de pentelhos sebosos. Nem pra pensar na hipótese remota de uma punheta eu tenho ânimo.

Oswald, in Miramar: "Sou um elo de uma cadeia infinita".

Me sinto o último desses elos, o que liga a cadeia ao nada. Engulo outra aspirina. Chupo uma bala de limão. Tento um verso com sonoridade concreta: Ivo viu a vulva da viúva vulgívaga. Repito o verso até pegar de novo no sono.

14

ai caralho vou gozar
não, muito cedo, tenho que guentar, tenho que
guentar
ela tá muito louca, essa mina, não para de mexer esse rabo,
desse jeito não vou me
segurar
ô lôco
péra aí, péra aí, baby, só um pouquinho
mais um beijo até o fundo da goela
mais um pouquinho e eu supero a crise do êxtase
não vá pensar que eu já gozei e sair chacoalhando feito uma
louca;
deixa só passar essa supercócega que percorre meu corpo
todo
até se concentrar no pau,
do cabo à cabeça, perigando explodir num jorro de geleia
biológica
e aí, já era
acabou a festa
mais um pouquinho, mais um pouquinho, ui ui
pronto, passou...
agora vem cá, baby, vem cá
mexe daí que eu mexo daqui, sem parar, sem parar,
pra você gozar quantas vezes quiser a noite inteira até se encher

o saco do gozo, do sexo, de mim
rock and roll
sem parar
vamos lá, mudar de posição: você no meu colo agora,
pernas abertas, de frente pra
mim, eu chupando esses peitinhos espinhudos e,
por cima do teu ombro, os telhados
da cidade espiam a nossa trepada
agora já não corro mais o perigo de perder a cabeça, vamo lá,
vamo lá
meu prazer é te ver gozar
um pedaço de mim dentro de você
vejo teus olhos fechados e ouço teus gemidos saindo
em golfadas curtas de ar da tua boca entreaberta
a cada batida do coração e
minhas mãos não deixam nenhum pedaço do teu corpo
esquecido do prazer e
quanto tempo faz que estamos aqui, passeando na cama,
lençóis embolados?
teu cuzinho morde melado a ponta do meu dedo que entra
devagarinho e você estremece e
oh ah hm OH AH HMMMM...
você vai desmaiar, baby?
morrer?
bão balalão senhor capitão
canso, mas você me cavalga, upa upa cavalinho,
agarro suas coxas brancas tão
brancas, pra você não cair do cavalo, mas de repente
o cavalo empina e, opa, cá estou
eu de novo em riba docê
ying e yang, zé e maria, queijo com goiabada,
a rotação permanente dos contrários
(noto, olhando pra baixo, que a minha barriga
anda muito saidinha; qualquer dia desses volto ao cooper)

trintanos me emplacaram ao som de um velho rock
você agarra minha cabeleira hippie e me puxa pros seus lábios
e goza, e goza, e goza e
agora é a minha vez de me soltar
lá vou eu
deixa eu ir
e se a gente fosse juntos dessa vez? você consegue de novo?
orgasmos múltiplos. Dizem que as mulheres
conseguem.
queria me desfazer feito sonrisal na efervescência de um gozo
de mulher
sinto que vem, vem, vem que vem, devagarinho,
não mais com aquela urgência do começo
vem agora como um pássaro lento que se abandona no ar
de asas abertas e
vem
e
vem
meu gozo,
meu último acorde
vem
vamos juntos, eu e você, beibebeibeibeibe
e atenção e ai ai AI!
agora sou eu quem arfa e geme e estrebucha e
...

15

Noite branca. Nada passa pro papel. Vontade imensa de escrever, mas tem uma boiada na linha, muitas ideias, mil ideias
multiplicadas pelo zero circular e dispersivo da atenção flutuante, nenhuma ideia. Outro cigarro. O vinho começa a fazer

minha cabeça. E se eu parasse de beber, de fumar, de dar bola e aguentasse a palo seco a porra da ansiedade? A palo seco, como João Cabral de Melo Neto. Outro dia tentei, não deu pé. Suei frio, deu tremedeira, eu parecia um junky de heroína virando peru frio. Não conseguia juntar três palavras numa frase. Precisava de um sossega-leão. Caí no rum, única bebida em casa. Matei a garrafa, que andava pela metade. A noite ficou mais suportável, escrevi uma carta pra Sônia com desaforos líricos. Poderia escrever outra agora. Merda de rum de dez francos. Descia pela minha garganta como um gato de unhas arreganhadas, abria um buraco incandescente no meu pobre bucho malhado.

Na janela, o cubo da noite convida ao salto.

Me lembro da manhã de verão ensopada de sol, numa rua do Leblon, em que vi o Drummond. Camisa abotoada até o pescoço, vinha na minha direção, seus olhos cinzentos fixos em qualquer coisa que andava à sua frente e não se via. Não eram as pessoas, nem os edifícios, os outdoors, nada. Não se via o que ele via. Tive um tchans muito estranho quando ele passou por mim. Senti emanando dele uma serenidade desprovida de emoção, coisa de estátua animada. Não de robô, de estátua mesmo, obra de arte. Passou por mim. Dei meia-volta, fui atrás. O homem na minha frente, que garantiu num poema ser apenas um homem, seguia imperturbável seu caminho.

Fui seguindo o Drummond pelas calçadas do Leblon até me convencer de que aquele homem ali na minha frente não era o poeta. Era mesmo apenas um homem dentro dos seus sapatos. O poeta mora em mim, e não tem cara, e não tem corpo. Desisti de segui-lo. Voltei pelo mesmo caminho, fui cuidar da minha vida.

Não seguro a barra dessa solidão espessa sem um copo na mão. E um charo fumegante. Tem razão o Pascal quando diz que o homem não vai tomar jeito enquanto não aprender a ficar quieto no seu quarto. Mas ele reconhece que a calma entedia o cidadão e o obriga a "mendigar o tumulto" nas ruas. Encho de novo o copo com esse veneno sanguíneo.

A França, quietinha lá fora. Francês segura melhor a barra da solidão que brasileiro. Tá acostumado, desde criancinha. Brasileiro tem medo pânico da solidão. O solitário no Brasil é tratado socialmente como tuberculoso e se sente pessoalmente como um leproso. Brasileiro só acata a solidão na privada e no caixão. E, às vezes, nem no caixão: quantos não caem na vala comum?

Fiz trinta anos e ando com medo de levar a breca na vida. Uma vez por semana, em média, me dá esse medo. Acho que às quintas-feiras. Medo de ficar sem grana, sem amigos, sem mulher. Um ratê baixo-astral, dos que sentam no meio-fio e vertem lágrimas grossas como pitangas. E se deixam lamber na cara por um vira-lata sarnento. Te esconjuro, Nelsão Rodrigues!

Onde foi que eu botei meu sono?

Eis que uma janela se abre no prédio em frente. É o mesmo sujeito que há uma semana anda me espreitando a qualquer hora do dia ou da noite. Volta e meia, lá está o cara, procurando pelo sono dele, que deve ter escapado pela janela. Ou foi só vigiar o silêncio da noite, como eu. Sinto seu olhar em mim, peguento. Deve ser uma bichona velha. Um viado insone à cata de efebos na madrugada.

Porra, que homofobia é essa, Ricardão? Por que viado insone? Por que não só insone, como você? E que tipo de efebo barrigudo você pensa que é?

É porque eu sinto esse merda me olhando com aquele olhar grudento, típico de viado. Tenho experiência de paquera de viado. O Piero cineasta, por exemplo, com suas sapatilhas de balé, me olhando desse mesmo jeito e tentando me agarrar em todo lugar que me encontrava, em São Paulo. A mim e a toda torcida do Corinthians. Diante da minha esquiva, invocava sua condição de artista maldito pra me acusar de careta, "normal", só porque eu não me interessava por cu peludo, e menos ainda pelo cuzão dele.

Mas, bicho, você também está olhando pro cara. Quem te garante que o fulano não tá lá pensando com as listras do pijama dele que és um pédé tocaiando a vizinhança?

Pédé é a puta que o pariu. C'est lui le pédéraste! Eu não tô olhando pra ele do mesmo jeito que ele tá olhando pra mim.

Que jeito?

Aquele jeito. Bichona.

Que jeito nem meio jeito, man! Desencana que a life engana. E o que é que tem se o sujeito for mesmo viado e estiver na tua paquera. Direito dele, uai.

Direito, o caralho. Ele tá invadindo a minha solidão.

Hum! "Invadindo a minha solidão" é que parece coisa de viado. Pô, Ricardinho, sem essa, meu. E se o cara estiver, ele sim, se sentindo invadido, pois que foi dar uma espiada pela janela e topou com você aí, de luz acesa, fumando, bebendo esse vinho vagabundo, em nada melhor que o rum do outro dia, e lançando olhares hostis pra cima dele. Hein? Assimila o cara, bicho. Esquece. Não era você mesmo quem reclamava há dois minutos do peso da solidão?

Mas sou eu que decido quando devo interromper minha solidão, e com quem. Certamente não vai ser com essa bichona visgosa pendurada na janela.

Cacete. Ô cabeça. Te manca, meu.

Finalmente apago a luz e deito de roupa mesmo. Lembranças pesadas despencam em cima de mim. Célia... Em algum desses dias de março vai fazer dez anos que/

O barulho de novo! Puta que pariu, os ratos voltaram. Depois de todo o veneno que eu espalhei pelo studiô. Filhos da puta. Me arrebentam os nervos. O mal rasteiro que sai dos furos do escuro e trama contra mim em finos e ciciantes sussurros. Medo que se repita a cena de anteontem: eu pelado, pés enfiados nos sapatos, com uma mão protegendo arquetipicamente o pau e a outra empunhando uma vassoura, atrás de ruídos que corriam velozes e invisíveis pelo quarto. Só de manhã consegui acertar uma vassourada num puto dum camundongo, tão nojento estrebuchando em sangue e gosma, quase vomitei.

Não, não são eles. É o chauffage que estala. Uff...

Necas de sono. Vou mijar, me olho de relance no espelho do banheiro, pra ver se sou eu mesmo que estou aqui, volto pra minha mesa, pros meus papéis, pro meu tinto bundeiro. Preciso bolar logo um projeto de estudos sobre qualquer assunto com pinta socioeconômica, arranjar um orientador e partir prum mestrado. Livrar a cara enquanto é tempo. Represento o Instituto, tenho um convênio a cumprir. E lá se vai o tempo.

Acendo um cigarro, boto mais uma carinha de vinho no copo de geleia. Assopro fumaça dentro da garrafa, que já está nas últimas. Ponho a garrafa contra a luz do abajur, assisto às contorções lentas da fumaça envidraçada. Tento descobrir com o que se parece essa fumaça se insinuando pra dentro de si mesma num movimento que tende à vagarosa dissipação. Com nada, com tudo. O cigarro que mantenho entalado entre os dedos me tisna uma ponta de cabelo. Cheiro de galinha depenada que a minha avó sapecava no fogo antes de enfiar-lhe a faca. Pra que fugir da verdade? Não estou com o menor tesão pra tese nenhuma. Acho mais cômodo ser objeto e não sujeito de estudo. Ou então ser eu mesmo sujeito e objeto. É mais prático. Se bem que eu seria um sujeito correndo atrás de um objeto que não quer ser entendido, nem sequer encontrado.

Cinco horas. Ultimamente quase toda hora tem sido cinco horas, seja da madrugada ou da tarde. Uma hora cheia de marquesas: "La Marquise est sortie à cinq heures". Melhor tentar de novo o sono. Vai ser foda. Acordei ontem às três da tarde, bundei até a noite, fritei um bife, cochilei fundo das nove às onze, entupido de cerveja e haxixe. Hoje é quarta ou quinta? Sinto e escuto por dentro o coração bombando forte. Gosto mais dele quando cumpre seu trabalho na surdina. Vou acabar cardíaco como meu pai, isto é certo. E bem antes do velho, que nunca fumou esse haxixe vagabundo comprado na rua, que até bosta de vaca marroquina deve ter na composição, nem injetou tanto álcool barato no organismo dele quanto eu. Meu coração vai explodir qualquer dia desses e abrir um buraco no meu peito, como esses que se abrem no meio da rua quando se rompe um duto de águas públicas no subsolo. Começo a descambar pro mórbido. É bom esse sono pintar logo.

Os primeiros passarinhos já vão dando o ar da graça. Ou a graça do ar, pra quem acorda agora, depois de seis, sete horas de sono honesto. Na rua, a zoeira do caminhão de lixo. Em Sampa, anos atrás, o barulho inaugural da manhã era o sacolejo dos frascos de vidro dentro do caminhão do leiteiro. Hoje, vestido de papelão aluminizado ou plástico, o leite perdeu sua voz. Seja em São Paulo ou Paris, só se ouve agora na madrugada essa máquina escatófaga deglutindo as sobras da nossa existência perdulária. Tinha também o canto dos galos, que em Paris nunca se ouve. Não há galos em Paris, apesar de ele ser um símbolo da França. Ou se há, eles são mudos. Le coq muet.

Sério, hoje é quinta ou sexta?

16

Acordo com um clangor de louça sendo lavada na pia e chiado de água a ferver na chaleira. O dia força passagem pelas frestas da cortina. Fecho os olhos e ponho de novo um pé no sonho. Rangido da porta do armário. Farfalhar de pano. Levanto as pálpebras apenas o bastante para espiar o mundo que supostamente há fora de mim. Reconheço o quarto da Sabine, com a própria Sabine defronte do espelho, de costas e bunda nuas para mim, analisando os efeitos de um vestido branco contra a frente de seu corpo renascentista. Faz um muxoxo, não gostou. Volta ao armário, troca o branco por um estampado longo, púrpura, com motivos vagamente orientais. Analisa de novo seu reflexo no espelho.

— Pssss... — faço eu. Ela se vira, quase assustada:

— Oh... T'es déjà reveillée?

— Viens ici.

Sabine larga o vestido mil-e-uma-noites no encosto de uma cadeira e vem imitando colegial trêfega, dando alegres pulinhos nas pontas dos pés.

— Oui, papá! — ela faz, deliciosamente putinha tentando agradar um pedófilo.

Arranca as cobertas de cima de mim, monta a cavalo sobre o meu pau jonjo, tira a tiara, solta os cabelos, sacode a cabeça pra lá e pra cá, provocando uma revoada de fios castanhos em torno da cabeça, sente debaixo dela o efeito dessas manobras sobre a minha libido matinal, solta um risinho completamente sacana. Cenas de cinema. Apanho um bico de seio dela entre o dedão e o indicador. O bico desperta, pontiagudo. Ergue-se em mim um obelisco de tesão em homenagem ao novo dia. Ereção de ferro, dessas que você pode escovar os dentes, dar uma cagada, falar com o contador ao telefone, fazer café, pagar a conta do tintureiro, amarrar os cordões do tênis, que ela continua firme e forte. Lembro da Veralice me dizendo, pilecada como sempre, no Giovanni, em São Paulo:

— Me recuso a dar pro carinha, de manhã, se ele já acordar de pau ready-made. Tesão de mijo não vale. Tem que começar do zero.

Estou com o básico tesão de mijo, aprimorado pelo calor gostoso do corpo sabinal. Ela se alonga sobre mim, roçando meu pau com seu tufo áspero de pelos. É muito fofa essa mulher. (Já falei que ela é quase *meia* gordinha?) Comungamos o mofo das nossas bocas amanhecidas num beijo de línguas assanhadas. Dou um hábil rolê de corpo, como aprendi nos meus dois meses de judô, na adolescência, e quem estava por baixo fica por cima, como ocorre no amor e na vida. Agora é a minha vez de pesar sobre ela, entre suas pernas. (Eu ia dizer "entre suas pernas abertas para o amor", mas parei a tempo.) Meu pau está impossível.

Estou orgulhoso dele. Me afasto um pouco pra dar uma panorâmica em Sabine. Um libertino suburbano encarna em mim. Acho que é o Jece Valadão no papel do Boca de Ouro que acaba de cruzar o Atlântico. Me crispo todo de tesão vulgar. Boto voz rouca e entoo em bom português aquele verso do Jorge Mautner:

— Ai te segura meu benzinho, que eu vou cair de boca!

— Quoi?

Caio de língua nos peitos livres da minha amiga, duas redondilhas chupetáveis, e escorrego batifolando pela planície arrepiada da barriga até penetrar linguarudo no tapete rebelde e oceânico do púbis. As pétalas perfumadas de carne marrom-escuro por fora e encarnada por dentro se abrem sem resistência à minha linguaruda intrusão, a explorar salivosamente reentrâncias, superfícies lisas e rugosas, buscando o esconderijo do grelo. O grelo, como a felicidade, nunca está exatamente onde supomos que ela está. A brincadeira consiste justamente na procura. Talvez esse tal de clitóris nem exista, na verdade. Vai ver, é só um dos eternos mitos femininos.

Vou subir de novo, mas duas mãos imperiosas agarram-me os cabelos e retêm minha cabeça no enclave palpitante daquelas coxas vivas. Sempre de língua ligada, escorrego entre as polpas bem fornidas da bundinha de Sabine, experimentando com vagar o sabor adocicado da íris do cu, enquanto meu nariz afunda no musgo cálido da bocetinha caudalosa. Longos e gemidos suspiros de Sabine. Acho que estou finalmente fazendo tudo certo. Uma das pernas dela passa ágil por cima da minha cabeça, me ofertando em close-up uma bunda alucinada, cheia de espasmos de geleia de mocotó, a pedir novas homenagens de minha peraltíssima língua. Que não perde tempo e logo se introduz na cratera do vulcão Yocul. Que, satisfeito, ameaça entrar em erupção de êxtase. Num frêmito de corpo, ela me oferece em close-up uma bunda ávida por novas homenagens linguísticas.

Chega o momento de meter ali o indicador da sinistra, desbravando devagarinho um caminho apertado e escaldante.

Com a destra, vou batendo uma sentida punhetinha em mim mesmo, que também sou filho de Deus. Da cabeça do meu pau vejo sair uma baba fina e transparente de pré-gozo, baba de moço, mel do tesão em ponto de bala. Oh non...! non...! — geme Sabine, mas ouço antes aprovação e convite que recusa. Meu dedo recua lento trazendo atrás de si o espoucar alegre de um peido. Eu não esperava por isso. Ninguém espera por isso. Mais uma oswaldiana travessura de cu-pido.

No lugar do dedo, faço entrar meu caralho indômito vibrando de puríssimo tesão e devidamente untado de cuspe. Onde foram parar minhas inibições? Eminência de ebulição. A cratera do cuzinho sabínico se contrai bruscamente em torno da glande, talvez arrependida de tê-lo aceito no interior de seus mistérios. Mas o efeito é contrário: a contração, como refluxo da maré abandonando a praia, arrasta consigo o calhau cilíndrico que o mar engole. Entre as duas redomas tensas a verga luzidia avança com vagar, até que meus pentelhos arranham finalmente o branco cremoso daquela bunda esférica.

Coração aos pinotes. Me sinto arrastado, abismado, atolado. Mergulho no fundo do precipício com a velocidade crescente de um corpo solto no espaço. Dou poucas bombadas, quase que apenas aproveitando o vaivém natural da pele do pau. Começa a queda vertiginosa, uma lição de abismo, um gozo bem gozado.

17

Toca o telefone. Acordo assustado.

— Alô?

— Hello, Ricky? How are you, the most handsome and sexy guy in town? — diz uma estranha voz feminina. A Pâmela?! Será possível?!

— This is Pamella...

É a própria!

— Pamella!

A gargalhada estronda do outro lado da linha. Vem a voz do Chico:

— Aê, bostão! — Mais gargalhadas. — Caiu feito um babaca.

— Filho da puta — rebato, abrindo um bocejo decibélico, que é pra foder com o ouvido dele.

— Caralho!... Cê tava dormindo?!

— Com a sua mãe. Porra, Chico, vá se foder. Queria ver se eu te acordasse no meio do teu sono sagrado pra fazer uma gracinha idiota dessa.

Dou mais um bocejo. Chico parece infenso a ofensas e demais aliterações:

— Acorda aí, bostão. Vamos pegar um Boggie na Cinemateca, daqui a pouco.

— Que hora?

— Às seis. Tem quarenta minutos pra chegar lá. Cê foi dormir tarde ontem?

— Não, já era cedo: sete, oito da manhã. De hoje. Escrevi que nem louco a madrugada toda. Tô com a imaginação esfolada.

— E saiu coisa que preste? Ou as merdas de sempre?

Pra isso servem os amigos, pra estimular a gente. Mudo de assunto:

— Que filme do Bogart você quer ver?

— Esqueci o nome. Mas é um que você ainda não viu, tenho certeza. Te encontro às cinco pras seis em Chaillot. Se você chegar antes, a gente manda um café-calvá no bar da Cinemateca.

Um café e um calvados — *calvadôss*, como eles dizem —, ou só calvá, a pinga de maçã do pedaço. Eu, o Chico, o eventual narrador em terceira pessoa e mais alguns milhões de franceses não dispensam o calvá com o cafezinho. Dá uma instantânea joie de vivre a um custo relativamente baixo, se o calvá for desses de café chulapa.

Quase uma hora depois, de banho tomado e cabelos molha-

64

dos, Ricardo está na porta da Cinemateca, e nem sinal do amigo. Saiu no maior pau pra chegar ao Palais de Chaillot, em Trocadéro, encarando nada menos que três correspondências de metrô, e cadê o viado? Cinéfilos com cara de quem já viu todos os filmes feitos e ainda por fazer se amontoam no saguão. As meninas, quase todas bonitas. Os meninos, não sei dizer; não dá tempo de reparar neles. Filme do Bogart (Boggie pros íntimos) sempre lota o cinemão de pé-direito faraônico da Cinemathèque, o templo da cinefilia parisiense.

Ricardo passa o tempo de espera filmando em segredo com suas retinas ociosas a garota de narizinho arrebitado que costuma aparecer nas sessões especiais. Baby de saia florida e bolsa de lona a tiracolo. Sozinha, em pé, ao lado de uma pilha de impressos com a programação da Cinemateca. Ricardo chega mais e apanha um folheto. No mesmo instante, aparecem os amigos da baby, uns barbudinhos acompanhados de um par de gurias, falando aquele inglês chewing-gum que Ricardo tanto curte ouvir nas ruas de Paris.

Americanos. Ricardo se rala de curiosidade por esses animais despachados que falam alto na rua e parecem cagar & andar pro ridículo. Vestem roupas impossíveis. Cantam Bob Dylan nos corredores do metrô. Fantasia ricardiana recorrente: transar com uma intelectual americana desbundada, de vinte e poucos anos, futura Susan Sontag da vida, pra discutir Godard com ela entre uma trepada e outra, e, depois, zanzar pelas ruas de mãos dadas, bêbados os dois.

Chico enfim dá as caras, com as portas da sala já se abrindo para o público da sessão anterior sair. Traz as mãos nos bolsos e um *Libération* debaixo do braço.

— Já comprou as entradas, Ricardinho?

Duas horas depois, os dois saem fascinados pelo filme do Robert Rossen, com o Boggie e a Lauren Bacall. O velho Humphrey não perde nenhuma parada contra homens ou mulheres. Ricardo comenta:

— A cena da cozinha é fantástica, né? A Lauren Bacall ali, de roupão, tonta de sono, largada numa cadeira, cigarro na mão. O Boggie espremendo aquela laranja e dizendo: "Você já reparou que nas verdadeiras cenas de amor ninguém fala de amor? Look: você aí, chapada de tanto sonífero que tomou ontem à noite, eu aqui espremendo prosaicamente essa laranja. E isto é uma cena de amor". Genial! Metalinguagem e poesia.

— Pode crer, responde Chico, de olho em outra cena à sua frente, nas escadarias que levam do Palais ao metrô: um carinha de barba tentando enlaçar os ombros daquela baby americana de ainda há pouco. Ela estremece os ombros e se safa do abraço. Ricardo também repara:

— Olha lá: mulher, definitivamente, não transa nego fissurado.

Dentro do trem, Ricardo contempla a "minha" baby americana refletida na janela do vagão. Está sentada ao lado do amigo ou namorado ou seja quem for aquele pentelho barbudo. Não se falam, não se olham. A americana percebe Ricardo de botuca nela e sorri, muito de leve. Talvez esteja só provocando o carinha que está com ela, mas Rica-boy sorri de volta, um sorriso breve, que ele se esforça para sair very cool. Mas logo desvia seu olhar pra não parecer um paquera pegajoso nem arrumar treta com o boy da mina, tipo bem mais forte que ele. Muito leite A na infância, aulas de boxe na high school, serviço militar no U.S. Army, é bom não mexer com esses gringos.

Lembra-se da amargura paveseana: "É impossível abandonar-se ao objeto do nosso desejo e possuí-lo ao mesmo tempo". O que Ricardinho queria mesmo no amor é a lassidão de um blues dedilhado ao violão num crepúsculo on the road. Kerouac.

— Vamos jantar aonde? — pergunta Chico, levantando ocasionalmente os olhos do *Libé*.

— Ahn?... — faz Ricardo, perdido em algum lugar entre os olhos e os peitos da gringa linda.

18

Ricardão lê as proezas de Serafim Ponte Grande numa tardinha à toa de frio e garoa, quando passa por fim pelo studiô a caravana do Pai do Sono oferecendo-lhe carona.

Sonha que está boiando, peladão e instalado numa câmara de pneu, nas águas azuis da piscina olímpica de seu clube, em São Paulo, arrodeada de arranha-céus que quase se tocam no topo do céu, feito íris de máquina fotográfica. Pela abertura da íris predial, jorra um sol absoluto, uníssono sinfônico de luz e calor. Suas mãos abrigam um coco verde do qual despontam dois canudinhos. O sol se multiplica nos vidros fumês dos edifícios servindo de plateia para o glorioso far niente do protagonista. A água é tépida feito líquido amniótico e sua poltrona flutuante subtrai quase todo o peso de seu corpo. Eis que ninfetas em flor e em pelo se põem a pular do alto de dois arranha-céus pra dentro da piscina. Tchibum peitinhos tchibum bundinhas tchibum xotinhas tchibum umbiguinhos tchibum tchibum tchibum..... Ricardão, de pernas abertas e bunda encaixada na boia circular, mama água de coco no canudinho, deslumbrado com o espetáculo das mergulhadoras.

De repente, uma delas, por baixo d'água, cai-lhe de língua entre as nádegas nuas até tocar com a ponta da língua o olho do seu brioso brioco, feito um trêfego candiru das amazônias.

— Aaahhh... — Ricardo exala. — Serafiiiiiiiiiiiiiiiiiiiiiiiiiiiiiiim........!

Acorda com o circo armado, a lona engomada e uma sensação curiosa no rabo, além do nome Serafim a ecoar-lhe nos tímpanos da libido profunda. Como não há psicanalistas por perto para analisar tal ocorrência oniricuzona, apenas fecha os olhos e volta a dormir, sonhando dessa vez sabe-se lá com o quê.

19

Chico, no café furreco onde vamos de vez em quando, depois de enxugar o que deveria ser o bilionésimo chope da sua carreira de bebum:

— E o romance, Ricardinho?

Gostaria que ele estivesse se referindo a um caso tórrido de amor apaixonado que eu daria tudo para estar vivendo com uma americana em Paris: a Pamella bissexual ou a garota da Cinemateca, ou qualquer uma com menos de oitenta anos. Mas ele apenas se refere à história que estou tentando escrever, entre sessões de cinema e deambulações aleatórias pela cidade, com intervalos para a indispensável degustação de líquidos alcoólicos de variada coloração nos milhares de cafés estrategicamente instalados nos caminhos por algum planificador divino.

— Vai indo — respondo, sem muita paciência para o assunto.
— Um passo pra frente, cinquenta pra trás, que nem Minas Gerais. Saquei que romance é o tipo de coisa que avança de marcha a ré. Escreve, reescreve, corta, amassa, joga no lixo, recomeça do zero. É a minha rotina. Faço o favor de poupar aos leitores os trechos mais pentelhos, o que poucos romancistas fazem, aliás, sobretudo os brasileiros.

— É sobre o que, mesmo, esse teu romance?

Já contei ou tentei contar isso a ele milhões de vezes. Mas o Chico não consegue se lembrar de nada que não tenha a ver diretamente com a vida e as elucubrações dele mesmo. Também sou assim; por isso somos amigos, imagino.

— É sobre o que me passa pela cabeça na hora de escrever — respondo.

— Ou seja, um monte de besteiras — ele pontua, rindo.

— Exato. Prefiro dizer besteiras pra não calar bobagens, como recomenda o Guima Rosa. Na verdade, acho que deviam publicar também a lata de lixo do escritor, que é pra gente sacar os caminhos que o cara pegou pra chegar ao texto final.

Quando fizerem isso, o mito do gênio irá pro beleléu de uma vez por todas.

— Problema é que escritor é um bicho essencialmente vaidoso — argumenta Chico. — Se não fosse vaidoso, não seria escritor. O cara quer se expor despudoradamente nas livrarias com sua melhor roupa de domingo. Look at me! Escritor prefere ser amado a ser entendido. Daí o primado do estilo sobre o conteúdo. Ou pior: do estilo como conteúdo.

— È vero — concordo, admirando mais uma vez a capacidade do Chico de resumir com elegância e clareza as questões mais complexas. — Se publicassem também o lixo literário, iam ser cinco volumes de rascunho pra cada romance acabado. No mínimo. Um papelório infernal. Ia dar cabo de todas as árvores do planeta. Diz aí, Chicão: você jogou muita coisa fora pra chegar nas trezentas páginas da sua tese?

— Muito pouco. Desculpe, mas é verdade. Quando eu sentava pra escrever, as ideias já vinham na forma definitiva. Eram frases conceituais que eu anotava mentalmente e testava no papo com os amigos. Escrever, pra mim, era simplesmente dar baixa nessas frases. Se você quiser saber, tô achando muito mais difícil escrever essa minha crônica, três pífias laudas, uma vez por semana, pro jornal. É a tua imaginação contra o branco do papel, sem o auxílio de um aparato teórico. Agora sim tô usando a lata de lixo adoidado. Inda mais que crônica eu escrevo desabutinado, tomando todas, pau no cu do leitor e do editor. Aí, no dia seguinte, vou ler, acho tudo uma merda, e reescrevo, reescrevo, reescrevo, feito escravo.

— Reescravo.

— Hahaha. É isso aí. Agora, tese, não; tese eu escrevia lúcido, lógico, racional, só no café e no cigarro. Caretão. Bullshit! Arrenego de tudo que escrevi na academia! Viva a loucura, o porre, a folga, o esculacho!

— Ok, viva-viva, mas que dá um puta trabalho, dá. Funcionando no modo pirado, você tem que se haver o tempo todo com o inesperado, com a galinha viva que lhe cai nos peitos a cada minuto. Não tem garantia de que vai chegar a parte alguma. Não que isso tenha grande importância, mas...

— Pode crê, bichô. A piração dá mais trabalho porque você tem que estar inteiro em cada frase. Não dá pra botar só o dedinho, a ponta do pezinho. Eu hoje escrevo em êxtase, dando bola adoidado, batendo punheta, ouvindo blues. Se estou alegre, ótimo, se estou triste pra caralho, beirando o suicídio, foda-se. Escrevo com o corpo, que nem a Clarice Lispector disse que escrevia. Tô cagando pra caretocracia esquerdofascistoide brasileira que vive me acusando de desperdiçar espaço no jornal com meus "delírios pessoais", que nem aquele cretino da USP escreveu na seção de cartas dos leitores. Delírios pessoais! Vá se foder. Sem essa de realismo socialista pra cima de muá, xará. Vão bundar com o Zé-dá-nove! Meu projeto, inclusive, é tornar meu texto cada vez mais subjetivo, cifrado, obscuro, poético, panteísta, pornográfico, porra-lôca. Pro caralho com a idiotia da objetividade!

Chico vomita essa discurseira aos berros, granjeando alguns olhares hostis nesse café barato de trabalhadores em que estamos, onde mais de um frequentador vota no PC, quando não são imigrantes ilegais, sujos, fodidos e mal pagos. Mas dificilmente aqui alguém entenderá o português brasileiro. E a gente tem tanta pinta de proleta ou meteco quanto eles. Então, bem ou mal, estamos em casa. Tento argumentar que eu acho meio megalômano o elogio que ele faz desse neossubjetivismo obscurantista pop-crazy:

— Bom, Chico, Zdanov à parte, você podia aproveitar que o país tá abrindo politicamente e fazer um texto mais legível um pouco, né? Até os maluco-beleza andam reclamando que não dá pra entender picas do que você escreve.

— Caguei pra esses malucos iletrados, e tô pouco me fodendo pra essa tal de *abertura* burguesa comandada pelos milicos fascistas. Num tô afim de virar deputado do MDB nem de juntar grana pra comprar casa com piscina no Alto de Pinheiros ou no Morumbi, como os meus coleguinhas sociólogos que casaram com mulher rica. Tô fora, bicho. Quero é me narcisar, me abandonar na vida, no texto, na cama. Viva eu. E foda-se a má-consciência! Não me chamo Paulo Martins, nem quero firmar o nobre pacto entre o cosmos sangrento e a alma pura, feito o Glauber citando Mário Faustino na epígrafe de *Terra em transe*.

Ergo um brinde à decisão do Chico. E tento voltar pra literatura, antes que esse papo glauberiano de má consciência e cosmo sangrento descambe em puro baixo-astral:

— Pensar que com todas as palavras que eu já imprimi no papel, em jornalecos, revistas, fascículos, relatórios de pesquisa e o caralho, eu podia construir folgado uns dez romances. Ou vinte volumes de contos, meia dúzia de epopeias. Desperdício!

— Ricardinho, meu filho, tu devia era iniciar uma sólida carreira de poeta marginal. Ouça o que eu te digo. Vai morar no Rio, bicho. Você logo cria fama no Posto 9, começa a transar umas babies piradinhas, e pau no cu do realista socialista soviético de plantão na USP — sugere Chico por trás da sua barba de sátiro sardônico. — Aliás, eu também devia ter feito isso, em vez de marcar bobeira na academia. Tese nunca me rendeu nada, do ponto de vista erótico. Tese é a antítese do tesão. Quem é que vai dar pra mim só porque eu defendi a tese de que o integralismo era uma ideia fora do lugar no Brasil, mimetizando o fascismo europeu sem nenhuma base sociopolítica autóctone?

— É... encontrar uma baby que ache excitante conversar sobre a ausência de base sociopolítica autóctone no integralismo brasileiro, não é toda hora que você encontra, não — concordo.

— Poeta marginal, bicho, poeta marginal. Vai nessa. Olha só o Chacal: come as melhores meninas do Rio de Janeiro, o sacana. E várias de São Paulo também.

Lembro cá com o zíper da minha Levi's que uma dessas paulistinhas que o Chacal comeu era justamente a Cleo, namorada histórica do Chico. Mas só falo que:

— Tudo bem. Só que pra ser poeta marginal no Rio de Janeiro você tem que tomar um coquetel molotov nas canaletas a cada quinze minutos e jogar a carteira de trabalho na baía de Guanabara. Não tô a fim. Meu cotê Amanuense Belmiro é muito forte, Chico. Tô mais prum contista mineiro... maneiro...

Ricardo se lembra do dia em que mostrou alguns de seus poemas ao Chico, na casa do Jonas, em São Paulo, uns dois anos atrás. Tava todo mundo chumbadito, pitando um du-bão, bebendo cerveja e ouvindo pela centésima vez o Monk tocar "The man I love" na vitrola. Ricardo botou umas folhas com poemas nas mãos do amigo, que deu uma longa puxada no beise e se pôs a ler com exuberante má vontade. Lá pelas tantas, o Chico tropeça numa palavra:

— Porra, Ricardinho! *Outridade*?! Não acredito: você botou outridade pra rimar com cidade?! Putzgrila. Ó, quer saber? Eu acho que você devia era partir pra crônica, bicho. Sério. Já reparei que você tem pique de cronista. Esse teu jeito de narrar os fatos banais, o teu humor machadiano, tem tudo a ver com a crônica. Esquece a poesia e vira cronista, bicho. Cronista, viu?

E, devolvendo as folhas para o poeta que acabara de destroçar, foi cambaleante recolocar pela centésima vez a agulha do picápi em cima do "The man I love".

Com certeza o Chico não se lembra mais disso, pensa Ricardo, lavando a goela com o tinto. Tanto que veio agora com esse papo de poeta marginal pra cima de mim. É quando as sempre ávidas retinas ricardianas focam uma baby absurda de linda que passa em frente à terrasse do café, na rue des Écoles. A estátua de Montaigne, do outro lado da rua, coça seu cavanhaque encardido, admirando também a petite femme qui passe. Quando a guria some de vista, Ricardo solta:

— Vou te confessar uma coisa, Chico: eu sempre quis ser poeta.

— Há-hã. Acho que você já me falou disso alguma vez na vida, não falou?

— Falei. Os poetas, pra mim, sempre foram os mais sofistica-
dos organismos vivos sobre a face da Terra. Aos dezoito anos eu já
tinha uns duzentos poemas escritos dentro de uma pasta. Seria o
meu livro de estreia. Tinha até um título: Neblinas. O título era do
caralho, fala a verdade? Neblinas... — diz Ricardo, apertando os
olhos e indicando com a mão o infinito do outro lado da rua.

— É melhor que Campinas, em todo caso — sarreia Chico, o
que não chega a desestimular o flashback de Ricardo.

— Eu sempre curti neblina, névoa, nevoeiro, cerração. Me dá
um tesão estranho, quero voltar pra algum lugar que não sei
bem onde fica, nem se existe.

— Sei. Coisa de viado. De viado freudiano.

— Sim, talvez, provavelmente não. Em todo caso, meu melhor amigo na época, o Calu, também atacava de poeta. Poetas-
tro-mór, aliás. Bem mais retórico-patético que eu. O Calu era
uma penteadeira parnasiana. Já eu, modéstia às picas, tinha
dado uma ligeira modernizada no meu verso. Tinha lido
Oswald, que não existia nas livrarias e só era encontrado na seção de livros raros da Biblioteca Municipal. Li as poesias reuni-
das e mirei o Miramar sob a miopia severa da funcionária que
supervisionava o pedaço. Eu já adorava o Caetano. Lia as letras
dele no encarte do disco como se fossem poemas. Enfim, eu tinha progredido um pouquinho, né?

Chico folheia o *Pariscope*, meneando distraidamente a cabeça para demonstrar que está, teoricamente, me ouvindo. Pede
mais um demi ao garçom. O chope de Ricardo ainda descansa
quase inteiro à sua frente. Um gole, e já está pela metade.
Ricardo arrota forte. Continua:

— Eu e esse amigo meu, o Calu, a gente era o público prefe-
rido um do outro. Nem bem tinha secado a tinta dos meus ver-
sinhos, ele já tava lendo. E vice-versa. Tinha uma amiga nossa, a
Lurdes, que também lia a nossa produção poética, e amava.
Grande fã nossa, a Lurdes. Acho que o Calu chegou a comer ela.
Ele nunca me contou, nem ela, mas deve ter comido.

— E você?

— Eu? Magina. Não comia ninguém naquela época. No máximo pegava uma puta de vez em quando pra chupar meu pau no
fusca do velho. Era praticamente toda a minha eletrizante vida
sexual aos dezessete anos. Até que, um dia, se abateu uma puta
tragédia na minha vida de poeta colegial: Maria Otília, minha di-
leta namorada, pénabundeou-me. Fui trocado por um carioca.

— O Rio de Janeiro devia ser recortado do Brasil e lançado à
deriva no mapa-múndi — fraseia Chico. — Que nem o transatlântico dionisíaco do Serafim Ponte Grande.

— Pode crê. Agora, você imagina o tamanho da minha
tromba. Não existe animal mais irracional que um corno juvenil. A Maria Otília, como o próprio nome indica, era um personagem de José de Alencar. Um quindim de morena servido em
salva de prata com toalhinha de renda. Fiquei desconsolado.
Fudido mesmo. Aproveitava a deixa pra posar de Byron júnior,
arrancando meus bastos cabelos e anunciando suicídio imediato todas as noites, no München, o boteco que a gente frequentava nessa época, na alameda Santos. Eu enchia a caveira de
chope e gastava quilômetros de guardanapos de papel com minhas lamúrias em verso livre.

— Que época foi isso?

— 68. Exatamente 68. A moçada sacudindo a universidade e
as ruas no mundo todo, e eu perdido nas minhas neblinas —
Ricardo faz uma pausa para matar o chope. — Taí uma coisa que
eu nunca te perguntei, Chico: por onde andavas em 68?

— Entrando na USP. A Ciências Sociais ainda ficava na Maria
Antônia. Foi o último ano lá. Os alunos tomaram a faculdade,
deu aquele puta pau com o Mackenzie, repressão, gás lacrimogê-
nio, tiro, cacetada, oscambau. E eu, na minha. Tinha acabado de
chegar de Santa Ofélia, dezoito aninhos. Morava com um amigo
numa quitinete, tava completamente por fora do agito. Sabia
que ali na Maria Antônia tinha um tal de Zé Dirceu, da UNE,
que comia todas as menininhas enquanto a ditadura não caía.

— Hahaha! Contra a ditadura, a pica dura.

— Pois é. Já eu tava por fora de tudo. E pensava bem mais em deitar com as menininhas que em derrubar a ditadura.

Vou dizer alguma coisa, mas o Chico engata uma reduzida e continua subindo a ladeira da memória:

— A lembrança mais forte que me ficou de 68 foi uma tarde fria paca na praça Roosevelt, com vento levando pedaço de jornal pelo ar. Naquela época, a praça Roosevelt não era esse cu-do-avesso de concreto que é hoje. Era um enorme vazio de asfalto com umas árvores esparsas, atrás da igreja da Consolação. Era um lugar desolado, mas tinha lá sua beleza. Tinha uma feira também, de manhã.

— Eu lembro — diz Ricardo. — Passava todo dia pela Roosevelt, de ônibus elétrico, subindo ou descendo a Augusta. Era o caminho pra minha escola, a Caetano de Campos.

— Pois é. Vinha eu atravessando a Roosevelt naquele frio, batendo queixo, quando me vem uma garota de minissaia propor uma trepada por vinte pratas. Eu não tinha vinte pratas. Ela deixou por dez. Dez eu tinha. Com aquele vento congelando o esqueleto, fomos prum H.O. ali mesmo na praça. Tremendo pulgueiro. Dia seguinte, dor pra mijar, pus na uretra. 68 foi isso pra mim: uma praça de concreto gelada, uma puta, uma gonorreia.

Ricardo nota um véu depressivo descendo sobre o semblante do amigo.

— Vai ver que nesse mesmo dia o nosso amigo Carlinhos começava a carregar o treisoitão. A gente pegando gonorreia, enchendo a cara, fazendo versos prumas idiotas impenetráveis, e o Carlinhos entrando pro terrorismo, clandestinidade, pau de arara, cinco anos de cana numa prisão da Bahia. Barra, bicho, barra... — murmura Chico, pondo-se lúgubre de repente.

Ricardo teme que desabroche outra vez no Chico a sua clássica "culpa revolucionária", o bode por não ter pegado em armas, não ter sido preso, torturado, morto. Nessas horas, o amigo pendura a própria consciência num pau de arara e é capaz de ficar horas se mortificando em voz alta. Um porre.

— Taí um que eu entendo a loucura dele — diz Ricardo. — Depois de tudo que o Carlinhos passou, tinha mais é que pirar mesmo. O cara é uma represa de ressentimentos. Hoje ele até critica a esquerda bang-bang no Brasil. Mas tá na cara que ele nos considera uns bostas porque a gente ficou fora dessa briga.

— Por mim, pode considerar à vontade — retruca o Chico, reagindo ao baixo-astral. — O mundo não se divide entre quem foi, quem não foi pendurado num pau de arara pela repressão, porra. O mundo se divide em quem leu e quem não leu Machado de Assis e Oswald de Andrade, quem deu e quem não deu pra mim.

— Pode crer. E digo mais: pode crer, Chicão!

Chico se inflama, arregala as pestanas empurrando a testa para cima em dobras fundas. Fica parecendo um profeta a apostrofar os infiéis numa ilustração religiosa, sob o spot de luz divina furando as nuvens ao fundo.

— Chega de culpa! — deblatera o Chico. — Como no dia em que o Carlinhos comentou numa roda de bar, pra me sacanear, que o máximo de repressão que eu tinha sofrido na vida foi passar uma noite na décima quarta por causa duma suruba com maconha na casa da Liliana, que era minha aluna no cursinho e menor na época. E que todo o meu suplício foi ter que vender o meu Corcel zero pra molhar a mão dos home e livrar a cara. Fiquei mal, bicho. Queria sair da mesa, pegar o carro e invadir o quartel do segundo exército exigindo ser preso, torturado e morto.

— É foda...

— Pois hoje eu gritaria nas barbas do Carlinhos: olha aqui, gente boa, viva o estado burguês corrupto do Brasil, falô? Melhor que a ditadura dos burocratas do partidão russo em cima do proletariado, com direito a congelamento na Sibéria pros dissidentes. E outro viva às ninfetinhas tesudas da pátria-mother. E vá se fuder a culpa.

— Por falar naquele seu flagra com as bêibis do cursinho, é isso o que eu devia ter sido na vida: professor de cursinho. Como você e o Tota, os reis das lolitas vestibulandas.

Mas Chico volta à vaca fria da culpa, seu grande tema, no fundo, quer se rebelando contra ela ou tentando arrancá-la de seu cangote:

— Dei um rolê na culpa, bicho. Nem precisei de divã. Foi só passar um ano bundando aqui em Paris.

— É isso aí, bicho. Como é aquela frase do Nietzsche, mesmo...?

— Quando a mauvaise conscience se junta ao ressentimento, a história anda pra trás. Pas de mauvaise conscience pra cima de muá!

— A merda — começo eu — é que depois de 70 nesse país... naquele país, quer dizer... você só entrava na história pela porta da Oban ou de algum ministério. Quem não era tecnocrata cooptado, tava apanhando da repressão. O resto era essa gentalha consumista de classe média, morrendo de medo de não poder comprar um Ford Galaxy, como disse o Caetano.

— E os proletas alienados mais o lumpesinato desdentado se fudendo de verde e amarelo, como sempre — emenda Chico. — Grande Ricardinho! Falô e disse!

Chico me oferece um aperto de mão. O elogio do amigo é sempre um duplo afago, por ser elogio e de amigo. Tento retomar minha história:

— Continuando a minha biografia de poeta...

— Péra aí, deixa eu aproveitar o cu-preto aqui... Ô messiê!...

E pra mim, antes de ser atendido pelo garçom:

— Vamos passar do chope pro vinho, Rica? Já tô com a dentadura boiando, de tanta cerveja.

O garçom chega mais:

— Oui, monsieur?

Chico comanda, animado:

— Deux verres de rouge, s'il vous plaît. Côtes du Rhône.

O garçom solta outro oui-monsieur automático e se afasta. Chico:

— Você dizia...?

20

— Minha carreira de poeta, porra! É isso que eu dizia. Presta atenção, caralho. Imagine você que aquele meu amigo, o Calu, um dia, a namorada dele, por quem o bicho era completamente apaixonado, de fazer planos de casório e tudo, arranjou outro cara e mandou ele pegar seus chifres e ir passear alhures. Bicho, o cara saiu de prumo. Pirou geral. Quem falava em se matar agora era o Calu. O namoro dele com a Eliana tinha muito mais peso que o meu com a Maria Otília, inclusive porque eles trepavam. Namorados não trepavam naquela época. Em Santa Ofélia, não sei, mas em São Paulo, as moçoilas das famílias de bem não trepavam. Havia toda uma escala de sarros mais ou menos permitidos, mas no penetration. Essa onda tava apenas começando na classe média universitária.

— E eu não sei? — diz Chico. — Em Santa Ofélia nem buceta as namoradas tinham. Uma ou outra tinha um peitinho, no máximo. O outro ficava preso no sutiã.

— Voltando ao Calu e à Eliana, namoro com sexo vira praticamente casamento, né? Ali, era um do outro, o outro do um, pra sempre. A sensação de perda do Calu, quando a Eliana se mandou, era bem maior que a minha. Muito maior. Imensamente maior. Perigosamente maior.

Ricardo dá uma pausa pra checar o grau de interesse do amigo pelo causo que está contando.

— Parou por quê? — reclama o Chico.

— Achei que você devia estar pensando na luta de classes no Piauí.

— Vá se foder, Ricardinho. Tô amarrado na sua história. Que que aconteceu com o teu amigo corno?

— Bom, o Calu, que já era bom de copo, começou a beber tudo que cabia no corpo magricela de baixinho invocado dele. Chorava, dava porradas na mesa do bar, pensava cinquenta horas na porra da namorada perdida. Me espantei de ver o quanto uma trave amorosa pode desmontar um sujeito. Nunca tinha visto nem sentido nada parecido. Agora, o fodido oficial era ele. Calu, aos dezoito anos, amadurecia violentamente a cada minuto, curtido no sofrimento amoroso. Eu, do meu canto, morria de inveja da monumentalidade daquele sofrimento.

— Monumentalidade? Caralho.

— Monumentalidade, sim senhor. A gente estabeleceu franca concorrência pra ver quem ia mais fundo no sentimento trágico do mundo. Eu, chorando pitangas retóricas pela perda da Maria Otília, ele vomitando a alma por causa da chifrada da Eliana.

— Corno dói...

— Pra caralho. Eu exagerava literariamente a minha dor, claro. O Calu, não. O filhadaputa sofria pra valer, nervo exposto vinte e quatro horas por dia, era foda. Ele vinha também com toda uma retórica poético-filosófica pra expressar a dor dele, mas o sentimento ali era muito real. Fato é que a minha desdita amorosa, encenada todas as noites no München Bar e Lanches, não chegava à sola do sapato da imensa e nobre dor de corno do Calu. Eu demonstrava comiseração e solidariedade pra com ele e tudo, mas me incomodava pra cachorro sentir uma dor de segunda classe. Eu era um adolescente aflito, o Calu tinha virado de um dia pro outro um adulto trágico. Pela nossa lógica descabeladamente romântica, maior poeta era o que mais sofria. Ele, no caso. Até que uma bela madrugada...

— Pera aí, que eu vou mijar — anuncia o Chico, já se levantando. — Dá um *time* na novela dos cornos que eu já volto.

Mas a cabeça ricardina se recusa a dar *time* nenhum e continua a puxar memória sozinha:

A gente saiu do München de ponta-cabeça, como as cadeiras que os garçons empilhavam sobre as mesas, e entrou no fusca do meu pai. Calu, do meu lado, falando em suicídio o tempo todo. Que tinha pego o revólver do pai, que ficara horas na frente do espelho com o bagulho apontado pra cabeça. Que qualquer dia... Tive medo de que aquilo acabasse dando merda.

Íamos no Volks, eu na direção, dirigido por Deus e guiado pelos meus hormônios alcoolizados em compasso de fórmula 1, segunda, terceira, quarta, no maior pau, ouvindo um programa de rock na rádio Jovem Pan. Ia levar o Calu pra casa. Descendo a Haddock Lobo, o maluco, de repente, me explode em lágrimas e agarra meu braço, me fazendo perder por instantes o controle do carro. Daí, propõe à queima-roupa:

— Vamos acabar com a puta da vida agora mesmo, Ricardinho! A gente vai até a estrada velha de Santos e se joga a cento e vinte num abismo. Não tem erro. Cê tem culhão pra isso?

A coisa se complicava. Saí do perímetro dos Jardins — Calu morava no Jardim Paulistano, eu, em Pinheiros —, peguei a Rebouças e toquei pro centrão. Se fosse o caso, pegaria então a avenida do Estado e a Anchieta, até São Bernardo, e, de lá, a entrada da estrada velha de Santos. No caminho, fui me dando conta, apesar do porre, de que cento e vinte por hora e estrada de Santos calhavam melhor num bolero iê-iê-iê do Roberto Carlos. E que o meu pai, em todo caso, não ia gostar nada dessa história de suicídio automobilístico com o fusquinha novo dele, 68, azul-celeste, impecável. Ainda mais com seu filho único dentro. Chegando no Arouche, sugeri:

— Seguinte, Calu: vamos tomar um chopinho saideiro ali no Caneco de Prata. Ok?

Calu mudo. Suicida que não fala consente, pensei. Acho que ele tinha mesmo uma ânsia genuína de ir pra casa do caralho, se estourar, acabar com aquele sofrimento, com a humilhação toda, e ainda deixar de herança uma jamanta de culpas pra coitada da Eliana, a namorada traidora. Hoje penso que ele contava, no fundo, com o meu espírito naturalmente contemporizador para livrá-lo de todo mal, amém.

Fomos pro Caneco, nos encharcamos mais um pouco com um chope azedo de fim de noite e de barril. O papo vazou pra outros assuntos. Até conseguimos rir um pouco. E nesse ponto da minha história o Chico volta do banheiro, na mesma hora que o garçom nos traz dois ballons de rouge. Com ele, senta-se à mesa a terceira pessoa narrativa, que reassume a palavra:

— Vamos pedir um queijinho pra mandar com o vinho? — propõe o recém-mijado Chico.

— Pede — diz Ricardo.

Chico paga o vinho pro garçom — nos cafés parisienses você paga a mercadoria contra entrega na mesa — e enco- menda a ele um sortido de queijos. É Ricardo agora quem vai mijar. No banheiro, o jato de urina evoca-lhe novas lembran- ças daquela remota madrugada paulistana. Num flash, ele re- passa a mijada que deu junto com o Calu na rua, em pleno largo do Arouche, depois de serem expulsos do Caneco de Prata pelos baldes e esfregões dos garçons de calças arregaça- das e tamancos atacando de faxineiros, como era a praxe em muitos bares. Ricardo estava bem mais pra lá de Marrakech do que jamais havia estado até então em sua vida etílica. Tortos, repartiam o mijo entre a porta de vidro de um banco, as calças e os sapatos. Riam muito a essa altura. O projeto de suicídio se dissolvera em espuma de chope.

Ricardo, no banheiro do café parisiense, sacode o pinto, puxa o zíper, abre a torneira da pia, ajeita o cabelo no espelho, fecha a torneira da pia e sai do banheiro sem ter molhado as mãos. De volta à mesa, Chico o recebe com tapinhas galhofeiros nas costas:

— Continua aí a história, ó de Mello, o bardo traído!

— Continuo. Eu dizia que me sentia diminuído diante do Calu. Que me fodia ver que a dor de corno dele era bem maior que a minha.

— Sei... — faz Chico, vago, debicando seu tinto e dividindo sua atenção entre mim, os terráqueos dentro do café e os alienígenas que marcham na calçada em frente, sobretudo as alienígenas.

Ricardo conta rapidamente o plano de suicídio coletivo na estrada velha de Santos no fusca do pai dele, os chopes no boteco do Arouche, a mijada na porta do banco e o desbaratinamento do papo de suicídio, enquanto Chico vai ouvindo e folheando um *Pariscope*.

— Daí, entramos de novo no fusca. Eu ia levar o Calu pra casa dele sem maiores discussões. Num farol, dou uma espiada no banco de trás, e o que é que eu vejo lá? As minhas gloriosas *Neblinas*, duzentas e tantas folhas dentro de uma pasta de elástico. Não me lembro mais por que a minha opera omnia tava no carro do velho. Acho que eu tinha levado meus poemas pra espairecer um pouco, ou merda assim. Então, no meio daquela puta zoeira alcoólica, tive uma ideia.

— Deve ter sido uma ótima ideia — ironiza Chico.

— E foi mesmo. Ouve só. Consegui chegar até a casa dos velhos do Calu, aparentemente sem provocar nenhum acidente muito grave pelo caminho. Calu tinha se afundado de novo num silêncio sombrio, ali do meu lado. Carro parado, não quis botar o pé pra fora. Ficou ali remoendo sua desgraça. Pairava entre nós a sombra do revólver do pai dele que o esperava dentro de casa.

— Gostei da sombra do revólver que pairava. Puta sombra. Hahahá!

— Pois é, mas que pairava, pairava mesmo. Daí, antes que o Calu abrisse aquela boca amarga dele para falar em suicídio de novo, soltei eu a matraca. Basicamente, declarei-me farto, eu também, dos meus desamores.

— Desamores! Lindo.

— Não é? Aí, falei que se para escrever as minhas *Neblinas* tinha sido necessário padecer de tanta desdita amorosa, era melhor destruir logo aquele subproduto bastardo dos meus infortúnios.

— Hahahá! Desdita, infortúnios! Tás afiado hoje, hein, Ricardelho?

— Obrigado, obrigado. Daí, antes que o Calu tivesse tempo de dizer bosta, estendi o braço pra trás, catei as *Neblinas* e pulei fora do carro. Uns metros adiante, tinha um bueiro. Tirei as folhas soltas da pasta e fui jogando tudo lá pra dentro do bueiro. Quando se foi a última folha, Calu já me puxava pelas costas da camisa: "Porra! Tá maluco, rapaz!? Seus poemas!". O Calu berrava e o dia nascia. O guarda-noturno veio ver que zorra era aquela. Reconheceu a gente, deu um bom-dia ostensivo, querendo dizer com isso que deveríamos estar acordando naquela hora, e não perturbando a paz pública na rua, bêbados feito dois filhos da puta.

— Bicho — interrompe Chico —, não é por nada, não, mas cê não quer chegar logo no the end? A tua história tá ótima, e tudo, but... Vamos pegar um cineminha em Censier? Tô vendo aqui no *Pariscope*, tem um Murnau às oito e quarenta e cinco. Aquele documentário com as taitianas de peitinhos de fora, sabe?

— Tá, vamos. Mas, antes, o sensacional epílogo da minha história.

— Ok, pé na tábua — retrucou Chico, ardendo de impaciência.

— Ficamos os dois ali parados, patético-patetas, eu e o Calu, em silêncio total, olhando fixo praquele buraco preto rente ao meio-fio que tinha acabado de deglutir meus poemas. Baixou uma solenidade fúnebre no ar. O bueiro era a cova do meu estro poético e, por extensão, das minhas dores de amor. Um galo cantou em algum lugar. No Brasil, tem sempre um galo cantando de madrugada. Já ouvi galo cantando até na São João com a Ipiranga.

— Galo é uma merda. Cachorro também — resmunga Chico, esticando a língua até o fundo de sua taça bojuda de vinho, o ballon, como eles dizem em Paris. — São os maiores inimigos dos boêmios, depois dos guardas-noturnos.

— O que ninguém sabia, nem os galos, nem o Calu, nem o bueiro, é que aquelas *Neblinas* tinham cópia. Eu guardava em casa, são e salvo, um exemplar xerocado daquela chorumela subparnasiana.

— Haha! Eu sabia que isso ia dar em chanchada.

— Naquele instante solene, a minha dimensão trágica ultrapassava a de qualquer chifrudinho das redondezas. Imagine só: o artista que aniquila a própria obra por conta de uma traição amorosa. O Calu foi pra casa dormir. Não estava mais com cara de quem ia se matar. Ia capotar na cama, direto.

— Acabou?

— O quê?

— A história dos seus poemas cornudos.

— Acabou.

— Ótimo — diz o Chico, se levantando. — Então, vambora, antes que o garçom traga o queijo que eu pedi. Senão, vamos ter que pagar.

— O gozado da história — continuou Ricardo, se levantando — é que os xerox das poesias acabaram se perdendo pra valer, numa mudança, acho, um tempo depois. Moral da história: E o vento levou minhas *Neblinas*.

21

Dessas imagens que ficam pra sempre penduradas na memória: aquela conversa com Carlinhos na sacada do quarto da Cléo, no Hospital Matarazzo, pouco antes da minha viagem. Carlinhos era o amigo recém-egresso do xadrez, onde passara os últimos cinco anos de sua vida por subversão da ordem política e social do país, segundo a (In)Justiça Militar, e assalto a banco em nome da revolução proletária. Dentro do quarto, espichada na cama, depois de uma operação ginecológica de emergência, estava a Cléo, cercada de amigos e parentes. Gravidez tubária. Perdeu rios de sangue, quase empacotou.

Nuvens horizontais vermelhavam no céu gelado de São Paulo. Agosto insistia na pobre rima com desgosto. Cheiro de éter, de clorofórmio, de morte asséptica no ar. Carlinhos acabava de me explicar por que não queria mais saber dos amigos. Precisava de solidão radical para escrever. Tinha se mudado pruma pensão e não dera o endereço a ninguém. Cortaria os bares também. Segundo ele, sua genialidade (sic) se dissipava nas longas bebedeiras noturnas. E quando lhe inchassem demais as gônodas, transaria puta de rua pra não perder tempo com envolvimentos amorosos, sempre muito complicados e violentos no caso dele.

— Não acho que o trabalho de criação exija tanta renúncia — argumentei. — Esse teu projeto misantropo vai acabar em melancolia profunda, bicho. Melancolia pode até dar samba e soneto, mas... bom, sei lá. Pode também virar passagem só de ida pra infelicidade.

— Foda-se. Até hoje só fui infeliz à maneira dos outros — retrucou o ex-guerrilheiro urbano. — Agora escolho eu minha própria infelicidade.

Lá em baixo, na avenida Nove de Julho, a sinfonia psicótica de um engarrafamento. No céu, um jato prestes a colidir com o crepúsculo. Ali da sacada, olhando agora para dentro do quarto, podíamos ver Cléo de olhos fechados na cama, seus dois braços conectados a sondas ligadas a frascos de plástico suspensos naqueles cabides hospitalares. Carlinhos morria de tesão rejeitado pela Cléo, que amava o Chico, que amava todas as mulheres do mundo. A Cléo era de fato um tesãozinho, mesmo naquela combalida versão hospitalar. Todo mundo tinha alguma inveja do Chico, que tinha namorado a Cléo até não muito tempo atrás e ainda comparecia ali de vez em quando, como todos sabíamos. Carlinhos nutria algo mais do que inveja em relação ao Chico. Ali rolava um intenso e doentio ciúme capaz de encenar uma verdadeira tragédia, mesmo porque o ex-guerrilheiro não tinha medo de nada. De repente, o Carlinhos sibilou:

— Esse feto tubário que quase matou a Cléo, foi o Chico que botou nela.

Eu não disse nada. Que diferença fazia quem tinha botado o feto arrevesado na Cléo? Meu amigo revolucionário, tipo baixo, pançudo e atarracado, com seu cachaço de estivador, parecia um barril de velhos ódios acumulados. Um barril com pernas curtas e fortes, como seus braços, aliás. Na cabeça grande, "de anão de Velasquez", como ele próprio dizia, citando Nelson Rodrigues, um cérebro tão potente quanto delirante. E uma curiosa cara de menino, com maçãs coradas, narizinho arrebitado e uns olhinhos infantis. Me deu vontade súbita de contar a ele que, segundo um passarinho tinha me soprado, a revolução socialista brasileira jamais viria, e a Cléo, quando se levantasse daquela cama, jamais daria pra ele, e também que aquele projeto de solidão literária dele muito provavelmente não renderia nenhum grande livro capaz de ofuscar o sucesso intelectual e sexual de caras como o Chico, que não tinham passado os últimos cinco anos de sua juventude em cana, depois de um período de tensa clandestinidade, seguida de prisão e terríveis torturas, como ele, Carlinhos.

Não sei o que fazer com essa lembrança daquele fim de tarde no hospital em São Paulo, além de anotá-la no papel, que taí pra isso mesmo. Em todo caso, como bem diria o Carlinhos, foda-se.

22

Lica, carioquinha indolente, reclama pro maridão francês:

— Ô Jacquô, mas que puta baseado bundérrimo você fez. Olhaí, cara, tá descolando todo, não carbura direito. Parece que nunca enrolou um charo na vida.

Jacques resmunga qualquer coisa sem despregar o olho da TV. Estamos os três no apê do casal, na rue Croix-des-Petits-Champs, no 1er arrondissement, em plena bundação. Boto na vitrola um achado raro nessas bandas: um disco de Mário Reis. Procuro a faixa com aquele sambinha que o Chico vive cantarolando:

"Arranjei um fraseado/ que ainda trago decorado/ para quando lhe encontrar./ Como é que você se chama?/ Quando é que você me ama?/ Onde é que vamos morar?".

O canto falado de Mário Reis, um dos precursores de João Gilberto, nos encanta sempre. Esse samba é o nosso hino: papo de encontrar a musa idolatrada na rua, como James Joyce e o G. W. G. de Moraes, inventor da programática e das miniesferas geodésicas construídas com canudinho de refrigerante. A programática é um método que reduz todo o saber universal a 99 itens fundamentais. Ainda acho muito. G. W. G. deveria chegar à síntese suprema e reduzir tudo ao número zero. Joyce topou com a futura mulher numa rua de Dublin. Se apaixonaram e fugiram juntos, não sei bem de quê nem pra onde. G. W. G. conheceu a sua eterna amada, exímia quituteira, numa avenida de Belo Horizonte. Casou no dia seguinte, de papel passado, e vive hoje feliz da vida comendo frituras divinas, bebendo licores caseiros e confeccionando esferas geodésicas com canudinhos roubados de lanchonetes.

Peço a Mário Reis que repita o sambinha genial na vitrola, providenciando eu mesmo a volta do braço do picápi. Dou uma copidescada mental na letra: "Arranjei um baseado/ que já trago enrolado/ para quando lhe encontrar...".

Compus hoje à tarde uns versinhos. Andava pela rua com uns acordes jobinianos de piano na cabeça quando eles me saíram:

do outro lado da cena
no espelho de um camarim
um certo alguém me condena
e não tem pena de mim

Sei que não são lá grande coisa, mas estou disposto a doá-los ao primeiro compositor de talento mediano que queira transformá-los num samba-canção. Com uma boa melodia e um arranjo competente ficariam bastante suportáveis, acho eu.

Lica propõe um cinema pra que não fiquemos de bobeira em casa a noite toda. Jacques franze o nariz. Ele é um rato do 1er arrondissement, adora se mocozar na enorme sala conjugada com o quarto de seu apartamento, largadão nas almofadas encardidas, vendo tv, ouvindo rocks alucinados, enrolando um basê de haxixe atrás do outro, bicando sua bebida preferida: vinho branco com discretas incidências de licor de cassis, o chamado kir. Evita muito esforço físico. Ou pouco esforço físico. Prefere praticar entre amigos a arte da civil e engazopada conversação. Hot stuff vez por outra, só pra dar um balancê na modorra da vida: coca, herô, as duas juntas às vezes. Fora de sua toca, o mundo se resume sobretudo a um café da esquina onde passa algumas horas, especialmente à tarde, engolindo kirs ou ballons de rouge e bolinando um fliperama.

Magro e forte. Loiro, cara talhada a machadinha, revelando em cada vinco a presença de vícios muito bem curtidos. "J'suis pour touts les vices, même si j'en participe pas", vive dizendo. Blue eyes. Boca mick-jaggeriana, com eventuais esgares de nobreza. Desempregado crônico. Única tarefa atlética a que se dedica na vida: levar sua boxer Capoeira para passear nas pradarias elegantes do Palais Royal, ao lado da sua casa. Além, é claro, de pegar mensalmente seu cheque do chaumage na repartição competente.

No Jacquot, o limite do tédio é a delicadeza. Abomina o esporro dos brasileiros, mas é dado a surtos inesperados de pura folie. Bota uma máscara do Mickey pra sair na rua, diz um monte de merda pro primeiro que lhe dê ouvidos, faz striptease em festas. Depois, volta ao repouso dos gestos e à economia do intelecto. Uma vez, vi uma garota lhe jogando à queima-roupa num jantar em que ele estava particularmente stoned:

— Jacques, tu es l'image même de la décadence.

— Ah, bon! Tu me trouves décadent? Pas mal!

Um belo dia de 1973, Jacques, tomado de súbito élan aventureiro, resolveu conhecer as longínquas e exóticas paragens onde nascera sua mulher, a Lica, uma autoexilada que vivia em Paris desde 1971. Pegou o primeiro boeing que vinha passando e aterrissou em Ipanema, entre biquínis, chope gelado, pó em abundância e fuscas enlouquecidos. "Gozado", me contou, "ali na praia e arredores não havia nenhuma ditadura à vista. Todo mundo seminu, fumando, cheirando, paquerando, falando mal dos milicos, na boa." Achou que os exilados brasileiros que conhecera em Paris tinham exagerado um pouco a situação do país. Até que resolveu pegar um daqueles ônibus camicazes que zunem pela Ataulfo de Paiva. Então, entre as várias cenas da vida na periferia do capitalismo que se descortinavam pela janela do ônibus, Jacques e seus olhos azuis presenciaram o seguinte lance: uma perua Chevrolet dando uma fechada no ônibus dele, obrigando o motorista a uma violenta freada. Quatro homens com berros e metrancas em punho pularam da perua pelas quatro portas e entraram no ônibus. Foram abrindo espaço aos empurrões e cotoveladas, até chegarem ao banco logo à frente ao dele, onde agarram um carinha, que, em vão, tentava escafeder-se pela janela. Em menos de um minuto, já arrancavam na perua com o sequestrado, sabe-se lá para onde. Uma semana mais tarde, Jacquô fazia sua rentrée na rue Croix-des-Petits-Champs, pálido de espanto com a trepidante vida carioca.

Finalmente, conseguimos desgrudar Jacques das almofadas e fazê-lo trilhar com a gente a rota do cine Olympic, onde monsieur Bogart e madame Bacall nos mostrarão como enfrentar gângsteres sanguinários no meio de um furacão, numa ilha quase abandonada do Caribe.

23

— Hê, mec! Me dá um franco e une cigarette, que eu te conto une histoire, d'accord?

Porquoi pas?, pensa Ricardo diante do clochard, na plataforma vazia do metrô. Estamos ambos bêbados e o trem a essa hora demora séculos pra chegar, se é que o último já não foi tragado pela boca do túnel. Responde:

— O.k., mec. Vas-y!

E oferece ao sujeito dois cigarros e a pratinha. Sentam no banco, eles e o bodum de suores e sujeiras ancestrais do carinha que estupram o delicado olfato ricardiano. Feridas roxas na perna inchada do clochard, visíveis entre o sapato sem meia e a barra da calça cotó; várias camadas de roupa acumulando-se naquele corpo chumbado, formando um palimpsesto de personagens pretéritos; uma coleção de caroços violáceos na cara; hálito de entranhas corrompidas, restos de dentes podres — o preço físico que aquele sujeito pagou para desfrutar de liberdade total de tempo e espaço, dando uma feroz banana pra sociedade.

O clochard lhe oferece um vinho arquivagabundo na garrafa plástica. Ricardo contém o fio de vômito que lhe escalou a garganta. Recusa a bebida com um gesto, acende um cigarro, dá fogo pro homem acender o dele. Depois de uma funda tragada e um longo pigarro barítono, o aedo miserável lança sua cusparada que atravessa a largura da plataforma e vai se alojar no fosso dos trilhos. Então, começa sua história:

— Era uma vez um mágico que espantava o mundo com sua capacidade de fazer sumir coisas e pessoas. Quanto mais sucesso fazia, mais coisas e pessoas sumiam do mundo. Até que um dia, todas as pessoas e todas as coisas tinham desaparecido da face da Terra, graças ao incrível talento do mágico. Que enlouqueceu tentando resolver se sumiria consigo mesmo — e aí não sobraria mais ninguém no mundo para fazer mágicas — ou se faria o próprio globo terrestre sumir, caso em que passaria a lhe faltar a matéria-prima da magia.

O trem chega, Ricardo pula para dentro de um vagão vazio. O clochard, largadão no banco, gargalha catarrosamente, agarrado à garrafa plástica, acenando pra ele. Ricardo apenas sorri e meneia a cabeça. Que puta história mais idiota, ele pensa. Na estação seguinte, entra um crioulão de chapéu-panamá, senta-se de pernas abertas num banco lateral e se põe a soprar de leve um blue numa gaitinha envolvida pelas grandes mãos em concha. Ricardo prefere esse tipo de magia sonora, em que nada nem ninguém precisa sumir, mas que instaura de imediato uma suprarrealidade onde fica muito mais divertido viver.

24

Você acorda. Você acorda e abre os olhos. E deixa as últimas imagens que flutuam no aquário dos sonhos assentarem no fundo. Quando as águas tornam-se mais límpidas e já permitem que um pensamento as atravesse, você faz um rápido prognóstico do dia pela frente. Nada que te faça urrar de entusiasmo. Ou lamber os beiços de desejo. Ou arquear as sombrancelhas de curiosidade. Você deita de costas e projeta no teto as duas alternativas:

1) Tocar o barco, flutuar sobre o tumulto, quebrar as ondas com a quilha da paciência;

ou:

2) Desistir, vivenciar a cama como se fosse uma laje de granito e se deixar estar, posta de carne descomovida, sob um epitáfio, como o de W. C. Fields: "Melhor aqui do que alhures".

Mas a cama se cansou do corpo e o expulsa, como um túmulo chutando pra fora o cadáver por ele ter cometido a indelicadeza de ressuscitar. Você é catapultado a quilômetros de altitude. E cai de pé, pelado, no meio do quarto. Afasta dois milímetros a cortina pra ver a cara do mundo lá fora. A lavanderia em frente está fechada, sinal de que deve ser qualquer coisa entre meio-dia e duas da tarde. O dia deu em cinza e garoa. Ótimo. Ou melhor: foda-se.

Você empunha a escova de dentes. Observa o cabo de plástico da escova, onde se inscrevem em dourado as letras da marca: Superdent X. Constata as cerdas desbeiçadas. No espelho, a imagem da vida no ponto zero: você com a escova de dentes na mão, esforçando-se para girar a manivela da rotina. Vai começar tudo de novo. Você apertará o tubo frio e colherá o creme branco com a extremidade espinhuda da escova. Depois esfregará a pasta nos dentes até sua boca entrar em crise espumante. Seus olhos se encherão de lágrimas por causa do ardido da pasta. Você mamará um gole d'água na torneira pra fazer o bochecho e o gargarejo. Depois soltará uma cusparada branca na pia. Outra vez água, gargarejo, cusparada. A toalha. A privada, o mijo grosso, a descarga. O quarto. A roupa. A escada. A rua. O dia. O banco. A bolsa. A vida.

25

Enquanto Ricardo desce pra comprar cerveja, Chico fuça no romance do amigo. As folhas estão dentro de um saco plástico de supermercado, em cima da mesa. Lê uma página ao léu, cuja primeira linha é a continuação de uma frase começada na página anterior:

"queles dias, eu me esbaldava nas ondas de um novo amor, uma garota linda chamada Isabel, quando chega a notícia: vovó morreu. Minha mãe, filha da falecida, se esforçou para fabricar umas lágrimas protocolares. Acho que ela nunca se entendeu muito bem lá com a mãe dela, minha agora finada vó.

"Nos abalamos para Pitangueiras num Volkswagen cheio de lamentações e tias que pediam para urinar a cada cinquenta quilômetros. Eu e o Nelson Rodrigues temos isso em comum: um excesso de tias. Meu humor viajava em péssimo estado, menos pela perda da avó, que honestamente já era àquela altura um vago souvenir de infância ligado a bolos e pinicos, do que pela antecipação das cenas patéticas que eu deveria enfrentar dentro de poucas horas. Além do quê, eu estava apenas começando a decifrar os enigmas do corpo de Isabel e ia ser obrigado a trocar uma alcova candente por uma câmara ardente. Positivamente...

"Chegamos. Já na sala de visitas fomos recebidos pelo cheiro inconfundível de velório de interior: parafina queimada, flores do campo e café recém-passado. Na sala de jantar, topei com vovó espichada no caixão instalado em cima da mesma mesa onde eu, em outros tempos, saboreara as excelentes galinhas recheadas com farofa que ela nos ofertava, galinhas que ela mesma criava, matava, torcendo-lhes o pescoço, depenava e cozinhava como ninguém. Sem falar nos quindins, bolos de fubá e chocolate, sfogliatellas e os divinais brigadeiros dos aniversários. Moscas e comadres carpideiras esvoaçavam em negro na câmara mortuária. Alguém ralhou com uma criança. O sol, lá fora, esturricava o sábado.

"Minha vó tinha uma cara satisfeita sob uma gaze arroxeada que lhe puseram por cima, o que só lhe aumentava a palidez cadavérica. Parecia satisfeita ou indiferente, difícil dizer. Mas parecia, sobretudo, morta. Caíra fulminada por um ataque cardíaco quando se preparava para a missa das seis. Quando a encontraram já estava toda vestida, de xale preto na cabeça e terço nas mãos, deitadinha na cama. Tudo que tiveram de fazer foi transplantá-la para o caixão. Morrer foi provavelmente o único ato que lhe escapou a uma rotina cumprida à risca por décadas a fio.

"Enfiei-me num dos quartos da imensa casa onde minha mãe nascera e crescera, sede de uma chácara situada antigamente nas bordas da cidade, mas que agora se via sitiada pelo progresso da dinâmica Pitangueiras e seus três mil habitantes habituais, número que se mantinha estável por décadas a fio. Achei na estante da casa, no meio de uma dessas coleções de clássicos imortais que meu tio comprava a metro pelo reembolso postal, as *Noites brancas*, do Fiódor Dostoiévski. Li uns dois ou três contos do seu Fiódor e peguei no sono.

"Me acordaram para segurar a alça do caixão da finada. Vovó andara ultimamente engordando que benza Deus, ela que sempre fora magrinha e sujeita a peripaques ocasionais. Morrera com ótima saúde e peso considerável, o que agravou o sofrimento dos netos e genros que a carregaram no muque à missa de corpo presente e, depois, ao cemitério. (Onde, sempre ouvi dizer, almas penadas promoviam bacanais de sangue à meia-noite em ponto.)

"À beira-cova o padre enalteceu as virtudes da minha vó. Ninguém discordou. Na volta do enterro, a família encharcada de suor se reuniu na sala de almoço para atacar um suculento lombo de porco com batatinhas coradas que vovó deixara temperado de véspera para o fim de semana, antes de bater as botas. Não faltou um bom tinto português e a presença do padre, único convidado de fora do círculo familiar. Nos poucos momentos em que não mastigava a carne fácil do lombinho, o guardião da fé municipal exaltava as qualidades superiores da alma de vovó, repetindo mais ou menos os mesmos adjetivos e as mesmas metáforas do panegírico funerário de ainda há pouco no cemitério. Lembro-me de ouvi-lo chamar vovó de 'dulcíssima criatura', apesar de a boa senhora ter sido sempre seca nos modos, áspera no trato (menos com os netos) e amaríssima em sua visão do mundo e das gentes. Mas 'dulcíssima' não era de todo descabido, já que dona Rafaela sempre fora exímia doceira, como já disse.

"Depois do doce de abóbora, derradeira obra do gênio culinário de vovó — que não chegara a prová-lo, comprovando o famoso adágio do bom-bocado —, serviu-se o café, único componente da refeição que pusera luto fechado para vir à mesa.

"Deixei a família entrando aos poucos e com a discrição de praxe em assuntos de bens e haveres, e fui com uma prima até o fundo do pomar para matar saudades e comer goiaba no pé. A prima me explicou com profusão de detalhes seus planos de casar e abrir um conservatório de piano em Mirassol, e eu tive a certeza de que, se morasse no interior, seria em pouco tempo corroído até as vísceras pelo tédio ao som de 'Für Elize' ou de algum noturno de Chopin.

"Voltando à sala de almoço, constatei que os ânimos das partes polemizantes estavam mais exaltados do que se julgaria conveniente numa tal situação. Havia um terreno em particular que meu pai e os demais genros da extinta senhora (ela teve quatro filhas, todas casadas) disputavam abertamente. Anunciei a todos que eu precisaria voltar naquela mesma tarde para São Paulo, pois tinha, infelizmente, assuntos inadiáveis para tratar. Mamãe sacou algumas objeções morais ao meu projeto, acompanhadas de olhares polidamente coléricos de papai, que de bom grado, eu sei, se juntaria a mim nessa retirada estratégica, pudesse ele. Minha tia de Pitangueiras me emprestou o volume do Dostoiévski e um trem vazio e cheio de saudosas paisagens devolveu-me aos braços de Isabel, depois de seis horas atravessando a ensolarada idiotia rural. Minha boa Bel, registre-se de passagem, soube me consolar como ninguém da morte de vovó. Nada como uma paixão novinha em folha."

— Ô seu viadinho, que é que você tá lendo aí? — exclama Ricardo, chegando com um pacote de seis cervejas em cada mão. — Isso é segredo de Estado, só deixo ler depois de pronto. Se é que vai ficar pronto algum dia.

Chico gargalha, enrolando bigode e barba com dedos ansiosos. Deixa, sem resistência, que Ricardo lhe arranque as folhas das mãos. Sarreia:

— Ó de Mello, nunca deixarás de ser um amanuense na vida. Deu até de escrever sobre a morte da vovozinha! — e se caga de rir, enquanto decapita a primeira botelha de cerveja.

Fico ali, bebendo minha lager, com cara de bunda. Ou seja, de quem escreve sobre a morte da vovozinha.

26

— Alô, eu queria falar com o Ricardo. É ele? Olha, Ricardo, você não me conhece, eu sou a Vera, amiga do Renato, foi ele que me deu seu endereço. Acabei de chegar em Paris, não conheço ninguém no pedaço, resolvi te ligar. Será que você teria um tempinho pra gente se encontrar? Sabe, pra você me dar umas dicas da cidade, pra gente se conhecer...

Na escuridão do studiô é alta madrugada, embora o relógio de pulso no chão acuse onze da matina. Ninguém respeita o sono dos vadios, pensa Ricardo de mau humor. Normalmente teria dito "me liga à noite", apenas omitindo o "porra", sabendo de antemão que ao anoitecer já estaria no Savoyards traçando o menu do dia e sugando as primeiras doses de vinho da casa, provavelmente na companhia do Chico, decidindo entre um Bogart na Cinemateca ou um Orson Welles no Olympic. Esses amigos de amigos que despencam em Paris com o número de telefone do Ricardo na carteira são, em geral, uma grande aporrinhação. Mas aquela voz feminina e com um inequívoco sotaque carioca fez o sangue do herói recém-desperto circular mais rápido. Amiga do Renato?

— Que Renato?

— O Renato, casado com a Lilite. Lá do Rio. Você não é amigo deles?

— Ah, claro, o Renato, grande Renato, grande Lilite. Amigos queridos. Como é que tão eles?

— Tão ótimos. E você?

— Eu? Sei lá. Tô acordando.

— Hahahá! Desculpe ter ligado tão *cedo*.

— Tudo bem. Então, olha aqui, Célia...

— Vera.

— Vera. Legal. Vamo fazê assim, a gente se vê no... na... deixa eu ver... no La Coupole! Sabe onde é? Um café-restô superman-jado do boulevard du Montparnasse. Qualquer chofer de táxi sabe onde fica.

— Já ouvi falar do La Coupole. A que horas?

— Às seis. Tá bom pra você?

— Tá ótimo. Té lá, então!

Ricardo desliga o telefone com o FM involuntário da cabeça mandando um "Rio de Janeiro, braços abertos sobre a Guanabara...".

Sete horas depois, acordado, banhado e trajando sua melhor camisa (a com maior número de botões em atividade), Ricardo dá as caras lavadas no Coupole. Nenhuma garota com pinta de carioca na terrasse. Duas senhoras tomando chá. Casais de papo. Solitários morgando atrás de xícaras de café, cigarros, jornais ou livros.

Rica escolhe a mesa vazia mais próxima da calçada, senta, pede um kir, entrelaça as mãos atrás da cabeça e se põe a contemplar a moda que passa na calçada em frente. Uma punk de calça pantera e coco rapado esmagando o chão com suas botas militares. Um carinha inespecífico. Vários árabes bem específicos, todos de bigodinho, alguns envergando túnicas coloridas. Um bando de réplicas do Elvis Presley, com topetes esculturais, blusões de couro negro crivados de adereços metálicos, anéis em profusão, olhares marrudos. Um homem inatual, de chapéu com abas largas, uma gabardine preta e feições incompreensíveis, talvez um assassino serial em busca da próxima vítima. Uma adolescente distraída que bem podia ser o fantasma da Nadja indo ao encontro de um Breton apaixonado numa esquina do grande acaso. Uma velha caquética que se arrasta pela calçada com uma baguette debaixo do braço, largando a vida aos pedaços pelo caminho, acompanhada de bengala trêmula e um cachorro ensebado e senil. Um casal gomalinado, de braços burocraticamente enlaçados, sem a aura caótica dos amantes. Uma loira de salto alto e andar estudado de manequim. Uma morena que vem, num rebolado sutil e matador, e não passa. Entra. Dá uma geral no pedaço, analisando os espécimes ali sentados. Bate os olhos em Ricardo. Trocam um sorriso instantâneo. É a carioca.

Vinte anos de sol e brisa marítima se abancam a seu lado. O papo engrena rápido e não demora a embarcar no bondinho do Pão de Açúcar. Vera falando sobre o movimento estudantil no Rio:

— Te confesso que aproveito e passo um bronzeador de leve nas partes expostas quando pego uma passeata. É dura a práxis política sob o sol! Muito suor e cu na mão.

— Em compensação — retruca Ricardo —, a teoria é sempre à sombra, com uma caipirinha na mão de preferência.

— É verdade. Mas teoria demais dá hemorroidas — replica Vera com sua língua afiada. — Prefiro o êxtase à práxis e à teoria. O êxtase dá pé tanto ao sol quanto à sombra.

E vai contando que faz ciências sociais na PUC e psicanálise em Ipanema:

— Vivo no circuito faculdade-praia-Freud-bar. Uma loucura, cara. Entro na água fria no Posto 9 pra me ligar, seco ao sol, boto a túnica por cima do biquíni e vou à luta no divã. Das quatro às quatro e cinquenta batalhando o inconsciente. Às vezes só ouvindo o zumbido do ar-condicionado. Depois, se não tem assembleia nem passeata, saio do analista direto pro mar, que ficou lá me esperando debaixo do sol. É tirar a túnica e tchibum. Se tem algum amigo na praia, levo um papinho, dou uma bolinha...

— É o que eu chamaria de um cotidiano maneiro — observa Ricardo, mordido de inveja desse amigo íntimo da praia que dá bolinhas com Vera recém-egressa do divã e do mar.

Se esse animal não for feliz, filosofa o narrador, enquadrando Vera num close ostensivo, é porque a felicidade não existe.

— Vera, vou te confessar um segredo: eu nunca fui feliz no Rio de Janeiro.

— Não me diga que você é mais um paulista aborrecido que invoca com a alegria do carioca.

— Magina. Eu tenho o maior fascínio pelo Rio. Um fascínio medroso, confesso. A modernidade na minha vida foi um vento que soprou da baía da Guanabara e veio bater em Pinheiros, nas imediações da Teodoro Sampaio. O Cinema Novo. Os biquínis na capa das *Manchetes* de verão. Nelson Rodrigues e os escândalos cariocas.

— A bossa nova...

— Lógico! Muita bossa-nova. E Drummond, Bandeira. E os cronistas que vivem nas coberturas do Leblon destilando delicadeza e malícia.

— Rubem Braga! — Vera explode.

— Pode crer. E o *Pasquim* da primeira safra. Aquilo tudo era totalmente demais. E a Leila Diniz, claro, grande Leila Diniz, por quem me apaixonei perdidamente nos filmes do Domingos de Oliveira. O Rio é uma miragem na cabeça de um paulista.

Vera faz menção de interromper o bifão de seu interlocutor, mas Rica não perde o embalo:

— Sabia que eu conheci a Leila Diniz?

— Brincou.

— Na estreia de um filme pentelho que ela fez, o *Madona de cedro*. O pai dos meus dois melhores amigos era conhecido do produtor paulista do filme e ganhou uns convites. Tinha um sobrando, e lá fomos eu e meus dezessete anos ao encontro da diva. Me apresentaram a ela no saguão do cine Metro, na avenida São João. Ganhei dois beijos da figura, nessas bochechas aqui, ó, que não me deixam mentir.

— É mesmo — sarreou Vera, observando com atenção minhas bochechas. — Ainda dá pra ver a marca dos beijos da Leila.

— Nunca mais lavei. A Leila Diniz dava umas gargalhadas esporrantes e era mais branca do que supunha a minha imaginação solar. Aquela mulher foi um balde de luz na minha adolescência obscura.

— Puxa, rapaz, eu dava um caminhão de ouro pra ter conhecido a Leila Diniz — suspira Vera.

Transbordando de si, Ricardo não sai do tema:

— E the girl from Ipanema, então? Pode ter virado jingle da bossa nova, hit de churrascaria e tudo, mas, se eu ouço o Jobim, o João Gilberto, a Astrid Gilberto, a Elis Regina, a Ella Fitzgerald, o Sinatra, qualquer um, cantando a "Garota de Ipanema" na hora certa... vou te contar, meu coração sai assobiando junto, *olha que coisa mais linda, mais cheia de graça...*

— As girls from Copacabana morrem de inveja da girl from Ipanema — confessa Vera, que mora na rua Siqueira Campos.

— Fico só imaginando o Vinicius, ali no Veloso, preguiçando diante dum chope, em plena tarde de um dia útil, quando, de repente, não mais que de repente, seus óculos se arregalam diante da morena linda e cheia de graça, que vem e que passa, de túnica transparente, biquíni por baixo, saindo do psicanalista, a caminho do mar...

Vera ri e tenta defumar o galanteio com uma baforada de um Minister brasileiro.

— Cê tá falando de um Rio mítico, bicho — ela diz, em meio à fumaça que liberou dos pulmões guanabarinos. — Esse nem eu conheço. O Rio da classe média, agora, é feito de assalto, fila em posto de gasolina, mar poluído, mendigo à beça nas ruas. Outro dia, lá na Barra, fui assaltada por um time de futebol completo, do goleiro ao juiz!

— Porra, como assim?! Te confundiram com a bola, ou o quê?

— Os caras tavam jogando pelada num campinho, ao lado da praia, na parte alta, margeando a pista, sabe? Daí, chutaram a bola na frente do meu carro. Eu brequei no ato. Vai saber quem vinha atrás da bola, né? Aí veio o time todo. Caíram em cima de mim. Placar: dez pros bandidos, zero pra mim.

— Era o mãos-ao-alto-futebol-clube.

— Pode crer. Em dois segundos depenaram o meu carro e eu. Rádio, estepe, macaco, bolsa com grana, anel, brinco, tênis, tudo. Achei que iam afanar até o meu diu, bicho.

— A pelada que eles estavam jogando era você, então.

— Só faltou me estuprarem mesmo.

— E você deu parte onde? Na Federação Carioca de Futebol?

— Nem brinca. A coisa tá preta lá no Rio. Outro dia, mataram o porteiro do prédio dos meus velhos. E um pivete roubou um bife do prato de um amigo meu, que é paulista, aliás, o Michel Lahud. O Michel ali, saboreando calmamente o escalope dele na terraça de um restaurante do Leme, quando vem o pivete e crau! Deu um bote no bife do cara e se mandou na correria.

— O escalope partiu a galope.

— Hahahá! Absurdo! E a polícia, já viu: não passa de um esquadrão da morte financiado com dinheiro público e corrompido até o último cartucho. Você não sabe o que é pior: cair na mão de bandido ou da polícia.

— Então, il mito é finito — italianiza Ricardo. — Não dá pra escapar da barbárie no Brasil. Os mitos lá tão cercados pela miséria. Na Europa, a pobreza choca menos num primeiro olhar. E mora longe. Mas também tem pobre pra caralho por aqui. Só não tem morro, favela.

— Pobreza não é novidade nenhuma, em lugar nenhum do mundo — pontifica Vera.

— Eu sei. Mas não adianta: quando vou ao Rio, o mito corre atrás de mim feito uma quimera ensandecida. E nunca me alcança. Olho aqueles anjos terríveis na praia e tombo aniquilado.

— Oh!

— Yeah! Diante daquelas carnes sublimes fico achando que o Nelson Rodrigues é quem tem razão: toda nudez tem que ser castigada. Não há coração que aguente tanta beleza à solta na praia e pelas ruas.

— Você nunca teve uma namorada carioca, Ricardinho? Posso te chamar assim? É como o Renato e a Lilite te chamam...

— Of course! — ele responde, demorando-se nos olhos oblíquos de ressaca da bela morena, antes de responder: — Não, eu nunca fui amado por uma carioca, se você quiser saber. A felicidade sexual nunca deu a menor bola pra mim no Rio. Me bate uma insegurança danada quando eu vou lá. Se eu tô no toco, a falta que ama me tortura vinte quatro horas por dia. Nem Drummond aplaca. É como morrer de sede na Foz do Iguaçu.

— Tadinho... — faz Vera, num biquinho de sarro suave.

Estarei exagerando na performance?, pergunta-se o galã. E toca em frente, descartando a questão:

— E se eu baixo no Rio com mulher, é pior ainda. Fico achando que os cariocas vão traçar minha mina na primeira bobeada que eu der. Basta um olhar rápido pro Redentor ou pro mar, e pronto: cadê? Já era. Vai-se a mina, ficam os cornos. E o meu ciúme não tem barreira de classe: vai de flanelinha molambento ao surfistão pau-mostrão do Castelinho, passando pelos marxistas maconheiros do Posto 9. Um horror, como diria um amigo meu, um horror.

— Que horror, que nada, bicho. E só desencanar, como vocês paulistas dizem, que a vida fica ótima em qualquer lugar, seja em São Paulo ou no Rio. Você é muito encanado. Desencana...

27

Desencana que a vida engana, picharam num muro de São Paulo tempos atrás. Mas eu não consigo desencanar, pondera Ricardinho. Já paguei três anos de psicoterapia e não desencanei. Já nasci encanado. Sou um narciso masô: vivo encanado em mim mesmo.

A conversa sai da terrasse do Coupole, pega o metrô, perambula pelas ruas de Montparnasse, entra no boulevard St.-Michel, desemboca na Île de St.-Louis, onde come escargots e steak au poivre flambé au cognac no Menestrel, vai ao Action-Écoles ver Cary Grant e Ingrid Bergman correndo perigo num Rio inventado por Hitchcock, degusta vinhos no L'Ecluse, no Quai des Grands Augustins. Quando Ricardo dá pela coisa, a conversa já está subindo os dois lances de escada que vão desembocar no seu studiô. Bota João Gilberto na vitrola, incorrigível encanação. (O herói acha que metade dos bons momentos da vida combinam com João Gilberto. A outra metade vai bem com os Stones.)

Tontinha, Vera larga o corpo nas almofadas que repousam sobre dois retângulos de espuma empilhados e cobertos com uma colcha. Basta dispor uma espuma ao lado da outra para se ter uma cama de casal. O que não é tão fácil é arranjar a parceira do casal.

O problema do studiô, considera Ricardo, enquanto enrola um piccolo finório pra arrematar a engazopação, é que ele não guarda a separação entre essência e aparência, própria da casa burguesa com certeza. Quer dizer, os prolegômenos do amor ("Tu és um bacharel, ó de Mello!" vive sarreando Chico) normalmente se passam numa sala, que não escancara tanto as intenções do quarto. A passagem para a alcova é o marco crucial do desideratum fornicandi, como diria Pontes de Miranda. Isso faz parte do código da sedução desde Orlando, o Furibundo. Putz, tô pra lá de Bagdá, bicho. Com esse fuminho, agora, é que eu decolo de vez. Caretice esse negócio de essência e aparência no amor. Pressupõe uma teleologia sexual explícita. Quer dizer, trago madame pra sala só pensando na hora de levá-la pro quarto. Besteira. Tem mais é que curtir o prazer da sala sem pensar na promessa ou na obrigação do quarto. É o que eu e o Chico vivemos matraqueando nos últimos meses. Só que eu olho praquela coisa toda linda estendida na minha cama, ainda na versão solteiro, e não consigo evitar que o meu desejo lhe dê uma bela duma lambida ocular. Slurp. De olhos fechados, ela se deixa embalar pela flutuação natural do porre e da bn na vitrola. De olho bem aberto, vou matutando essas e outras coisas. Principalmente estas últimas.

Minha diva, deitada no meu ninho ensebado, respira tão suavemente que nem se percebe. Estará morta? Uma longa mecha de cabelo castanho-escuro cortina-lhe metade da cara. E que boca! Vontade de meter logo um beijo e um pau — o meu — ali.

Ricardo dá um toque de leve na carioca, que resmunga um vago ahn...? e abre os olhos a meio-pau. Passa-lhe o basê. Ela fica um tempo segurando a ponta fumarenta antes de se decidir a dar um pega. Ricardinho, com sua melhor pose casual, vai se trancar no banheiro, que fica literalmente a um passo da cama. Urge cagar. Já não consegue pensar em outra coisa que não sejam seus movimentos peristálticos. O sexo, a bossa, o Rio, os melhores passes de Pelé, nada mais importa. Só a iminente bosta importa.

Abaixa as calças ao mesmo tempo que ouve o clek da vitrola ao fim do disco instaurando o silêncio na sala-quarto, a centímetros de onde ele está. Ouve até o pipocar esporádico das sementes de maconha no charo que Vera está puxando agora. Logo-logo, os mínimos ruídos no banheiro também serão perfeitamente ouvidos por ela. É óbvio, ele pensa; as ondas sonoras têm duplo sentido de direção. Com a bunda devidamente ajustada na tampa de plástico do vaso, sente o tropel das Valquírias tripas abaixo, prenunciando explosões aerofágicas. Ricardo entra em pânico. Recorda o que leu numa certa *Ars Amatoria* que achou num sebo da rue Mouftard, escrita por um espanhol ocioso: o corpo do amante não tem fisiologia, diz o cara. Mesmo o sexo não pode ser percebido como um fenômeno fisiológico. Sexo é uma coisa mental, já disse o outro. E recomenda-se não jantar antes de um intercurso sexual para evitar "los muy desagreables y comprometedores borborigmas gastrointestinales". Olé.

Expediente extremo e único, Ricardo pega a toalha de rosto e tapa o rabo com ela, de modo a abafar os acordes triunfais que antecederão a chegada da bosta. Esse gesto lhe traz à lembrança o primeiro ano ginasial na Caetano de Campos e dona Maria Leocádia, a bela, moderna e simpática professora de geografia. Ricardinho sentava na primeira carteira da fila, colada à parede, ao lado de um janelão aberto para a praça da República e seus patinhos lá embaixo.

Aquela era uma posição estratégica — na frente, mas de escanteio — pra contemplar sua secreta e violenta paixão, dona Maria Leocádia. Ainda mais que ela costumava apoiar meia bunda no tampo da carteira de Ricardo quando ela queria conversar com a molecada de modo descontraído, fugindo um pouco da superioridade do estrado, no melhor estilo "sabe gente?". Para Ricardo, ter a bunda amada da professora de geografia sobre a sua carteira, bastando esticar um dedo para tocá-la, o distinguia com uma intimidade particularíssima do resto da canalha. Daí, uma bela manhã, bem na hora que a adorada geógrafa acabara de se abundar em sua carteira, preparando-se para introduzir um novo assunto, Ricardinho começa a sentir os efeitos vulcânicos do magistral doce de batata-doce roxa de sua mãe, um purê dos deuses, com o qual se empapuçara na noite anterior, regado a muito leite gelado. Tentou desesperadamente travar o fiofó numa chave de esfíncter, em nome de sua paixão pela sublime Leocádia. Seria tremendo o resultado sonoro de um peido detonado à queima-roupa na madeira do assento. Não, de jeto nenhum; tinha que resistir. El Cid, interpretado por Charlton Heston no cinema, resistiria, Ivanhoé, na pele do grande Robert Taylor resistiria, Roy Rogers, vivido na tv por ele mesmo, resistiria. Então, Ricardo de Mello, no papel de Ricardo de Mello, haveria de resistir também. Mas o doce de batata-doce roxa da mamãe era de fato poderoso, a pressão aumentava a cada segundo, anunciando o poderoso petardo que estava prestes a ser liberado muito contra a sua vontade. Dona Maria Leocádia começou a falar, pausada, simpática, com sua simplicidade coloquial tão distante do estilo empolado da maioria dos matusaléns do corpo docente da Caetano. O assunto era o gêiser, que ela pronunciava *gáiser*, aquele esguicho de água quente que irrompe da terra a intervalos regulares. Ricardo nunca pôde dissociar essa palavra, *gáiser*, de um dos maiores traumas de sua pré-adolescência. Nem ele, nem eu.

A tragédia era iminente. Eu tinha um gáiser em gestação nas minhas tripas. Se eu não fizesse alguma coisa, a sala de aula logo ia virar o Parque Nacional de Yellowstone. No aperto, eu, digo, ele, Ricardinho, teve a desesperada ideia de enfiar sorrateiramente um dedo no cu, por cima do pano da calça, e com tanta força que chegou a descosturar os fundilhos.

Eis que o gáiser anunciado irrompe com violência. Encontrando o inesperado obstáculo do dedo, o flato atroz força seu caminho para a liberdade pela passagem estreita, produzindo um ffffiuiiinn assobiado e agudíssimo que quase derruba dona Maria Leocádia da carteira, de susto. Seguiu-se uma instantânea avalanche de gargalhadas pela classe toda. Carbonizado de vergonha, Ricardo queria sumir num passe de mágica, dissipando-se no ar como o próprio peido. Sua cabeça virou alvo imediato de projéteis de toda a espécie, sendo as bolinhas de papel os menos dolorosos. Dona Maria Leocádia conseguiu por fim impor uma ordem relativa no recinto, e, maternal, controlando a custo sua própria risada, sussurrou a Ricardo que fosse ao banheiro. Ruborizado dos suspensórios ao Vulcabrás, o jovem Rica saiu da sala sob um coro de trombetas peidorrentas. O convívio com os colegas se tornou de tal forma insuportável depois disso, que o coitado, logo apelidado de Gáiser pela macacada, acabou tomando pau em todas as matérias — menos em português, por causa das redações, nas quais sempre tirava 10 — e sendo jubilado da Caetano, pra desespero de seus pais, pois a escola, além de gratuita, por ser do Estado, era também considerada uma escola-modelo entre as públicas.

Vinte anos depois, cá estou eu tamponando o rabo peidão com a toalha de rosto, comenta Ricardo consigo mesmo, pra que essa flor da Guanabara aí do lado não perca o tesão por mim. Plus ça change, plus ça devient la même bosta. Shit!

Eis que uma salva de flatos longos e breves, grossos e finos, secos e molhados, se produz, perfeitamente audível através da toalha.

E agora? Só o silêncio acusador do outro lado da porta. Mas o silêncio não é total, como Ricardo logo nota. Algo como um ataque abafado de apoplexia se deixa ouvir, nítido. Terá o cheiro da peidaria vazado para o outro cômodo, sufocando a Girl from Ipanema?

Ricardo aplica o olho à fechadura e enquadra Vera com a cara enfiada numa almofada tentando sufocar gargalhadas selvagens. Pronto, conclui, sereno e fatalista como um Buda: agora a moça já sabe que eu tenho cu e intestinos. Mais relaxado, continua a cagar em paz. Ouve soar na vitrolinha o piano doce do Bill Evans que a carioca botou pra tocar: "Some day my prince will come". Fino ouvido tem essa menina; foi escolher meu disco mais delicado, ele pensa com um sorriso interior. Yes, baby, some day your prince will fart too. Resolve desencanar, seguindo o conselho daquela carioquice ali ao lado. Uma descarga e alguns metros de papel higiênico depois, Rica volta à sala-quarto e à carioca-linda sobre o sofá-cama instalado no aqui-agora da cidade-luz. Ela está linda sugando essa bituca, a passear uns olhos casuais pelo *Libération*.

— Cara, tô morta de sono — diz ela. — A birita, esse fumo, o jet lag me derrubaram. Tudo bem se eu der uma caidinha por aqui mesmo?

— Numa nice. Também tô chumbadíssimo. Levanta um pouquinho só que eu vou tirar essa colcha sebosa aqui... Pronto. Olha só o lençol, limpinho. Nem foi sonhado ainda, depois que voltou da lavanderia.

Vera dá uma risadinha nasal, jogando a cabeça para trás, ao mesmo tempo em que desata o fecho do cinto da calça, que ela tira sem cerimônia na frente do herói peidorreiro. Daí, vai ao banheiro, onde, sem fechar a porta, abaixa a calcinha e se abanca na privada. Ricardo, meio constrangido, volta-lhe as costas, tentando não pensar nos miasmas estercorários encapsulados no banheirinho mínimo. Ouve o pipi na privada e a descarga. Ninguém escapa ao prosaico, nem as cariocas. Rica só torce pra ela não usar a toalha de rosto, embolada num canto.

Mas a belle d'Ipanemá logo se atira na cama, de calcinha e camiseta de manga comprida. Ricardo inicia seu próprio strip. Na hora da calça, hesita: tira a cueca junto ou não tira? Desencana que a vida engana: tira. Peladão, se junta ao calor de Vera na cama, em meio aos lençóis enrugados. A cabeça de Vera no braço de Ricardo, a mão de Ricardo no quadril de Vera. Deitados de lado, a bunda de Vera se encaixando na concha do ventre dele. Cabelos dela fazendo cosquinha em seu nariz. Adamastor começa a dar bandeira lá embaixo. Mas Vera entra em coma profundo. Ricardo desencana de novo. Está craque em desencanamento. Aproveita para entalar seu pinto desperto no calor das coxas macias da companheira. Não é repelido, nem estimulado. Esquece o pau no quentinho da morena e desanda a sonhar. Um trem, uma cabine, uma longa viagem noturna, ao som do piano de Bill Evans. Um túnel no meio da noite....

O trem não para de ganhar velocidade, até decolar feito um avião, furando as nuvens rumo à escuridão pontilhada de luzes do universo. Um vulto esguio, talvez uma onça, se esgueira para dentro da cabine, onde ele está agora deitado no andar de cima de um beliche, e se enfia debaixo das cobertas com ele. É uma onça mulata de olhos ora verdes, ora azuis, incrivelmente bela, mas com um cacete enorme entre as pernas. Ricardo, excitado, penetra com lentidão a estranha criatura que se masturba tchectchan tchectchan tchectchan na cadência do trem que zune pelo infinito afora.

Abrindo uma fresta estratégica nas pálpebras, Ricardo se dá conta de que a cabine do trem virou de novo o studiô de Jussieu, cheio de formas indecisas em torno do abajur ligado. Mas algo mudou. Ou ele muito se engana, ou Vera, sem camiseta ou calcinha, está deitada de lado, só que de frente pra ele agora, alisando seu pau, ao mesmo tempo que procura sua boca com uma língua doida. Se fecha os olhos, é ainda a cabine de trem e a mulata fálico-felina. Se abre os olhos, é Vera, que se aboletou por cima dele, mordendo-lhe o pescoço, e ajeitando seu pau — dele — na entrada musgosa que se abre-te-Sésamo no meio das pernas dela. Se fecha os olhos, é um prazer difuso, um formigamento na medula, um arrepiar-se todo por fora e por dentro. Se abre os olhos, é o peito de Vera em sua boca, os dois corpos numa ondulação suave de marola, o túnel líquido por onde seu pau desliza, suas mãos que se agarram às duas almofadas suadas da bunda rija da nova amiga, é seu dedo percorrendo o rego suave dela e constatando, em braile, o relevo rugoso do cuzinho. Um cuzinho carioca da gema! Vera é o mar dos poemas, a birita dos boêmios madrugueiros, o espaço aéreo do "Samba do Avião", e a suave ondulação de antes vai virando um tumulto de vagalhões a se espatifar nas rochas, tendo como trilha sonora os gritos roucos de Vera a intervalos cada vez mais curtos, ela ainda a cavalo sobre ele, e quão destra é aquela amazona da Guanabara, ele pensa, galopando cada vez mais ligeirinho rumo a esse lugar de fogo onde explode em slow o gozo mútuo, louco, livre, grave e breve, tão breve quão infinito.

28

Festinha na casa da Syl. Chego pirex no pedaço, depois de assistir *The misfits*, com a Marilyn, Clark Gable (que foi obrigado pela Fox a arrancar todos os dentes pra botar dentadura de galã), Montgomery Clift e mais um carinha que eu não lembro o nome. Três machos se entrematando por causa da loira diabólica. Marilyn era uma ingênua que botaram pra rebolar, segundo brilhante definição do K. Beto, um pintor de lábios e cabelos jobinianos e língua sensível de cronista carioca. Misfits: cowboys desajustados caindo de amor e bourbon do cavalo, enquanto Marilyn aperta o muque dos bofes e sai dançando descalça no sereno.

Syl me beija e me apresenta pruns rapazes-da-banda e prumas meninas, nem todas, pelo jeitão, grandes apreciadoras de rapazes. Chico manda uma palha no seu inglês de cabulador do

Yázigi pra cima duma delas, que não chego a entender direito se é alemã ou iugoslava. Me sirvo de vodka. O gelo, pra variar, acabou. Fico ouvindo Cartola confessar no gravador que sente um vazio no peito, que sente no peito um vazio. Cartola é suavemente despedaçante: se bobeio, choro. Um tcheco de olhos azuis beija o pescoço de leite da Syl, que está deliciosa de camisa branca de homem meio aberta no peito. As Marilyns penduradas nas paredes me sacam o tempo todo. Estou bem de Marilyns por uma noite. Fazer o quê, se a tese da Syl na faculdade de cinema é justamente sobre os filmes da Marilyn, tentando provar que ela representa o próprio espírito da civilização americana: malícia e ingenuidade a serviço do grande capital — e do insaciável tesão, claro.

Todas as Marilyns da Syl olham pra mim. Yeah, baby, look at me!

Um take: garota sentada na minha frente, um pé sobre a almofada do sofá, coxas abertas, um copo de tinto encaixado no cavalo do jeans, e os dedos longos tamborilando distraidamente nas bordas do copo. As multi-Marilyns do Warhol me piscam safadas, num canto de parede.

Alguém comentando ao meu lado que fulana é tão chata que devia ser expulsa do sexo feminino. É uma bicha cintilante (usa rímel, batom, brincos nas duas orelhas) que me cutuca o tempo todo com seus olhares glicosados. Conheço esse cara de algum lugar. Em torno, todo mundo fofoca, em várias línguas. Constato que o elegante embora apertado tugúrio da minha querida amiga virou living de penthouse, com tantas e tão variadas gentes se roçando dentro dele.

A bicha puxa assunto comigo. Na verdade, é um travesti brasileiro à paisana, amigo da Syl, que faz a vida no Bois de Boulogne. Tem com certeza silicone nos peitos, o que lhe dá um certo ar de Victor Mature depois de uma sessão de supinos na academia. Já o tinha encontrado, em sua versão artística, aqui mesmo, sob o nome de Misty. Tinha vindo trazer um fumo pra Syl e dar uma bola com ela, antes de cair na night. Não sei como a Syl foi arranjar essa função de conselheira de travecos. Mme. Misty, hoje, está de folga. Me explica que dá pra tirar até seiscentos francos por dia dos cidadãos franceses, só chupando e sendo chupado, comendo e sendo comido, uma moleza.

— Pô — comento —, tem muito bolsista por aí que, se souber disso, larga no ato a masturbação acadêmica pelo franco meretrício.

O travelô me pergunta in cold blood, outorgando-se intimidade suficiente para botar o mãozão de unhas longas e pintadas no meu joelho:

— E você, meu bem? Ainda não saquei qualé a tua. Bofe ou boneca?

Syl, bem próxima, ouve isso e me joga um olhar mofino, tipo "sai dessa, bostão". Ofereço como resposta a primeira coisa que me passa pela cabeça:

— Eu? Sei lá, bicho... Acho que não passo de um modesto funcionário do meu desejo.

— Que lindo! — faz madame Misty. De minha parte, decido que é hora de dar um rolê pela festa.

Puta agito no pedaço. Improvisaram até uma pista de dança em dez centímetros quadrados. Na cozinha, esticam-se primorosas e caríssimas fileirinhas sobre uma torradeira de metal polido, deitada. Precisei cruzar o Atlântico para ver seres humanos cheirando pó numa torradeira. Fantástico. Syl chega-se a mim, cambaia, puxando o tcheco pela mão:

— Ricardinho, vem cá, me faz um favor, meu anjo. Não deixa ninguém entrar no banheiro, tá? Eu vou lá tratar de um assunto com esse moço aqui...

O tcheco, cujos olhos azuis boiam em vodka e sangue injetado, me diz qualquer coisa, em tcheco, suponho. Abano a cabeça e sorrio, em português mesmo. Syl, baixinha, se põe na ponta dos pés para chupar o pescoço do bofe dela. O chupado devolve-lhe cavalheirescamente o chupão.

— Aiiii... — se desmilingue toda minha bacante preferida.
— Me deu, de repente, uma vontade de *sentar*... — E cai na gargalhada. O tcheco saca o tom decamerônico na voz de Syl e ri também, empapuçado de vodka e hasch. Será que a Juventude Socialista do PC da Tchecoslováquia faz ideia do que esse camaradinha anda aprontando nas noites parisienses?

Acho que é mais ou menos isso que o *Notícias Populares* chamaria de festinha de embalo. Se algum brasileiro morrer de overdose aqui, amanhã sai na manchete do *NP*: "Brasuca doidão manda todas e tem um blecaute na Cidade-Luz". A menina com o copo de vinho encaixado na xota sorri pra mim. Sobre a cabeça dela, outra Marilyn. Viro num gole curto, à John Wayne, meu cálice de vodka. Um charo se introduz entre meus dedos. Encaro miss Monroe através da bruma blue do haxixe. Ela tenta tapar o sol com a peneira, ou melhor, com um véu negro e transparente à frente de suas mamas-mias, que ficam assim ainda mais apetitosas. Ela parece me dizer: "Sou o anjo terrível que esbanja doçura". Tomo a liberdade e puxo um papinho com a grande Sugar Cane de *Quanto mais quente melhor*, que diz a horas tantas pro Tony Curtis vestido de mulher: "Estou cansada de acabar sempre chupando o lado amargo do pirulito". Abro a conversa dizendo:

— E aí, gracinha, que tal a vida de celebridade na eternidade?

— Not so bad to be dead, Little Richard — responde a loirosa encantada das telas interplanetárias, musa das bichas e dos caretas carentes do mundo inteiro. — Mas confesso que ando muito afins de dar umas bandas de cadilac conversível, comer um maxiburger babando maionese e ketchup, ouvir Art Tatum no piano à meia-luz, dopar os homens com meu Chanel nº 5, enfeitiçá-los com meu decote. A eternidade é uma longa pentelhação, Ricardinho.

— Vai um pega no hash, Marilynda?

— Why not, darling?

Sopro fumaça marroquina azulada na carinha de anjo sexual da Marilyn. Tenho a impressão que ela dá uma franzidinha no nariz antes de continuar:

— Às vezes tenho saudade também de beijo de galã, banho de mar, dó sustenido de blues, dry martini com uma azeitona dentro, a Fifth Avenue debaixo de chuva no verão... e de tudo que cintila, na Terra e no céu.

— Você é que continua cintilando na Terra e no céu, menina. Tu és mesmo um baratão. Deixaste várias gerações de pau duro. Nem te conto quantas eu já bati por ti, colibri.

Ela ri, a vaca classuda. Eu quase mergulho de cabeça no pôster.

— Marilyn, minha nêga, sempre hás de pintar por aí. Me dá um beijo, loirinha safada!

— Fecha os óio, trintão carentão — diz ela, num sotaque que não sei se é de Ohio ou Piracicaba.

Fecho os óio. O beijo me engole em 70 mm, cocacolor e supersonic: SMACK!

Meu olhar baixa alguns centímetros e encontra de novo os olhos daquela menina de jeans a bebericar seu vinho. Ela me espreita por trás do copo. Chego nela e pergunto, em inglês, se ela é tcheca. Ela me responde que não sou tcheca, não, em bom portuga from Brazil. Caímos na risada. Nem tudo está perdido nesta vida.

29

Chico ao telefone, no meio da madrugada, lasca a pergunta de sempre, dele e dos outros raros amigos de Paris:

— E o romance, Ricardinho?

— Tá mal, bicho. A imaginação e o pique de escrever brocharam legal. Faz dias que não dão as caras.

— Às vezes olhar pela janela ajuda.

Olhar pela janela?, repete mudo Ricardo.

— Que que cê tá fazendo? — pergunta Chico.

— Além de beber? Decidindo se bato uma punheta ou leio algum desses *Libés* espalhados pelo chão, que eu comprei e não abri.

— Tá bebendo o quê, bostão? Cerveja?

— Uísque nas pedras. Aliás, tá começando a faltar pedra.

— Esse negócio de encher a cara sozinho, sei não, hein, bicho...

— Ó quem fala! E que diferença faz, sozinho, acompanhado? É um assunto entre meu fígado e eu.

— É verdade. Foda-se. Pelo menos tenta diminuir a bebida e compensar com maconha. Eu, quando voltar pro Brasil, só vou transar fumo. E uma cervejinha ou outra no calor. Em matéria de engazopação, a única coisa que presta no Brasil é maconha. Bebida nacional é aquela merda. Aliás, eu atribuo muito do baixo-astral brasileiro à má qualidade das bebidas populares. Já pensou ficar que nem o Carlinhos, tomando porre de cachaça todo dia? E o Terceira-Via, que enxuga uma garrafa de Dreher por dia? É muito Exu Briaco pro meu gosto, bicho. Por isso eu te digo: vai manso, até porque/

— Você tá falando isso pra mim ou pra você, Chicão? — corto eu, sem saco pro assunto. — Eu pelo menos jogo as minhas garrafas fora. O teu studiô parece mocó de garrafeiro.

— Vá se foder, Ricardinho, tô falando pro seu bem, menino. Ainda tem uísque aí?

— Uma botelha cheia, outra pela metade. Baixa aqui.

— Tô acabando uma crônica pra *Gazeta* e já vou. Você não vai dormir logo, vai?

— Não tem perigo.

— Acho que vou acabar a crônica fazendo o elogio da maconha brasileira. Viva a diamba. Morte a Baco!

— Nem brinca, Chico. Você perde o emprego na hora. É sério, bicho. E vai em cana, se o editor der bobeira e o troço sair publicado.

— Foda-se — conclui Chico, desligando.

Ricardo acende um Gitane, prostrado na cama. Nem vale a pena ver que horas são. Coça o saco, olha a paisagem de janelas dos outros prédios enquadrada pela sua janela. Única vista possível do ângulo em que está. (*Olhar pela janela*, relembra. No caso, olhar janelas pela janela. Isso deve guardar um significado oculto que me enche de preguiça tentar decifrar agora.) Entre o olhar e a janela, a fumaça cinzentazulada do cigarro. A mão que não fuma fica esquecida no saco, coçando as bolas distraída. Ora direis, ouvir janelas. Estão todas apagadas lá fora. O especulador solitário acende outro cigarro na bituca do anterior e fica contemplando a passagem do tempo. O tempo passa, as janelas ficam, pelo menos até uma bomba, um terremoto ou a especulação imobiliária darem cabo delas. De modo que...

Um assobio sobe a escada. Um dos milhares de sambas que só o Chico manja e sai assobiando ou entoando por dá cá esta clave de sol. Quando conheceu o amigo, no balcão do Riviera, num fim de noite gelado na rua da Consolação, ele ruminava um "Cadê Mimi? Cadê Mimi?! Mimi que partiu pra Xangai...", um clássico na voz do Mário Reis.

Batem na porta. Ricardo vai abrir de cigarro na mão, deixando cair a cinza no carpete, que, aliás, padece de várias doenças dermatológicas incuráveis. Chico, entrando:

— Ó de Mello, quer dizer que as musas te deixaram no tôco, bicho?

— É uma merda. Mas até o Thomas Mann deve ter brochado muito no teclado. Tenho certeza disso.

— Claro, o Joyce também. E o Proust, o Machado e todos os seus coleguinhas. Olha, eu acho que esse negócio do engenho-e-arte brochar é falta de buceta, viu. E de buceta apaixonada. Arranja uma, que o tesão literário volta na hora. Satisfação garantida ou sua piroca de volta.

— Eu acho que é o contrário, Chico. É a paixão não correspondida que acirra o tesão literário. Tô até pensando em dedicar esse meu primeiro livro a todas as mulheres que me disseram não.

— A começar da mamãe, dizia Freud.

— "Foi o teu desprezo louco, que me fez compositor" — entoa Rica, até que afinadinho praquela hora da noite. — É o que cantava o Macalé.

— Você vai acabar virando um misógino pavesiano, de Mello, do tipo que odeia as mulheres porque não consegue viver sem elas. Mas, de qualquer jeito, tá saindo, né?

— Saindo o quê?

— O romance, porra.

— De qualquer jeito, até que tá. Depois tenho que ver direito que jeito é esse. Já saquei que não adianta forçar a barra. Disciplina pode dar certo pra aprender alemão e perder a barriga, mas pra escrever, negativo. O importante é o saque, bicho, o tchans. Insight, manja? Depois é baixar tudo no papel, de forma rápida, econômica. Nada daquelas frases que parecem um Penha-Lapa lotado de palavras saindo pelas portas e janelas.

— Dessas que você gasta a rodo nos bares? — provoca Chico, dando a primeira bola aqui no meu studiô, depois de sabe-se lá quantas em seu próprio mocó e na rua.

— Na verdade, até acho legal escrever frases longas, grandes fluxos de palavras. Depois você pega uma tesoura e faz cabelo, barba e bigode no palavrório. Tem que ter senso de transcendência, inspiração pura, livre, desinibida e/

— A inspiração é uma longa bobagem. Oswald de Andrade. Esse negócio de abrir a janela, pálido de espanto, é coisa de viado, Rica. Não perde tempo na tocaia da inspiração, que você não consegue nem redigir cartão de boas-festas.

Gozado, é a segunda vez que o Chico me fala em janela, hoje, pensa Ricardo. E replica:

— Pra começar, o Oswald disse que o gênio é que é uma longa bobagem, não a inspiração. Pega os contos do Carlinhos, por exemplo: geniais. E loucamente intrincados, quase ilegíveis. Melhor ler o Heidegger em alemão duma vez. E, depois, é o seguinte: não se trata de inspiração e sim de piração mesmo. O trocadilho è uma merda, mas è vero. Remember Platão: A poesia

116

dos loucos sempre eclipsará a dos sensatos. E você não sabe quanto eu demorei pra falar direito esse *eclipsará*.

Chico acaba de mergulhar os derradeiros cubos de gelo do planeta no uísque dele. Ricardo segue falando, ao mesmo tempo que João geme suave na vitrola: "Ai, ai, ai, Isaura...".

— É engraçado como o caminho do meu romance ficou paralelo ao desse vidão que eu tô levando aqui em Paris. Nem me refiro aos fatos narrados; os fatos não têm importância. Les événements mi enchem o saco. Me refiro ao processo da coisa, sacumé? É como se eu tivesse subido por uma escada até um certo ponto e, de repente, vem alguém e tira o chão debaixo da escada. Me sinto despencando em queda livre, no vácuo agarrado a uma escada. Dá pra entender?

— Não. Mas tudo bem, tanto faz, Rica. É uma tremenda idiotice a gente se matar pra chegar ao topo. Outro dia, li, não sei aonde, uma citação do Flaubert: "Tolice é concluir". Chegar ao topo, fincar uma bandeira, réussir. Grande merda estúpida do caralho da porra.

— Total! — concordo, enfático. — Pega o cinemão americano: tem sempre alguém obcecado pela conclusão. Pode ser conquista da mulher, sucesso profissional, grana, prestígio, qualquer tipo de poder. O contrário da conquista é o fracasso, não tem alternativa. No *Leste do Éden*, do Kazan, o negócio fica mais complexo. Lembra? O James Dean se fode pra levantar aquela grana e se impor ao pai e ao irmão. No final, o sucesso dele detona uma puta tragédia: o pai tem um derrame, o irmão parte pra guerra. Lembra?

— Pode crer — diz Chico sorvendo todo o uísque de seu copo. — Se você for ver, esses filmes já antecipam o Vietnã, meu. O apogeu da afirmação individual do selfmade man nos States corresponde ao ápice do delírio destrutivo americano. O Sartre diz que o Goethe dizia que/

— Vou fazer um omelete pra mim — corta Ricardo. — Tá afins?

— Acho que... não sei. Omelete do quê?

— Como, omelete do quê? Omelete de bosta com toco de cigarro e porra de jacaré. Omelete, ué. De queijo, de presunto, do que tiver na geladeira.

— Legal. Tem uma cervejinha? Pra lavar a serpentina...

— Não, só esse Cavalo Branco mesmo. Dilui com água e chacoalha pra fazer espuma, que dá no mesmo.

A vida prática pediu demissão da cozinha de Ricardo há muito tempo. Acostumado ao regime brasileiro de mãe e empregada cozinhando, limpando, arrumando, lavando, passando, a mera perspectiva de lavar um prato lhe parece um dos doze trabalhos de Hércules. Vários restos de menus se acumulam na louça abandonada na pia e arredores. Bolor, fedor, horror. O melhor é imitar o Nê Valadão, outro emérito flâneur brasileiro em Paris: quando a cozinha dele recuou à idade das trevas, o Nê simplesmente comprou rolos e rolos de papel-alumínio e embrulhou toda a traquitanda emporcalhada. Daí, fechou a porta da cozinha, vedou com fita crepe, e nunca mais botou os pés lá dentro.

Ricardo recupera uma frigideira, cata os ovos na geladeira e passa a oficiar o ritual do omelete.

— Que que tem o Goethe?

Chico dá uma bola funda, terminal. Prendendo a respiração, responde, numa voz aspirada:

— Que Goethe? A Maria Clara é que tem razão: O phallus com ph nos fode a todos, homens e mulheres. Pega o desejo de possuir uma mulher, por exemplo. O Pavese sacou bem o lance quando ele disse que é impossível possuir uma mulher e gozar ao mesmo tempo. Pra conquistar uma mulher você não pode se abandonar a ela. Não pode gozar pra valer. Vai daí o medo que o Humphrey Bogart tem de perder a cabeça. O Boggie tá sempre tentando impedir que a peteca caia na mão da Lauren, de medo que ela não devolva mais.

— O cara tem que estar sempre alerta, como qualquer escoteiro ridículo — comenta Ricardo, do fundo da frigideira.

118

— É o velho papo do herói americano, bicho, do caubói, do detetive, do gângster, do lutador de boxe que tem de estar sempre por cima da carne seca. Foi por isso que cagou a minha transa com a Cléo. Exatamente por isso. Eu era o phallus poderoso, o cara que ganhava grana e brilhava nas mesas dos bares. Ela posava de bailarina sensitiva, poetinha marginal que nunca viu uma carteira de trabalho na vida, só lia o que lhe dava tesão, não parava de gozar a caretice universotária, como ela dizia. E eu ali, faturando uma tese de trezentas páginas, enquanto a Cléo ficava no espelho experimentando um brinco novo, ou pranchada de calcinha na cama lendo o Murilo Mendes, ou dando uma bola, ou se abandonando num papo de horas ao telefone...

— O coroné acadêmico e sua amante teúda e mantesuda...

— Não podia dar certo. Imagine você que este seu amigo aqui já se pegou várias vezes insistindo pra Cléo arranjar um emprego. Tipo vai trabalhar, vagabunda, arranja uma merda qualquer pra fazer, vai cuidar da vida. Pode? Eu, defendendo o trampo!

— Você, no fundo, tava pedindo que a Cléo criasse um phallus próprio e deixasse o seu em paz.

— Pode crer, Ricardinho, pode crer. Mas ela não tava nem aí. Por exemplo: um dia, arranjei umas pesquisas de rua pra ela fazer. No primeiro dia, ela já esqueceu no ônibus a pasta com os questionários. Não entrevistou ninguém. E ainda sumiu por semanas, me deixou no toco.

— Grande Cléo. Saudade dela.

— O phallus me fodeu, e fodeu a Cléo também. Ela acabava se sentindo uma bosta inadimplente ao meu lado.

Chico, cabisbaixo, enterra os dedos na cabelama com violência. Tira o disco do picápi, irritado com a música. Ricardo teme que um dia o amigo arranque todos os cabelos com as mãos, num autoescalpelamento. Baixa um silêncio acarpetado no ambiente, descontando-se o chiado da frigideira.

— O pior não é o phallus, que nos fode — diz Ricardo. — O pior é a omelete que acabou de se foder. Porra! Grudou no fundo da frigideira...

— Não dá pra comer? — se interessa Chico, com cara de cachorro magro.

— Só se você comer a frigideira junto. Decididamente, não sei cozinhar bêbado. Nem sóbrio. Isso que dá morar em país com superexploração do trabalho: a gente não aprende a fazer porra nenhuma com as mãos, além de socar umas e tentar encontrar um clitóris perdido de vez em quando.

Chico suspira fundo. Vai dizer algo, mas não diz nada, afundado numa cava e funda depressão rodriguiana.

Porra, suspira Ricardo, mentalmente. Esse cara me vem aqui às duas da madrugada só pra se deprimir na minha frente?

30

Alguém aí por acaso sabe como é que faz para ser frívolo e brejeiro como um dândi?

31

De novo: barulho de rato! Abro as portinholas que dão pras catacumbas do studiô, debaixo da cozinha embutida. Cheiro acre e forte, de lixo, e é provável que também de algum camundongo morto. Nenhum sinal dos filhos da puta. Mas sei que estão lá, aninhados na escuridão. O mal que fareja e rói.

Não consigo mais ler, depois disso. Meu coração bate forte. Deixo prosperar na cabeça a fantasia apavorante de uma tortura chinesa. O carrasco abre com o bisturi a barriga do supliciado, cuja boca foi tamponada com uma laranja e enlaçada com fita crepe. Meticuloso e delicado, o verdugo desconecta o intestino grosso do reto, ligando-o por suturas a uma das narinas do torturado. Num dos pulmões do cara entra o ar, no outro merda — sua própria merda.

Como sou capaz de imaginar uma monstruosidade dessas? Meu inconsciente não passa de uma fossa séptica. O terror é uma língua gelada passeando pela minha nuca. Sensação muito física de pavor. Devo estar tendo algum tipo de surto psicótico. Muita solidão dá nisso. Fiquei solipsofrênico. Ligo pra Syl, ninguém responde. Assisto o medo crescer em mim de livre e espontânea vontade, feito uma flor silvestre do mal. Yes, nós temos cagaço. Mas do quê? De mim mesmo? E esse dia do cacete, que não chega nunca? Só a chuva molhando a noite interminável.

32

Abro o olho e vejo: a parede. Primeira constatação do dia: existimos, eu e a parede. Ouço barulho de corpo se vestindo. Permaneço imóvel, olho fechado. Pra todos os efeitos ainda estou dormindo. Se o corpo que estava ao meu lado resolveu ir embora, que vá. Barulhinho de xixi sentado. Não ouço a descarga, que não foi acionada. Torneira. Bochecho, cuspida. Farfalhar de roupas sendo vestidas, zíper zipado. A porta da frente abre e bate uma vez, mas não fecha; bate outra vez, não fecha; bate com mais força e — clunk! Fechou. Preciso botar um óleo nessa fechadura. De novo sozinho. Trancado em mim mesmo. Feliz. Contente da vida, ao menos. Confesso que, descontando o oco doloroso na cabeça, as coisas não estão assim tão mal dentro da minha pele.

Viro proutro lado. Vejo dunas de lençol enrugado. Ao fundo, uma cordilheira de garrafas de cerveja vazias. Dou um rolê e ocupo o vazio ao meu lado. Sinto, ou acho que sinto, um resto de calor humano. Como é mesmo que ela se chamava, essa garota que pousou aqui e acabou de sair? Lembro vagamente que é funcionária da embaixada que conheci na casa do Zé Lino. Não consigo é lembrar nem do nome nem da cara dela.

Pego no chão o livro mais próximo da minha imensa preguiça: *Antologia de Poemas de Lawrence Ferlinghetti*. "Devo estar em qualquer lugar entre um centauro e o cu de Sancho Pança." Esse é o primeiro verso que salta de uma página aberta ao léu. A luz que entra pela fresta da cortina é mínima, meu dedo cutuca o botão do abajur, que brota do carpete como um cogumelo luminoso. Ferlinghetti continua: "Quando você me diz te amo, não tem resposta no meu bandolim". Minha língua parece biscoito champanhe sacolejando dentro de uma caixa de papelão. Tenho que beber qualquer coisa, urgente. O problema com a poesia é que ela não mata a sede. Se calhar, ela provoca ainda mais sede — de vinho, de sexo, de amor.

Outra vez o esforço de perpendicularizar-me em relação ao solo do planeta. Existir depende de haver ou não uma última cerveja na geladeira.

Tem. Uma esperança brilha na penumbra. Falta só achar o abridor. Vejo também um ovo na geladeira. Dou um bote nele, quebro a casca na beira da pia, deixo a clara escorrer feito esperma pelos meus dedos e engulo só a gema crua. É nojento, dá engulhos, mas garanto assim mais algumas horas de sobrevivência biológica. Me arrasto em seguida até a privada, onde solto o mijo sobre uma bosta naufragada há séculos na cacimba de porcelana lá embaixo. Puta coisa nojenta. Assim não dá pra começar o dia. Bosta adormecida não é o que você mais quer ver quando acorda de manhã, ou seja lá que porra de hora for agora. Será meu aquele bostão? Pelo tamanho, deve ser. Isso significa que a diplomática funcionária também mijou na minha merda, num gesto talvez inconsciente de ternura por mim. Talvez por isso não tenha dado a descarga: quis preservar aquela prova de amor. Dou um golpe certeiro no botão de metal na parede. Demora pra engrenar, a droga da descarga. Vai descendo tudo muito devagar, num longo gargarejo, com se a bosta relutasse em se apartar do meu convívio. Ó merda gentil que te partiste!

É irremediável: estou acordado.

33

Chico e Ricardo vão galgando com seus respectivos lastros de vícios e maus hábitos os seis lances de escada que levam ao apartamento de Zé Lino, correspondente de um jornal do Rio, conhecido do Chico, que resolveu dar uma festa a troco de nada. Da nossa turminha é o cara que tem mais dinheiro. Tem até carro, luxo extremo em Paris, para os nossos padrões. Luxo desnecessário, aliás. Se me dessem um carro, eu o trocaria por vinho e maconha. O prédio tem elevador, dos antigos, de porta pantográfica, minúsculo, mas que quebraria um grande galho agora, não estivesse hors service. Isso é hora de abandonar o serviço, elevador? Sacanagem. O coração de Ricardo vai num bumba meu boi acelerado, cada copo e cada charo consumido dia e noite nos últimos meses pesa toneladas sobre suas pobres pernas. No quinto étage, Ricardo afunda o olhar no poço da escada de madeira em caracol e dispara uma cusparada algo-doenta que se pulveriza em minúsculas gotas no ar.

Ao ver-se no sexto e último andar, o da festa, Rica, também conhecido como o velho moi même, se espanta com a rapidez da subida. Sentado no patamar da escada, sente que ainda tinha fôlego para galgar mais dois ou três lances de degraus. Em geral, os dois andares que o separam de seu studiô, na rue Larrey, sempre o deixam esbaforido. Donde, conclui, é mais fácil escalar seis que dois andares. Numa subida de dois andares, a cabeça só consegue se concentrar no esforço doloroso das pernas e dos pulmões; numa de seis, é preciso ralentar bastante o passo e pensar noutras coisas pra enganar o cansaço. Chico, que pela percussão letárgica dos seus passos ainda está no meio da escalada, talvez não esteja achando a mesma coisa.

Pouco antes, quando Ricardo pisou no primeiro degrau, Chico vinha logo atrás, cantarolando nasal e desafinado um dos sambas raros do seu estoque. Esse, por coincidência, a Maria Clara não só conhecia também, como cantava lindamente ao violão: "Desde o dia em que eu te vi, Juraci,/ nunca mais tive alegria./ Meu coração ficou daquele jeito,/ dando pinote dentro do meu peito./ Mas agora eu quero ouvir, Juraci,/ qual a sua opinião:/ pra resolver nossa situação,/ pode ser ou tá difícil, o coração?".

Esse sambinha descrevia exatamente o que um sujeito sentia ao ver a própria Maria Clara pela primeira vez, assim como Ricardo a viu, na casa da Marisa, um mês e meio atrás, ela com uma espécie de camisa chinesa de cetim branco, abotoada num só ponto, um pouco acima do externo, deixando-lhe os peitos ao deus-dará por baixo. Maria Clara e seus trinta anos e sua barriguinha luxuosa de anoréxica. Tinha uma voz de cabaré, grave e rouca, aleitada em martíni seco, cigarros a granel e jazz. Sem contar o diabólico sotaque carioca.

Nada era claro naquela Maria que se dizia Clara. Seus movimentos e atitudes eram insinuações e indiretas, oblíquos avanços, recuos atraentes e uma estudada indiferença, tudo ao mesmo tempo, agora. Isso, mais o fumo colombiano da Marisa e alguns six-packs de cerveja detonados, botaram a cabeça ricardiana a girar numa vertigem de tesão e enjoo, arrastando o estômago e o fígado consigo. No dia seguinte, Ricardo só lembrava muito vagamente da Maria Clara apanhando a bolsa e se despedindo de longe com uma risada de sarro misturado com desdém.

No dia seguinte, Chico telefona:

— Ó de Mello, tá vivo, filho da puta?

— Mezzo. Vomitei até a alma que eu nunca tive. Que catso aconteceu ontem, precisamente?

— Precisamente, nunca te vi mais bêbado e patético, bicho. Não lembra? Você se ajoelhou aos pés da Maria Clara! E se declarou apaixonado como um parnasiano púbere!!

— Não fode! Eu fiz isso?! Me ajoelhei?!

— Ajoelhou. Aos pés da santa Clara, que, aliás, não teve a menor misericórdia contigo. Te chamou de teenager senil pra baixo, e deu no pé.

— Puta que la merda... Fazia tempo que eu não me engazopava daquele jeito...

— Quanto tempo? Três dias?

— Mais, mais... Dessa vez bati algum recorde semestral.

— Claro, né, bicho: fumou sozinho quase todo o sin-semilla da Marisa, enxugou umas três garrafas de vinho branco sozinho, tomou vários goles de calvá, e no gargalo, pra impressionar a moça.

— Ajoelhei... não acredito...

— E o pior é que, antes, ela tinha te convidado pra ir à casa dela, só vocês dois. Num lembra, xibungão?

— Brincou!

Chico cai na gargalhada, lembrando:

— Em vez de chamar um táxi e se mandar duma vez com ela, você continuou a fumar e beber que nem um filho da puta. E ainda começou a elogiar o direito universal do macho a brochar sem culpa.

— Sacanagem sua. Eu não falei nada disso pra Maria Clara. Cê que tá inventando.

— Falou, falou. Ficou dizendo que pau mole is beautiful, e outras merdas. Inda foi sentar no sofá ao lado dela, errou o alvo e caiu de bunda no chão. Hahahahá! Papelão, Rica...

Os degraus ficaram mais altos e difíceis de galgar depois dessa lembrança. Papelão, ruminou Ricardo, com os pulmões sugando todo o ar disponível no ambiente. Bueno, noves fora, caguei, decidiu ele, dando de ombros pra subida ficar mais leve. Perdi de comer a Maria Clara, nada menos que a mais gostosa e interessante brasileira em Paris. Paciência.

Da próxima vez que a encontrou, num restaurante, relativamente sóbrios os dois, ouviu de seus lábios lambrecados de batom: "Ricardinho, aos trinta anos é preciso ter um estilo, meu filho". A indireta acertou Ricardo direto nas fuças. Decididamente, despencar no chão e fazer o elogio do pau mole não é o que uma mulher como Maria Clara consideraria como estilo.

Batendo em sua pança de bebum e fumeta lariquento, Ricardo rumina consigo mesmo: trintão na cacunda e nenhum espelho reflete um estilo que eu reconheça como meu. Acho que a gente só conquista um estilo próprio quando começa a ser influenciado por si mesmo. Duvido que eu chegue a descobrir um estilo meu. Sou uma lagartixa camaleônica, dessas que aderem com facilidade à superfície das coisas e vão mudando de forma e cor de acordo com os contextos. Como é que alguém tão cambiante como eu vai ter um estilo na vida?

— Pusilânime! — sussura seu superego, imitando a voz rouca da Maria Clara. — Uma lagartixa pusilânime, é o que você é.

Pusilânime. Ok, tudo bem, pensa Ricardo, enquanto esperava o Chico concluir sua lentíssima ascensão ao sexto andar. Seu layout espiritual, e até mesmo o visual, mudava, de fato, conforme os amigos e ambientes que frequentava. Usava roupas esculachadas pra ver a canalha hipongo-boêmia, por exemplo, e outras, mais caprichadas, pros ambientes burgueses que às vezes frequentava lá em São Paulo. So what? Em Roma, comia os romanos. Os antropófagos não têm estilo, sentencia, buscando um mínimo de autoafirmação. Na última curva da escada avista num plongê o amigo e seus ombros arqueados. E não é que o desgraçado ainda encontra fôlego para assobiar o mesmo samba do começo da subida, só que num compasso muito mais ralentado agora?

O Chico. Esse, sim, tem um estilão, pensa Ricardo. Um pouco do estilo do amigo pegara nele no convívio quase diário que mantinham desde São Paulo: a pinta de malandro sensual, a mistura de deboche e veemência no trato com a vida, a cultura e a política, o relativo desprezo pelo dinheiro e pelo poder, a descrença lírica num amor puro e verdadeiro, a aversão ao trabalho e o elogio da preguiça. Bastava, porém, uma breve brisa vinda sabe-se lá de onde pra fazer o Chicão passar do escracho à solenidade, da alegria flanadora e solar à mais negra deprê subterrânea. Não faltava quem acusasse Ricardo de xerocar as pantomimas e o vocabulário cifrado do Chico. Ele meio que sabia disso tudo, e não ligava. Um dia talvez chegasse à síntese perfeita dos estilos de todo mundo que conheceu na vida, incluindo aí os personagens de ficção. "O leão é feito de carneiro assimilado", ele tinha lido no Valéry. Ele haveria de ser esse leão. Seria trezentos, trezentos e cinquenta leões, que nem o Mário de Andrade, sendo sempre o mesmo descompro(intro)metido zé-ninguém da silva xavier.

34

Pela música, pelas vozes, pelas risadas, percebemos a presença humana do outro lado da porta. Pra compensar o esforço de escalar esses seis lances íngremes de escada, torcemos para que haja também exemplares femininos da espécie humana disponíveis para o amor, sobretudo o amor físico. Aperto a campainha. Um sujeito que não conhecemos abre a porta. Entramos. Chico logo cai nas garras de dois jornalistas brasucas sediados na Europa que querem saber o que ele acha dos novos partidos políticos brasileiros.

— Que novos partidos? Não tem mais Arena e MDB? — pergunta Chico com vaga surpresa e escassa curiosidade.

Os caras acham que é blague dele. Ora, é lógico que Chico, sociólogo de prestígio no Brasil, com espaço fixo na grande imprensa, não só deve saber da existência dos novos partidos como já deve ter algumas teorias elaboradas a respeito, talvez até um ensaio. Ricardo, de fato, não se lembra da aparição do tema novos partidos nas inúmeras tertúlias com o amigo nos últimos meses. Chico, pra desbandeirar sua genuína ignorância sobre o assunto, serve seu prato predileto: desancar o PC por um ângulo mais ou menos trotskista. Diz que a sorte do partidão foi nunca ter tomado o poder no Brasil. A míope adesão de Prestes a Vargas em 50 não garantiu sequer a reinserção definitiva do Partidão na legalidade. Sendo assim, o PCB, sempre à margem do poder instituído, quando não raivosamente perseguido por ele, nunca teve a chance de fazer grandes cagadas, como fizeram e fazem todo dia os PCs que estão por cima da carne seca em metade do mundo, a começar pela União Soviética.

Algumas cabeças se viram para Chico com expressões no mínimo intrigadas ao ouvi-lo desembrulhar essa tese. Flagro numa parede três retratos emparelhados: Prestes, no meio, tendo à direita Brizola e à esquerda Arraes. Desconfio que a festa do Zé Lino, que é uma espécie de embaixador honorário da esquerda brasileira em Paris, vai acabar virando meeting ideológico-partidário, como, aliás, era de se esperar. Mas festa é festa, e aqui em Paris se você conhece pouca gente, como eu e o Chico, não dá pra desprezar uma festa, qualquer festa, de esquerda, de direita, de centro, ou simplesmente alienada, que são as melhores, aliás. Vou fuçar na vitrola e, sem cerimônia, tiro um angustiante lamento andino do prato, com flautinhas e bumbo, e tasco um velho disco do Tamba Trio, aquele clássico com "Garota de Ipanema" e "Vento do mar", das coisas que mais amo na bossa nova. Flagro num sofá, sozinha, uma garota não muito bonita, mas superqueimada de sol, se é que não teve a pele crestada em alguma explosão nuclear. Resolvo carregar meu uísque até ela. Constato, não sem boa dose de desapontamento, que o toque da minha bunda no sofá provoca um instantâneo efeito-gangorra: a bronzeada criatura levanta-se e some no corredor.

— Tanto faz — suspira Ricardo, passando de novo a bola para a misteriosa Terceira Pessoa, sempre ali, a postos, pra lhe dar uma mãozinha na narrativa.

Só resta ao herói ficar em paz e bossa e uísque com muito gelo a lhe descer benigno pela tubulação da alma, até que uma figura de alpercatas de couro e grossas meias de lã, transportando na cabeça uma cabeleira farta, negra, emaranhada, que jamais conheceu as blandícias de um xampu, senta ao seu lado. Vem a pergunta, com forte sotaque nordestino:

— Éte-vu francé?

Ricardo responde que não, que é no máximo paulista, e olhe lá. Logo percebe que cometeu uma gafe com o irmão do norte ali. Se em matéria de Brasil o "máximo" que alguém pode ser é paulista, o que dizer dos paraibanos, por exemplo? Ou, pior, dos piauienses? Mas o outro não repara nisso e só exala um vago "Ah...". Rica logo arma um sorriso que se deseja apenas gentil, no limite inferior da gentileza, pra não encorajar o bravo filho do norte a entabular um papo. Além disso, não está nada disposto a estabelecer comércio com a população peniana do pedaço. Se você garra a conversar com peludo logo ao chegar numa festa, corre o risco de ver as glabras donzelas passarem ao largo, cortejadas por mais avisados mancebos, enquanto você perde um tempo precioso discutindo com um esquerdista barbudo das Alagoas se a vanguarda revolucionária há de estar no campo ou na cidade ou se devemos esperar os setores mais atrasados da economia cumprir seu ciclo de acumulação primitiva de capital antes de qualquer intervenção mais radical no processo político, ou qualquer outra grande merda do gênero. Além do quê, estranhos do sexo masculino, como todos sabem, só falam da vida real: dinheiro, política, emprego, imposto de renda, essas merdas. Já as fêmeas, no geral, tendem mais a frivolidades: fofocas sexuais, filmes, artistas, moda, música, restaurantes, é um papo muito mais interessante e inteligente. E as fêmeas podem, com sorte, render uma eventual quebra de jejum sexual de um bolsista à solta na solidão parisiense. E quem quiser achar que esse tal de Ricardo não passa de um pequeno-burguês alienado que não tá nem aí pras tensões sociais contemporâneas, nem se empenha na luta histórica por sua superação a favor do proletariado, através da práxis revolucionária, fique à vontade.

Eis que alguém tira o Tamba da vitrola e lasca um tenebroso sambão-joia, em tom menor, cheio de favelas, ilusões perdidas no atrito com as asperezas da vida e alegrias reencontradas uma vez por ano na anarquia consentida do carnaval. Puta baixo-astral. Só mesmo Hendrix pra consertar o estrago que esse baticum de merda está fazendo em meus ouvidos. Mas aqui, nem pensar: Hendrix, Jim Morrison, Jagger são anátemas capitalistas pra essas orelhas nacional-populistas.

Rica dá outro sorriso imbecil pro das alpercatas, antes que o tipo volte à carga, salta do sofá e toma de assalto a vitrola outra vez. Recupera o vinil do Tamba que descansa, fora da capa, no alto de uma pilha de elepês e o recoloca no lugar daquela pancadaria verde-amarela. Chico, perto dali, de prosa com uma fulana de riso escancarado, lhe faz um ok cúmplice com o dedão, pois também não estava suportando o sambão. Ricardo se aproxima dele, senta-se no chão e pega carona na prosa da mulher, de forte sotaque nordestino, uma provável baiana, ele imagina. Logo entende que se trata da mulher de um velho militante de uma dissidência do PCB que, depois de passar vários anos em cana — na Bahia, voilà! —, conseguiu dar o pinote da cadeia, não se sabe bem como, e se refugiar na nunciatura apostólica, de onde está agora tentando ser extraditado para a França. Zoraide, eis o nome da baiana, o aguarda a qualquer momento em Paris. Está contando pro Chico que na época em que seu marido esteve preso ela tinha autorização para passar algumas horas a sós com ele numa cela privê, uma vez por semana.

— Era o dia do Clodô quebrar o jejum. A gente ficava fodendo da hora que eu entrava até a hora que o carcereiro vinha bater na porta. Às vezes o filhadaputa batia antes do tempo, e eu gritava: "Porra, ainda não gozei! Ainda não gozei, caralho!". O cara, em geral, dava mais quinze minutinhos pra gente.

A baiana, que tem na boca um viveiro de dentes estragados, bandeira da clandestinidade barra-pesada em que viveu durante anos, grita pruma gordinha que está perto da vitrola:

— Ó Joana, tira essa merda da vitrola e bota um samba de raiz, minha filha.

Perdoai-a, Luiz Eça, ela não sabe o que diz, comenta em silêncio Ricardo enxugando com a mão o suor alcoólico na testa. A despeito da truculência barriguda e desdentada da companheira, ele não deixa de achá-la simpaticona em sua ferocidade alegre. Logo ele e Chico estão rindo solto das histórias da baiana, que relembra lances da luta armada no Brasil como se fosse assunto doméstico entre ela, seus amigos e os milicos. Como a história do sujeito nu que levava choques no pau de arara ao lado dela, numa sala de interrogatório no Dops paulista. Depois de algumas descargas particularmente cruéis na genitália, o torturador fez bilu-bilu no pau encolhido do rapaz com uma caneta Bic, tirando sarro do tamanho daquele membro aparentemente tão pouco viril. Ao que o torturado respondeu: "Ele tá com medo...".

Depois dum tempinho ouvindo o anedotário atroz do cárcere e da represssão, Rica resolve fazer um tour pelas duas salas que contêm a festa.

Vê a Syl no meio de um grupinho tagarela, ao lado dum sujeito boa-pinta, de mais de quarenta anos, seu mais recente Romeo, que alisa seus cabelos com as costas dos dedos enquanto lhe sussurra algo no ouvido. Syl pisca pra Ricardo, e recebe um sorriso maroto de volta.

— Esse aqui é o Marcos — diz ela apresentando-lhe o carinha. — Ele tava até agora falando mal de mulher pra mim, pode?

Marcos ri, sacudindo a cabeça.

— É um belo bofe, não é, Ricardinho? — provoca a minha amiga.

Marcos perde o rebolado. Ricardo responde, depois de apertar a mão do bofe:

— É... quer dizer...

O quarentão intervém, com evidente sotaque carioca:

— É mentira da Sylvana. Eu não tenho nada contra as mulheres. Meu único problema com as mulheres é que elas não acreditam em mim.

Ricardo se solidariza no ato com o carinha:

— Em mim também não! É por isso que eu nem sinto culpa quando minto pra elas. Tanto faz a verdade como a mentira. Elas não acreditam nunca, de todo jeito.

— E não há nada a fazer — conclui o Marcos, numa resignação irônica.

— Acho que a gente tá é precisando de uma assessoria de marketing — sugiro. — Tô começando a achar que a questão libidinal é uma questão mercadológica. O lance é projetar a imagem certa pras mulheres passarem a acreditar na gente.

— Pra começar, vocês vão ter que cortar o cabelo, raspar a barba e trocar essas roupitchas caídas por coisas e cores, assim, mais tchans — preconiza Syl.

— Pronto — diz Marcos. — Taí a nossa assessora de marketing!

O assunto morre quando alguém por perto, com uma voz gay especialmente alambicada, faz os demais se escangalharem de rir com suas histórias. Ricardo estica as orelhas e ouve:

— Gente! Aquele país tá uma loucura. Tô voltando de lá agora. Vocês nem imaginam! Peguei um táxi no Flamengo, semana passada, pra ir ao Leblon. Um fusca, pra variar, desses com banco na frente pro passageiro. Sentei ali, do lado do chofer. Mal olhei pra cara do distinto, dei o endereço, e fomos nós. No Aterro, o fulano enfiou o pé no acelerador, com tudo. Costurava Deus e todo mundo. Não sei o que acontece com o

Rio; as pessoas acham que estão no GP de Mônaco. Ô loco! Já comecei a me abanar. Santo Deus! Depois de tanto tempo na Europa eu tava desacostumado com a jungle. Mas, ouve só. Eu tinha agarrado a alavanca do breque de mão pra ter mais apoio no assento. E fiquei na minha, olhando pela janela e rezando pra Nosso Senhor do Bonfim. Aí, menino, eu sinto a mão do taxista pegando na minha mão. Nem olhei. Daí, senti que ele desgrudou minha mão da alavanca e botou ela numa outra alavanca. Ui!

Risos pipocam na roda de ouvintes.

— Muito calmamente — continua o contador — dou uma olhada pra ver do que se tratava. Advinha. Era o pau do homem que eu tinha na mão! Um puuuta pau enorme. Uma coisa que só vendo. E pegando. Tava em ponto de bala, o desgraçado!

Segue-se um corinho breve de risos. O carinha adora a berlinda. Continua:

— No Rio tá assim agora: entra uma gata no carro, o taxista já vai abaixando a bandeira e levantando o pau. Hahahá...

O corinho em volta ri de novo, mais alto. É óbvio que ele se inclui na categoria "gata".

— Aí, meu filho, sem tirar a mão do pau dele, eu disse assim: "Moço, o senhor poderia me explicar o que isso aqui significa?". Olha só o que o cara me respondeu: "Ué, vai dizer que não tá querendo?". E eu: "Mas como o senhor pode saber o que estou ou não estou querendo? Eu nem abri a boca". E ele: "É, mas bem que segurou na alavanca. Sabia não? Todo mundo sabe: segurou na alavanca, tá querendo pica". Pode, gente?!?!

A gente, no caso, se escangalha de rir.

— Fiquei literalmente de boca aberta. Mas a coisa não parou por aí — ele emenda. — O taxista, me vendo de boca aberta, soltou essa: "Agora, já que tu tá co'a mão aí e de bocão aberto... será que não rolava uma chupetinha, não? Na boa. Tô há horas nesse volante, cheio de amor pra dar...".

Mais gente se junta ao grupo de ouvintes pra conferir do que tanto se ri na rodinha. Nosso showman capricha nos detalhes:

— O homem tinha uma pança grande assim, ó, e um braço mais grosso que a minha perna. Imagina o resto!

Quaquaquá geral.

— Gente, ele me pediu aquela chupetinha com um jeitinho tão infantil, tão docinho, que eu não pude negar. Imagina um homão daqueles fazendo beicinho e pedindo "Será que não rolava uma chupetinha?". Fofinho, né? Ele parou o carro em cima duma ilha, ali mesmo, no final do Aterro. E eu fiz a minha parte: chupei até os bagos dele.

Ricardo nota que esse detalhe não foi tão bem absorvido pela totalidade da plateia. Tinha vários acadêmicos e diplomatas por ali, acompanhados de suas distintas senhoras. Notei várias trocas de olhares, como a indicar que a narrativa e seu estilo escrachado tinham ido longe demais. Mas o gay tá com a corda toda:

— Quando cheguei finalmente ao meu destino, se é que o Leblon é destino que se apresente, o homem não quis me cobrar. Eu insisti. E paguei. Antes de sair do carro, falei pra ele: "Adorei a corrida".

O bando debanda quando o chupador de taxistas engrena um outro causo brasileiro. Ricardo vai até a cozinha batalhar mais gelo pro uísque. No caminho, pesca um conviva de barba perorando:

— ...portanto, eu acho que ele pode ter cometido seus erros, todo governante comete. A História é ingrata com muita gente boa, só porque passou pelo poder, essa é que é a verdade. — Daí, confronta seu interlocutor, outro barbudo, olhos nos olhos. — Vem cá, me responda agora à seguinte questão: no limite, quem você prefere? Stálin ou Roosevelt?

Ricardo não espera pela resposta do interpelado. Ao entrar na cozinha, cruza com Chico, que vem saindo, copo de vinho na mão, mordendo um sanduíche. Declara ao amigo, com o dedo categórico espetado no ar:

— Quer saber? Eu prefiro a Norma Bengell! E nem precisa ser no limite.

— Quê?! — faz Chico, de boca cheia e a barba ornamentada de farelos, sem entender nada.

Syl surge no corredor e se junta aos dois. Ricardo dá um abraço encoxado nela:

— Aí, Sylvanoka! Tem bofe novo na parada, hein? Fala mal dos bofes, mas bem que traça eles todos numa naice.

— Claro! Quem te disse que eu não curto bofe? A gente fala mal do que mais ama na vida. Eu adoro bofe! Acho até que anda cada vez mais difícil encontrar um bom bofe na praça, daqueles que te comem de alto a baixo, te pagam jantar, abrem porta pra você passar, te dão joias, te comem mais um pouco, e daí, quando se enchem de você, te dão um pé na bunda. O homem, pra ser perfeito, tem que ser meio cafajeste. O perfeito cavalheiro é o perfeito imbecil. Ai! — ela suspira, totalmente gay. — Dá licença, meninos, que eu vou pegar uma champanhota pro meu bofinho.

Chico e Ricardo resolvem se picar. O fundo musical continua abominável, com Violeta Parra ou algo pior no picápi, e não há nenhuma promessa erótica no recinto. Chico já está com a mão na maçaneta quando a mesma menina de pele bronzeada que estava no sofá passa por Ricardo conversando com outra guria. O orelhão do grande herói flagra esse fragmento:

— ...a mi me rompem las pelotas esas reuniones donde solamente se habla y nadie quiere bailar...

Pois.

35

Abro a porta do metrô em Châtelet — é dessas últimas composições com uma trava na porta que o passageiro que entra ou sai aciona para abrir — e topo com Ricardo parado na plataforma, sacando distraidamente um anúncio de liquidação das

Galeries Lafayette e pensando que talvez não conseguisse mais viver sem as cores e as vibrações da publicidade, embora reconheça que essa porcaria só serve para criar ânsias e falsos anseios nas pessoas, condicionando todo mundo a encarar a vida como uma sucessão de imperdíveis oportunidades de consumo e blablablá blablablá blablablá. Com as mãos nos bolsos dos jeans e os ombros um pouco curvados, me aproximo dele e lhe dou um tapinha no ombro. Ricardo, que me esperava na estação, conforme o combinado, se vira pra mim, meio pro down&blue, ele também.

Começo:

— Ricardão! Desculpe o atraso, bicho. Cê tá aí faz tempo?

— Médio...

— A gente podia ter marcado num café.

— Melhor aqui. Num café, a gente ia encher a cara e não chegaríamos a conclusão alguma.

— Vai, manda bala. Que tanto cê tem pra me falar *pessoalmente*? Como se a gente tivesse outro tipo de relação que não fosse pessoal.

— Seguinte, assim não dá mais. Vamos decidir agora quem continua narrando essa joça. Eu ou você? Pode ser no par ou ímpar.

— Ora, Ricardinho, não me venha com fricotes metalinguísticos a essa altura do alfarrábio. Além do mais, todo mundo com mais de um meio neurônio já sacou que eu sou você, e que você sou eu, e que às vezes a gente troca de/

— Não importa — ele corta, sem dar espaço para tergiversações, ou qualquer palavra complicada que o valha. — Chega desse negócio de ir da terceira pra primeira pessoa, da primeira pra terceira, o tempo todo, feito um fusca de porre no trânsito engarrafado da narrativa. Sem contar as mudanças duma voz pra outra no meio do parágrafo. E sem pisar na embreagem.

— Por mim — tento argumentar —, desde que a gente chegue à última página, tanto faz quem está narrando. Até acho

136

legal, menos monótono, esse negócio de ficar pulando de um narrador pro outro. Mas, se madame insiste...

— Ok. Vamo lá: par ou ímpar?

— Ímpar — escolho.

Ricardo, à minha frente, esconde um punho fechado atrás das costas. Faço o mesmo e comando, olho no olho:

— Um, dois e lá vão os.... Ímpar! Ganhei.

— É, ganhou — diz Ricardo, reconhecendo a derrota. — Você é que narra daqui pra frente. Dura lex sed lex.

— No cabelo só gumex. Valeu. Té mais, Ricardinho. Paris me espera lá em cima.

Deixo Ricardo na plataforma do metrô, entre desolado e atônito (deve ter uma palavra composta em alemão pra isso), diante de outro anúncio, esse exibindo uma loira queimadíssima de sol, com magníficos peitos quase nus no sutiã mínimo do biquíni, deitada numa paradisíaca praia tropical cheia de coqueiros. É pra lá que todos os franceses gostariam de ir agora para experimentar aquele novo bronzeador à base de cenouras e huile de cacao, ao lado da loiraça peituda, livrando-se de pulôveres e casacos, e do frio de outono. Subo a escadaria de dois em dois degraus, revitalizado pela recentíssima vitória no par ou ímpar metalinguístico. Meus passos conduzem em triunfo a primeira pessoa da narrativa. Ao chegar na rua, noto, arfando fundo, que o meu fôlego virou uma piada da qual nem posso rir por falta de ar. Tenho que voltar a correr no jardin des Plantes, comer coisas saudáveis em horários certos, beber menos. Bem menos. Minha barriga está flácida como um flan de banha. Dândi barrigudo não dá pé. Se a carne decai, a libido padece, o coração entristece, a mente emburrece, a vontade esmorece, a pica amolece. Sejamos belos. Passavelmente belos.

Ganho a rua. Pego o boulevard Sebastopol, me enfio num café, compro cigarro, demando um demi no balcão ao garçom de bigode e colete pretos. Que cara linda a daquela mulher refletida no espelho atrás da estante da prateleira das bebidas. Me faz lembrar que ando com o pau entediado e o coração sem rumo. Contemplo a ruga na minha testa, nesse mesmo espelho. Tudo bem. O chope ainda sai gelado das serpentinas dos cafés e os espelhos continuam refletindo a beleza eventual das mulheres. Bebo com sede de camelo entuchando o nariz na espuma. Me pergunto se ainda estarei lá, naquela plataforma de metrô, passeando os olhos pelas curvas da loira do outdoor, feito um perfeito basbaque, desobrigado enfim da inglória tarefa de narrar em terceira pessoa essa história picadinha?

36

Porque já faz mais de um mês que não a vejo, e também porque sinto uma zoeirinha boa, resolvo telefonar pra Sabine. (Estou com Marisa no restô polonês do Marais.) No caminho do telefone, poloneses discutem alto agitando narizes vermelhos. Ninguém atende. Volto pra mesa e mato num gole o que resta de vodka no cálice. Justo nesse instante, quando o álcool faz sua agradável devastação no meu estômago, me vem a ideia maluca: virar marinheiro. Me enfiar num cargueiro em Marselha, correr mundo. Pegar gonorreias internacionais. Amar nórdicas voluptuosas e gregas clássicas. E vice-versa. Experimentar a solidão das longas travessias. Pensar em tudo. Morrer de tédio, de medo, de tesão. Provar o amor dos portos, viver a liberdade no mar. Like a floating stone. Jack London.

Essa ideia nunca tinha me pintado assim tão nítida. É como se eu tivesse carregado esse marinheiro dentro da minha pele durante anos e, de repente, ele gritasse: Mar à vista! (Por que não?)

Observo Marisa degustar com elegância seu arenque e dar delicadas beijocas na vodka. Sei que ela deve estar tão zureta quanto eu, pois queimamos juntos um belo charo na place des Vosges, a caminho do restô.

— Marisa, vou te confessar um projeto meu. Um projeto secreto. Sabe por que ando querendo tanto ir a Marselha? Não sabe. Eu digo: vou tentar me engajar num navio mercante como marinheiro.

Marisa continua placidamente sua degustação, como se eu tivesse dito algo inócuo como "Com licença, que eu vou roer o rato que roeu a roupa do rei de Roma e já volto". Ela molha os lábios finos na vodka. Seu olhar rebate no meu, volta ao arenque.

— Marinheiro?...

Vejo a impossibilidade de convencer minha amiga de que falo sério. Queria argumentar que esse projeto não é tão louco assim. Loucura é aquele Instituto que me espera em São Paulo e onde acabarei caindo de cabeça — se não me penabundearem antes —, depois desse meu périplo parisiense a bordo da canoa dos insensatos.

Marisa comenta:

— O único marinheiro que você poderia ser é o Corto Maltese, Ricardinho. Um dândi aventureiro. Porque você é o próprio dândi, você e o Chico. As roupas podem estar descosturadas, faltando botão, tudo puído e mal lavado, a sola do sapato abre boca de jacaré, mas é só conhecer um pouco melhor vocês pra notar: são dois dândis da pá-virada.

O Chico. A neblina da Marisa. Passamos a tarde inteira juntos, eu e ela, tendo sempre ao nosso lado a fantomática figura do Chico. Fiquei me perguntando se a Marisa me via como amigo de verdade ou como simples mediador entre ela e o incapturável Chico. Dava pra perceber a presença quase respirável dele nas mínimas observações e gestos da minha amiga. Como na loja de chapéus. Fiz Marisa experimentar um panamá extravagante, de abas largas, que ornava luxuosamente bem com seu rosto magro e anguloso. Enquanto se narcisava no espelho, ela perguntava, não sei se pra mim, se pro seu reflexo, se pra alguma entidade invisível:

— Será que o Chico não vai achar muito fresco esse chapéu, não?

Jantar findo, tento de novo Sabine pelo telefone. Picas. Zarpamos, Marisa e eu, meio tontos, pra casa dela. Atravessamos a pé as ruas escuras do Marais. Fachadas e muros sombrios, cor de saecula saeculorum. A place des Vosges dorme, protegida por seu exército de arcos. 58, rue des Tournelles, deuxième étage. Imediatamente João na vitrola. Decapito a primeira garrafa de cerveja. Produzo um finório. Marisa se entrega ao sofá e ao Walter Benjamim, sem se preocupar em me fazer sala. Deixa essa tarefa à própria sala e retoma a história do pintor que fuma haxixe em Marselha, dá uma pirada e perde a chance de ficar milionário. Na mesma Marseille onde eu pretendia ainda há pouco virar marinheiro. Acendo o charo, passo à Marisa, ligo outra vez pra Sabine. Aí pelo quinto toque, quando já estou descolando o fone do ouvido, ouço o clok:

— Hellô?

— Tô te acordando, Sabine?

— Oui, j'étais déjà couchée — responde ela com voz de travesseiro. — C'est qui?

— C'est moi, Ricardô.

— Ah, Ricardô... (bocejo).

— Desculpe, baby, acho que perdi a noção da hora, né?...

— Bonsoir, Ricardô — diz ela, desligando gentilmente na minha cara.

Porra, digo eu, recolocando o fone no gancho. Pensei que até podia rolar um lovezinho no meio da madrugada. Tiro por mim: se uma mulher por quem eu tenho um certo tesão me interrompesse o sono numa madrugada de inverno me pedindo colo, eu não hesitava: Ora, vem correndo, minha flor, eu diria. Braços abertos pra ti. Que é como Flora me recebia sempre que eu dava as três buzinadinhas convencionais na frente do seu prédio, na rua Mourato Coelho. Luz na janela, sua silhueta de camisola me acenando, o molho de chaves que estalava metálico na calçada. Quase nunca falhava. Acho que Flora foi a mulher que mais gostou de trepar comigo; talvez mais ainda depois que nos separamos. As feministas que me desculpem, mas é do caralho saber que há na cidade pelo menos uma mulher disposta a te amar a qualquer hora do dia ou da noite. É ligação, transa, curtição. Flora até reclamava quando eu ficava muito tempo sem aparecer, o que de fato acontecia nas minhas eventuais fases de vacas gordas e fodedoras. Ou quando pifou a buzina do meu carro. Uma noite, baixei na Mourato e me dei conta de que estava desabuzinado, além de desabutinado, como sempre. Dei uns gritos. A velha do terceiro acordou com meus Flora! Flora! ecoando na rua deserta, e despejou lá de cima um pinico de ameaças: síndico, polícia, oscambau. Só Flora não ouviu. Flora, já condicionada, só ouvia buzina, nosso código: um toque, três toques, dois toques. De leve.

Sabine prefere o sono à minha companhia. Me sinto humilhado. Não muito, porém. Mais frustrado que humilhado. Marisa saca minha cara de bosta e tenta me consolar:

— É que a Sabine trabalha cedo, Ricardinho. A gente, que vive nessa maciota, não sabe o quanto o sono é precioso.

— É — concordo, dando um longo tapa no beise. — O sono é precioso. — Daí, suspiro e rumino, comigo mesmo: Marselha, navio, marinheiro. Por que não?

37

Janela. Três da madrugada. Primavera. Frio doce no ar. Uma única estrela visível no céu do meu studiô. Talvez a mesma que eu espiava da janela do hotel, logo que cheguei aqui no ano passado, em pleno verão. Hotelzinho de uma única estrela, na placa e na janela. Cama de molas indecisas entre acomodar ou expulsar o corpo do hóspede. Janela de vidro sem cortinado, lençóis não exageradamente limpos, a primeira punheta ao norte do Equador. 30 francos a diária, com direito a bon jour e café da manhã, que nunca cheguei a tomar, pois só era servido até as 9h30.

38

Como vai?
Como vai?
Como vai?
Como vai?
Como vai?

— Vai! Vai!

Muito bem
Muito bem
Muito bem
Muito bem
Muito bem
Muito bem
Muito bem

— Bem! Bem!

39

Fazia tempo que eu não via a Neca. Topo com ela na rue des Écoles, na frente da estátua de Montaigne. Anda rolando vida acima, rua abaixo, com seu amor que chegou do Brasil. Me informa com aquele sorriso sexy-candy, sua marca registrada:

— Tem dias que a vida é uma coceira só.

Montaigne me pisca um olho rápido e continua ali sentado em pedra, contemplando os gatos e as bêibis que passam pela rue des Écoles.

40

O problema é o seguinte: como me levantar da cama se estou morto? Meu corpo colado ao colchão de espuma, sem reação. A quantas horas estou nessa cama? A ver: ontem eram cinco da matina, talvez seis, quando...

A famosa fresta da cortina me informa que a noite baixou. Tá frio. Preciso aumentar a chauffage, o que significa uma conta de luz mais salgada no fim do mês. O inverno foi inventado aqui, neste quarto. Cinco da tarde e já é noite, segundo o meu relógio. Quando fui dormir, ali pelas sete da matina, ainda estava escuro. Isso quer dizer que passei o dia inteiro dormindo, sem ver o sol. No problems. Me sinto à margem do tempo, mas sei que hoje é quarta-feira, porque é na quarta-feira que muda a programação dos cinemas. (Tô sabendo que isso não é razão que explique o fato de eu saber que hoje é quarta-feira; mesmo assim, sei que é, e não se fala mais nisso.) Não sei o quanto esse relógio está certo ou in-certo. Não consigo, e nem quero escapar às minhas obsessões: tenho que saber exatamente que horas são. Por que um cara que se sente à margem do tempo precisa saber as horas com exatidão? Deve ser uma obsessão, como outra qualquer. Ligo pro tempo:

463 8400

— pi-pi-pi-pi-dix-neuf heures, quarante sept minutes, trente secondes pi-pi-pi-dix- neuf-heures, quarante sept minutes, qua-rante secondes pi-pi-pi-pi-dix-neuf-heures, quarante sept minu-tes, cinquante secondes pi-pi-pi-pi-dix-sept-heures, quarante huit min/

O tempo fala francês perfeitamente, com voz feminina, e se pronuncia de dez em dez segundos. Merda, a garrafa de água mineral vazia! Isso é grave. Preciso de água urgente. Muita água. E mijar. Engraçado: se preciso mijar não devia precisar de água. Estou com a bexiga cheia dela. Por que não temos um radiador selado que reaproveite a própria água, como nesses carros modernos? A turma ia beber muito menos. Os líquidos são tremendos. Blood, sweat and tears. Vinho, cerveja, aguardente. Muitas tragédias e comédias são feitas com esses líquidos.

Dor na cacunda. De tanto ficar deitado, deve ser. Me gusta brincar de morto. Tive na infância um cachorro que a gente dizia pra ele: Morre, Cotó, morre! E ele deitava no chão, patinhas pra cima, com a língua de fora e a respiração rebaixada. Cotó um dia levou à perfeição sua brincadeira preferida e se deixou atropelar por um caminhão da coca-cola. O motorista até enfiou o pé no freio, mas era tarde. Cotó foi aplastado na hora pelas rodas duplas traseiras do caminhão. Algumas caixas de coca voaram pelos ares e se estatelaram no asfalto, do lado do meu cachorro atropelado. O líquido negro espumante se misturava ao sangue do Cotó — pelo menos na minha percepção traumatizada — e escorria pra sarjeta próxima. Eu aos berros, minha mãe me puxando pela mão. Os berros da minha mãe também se misturavam ao sangue e à coca-cola. Por muito tempo não pude ver coca-bloody-berro--cola na minha frente.

Mas que beleza que é uma garrafinha de coca-cola. Puro neobarroco americano, com suas volutas de coluna da capela Sistina. Aliás, puta ideia genial dos gringos: engarrafar um arroto e vendê-lo pro mundo inteiro.

Tem certas ideias que só me acodem deitado. Proust escrevia deitado. Em geral a humanidade morre deitada. Só os enforcados morrem de pé. De pau duro e língua de fora, com os pés balangando no ar. Certas ideias. Estou morto e acho até que nunca nasci. Quer dizer, não saí da barriga de nenhuma mulher. Out of nowhere. Já entrei em cena pedalando um tico-tico na rampa da garagem do prédio em que eu morava na infância, na rua Barata Ribeiro, Bexiga. A velocidade aumentou, os pedais do tico-tico enlouqueceram e eu me esborrachei a quatrocentos por hora contra a porta de aço da garagem. Guardo até hoje cicatrizes desse nascimento. Vou abdicar do de Mello. Me chamarei doravante Ricardo de Ricardo. Um esquizofrênico dividido entre si e si mesmo.

Começo a me grilar de ter que dormir rente ao chão, com essa rataria rondando por aí. Minha concièrge me informou que estamos num prédio do século 14, mil trezentos e tantos. Ela disse que viu essa informação num livro sobre os prédios históricos de Paris. Meus ratos, portanto, são medievais, tombados pelo patrimônio histórico. Outro dia, tava eu com a suíça gordinha na cama, já tinha penetrado ela, tava começando a ficar gostoso, ela murmurando coisas em suíço-alemão, altas sacanagens alpinas, provavelmente. Tudo ia bem, mas eis porém que de repente (como naquele samba do Billy Blanco) — um rato. Ok, não era um rato, era um camundongo. Un sourris. Mas, camundongo, cobaia, hamster, qualquer tipo de policial, pra mim é tudo rato. O rato fuçava calmamente nossas roupas jogadas no chão, a meio metro da cama. A suíça ali, debaixo de mim, de olhos fechados, se preparando pra decolar. O ratinho se aproximava, focinho frenético fuçando o ar à sua volta. Pensei em jogar um dos meus livros de cabeceira nele. As poesias completas de Baudelaire, de capa dura, por exemplo. Se pegassem de jeito, esmagariam o filho da puta. Mas como fazer isso sem cortar o barato da trepada? O que a Franziska (lembrei o nome dela, não é lindo?) diria se abrisse os olhos e me visse de Baudelaire na mão fazendo mira num ratinho? Minha parceira suíça já entrava nas primeiras convulsões do gozo. Meu pau brasileiro seguia duro por inércia. O rato se virou pro nosso lado, deu umas cheiradinhas no ar e veio vindo com passitos cautelosos em nossa direção. Os gritos da suíça não o espantavam. Rato abusado; sacou que eu não tinha condições de reagir. Ou achou, talvez, que alguém estivesse prestes a morrer e liberar um lauto jantar pra ele.

O melhor que pude fazer foi apelar pro Mandrake: franzi a testa e joguei pro sujeitinho o olhar mais raticida de que fui capaz. O bicho parou no ato. Me encarou, deu mais umas farejadas no ar, pegou a primeira esquina à direita, atrás de um tênis, e se mandou. Minha swiss baby gozou na hora certa, como um cuco helvético. Eu, depois de ver o rato, estava longe disso, circunstância da qual minha parceira soube tirar grande proveito. Onde teria ido parar aquele rato do caralho? Talvez atrás da lata de lixo, espiando a gente e socando uma penumbrosa punhetinha.

Às vezes esse meu colchão-sofá-cama de espuma velha e cediça despenca num poço fundo e eu me afundo no escuro profundo do poço sem fundo. Aí a cama estanca numa nuvem de luz e tudo fica bom e gostoso como uma polução noturna no espaço blue do quarto.

Syl me liga. Acaba de voltar do Brasil, onde foi passar vacâncias exóticas em Rio Splendid Miserê City. Entre outras coisas me informa:

— Há uma crise de galãs no Brasil, Ricardinho. Você vai se dar bem quando voltar pra lá.

Ela saboreia o efeito evidente do seu galenteio no meu ego cachorrão. E avisa que trouxe as paçoquinhas Amor que pedi. Genial. Trouxe também a encomenda da Maria Clara: dois tubos de pomada Hipoglós e um compêndio de gramática normativa. Caímos na risada. Maria Clara, que está do lado de Syl, pega o fone e se defende:

— Querido, o Hipoglós é por causa das vergonhas que estão assadas. Isso sempre me acontece no inverno. A gramática normativa é porque ando meio esquecida do funcionamento do idioma pátrio e preciso fazer umas traduções. Tudo se explica.

Brinco com ela que esquecer o portuga e ficar com as partes assadas pode ser um indício perigoso de decadência. Maria Clara retruca com sua melhor rouquidão:

— Meu querido... hoje em dia só nos resta homenagear a decadência.

41

Franq puxa a gavetinha metálica da máquina de chicletes e apanha um Wrigley's amarelo. Tuttyfrutty. Estamos na plataforma do metrô, indo não sei pra onde. Falamos de Pavese. Da misoginia do Pavese. Meu ex-psicanalista e atual amigo, recém-arrivado a Paris, me explica que a obsessão do Cesare Pavese — a conquista da mulher — tem uma razão trágica.

— Verdadeiramente trágica — acentua. — É que existem cem bilhões de espermatozoides pra cada óvulo. Sabe lá o que é isso? Cem bilhões! E muita paparicação em cima de um óvulo só.

— Tumatch, de fato — concordamos, eu e os meus cem bilhões de espermatozoides, que, no momento, não têm nenhum óvulo na mira.

— Só que eu discordo da visão negativa que o Pavese tem do eterno feminino — continua Frank. — Pra ele, a mulher é uma praga que ele não consegue arrancar da cabeça nem do corpo. Ledo engano do Pavese. A mulher não é uma praga. E sabe por que? Porque a mulher é ótima. Ótima!

— Você leu todo aquele Freud pra chegar a essa conclusão, Frank?

Meu novo amigo solta uma chasqueada chocarreira com sua garganta de fumante inveterado. Indiferente àquele papo furado — a mulher é uma praga, a mulher é ótima —, olho distraído prumas meninas na plataforma oposta, primeiranistas de alguma fac, ao que parece. Todas elegantes, esmerando-se no ar blasê. Porra, e não é que o Franq tem razão? A mulher é ótima. Aquelas ali, pelo menos, são. As feias, as bonitas, as jovens, as velhas, todas são ótimas. Melhor pensar assim; cria-se menos confusão. A mulher só deixa de ser ótima quando, por alguma razão, se transforma numa onça irada. Ou numa capivara enciumada. Ou quando deixam a gente com a bunda na bacia, como diz o Chico. No toco. De molho na água fria. Aí viram a praga do Pavese. Mas, fora isso, são ótimas, sim, claro, bien sûre.

Pergunto ao meu ex-psicoterapeuta reichiano:

— Franq, você não gostaria de amar todas as mulheres do mundo e ser por elas igualmente amado?

Franq olha pro túnel da direita, depois pro túnel da esquerda. Pega meu braço, chega mais, responde:

— Gostaria — e mete rápido na boca o tablete retangular do chiclete americano.

— Freud deve ter um nome pra esse tipo de desejo.

— Freud, eu não sei. Eu chamaria isso de uma típica carência afetivo-sexual. Ou falta de buceta, se preferir.

Gosto dos psicanalistas. Eles têm nome pra tudo.

42

Com Sylvana, bandolando no cais da ilha de São Luís. Madrugada. Sente-se o silêncio escuro do Sena escorrendo por debaixo das pontes. Bruma fina.

Seguimos quietos. Tudo frio e calmo ao redor. As árvores, o rio, as luzes, a bruma. Vivalma. Digo:

— Olha um pato.

Estamos desabutinados. Despirocados, desabucetados. Mas estou certo de que é um pato. Um pato singrando o Sena contra a corrente.

Repito:

— Syl, um pato. Olha.

— Quê? — se alarma minha amiga, quando por fim entende o que estou falando. — Um pato? Selvagem?! Aonde?

— Não sei se é selvagem, mas taí, bem na nossa frente. Acho que é um pato parisiense civilizado. E vem vindo pra cá. Tá vendo a luz refletindo no leque de água atrás dele?

— É, tô vendo umas marolinhas. Mas, você tá louco, Ricardinho. Imagine se pode um pato no Sena. Estamos em Paris, não em Tribobó da Serra. Desde Molière que não há patos no Sena. Onde já se viu? Esse é um rio poluído na medida certa pra afastar patos, piranhas e jacarés, de um modo geral.

— Pode ser. Mas, olha nessa direção. Tá vendo? É um pato. Um insofismável, inconfundível, irrecusável pato.

— Jura? — Syl diz, ainda um tanto incrédula, se apertando contra mim. — Será que ele é agressivo?

O pato continua se aproximando, bem visível agora, indiferente à nossa discussão.

— AI! — grita Syl, de repente, me agarrando mais ainda, como se quisesse se esconder dentro de mim.

— Que foi?!

— Que coisa é essa?! Ali.... aí!

— Un canard, chérie. Un canard liberé.

— Um pato de verdade?

— "Vinha cantando alegremente, quem, quem, quando o marreco sorridente pediu..." — cantarolo a previsível trilha sonora da cena.

Ocorre que o pato vai ter com uma pata aninhada na escada de pedra do cais. Meninos, eu vi: o pato montou na pata, com grande disposição amatória, produzindo os célebres alaridos da libido no plenilúnio do amor, como diria (acho) Pedro Nava. Não me guento de vontade de cometer outra obviedade, esta em forma de trocadilho:

— É patético.

Syl não ri. Ainda está assustada, ou se fingindo de, agarradinha a mim. Por fim reconhece:

— Gente! É um pato mesmo! Trepando com uma pata!

Nos escangalhamos de rir. Depois de muito pataquipatacolá, os patos se separam com um beijo de bico, ou pelo menos foi o que nos pareceu, ali, na meia penumbra do cais. Cada penosa segue prum lado, abrindo divergências escorridentes no rio.

Não há lua. O calor do corpo de Syl contra o meu. Minha mão debaixo do pulôver e da camisa dela encontra o macio redondo de um peito. Os patos sumiram.

Nos beijamos.

43

O bode é esse, meu amigo: o que fazer com a mulher dos outros? (Pavese)

Ela tapava o sol rasante de primavera com a saia indiana e eu não podia deixar de admirar-lhe as coxas se movendo através do pano fino. O marido manobrava as carnes no braseiro. Carnívoros riam em volta, festejando o sol, que pintava quente pela primeira vez depois do longo inverno. O churrasco progredia, boçal e suculento, como todo churrasco que se preze. Todos brasileiros ali, homens e mulheres, todos bolsistas acadêmicos, todos "de esquerda".

Sentado numa esteira estendida na relva florida do quintal da casa do churrasqueiro, em Fontainebleau, eu charlava distraidamente com Marisa, meu único elo com aquela turma. Instalada numa cadeira de cineasta, com óculos de sol e um panamá com uma écharpe verde amarrada nele, minha amiga parecia uma atriz francesa na mira de uns paparazzi. Me senti um personagem do *Déjeuneur sur l'herbe*, do, do... Manet? Monet? (Jamais saberemos.) Duas grandes árvores nos davam sombra, fenômeno útil pela primeira vez em muitos meses gelados. Modorra dominical de banlieu. Uma hora lá, a dona da casa e seu vestido feito sob medida para a contemplação de voyeurs sonhadores vieram dar um plá ligeiro com a Marisa. Sorriu pra mim e se foi. Tinha acabado de conhecê-la, e ao marido. Continuei ouvindo Marisa contar que a prima de não sei quem tinha sido pega em não sei que aeroporto com tudo em cima. Cagada.

— Cagada... — repeti, vagamente, notando que a bela anfitriã tinha sumido de vista.

Churrasco fino: ninguém arrota, ninguém batuca no barrigão, ninguém conta piada suja, nem enche a cara, muito menos fuma maconha, hash, nada.

Aí, de repente, ela voltou pra recolher garrafas vazias e copos sujos. Fui dar uma força pra ela, que agradeceu. Levamos os copos pra pia da cozinha. Colocamos as garrafas vazias em sacos plásticos de supermercado, que enfiamos depois no latão de lixo, que ficava na garagem, eu sempre atrás dela, de servo fiel, observando sua bundinha nada menos que encantadora debaixo daquele vestido. Foi quando uma garrafa escapuliu de uma sacola e se espatifou aos nossos pés. Catamos, eu a vassoura, ela a pá, e nos pusemos a recolher os cacos em equipe. Não me lembro de ter dito a ela nada muito mais brilhante do que "segura a pá, que eu varro" antes de iniciarmos a operação.

Eu de pé, ela arqueada segurando a pá, eu varrendo os cacos pra dentro da pá que ela mantinha colada no chão. Não pude me impedir de dar um flagra quase involuntário no decote dela. Eu dispunha de um ângulo privilegiadíssimo pra isso. Os peitos soltos no decote indiano pularam pra fora e vieram bater de chapa nas minha retinas eretas. Foi quando ela ergueu de chofre o olhar da pá para mim. Não sei por que ela fez isso, mas foi o que ela fez. Ficamos um instante olhando um pro outro. No interior daquele instante, não havia mais vozes, nem risos, nem o cheiro dos steaks e linguiças na brasa. Ela, então, baixou o olhar de

novo pra pá. Completado o serviço, voltamos pra roda de come-
dores de churrasco sem dizer palavra. Logo ela estava, e eu também, como todos ali, mascando a carne saignant que saía fumegante do braseiro. O churrasqueiro, feliz usufrutuário dos peitos
que meus olhos tinham acabado de saborear, era habilidoso e
simpático. E dono das melhores carnes do pedaço. O mestre do
espeto. E eu lá, com a minha fome insaciável pelas melhores carnes que ele não oferecia. Nem ela. Se bem que aquele olhar lá na
garagem...

Depois de encher o bandulho de carne, pão, vinho e cerveja,
fui me jogar numa espreguiçadeira, à sombra de uma das árvores, que devia ter um belo nome francês que nunca saberei qual
é. (O nome da mulher eu sabia, mas não vou dizer.) Vi que podia
dar uma rápida cochilada, se relaxasse. Mas, antes de fechar os
olhos, dei um último take nos cabelos dela que acusavam a passagem de uma brisa leve, muito leve.

Cá estou agora, pendurado no fio tênue da meia-noite, sem
saber se soco uma poderosa, inspirado pela mulher do churrasqueiro, ou se tasco um blues na vitrola e enrolo unzinho, ou
ainda se saio pra encoxar um fliper no primeiro café que ainda
estiver aberto nas imediações.

Acho que fui tocado pela paixão, hoje à tarde. Se bobear,
ainda cometo um soneto nesta madrugada.

44

Ouvindo Billy cantar I have a moon above me/ but no one to
love me. Estou canabismado e levemente blue. Na pia da cozinha, a torneira pinga na panela cheia d'água. Soft madruga.

45

Pânico no café dos marroquinos. Um sujeito dando pauladas num carinha de blusão preto. Passo com Franq na porta. Assistimos ao espetáculo através dos vidros da terrasse. Barbárie na vitrine. Sirenes. Cabeças espatifadas, gritaria, sangue. Logo chegam os flics. Mais pauleira: tiros, cacetetes em ação. Não chego a ver quem atirou em quem. Talvez tenham sido tiros de advertência. Eu e Franq estamos à procura de um inocente fliperama pruma pequena aventura eletromecânica regada a café-calvá, e por pouco não entramos no pega pra capá dentro daquele café. Pequenos assassinatos. A gente se habitua.

A cidade anda arisca esses dias. Manifestações eclatam a toda hora. Urubus de capacete passam nos ônibus da polícia: vão distribuir cacetadas em algumas cabeças perto dali. Greve na universidade. Barricadas em Jussieu. A cidade e seus furúnculos de violência. Essa impressão de estar sempre às vésperas de algum grande evento histórico. A impaciência da cidade.

Franq passa a desenvolver com a energia lisérgica de um tribuno à beira do abismo uma tese sombria sobre a violência. Que não adianta fingir que não é com a gente porque vai sobrar merda pra todo mundo, cedo ou tarde. Que a transição inexorável para o socialismo em escala mundial vai ser dolorosa pra caralho. É bom já ir se acostumando com a ideia. Teremos que combater reacionários à direita e à esquerda. Vai ser foda. Concordo macambúzio e corcunda com ele: vai ser foda. E lá com meus botões pequeno-burgueses rumino em silêncio: esse tal de socialismo planetário, se vier mesmo, também vai ser foda. E por que acreditar que seria muito diferente do socialismo burocrático e tirânico que já existe em metade do planeta?

Mas que porra: onde está escrito que a história tem que meter seu estúpido bedelho na minha anônima vidinha? Eu quero é o mel da vida, melodia e ritmo na vitrola, namoro, vadiagem. Flânerie, noites brancas, manhãs de sono no quarto escuro.

Drogas, birita. Quem precisa da história? Tirem essa puta velha e assassina daqui!

Chico dizia nos últimos tempos: foda-se a história. E arava obsessivamente os cabelos com os dedos abertos e afundava no maior baixo-astral. A gente caga pra história e ela fode com a gente do mesmo jeito. É a regra. Voltemos às histórias.

Desistimos do fliperama e tocamos pra casa do Franq, na rue Jacob, perto dali. Subo os cinco lances da escada com supremo desânimo. Franq não parece mais animado que eu. Cada qual carrega nas costas seu anjo da guarda folgadão, o dele um anjudeu. Esse daí não sei que cara tem, mas o meu, católico e latino, é um cabo da PM com um berro constantemente apontado pra minha cabeça. Está ali pra garantir que serei temente a Deus, prudente com a saúde e o dinheiro, cumpridor de promessas e obrigações e devidamente infeliz.

Franq prepara um chá. Fabrico o derradeiro finório da noite. Franq bate agora, com insistência de chibabeiro de primeira viagem, na velha e gasta tecla do engajamento político.

— Precisamos recuperar a ideia sartriana de engajamento! — ele brada, espalmando a mesa.

— A essa hora da noite?

Franq ri. É dos que mais riem das minhas bobagens. Acendo o charo, penso na garota que cruzou comigo à tarde na place des Vosges e me deu aquele olhar redondo e direto. Êta muié que passa du caraio. Vestida de preto. Vou colecionando todas no meu arquivo morto-vivo de mulheres que passaram e viraram zumbis eróticos a vagar pelas camadas profundas do rocambole da minha memória.

Meu saco pra política anda a zero. Definitivamente. Marisa me deu um puta esporro, outro dia, quando me recusei a ir com ela a uma manifestação contra a extradição de uns argelinos sans papier. Ou eram marroquinos? Desejei-lhes boa sorte, a ela e a eles, e fui à Cinemateca ver uma retrospectiva do Meliés. Há meses não leio jornal. Às vezes até compro jornal para desfrutar do prazer de não ler. Televisão, não tenho, nem quero ter. Fico sabendo pela boca dos outros sobre as voltas que o mundo dá: guerras, revoluças, rebelocas, matanças, golpes e contragolpes, putarias palacianas, e todo o resto. Outro dia foi o Zé Lino que me informou: "Você viu só a cagada que os americanos aprontaram no Irã?". Eu não tinha visto. Que cagada? Ele explicou: "Mandaram um supercomando pra recuperar os reféns da embaixada, em Teerã, mas os helicópteros se chocaram no ar, em pleno deserto, foi um desastre total". Eu disse: "Esses pilotos americanos ficam puxando fumo colombiano pulverizado com DDT pelo esquadrão antidrogas, e dá nisso". Zé Lino nem se deu ao trabalho de comentar meu comentário. Eu daria um péssimo jornalista, isso é certo. Mas é certo também que somos bons amigos, o Zé Lino e eu. E não faltam outros assuntos pro gasto de um bom papo de café.

Assim tem me pintado o mundo que fica além do alcance dos meus sentidos: como fofoca de café. Não ando sentindo necessidade de arcar com as dores da humanidade. Minha consciência sabe se infernizar de mil outras maneiras.

Franq, a certa altura, me confessa que anda com cagaço da "história com agá maiúsculo". Recomendo a ele que esqueça a história e caia de boca no ócio, com ó minúsculo. Sem culpa. Matamos o beise. Volto meio grilado pra casa trilhando as ruas desertas da madruga debaixo de um céu desanuviado e cheio de estrelas. Super-homens, satélites e muriçocas europeias também vagueiam pelo cosmo sobre a minha cabeça. Chuto um cocô seco na calçada. O cocô não está seco porra nenhuma e me gruda no sapato.

Pipocas modernas.

46

Duas palavras: língua e olho. A língua vermelha dos Stones na bunda do jeans surrado da Lica. O olho estampado no peito da camiseta do Jacques. A língua da lambida. O olho da atenção. A língua do desaforo. O olho da sedução. A língua da falação. O olho da sacação.

Jacques me passa o telescópio fumarento. Fica com as mãos livres pra desembrulhar o papelote de papel-manteiga. Dedos de cirurgião despejam a carga branca granulada no espelho estampado com a cara da Marilyn em alto contraste, um presente de aniversário da Syl à Lica. A blue blade bate que bate the star dust, enquanto Lou Reed e aquele sax swingado falam das bichas nova-iorquinas taking a walk on the wild side. Vou na janela espiar a quantas anda a noite. Lá embaixo, dois gardiens de la paix rondam o patrimônio com seus berros cochilando nos coldres pretos. As estrelas. Ouço atrás de mim o tchek tchek tchek de lâmina fina no vidro. Cascalho andino virando pó na cara da Marilyn. Pela janela entreaberta só se ouve o frisson da folhagem das árvores tocadas pela brisa fria. Ouço agora uns snif-snifs cafungatórios. Me viro para a cena do crime. Jean me passa a carcaça da bic. Entubo o naso e caio matando na poeira de estrelas. A cara da Marilyn cheia de cicatrizes brancas emparelhadas. Mato uma fileirinha primorosamente desenhada por Jacques na sinuosa linha de junção dos lábios dela, formando um leve sorriso. Tudo é cinema. Volto à janela, pra garantir que a noite não vá embora sem mim.

Madruga, madrugada, madruga. A lua é a espada do sarraceno que defende o cabaço das estrelas contra o priapismo interplanetário do Flash Gordon. Lua chinflante, coca minguante. Lua beat. Lua freak. Lua rock. Lua loque. Lua grogue. Lua junky. Lua punk. Lua pop. Lua lunática dos engazopados. Neca reparou que aqui a lua míngua pra cima; em São Paulo, pra baixo. Constatação que eu considero da mais fina sensibilidade e da mais perfeita inutilidade.

O vazio desfila pela rua por onde passaram há pouco os flics. Deixo a cabeça vadiar. Meu coração dá uns coices. Pó malhado. De repente, meu astral vai pro fundo do tacho. O coração guincha feito porco na ponta da faca. Terá chegado a hora de vestir o pijama de madeira? Ridendo castigat mores. Ou, como traduziu o Vinicius adolescente, numa prova de latim, depois de ser largado pela namorada: "É rindo que se castiga os amores". Li isso não sei aonde. Nada a ver com nada. Suono tropo engazzopatto, that's it. Cascata de lhufas. Melhor voltar pro chão, senão decolo de vez. Sento no sofá, do lado da Syl, que leva altos leros com Franq. Outro dia ele me contou que amanheceu no mezanino da rue Budé, sem lembrar como tinha ido parar lá. Sei, sei.

As paredes da sala do apartamento de Jacques e Lica são forradas de aranhas lacraias escorpiões besouros dentro de caixas envidraçadas, herança de um tio-avô entomologista do Jacques. Um bebum desavisado pensaria que acabou de lhe bater o famoso delirium tremens, ao olhar praquelas paredes. Tive essa impressão da primeira vez que enchi a lata naquele lugar. Uma cobra do deserto, chifrudinha, empalhada na posição de ataque, com a bocarra aberta, quase me matou do coração, quando esbarrei as costas da mão nas presas arreganhadas dela. Derrubei a taça que eu segurava, mas sobrevivi.

Do lado da janela, um macaco empalhado com chapéu e óculos escuros de playboy anos 50 supervisiona o movimento. Puxo uma antena na direção do papo ao lado. Franq interrogando Syl:

— E por que é que você parou a análise? O analista te deu alta?

— Não, eu é que dei baixa no analista, responde Syl.

Considero o quão árdua seria a tarefa de entrar nesse papo, zambeta do jeito que estou. Lica me passa uma cerveja. Lou Reed diz pra gatinha dele: baby, you're so vicious. Eis aí o possível antídoto contra a regressiva, escrota, reacionária e sublime paixão romântica: namorar uma putinha punky junky tatuada e trespassada de alfinetes, suja, depravada e promíscua. Plugo de novo no papo. Syl reabastece seu copo de coca-cola e pergunta a Franq:

— Você, que é médico, me diga uma coisa: tem problema beber muita coca?

— Enquanto você puder mijá-la, tudo bem. Porém todavia contudo, dá gases, como toda bebida carbonatada.

Me ponho cá a matutaire: O que é que Proust faria com um diálogo desses? E Flaubert? Ó sublime cerveja gelada. Tusso pra disfarçar um arroto, e quase vomito por causa disso. Sinto na garganta o azedo do vômito e o amargo da cocaína. Retomo meu posto astronômico na janela. Vou e volto sem parar, ansioso como um rato de laboratório. Um casal passa agarradinho pela calçada oposta, com a pressa a que o frio obriga. Penso de novo que uma paixãozinha não me caía nada mal agora. Pode até ser com a punk podranga que eu acabei de fantasiar.

Ser, estar e flanar de novo com uma mulher. Syl tem razão: mulher é muito melhor que homem. Mas, e daí?

47

Ela me pede pra lhe acender o cigarro. Clico o isqueiro e ofereço-lhe o fogo. É quando os olhos dela descolam da ponta do cigarro e dão de chapa nos meus.

Deixo um instante o isqueiro ligado. Sou um canastra hollywoodiano diante da aventureira sedutora.

48

O zunzum da cidade entra pela janela junto com esses pernilongos verdes que eu nunca tinha visto. Maiores, mais elegantes e melodiosos que os brasileiros. Pernilongos de capitalismo avançado, se não forem mesmo de outro planeta. Um gato pardo pula sobre o tapete silencioso da noite. Encosto o casco gelado da cerveja na testa. Sinto um arrepio bom. Vou te contar: é foda passar o verão sem mulher. Meu segundo verão europeu. Eles verão. E eu, quando verei? Você arde de tesão nessas noites abafadas. Os decotes e as pernas lisas e torneadas das mulheres torturam os homens nas ruas. É pra isso que estão lá. O sexo escorre espesso para dentro dos bueiros, junto com a escuridão da noite e todo o desespero do mundo.

È vero: verão é foda.

Lembro sem prazer dos verões da adolescência, cheios de sonolência, punhetas e tédios pesados. É como dizia o velho Kant: aos dezoito anos eu era um panaca infeliz; mas, como eram lindos os dias lindos, então. A adolescência é um paradoxo que a biologia nos impõe: o corpo certo na idade errada.

Hoje flanei até o cu fazer bico. Estourando beises pré-fabricados pelo caminho e chutando as bitucas devoradas até o filtro como quem cobra um pênalti contra o acaso. Passei pelo Marais. Vi um sebo na place des Vosges que exibia na vitrine um livrinho chamado *Les dandys*. Comprei no ato. O livro é uma promenade mental, bem ao gosto do dandismo intelectual francês. Reza sobre dândis e flâneurs, esses grandes apaixonados pelo inútil. O dândi estetiza o corpo, o flâneur, o caminho. Um dia ainda hei de acordar, tomar banho, fazer a barba, enfiar minhas calças brancas compradas em Barcelona e dinamitar a ilha de Manhattan.

Ao voltar pra casa, depois de um papo cervejal e fumarento chez Franq, bati os olhos nos ângulos adormecidos das pontes e na escorridão negra do rio. Me veio de novo o desejo urgente de paixão. Há de pintar por aí, garante o Gil. Só penso nisso, o dia inteiro. O Sartre também, segundo li numa entrevista dele na *Marie Claire*. De Londres, senti a Lígia me piscando. Fiquei passando de uma margem à outra do rio, pelo mero prazer de cruzar as pontes. A pont Neuf, preferida por nove entre dez cronópios de Paris. Adoro pontes, talvez pelo fato de serem coisas com um pé lá e o outro cá, com um grande arco no meio debaixo do qual flui líquida a existência. Franq tinha me sugerido, momentos antes, na casa dele:

— Na próxima paixão, acasala direto, Ricardo. Você precisa perder esse cagaço do amor feminino. Não existe a vagina dentada. Elas todas são banguelas e adoram ser penetradas por um pau bem duro. Também sou contra o casamento burguês. Viva o acasalamento revolucionário!

Franq continua sendo um pouco meu analista, um profissional da sacação a meu dispor todo santo dia, desde que chegou em Paris. Respondi:

— Tudo bem. Desde que acasalar não implique trabalhar, terno e gravata, filhos, essas merdas. Quero aproveitar a boa rima que dá mariage com vadiage. Pas de trampo pra cima de moi, please.

— Tô falando sério, cara — contra-ataca Franq. — Você tem que dar uma acasalada por uns tempos pra saber o que é uma mulher. Você continua não sabendo o que é uma mulher.

— O que é uma mulher?

— E eu sei lá!

Rimos, rimos.

— Por que você tá me dizendo isso? — indaguei.

— Porque nas páginas que você me deu pra ler do seu romance só encontrei sexo em estado sórdido.

— Estado sólido...?! — foi o que eu ouvi.

— Não, SÓRDIDO! A figura da mulher some debaixo da sua grossura erótica, Ricardinhho.

— Gulp!

Não tendo muito o que contra-argumentar, nem muito saco pra fazê-lo naquele momento, mandei Franq se fuder, roubei metade do fumo dele e me piquei.

Acho que o melhor é detonar outra cervejota e ler meus dândis na cama. Fico sabendo, logo nas primeiras páginas, que Brummell, o pai de todos os dândis, ficou famoso na Europa inteira por ter inventado um certo tipo de gravata e pelas malcriações espirituosas que fazia nos salões da aristoburguesia. Ficou conhecido como Le Beau Brummell. Snob, insolente. E loucamente elegante. Outro dândi emérito foi Oscar Wilde, ícone da variante gay do dandismo. O dândi dos anos pop, penso eu, foi o hippie: corpo e vida transados como brinquedos ou obras de arte. Hoje anda em voga o antidândi — monsieur le punk. No future, baby. Tudo é lixo. Deus morreu de overdose debaixo de uma ponte.

49

Aquele papo com o Chico, pouco antes dele voltar pro Brasil. Eu reclamando das mulheres pra ele. Pra quem mais reclamar das mulheres senão pro amigo que faz com a gente a longa travessia das madrugadas? Amigos o que são? Duas bichas enrustidas nos abraços, na falação, nos pesados silêncios. O amigo de todo dia é uma namorada que mija na rua co'a gente, sin embargo de la viadagem.

— Levei um rolê de Sabine — eu contava pra ele. — Pena, porque era uma transação baseada em amizade e libertinagem, a combinação perfeita. A Sabine não é daquelas mulheres fissuradas que parece que você enfiou o pau num moedor de carne. Ela nem é muito chegada nesse tipo de carne, pra falar a verdade. Também não é daquelas ultragriladas que te fazem sentir vergonha do próprio pau duro. Pena mesmo...

— Que foi que você fez pra ela? Ou não fez?

— Fiz tudo certinho. A questão é que ela tem uma velha transa com uma garota da cidade dela, lá na Bretagne, uma tal de Barbará. E a dona Barbará mudou pra Paris e foi morar com a Sabine. Conclusão: as duas resolveram dispensar o da piroca: eu.

— Desagradável. E aquela francesinha, como é que ela chamava? Aquela que a gente conheceu na casa do Jacques...

— A loirinha? Carole.

— Essa.

— Deus me livre e guarde. Aquilo é um biscatão de primeira. Profitona de marca maior. Mulher sem aura feminina é foda. O que mais lhe interessa dentro da calça do cidadão é o volume da carteira. Me senti reduzido a um pau que pagou o jantar e tem direito à sobremesa. Sexo triste, saca? Passei da idade...

— Passou? Eu ainda não. Pra mim uma foda é sempre uma foda. E uma foda a mais nunca é de menos. Foder é lindo, como disse o Tavinho Paes.

— Ô Chico, você é o que a minha tia Zazá chamaria de um porco lúbrico.

— Você tem uma tia chamada Zazá?

— Tenho. Por quê, você também tem?

— Não. Tenho uma Zoca. Essa gostava de homem. Mas ficou pra tia, lá em Santa Ofélia. Andou dando em solteira, ninguém quis casar com ela.

— Deve ser um bom lugar pra tias, Santa Ofélia.

Se não me engano, a gente saía da casa do Jacques em direção ao grand-salon da ilha de St. Louis pra cavaquear co'a Syl, a patronesse da zoeira. Fazia um frio de foca usar cachecol e chupar pastilha Valda. Chico perguntou, de repente:

— E como é que você tá se virando, ó de Mello?

— Virando, como?

— Sem mulher. Estás só na mariquita maricota?

— Co'a direita e co'a canhota. Tem uma certa dignidade na punheta, cê não acha?

— Sem dúvida. Eu, por exemplo, bati uma das mais lindas punhetas da minha vida em Portugal, contemplando o Tejo da janela da pensão de dona Branca, numa noite de verão. Tinha visto uma baby alucinante na praia, catando conchinhas. Aí foquei nela, fiquei doidão, soltei a gala sobre os telhados de Lisboa, sob a lua portuguesa.

— Pode crer. O Stênio Malfatti me contou que já socou uma primorosa sobre a baía da Guanabara, no banheiro de um avião da Vasp. Em homenagem a todas as meninas do Rio.

— O Artaud batia punheta nos cafés quando passava uma dona deslumbrante. Tirava a piroca pra fora e mandava ver. Acho que foi por isso que o Breton enfiou ele num sanata. O Breton, imagine...

— O Jim Morrison e o Hendrix galavam a plateia dos shows nos anos 60. A idolatria da juventude mais bela do planeta deixava os caras de pau durão. Sabe lá o que é tocar uma punheta na frente de 100 mil pessoas? E ter a sua porra aplaudida em delírio?

— O Millôr Fernandes disse que o Kant se masturbava na cátedra. E tem também aquela "Ode a Onan", do Vinicius.

— Por sinal, belíssima — ajuntei. — E tem também o Oswald, que confessou candidamente: fui o maior onanista do meu tempo.

— E aquela punheta do projecionista no filme do Wenders, hein? Puta barato...

— Porra, Chicão, o que a gente sabe de história de punheta, hein? Vamos fazer um manifesto a favor da punheta. É um verdadeiro artesanato poético: a mão e a imaginação unidas no mesmo lance. É melhor que muitos desses piciricos sem pique que a gente comete por aí.

Continuamos a concordar e discordar em uma porção de coisas. Papo furado de vagabundos. Cascata de lhufas de velhos faladores. Contei ao Chico histórias das punhetas da minha adolescência. Inclusive os concursos promovidos no matinho atrás da rua J. J. Leitão, onde eu morava. Ganhava quem acabasse primeiro.

— Ejaculação precoce era vantagem naquele tempo — fui contando. — A principal atração desses concursos era um garoto da rua chamado Arultinho, que tinha uma mãe completamente histérica, autoritária, um sargentão da PM. No meio da punhetação, alguém sempre acabava enrabando o Arultinho. Ele vinha equipado de fábrica com uma bunda enorme, esférica, branquinha. Uma bunda feita pra ser comida. A gente começava pedindo pra ele mostrar a bunda, só um pouquinho...

— Você também comeu o Arultinho, Rica?

— É possível que sim. Era prova de machismo comer o cu dos garotos viadinhos.

— Hoje isso se chama homossexualismo ativo.

— Pois é. Mas, na época, tava liberado. Viado era só o que dava. E o puto do Arultinho punhetava em êxtase aquela piroquinha dele, enquanto acolhia a trolha de um de nós; às vezes de dois ou três em seguida. Chupar, não chupava, porque tinha nojo. Um belo dia, a sargentão pilhou o filhinho dela em franca sodomia com a turma. Puta rolo que deu. A mulher foi reclamar com todas as mães dos enrabadores. A minha me acertou umas chineladas. Meu pai trovejou uma tremenda bronca, mas depois chegou pra mim na surdina e perguntou: você só comeu, né?

Minhas memórias se dissipavam no ar frio sobre a pont Marie, junto com a fumaça dos nossos cigarros. Foi aí que veio a pergunta, do Chico, à queima-roupa:

— Você deu o cu quando era garoto?

Deixei uma pausa teatral antes de responder:

— Que eu me lembre, não. E você?

— Também não. Que eu me lembre.

— Agora é tarde. Paciência.

— Pode crer... — comentou o Chico, cofiando ansioso a barba, mão sem cigarro entuchada no bolso, dentes trincados de frio, pensando provavelmente em outras coisas.

50

Sylvana se vira pro Franq e pergunta, na lata:

— Qual foi a primeira mulher que te fez a cabeça?

— Uma puta — responde Franq depois de cofiar nostalgicamente a longa barba talmúdica. — Cruzei a fulana num bar do Bom Retiro. Eu era um frango inexperiente de dezoito anos. Ela, uma galinácea velha de guerra. A gente bebeu cerveja e ficou papeando um tempo. Daí, uma hora, ela falou: Vamos? Fomos. Hotel estritamente familiar da rua da Graça, a dois passos do bar. No quarto, perguntei pelo preço dela. Falei assim mesmo: qualé o seu preço? Aí ela virou pra mim, tirando o sutiã, e respondeu muito altiva, como quem sabe que vai dar um banho de sabedoria:

— Meu bem, quando uma mulher não diz logo seu preço, é porque ela não tem preço.

51

Fliperama no café da gare de Montpellier. Duas babies adolescendo sozinhas num canto, quietas. Cigarros inseguros nas mãozinhas magras e um tédio provinciano escorrendo dos olhos. O relojão da gare informa a hora aos viajantes: duas da madrugada. Jacques fornica alucinado o fliper. Lica foi dar umas bandas pelas ruas em volta da gare. Zoeira eletrônica e zumbido de conversa no único café aberto a essa hora na cidade. Dois flics entram, espiam o movimento, se mandam. Um carinha de brinco cigano e cara de anjo caído em fissura e desamparo, olhos vermelhos, farol baixo, vem até mim, cercando frango. Encosta o bafo podre na minha cara e pergunta:

— Hey, mec, t'as pas du speed?

Faço uma cara sincera de sinto muito mas não tô com nada em cima, bicho. Sem bagulho forte pra partilhar com meus irmãos defoncés.

— Nada?... Anfetamina? Pó? Cavalo? Mandrax? Psilô? Ácido? Quaalude? Nada?...

— Tô a seco, mec.

Uma das babies, a mais bonitinha, nos observa sem muito interesse. Logo desvia o olhar e dá um gole no chope com a mesma mão que segura o cigarro. Uns carinhas chegam na mesa delas. Speed Angel desiste de mim, sai tropeçando numa cadeira, esbarra num garçom arrancando dele um "Attention, merde!" e sai pra noite onde todos os bagulhos e todas as cagadas esperam por ele.

Jacques dá uma joelhada violenta na barriga do fliper, provocando o desligamento da máquina.

— Hô, merde! Encore un tilt!

Lica volta de sua missão pelas imediações e propõe, com os olhos brilhando:

— Tudo em cima. Vamos pro hotel esticar umas linhas? O banheiro daqui é sujeira.

Saímos no pinote pela rua deserta, os três cafungueiros do rei. Choveu e uma estrela brilha na enxurrada, se não for só uma luz da Light local. Anjos voam de tênis pelas ruas, evitando colidir com os aviões de carreira. Passa um carro de polícia. Entramos no nosso Citroën boca-de-sapo, meia-sete, caindo pelas tabelas. Jacques bota Lou Reed no gravador. A hustle here and a hustle there... um trambique aqui, um malho acolá, e a gente vai levando, a gente vai levando, a gente vai levando essa vidá! Que hora pra lembrar do Chico Buarque. Jacques e Lica no banco da frente, tão esburacado quanto o de trás, se beijam num farol vermelho. Só me resta segurar vela. Fecho os olhos e evoco a imagem das beibis no bar. O beijo na minha frente se dissolve num som de cuspe chupado. O sapão arranca. As babies do meu sonho voluntário estão agora peladinhas, só de tênis sujos, tomando o chopinho delas no café da gare. Uma, de dragãozinho tatuado no peito, passeia um dedo pela própria xotinha coberta de penugem rala e ruiva, ao mesmo tempo em que tira uma lenta baforada do cigarro, imitando a mulher adulta que ela será em pouco tempo. A outra lolita chupa com gosto o pau do Speed

Angel, que, de garrote no braço, se injeta herô na veia e urra palavrões em dialeto occitano, tentando adiar o gozo que se aproxima. Gosto dessa fantasia e tento retê-la mais um pouco na cabeça. Se não me pintar uma mina de verdade na próxima hora, é com ela que eu vou, trancado no meu quarto de hotel, logo mais. O carro sacoleja. Noto que meu pau entumesceu em meio às deliciosas ruas estreitas e antigas de Montpellier. Nem parece a França, isso aqui. As pessoas são legais e falam com um sotaque que me soa meio abaianado. As meninas são todas lindas, todas. Até as feias são lindas. Lica me passa o canhão de hasch. Fumo com a cabeça apoiada no topo do assento. As árvores dançam vertiginosamente no quadro da janela. A placa do Hotel Saint-Loup.

No quarto do casal, bate na gente uma larica radical. Devoramos em minutos um pote de geleia, uma caixa de biscoito champanhe que enche a cama deles de farelos e açúcar cristalizado e uma barra de chocolate, das grandes, enquanto a gilete batuca no espelho, desbastando os pedregulhos brancos em pó. É Lica quem bate e come e fuma e estica, um prodígio. Cafungamos em comum numa festa de poeira. Jacques e Lica se entreolham como dois assassinos perdidos de amor. Me pico pro meu quarto, depois de matar mais uma carreirinha, sem palavra. No corredor, tropeço no cordão do meu tênis. Cá tô eu no toco, once again, constato ao entrar no quarto. Cadê a porra da paixão, caralho?! Me estico pelado na cama, babies do café da gare on my mind, teso de tesão. Lica me deu um pouco do pó, que estico no tampo forrado de vidro do criado-mudo. Me lembro da primeira trepada com Sônia, no réveillon do ano retrasado. Tranquei a porta do banheiro, nos metemos no chuveiro ligado. Ela me arranhou as costas queimadas de sol; eu mordi o branco que o biquíni deixara nos peitinhos dela. Bêbados espancavam a porta do lado de fora, querendo entrar pra mijar, cagar, vomitar, cheirar pó, e o diabo. O amor nos fez surdos e fodemos loucamente. Meu pau lateja na minha mão. Outra lembrança de trepada no banheiro: com Flora, numa outra festa. Quebramos a pia. Meu pau vermelhíssimo entre meus dedos massagistas. Será efeito do pó? Nunca vi meu pau tão vermelho assim. Recupero a fantasia com as babies do café da gare. Elas agora se beijam na boca. A ponta do meu caralho fura o teto. Minha manopla masturbadora é um pistão ensandecido. A cama range. Maria, empregada lá de casa, me chupava a pica com seus grossos lábios de criolalá, enquanto minha mãe conversava com um punhado de tias na sala de visita, comendo bolo com café com leite. Eu devia ter uns treze pra quatorze anos. As tias riam alto e eu perolizava a boca da Maria com a minha porra. Casa Grande & Senzala. Maria me deixava pegar na xota dela, nos peitos, na bunda. Só não deixava pôr, nem na frente, nem atrás. Um dia minha mãe desconfiou que andava rolando sacanagem sob o teto familiar e despediu Maria. Fiquei na minha. Mamãe na dela. Maria na merda, provavelmente. Fecho os olhos e não vejo a porra que esguicha no lençol do Hotel do Santo Lobo. Maria Sônia Flora Sabine Vera e as babies da gare se fundem e se dissolvem num longo gemido, até a paralisia final. Minha mão melada pende pra fora da cama, pingando no assoalho.

52

Volto num passo incerto pra casa. Não dou pelota pra lua. Flano rua acima, flano rua abaixo. Why do you laugh, when you know I'm down? Chutando tampinha na calçada. Mãos nos bolsos, dedos em contato com moedas e tickets de metrô. Então, plec: cai aos meus pés um toco de cigarro aceso manchado de batom. Olho pra cima. Prédio com várias janelas abertas. Ninguém à vista. Imagino a cena: um casal acabou de trepar. O carinha vira-se pro outro lado e puxa a maior palha. A mina encosta na cabeceira da cama e acende um cigarro. Fica sugando fumaça e pensando na vida. O carinha ressonando ao seu lado. Ela passa os dedos pelo cabelo dele. Dá uma tragada e assopra a fumaça na direção da janela, por onde entra a noite em néon. Sente um vácuo instantâneo, uma angústia de perda, de profundo abandono e desamparo. Néon, néant. Pega um livro, não consegue ler nem uma frase. Mama de novo no cigarro. Se acalma. Não foi nada, já passou. Só a calma e o sono que vem vindo. Peteleca a guimba pela janela afora. Se encaixa no corpo do amante. Dorme.

Deixo o toco para trás, ele ardendo na calçada, eu ardendo em direção a qualquer lugar.

53

Será que eu boto no meu romance o incidente da lacraia? O incidente da lacraia foi o seguinte: tava eu escrevendo, deitado, pelado na minha cama, quando vi passar rente ao rodapé, saracoteando seu rabo de tesoura, uma lacraia. Com a minha fabulosa Reynolds 096 Hi-Fi azul-turquesa ponta fina esmaguei a lacraia numa estocada certeira. Logo percebi a cagástrofe que eu tinha feito: além do trocadalho terrível, eu não ia mais poder morder a minha Reynolds 096 Hi-Fi nos meus instantes de profunda reflexão e intensa bobeira. Fui lavar a caneta na pia do banheiro e esterilizá-la com uísque. (Aproveitei pra mandar um golaço no gargalo.) Que interesse poderia ter o incidente da lacraia do ponto de vista literário?

Caguei pro ponto de vista literário. Depois invento uma cascata qualquer pra me justificar. Uma cascata de lhufas. Por exemplo, direi que a minha escrita se funda na estética d'o que vier eu traço. Como um super-oito feito por um flâneur-voyeur — um flanvoyeur. Takes ao léu. Quem sabe se não gruda, se a crítica especializada, à falta de melhor assunto, não se atira aos braços da minha novíssima teoria estética?

Escrever só o que me pinta na cabeça quando calha da caneta estar à mão. Nas ruas, nos cafés, no metrô. Se os fragmentos formarem alguma ideia de conjunto, ótimo. Senão, tanto faz.

Agora, o que eu queria mesmo é uma literatura que fosse, como Torquato Neto, até a demência. E ficasse, como Chacal, entre o playground e o abismo. E tivesse a peraltice e o lirismo do Oswald. E tudo isso com o sabor coloquial do Mário de Andrade. Nem confissão, nem ficção. Conficção. Nem obra acabada, nem aberta. Obra à toa.

Decidido: boto a lacraia no romance e boto também mais uísque nas pedras. Devolvo meu corpo à cama e retorno ao que estava fazendo com tanto afinco: nada. Sim, nada, mas ao som da voz do Milton que sopra: a felicidade é como a pluma que o vento vai levando pelo ar... brisa tão leve... mas tem a vida breve...

54

O fm do Coupole toca "Charles Anjo 45" com o Caetano. Unbelievable, mas toca. É emocionante. Juliá e eu nos empapuçamos de vinho branco e ostras e fumo brasileiro trazido por alguém, que vamos queimar de vez em quando no banheiro, cagando e andando pra marofa. Voz clara e tristemente 69 do Caetano in the eve of destruction no Brasil. Juliá me fala da tese dela sobre Kierkegaard. Juliá loira desgrenhada louca e bela. Filha de pai rico, vadia e filósofa. Mas eu só ouço o lamento da voz do Jorge Ben no fundo da canção. Charles dançando feio na véspera dos seventies. Barra lúcifer, saraivada de balas, anjos pirados na mira dos caretas. Esperando o nosso Charles voltar... Juliá cita Kierkegaard: Si tu n'espères pas, jamais tu ne rencontreras l'inespéré; en terre inexplorée nulle voie vers lui ne s'ouvre. Arrisco, para consumo próprio, uma tradução simultânea: Quem não tá de tocaia pro inesperado, dança quando ele aparece; em terras inexploradas nenhum caminho vai dar nele. O executivo americano na mesa ao lado canta em dólares a morena decotada que está com ele, talvez uma escort girl francesa que apenas solta um oui ou outro. Como vão as coisas, Charles? Peço a Juliá a bituca e vou matá-la no banheiro. Charles, Charles, Charleeees!...

55

Saio das catacumbas do metrô, ganho a luz dessa tarde de primavera e — merda! — dou de cara com um pentelho. É o Sérgio, coleguinha meu do Instituto em São Paulo e do curso de pós na École daqui, o que eu deveria estar fazendo. O pentelho me vê e gruda em mim, como só mesmo um pentelho na louça da privada.

— Ricardo! Você por aqui!? (Não, é o Napoleão, imbecil.) Pensei que você já tinha voltado, rapaz. (Todo pentelho te chama de rapaz.) Nunca mais apareceu nas aulas...

— É que eu ando seguindo um curso paralelo — respondo. — De vagos estudos aplicados.

Sérgio faz cara de nada. Pergunta:

— Arranjou orientador?

— Arranjei. É o professor Charles Bukowski, já ouviu falar?

— Professor Bukowski?... Acho que já, sim... — mente o pentelho, que seguramente nunca ouviu falar do Buk, o genial dirty old man americano, poeta fodido, alcoólatra, depravado, que disse fucking is kicking God in the ass while dying: foder é chutar o rabo de Deus enquanto se agoniza. O pentelho continua:

— Só que ninguém lá na École tá sabendo disso. Ouvi falar que vão te dar pau por falta.

— Jura?

— Não quero ser chato, Ricardo. Mas também no Brasil as coisas podem correr mal pra você. Voltando sem o canudo da pós, o Gonçalvão te demite do Instituto. Tranquilamente.

— Tranquilamente?

— Pode contar com isso. Não é uma boa época pra ficar desempregado. A crise lá tá braba.

— Foi só eu sair do Brasil, que essa crise começou. O país não sabe se virar sem mim.

— Você não parece muito preocupado, né, Ricardo?

— Preocupadíssimo, bicho. Com a hora do meu cinema. Vou pegar um Hitchcock às seis. Bye.

Deixo o pentelho enrascado na sua perplexidade ressentida e abro o pé. O dia está lindo e meus passos me enganam; ao invés de me levarem ao cinema, dão comigo no cais da ilha de São Luís. Tiro o paletó, me largo num banco, braços esparramados sobre o encosto, dou um look de chapa no sol. Galáxias vermelhas explodem por trás dos meus olhos fechados. Ao abri-los, flagro pombos atravessando as galáxias que pairam sobre as águas do rio. Abençoada preguiça crepuscular. Coçar é preciso; viver, só de brisa, Anelisa. Passa uma baby com cigarro na mão. Padeço de algo muito parecido com a felicidade, right now. Passa uma peniche negra carregada de carvão. É o meu medo descendo o rio. Já vai tarde. Pinta uma brisa. Coço o peito. Passa uma dama elegante seguida do seu provável melhor amigo, um dobermann. A dama passa, o dobermann fica. E caga na minha frente. Um tremendo merdão, como diria a adorável Lica. Se eu levantar daqui e der um passo pro lado errado, posso me afogar na merda fresca de cachorrão de país desenvolvido. A dama, perfeitamente equilibrada em sua elegância, volta-se e fala pro cagão:

— Gerard Philipe! Je t'ai déjà dit cent fois de ne pas faire ici. C'est là qu'on doit faire, là, là, là — e aponta o canteiro de terra em torno de uma árvore com o indicador em riste, onde fulgura, aliás, um robusto diamante.

De pernas cruzadas, mão na barba, contemplo a cena. Gerard Philipe faz uma profunda cara de nada. Fuça a bosta e se manda calmamente abanando o rabo. A paisagem esporrantemente bela à minha frente contém agora a eminência parda desse bostão. Me levanto, paletó jogado sobre o ombro, desvio do marco fecal à minha frente, e saio a bisbilhotar as copas recém-folhadas das árvores, através d'onde o sol cascalha em rebrilhante ejaculação luminosa. (Putz...)

Paris murmura seus segredos em meus ouvidos. Motoqueiros ao longe. Rumores beijoqueiros dos namorados atracados no cais. Mais adiante, tiro a camisa, estendo o paletó no chão, me deito. Uma peniche passa rente à minha orelha com um cachorro negro latindo na proa. Vejo as copas das árvores da ilha, que não conhecem os passos vagarosos do bicho preguiça da minha infância, um que vagueava pelos galhos do parque Trianon, in Sampa City. Além das preguiças guedelhudas, havia lá uma menina de bicicleta aro 24, sendo que a minha não passava de um aro 8. Vejo meu pai sentando num banco, sumindo atrás do jornal, enquanto eu e Adelaide zarpamos de bicicleta — a dela majestosa, a minha pequetita — pelas alamedas do parque. Fragmentos de calcinha da Adelaide à minha frente. Tranças loiras. Fonte do leão, onde Adelaide me deu de beber nas mãos em concha porque as minhas eram peneiras incompetentes. O sol boiava nas mãos dela. Explorações naturalistas atrás dos arbustos. Ela abaixa a calcinha e me mostra o peladinho penugento entre suas coxas brancas. Retribuo abrindo a braguilha e puxando minha piroquinha pra fora da calça faroeste.

Longos crepúsculos de primavera. Nunca sei se prolongo a tarde ou inauguro de vez a noite. Cochilo espichado no cais sem violências.

56

Acho que se perguntar, nenhum de nós saberia dizer como tudo começou. Ou quem começou. Tava eu (sempre tava eu) na casa da Marisa, noite dessas, numa prosa fiada depois do jantar, enrolando unzito, tomando café com conhaque, ouvindo Keith Jarret. Eu e Marisoca, praticamente irmãos. Filhos únicos. Mesmo tipo de sangue: o rh negativo. E, ainda por cima, meu avô materno e o dela se chamavam Celestino. Tumatch. Marisa, essa figura gostosa de mulher, esguia, melanjando umas sombrancelhas peraltas de portuguesa a um não-sei-quê álgido e afilado de eslava. (O pai é tcheco, a mãe é filha do portuga.) Apaixonada de dar dó pelo Chico, que àquelas alturas já tinha abrido o pé de Paris em direção à jungle pátria. Eu e Marisa fomos levá-lo ao aeroporto. Duas viúvas inconsoláveis, eu e ela. Cabisbundão, abracei o amigo que partia; cabisbundinha, ela o encoxou e beijou com desespero e total despudor. Nosso Chicovski partia louco de fumo e, se bem conheço o Chicão, também com certo alívio por virar as costas a mais um dos passados da vida dele.

Pois Marisa fazia tricô naquela noite, après dîner, enquanto entretinha o amigo ocioso — moi. Não fosse a minha presença, estaria malhando em cima da sua tese de urbanismo sobre um troço sério e enfadonho qualquer, loteamento clandestino em Guarulhos, algo assim. Eu enrolava mais um petit charô, enquanto a ouvia falar sobre a tese. Ia dispondo a quantidade certa de fumo previamente dechavado na calha da sedinha, passando um documento pra formar o vinco, enrolando, lambendo, socando com palitinho de fósforo uma extremidade do cilindro, torcendo a outra em forma de bico, metendo um filtro de papel-cartão (bilhete de metrô é o ideal) à guiza de filtro no bocal, o que evita queimar os dedos e permite aproveitar o fumo todo até o fim. Na verdade, acaba-se fumando até um pedacinho desse filtro, pinçado entre o indicador e o dedão. Tais atividades. Aí eu disse pra ela:

— Marisa, Marisoca. Já pensou se a gente um dia pegasse e transasse? Seria gozado, hein? Como a gente virou meio irmãozinho um do outro, ia ser um verdadeiro incesto. O Nelson Rodrigues disse outro dia numa entrevista que todo homem devia ter direito a uma cunhada. É o máximo de incesto que permite a tradição judaico-cristã. Eu, de minha parte, acho que todo homem devia ter direito também a uma irmã. E partir pro incesto deslavado mesmo. Por que com mãe é barra, né? Édipo clássico no duro é foda. As mothers são quase sempre umas senhoras de respeito, algumas até com bigode e cavanhaque. Eu acho que incesto com irmã deve ser perfeito, cê não acha? A mana ali, gostosinha, tudo em cima. Transgressão gostosa pra valer. Como nas *Vagas estrelas da ursa menor*, do Visconti. Cê viu esse filme?

Eu estava falando por falar, just like that, sem mais, só um papo furado pós-prandial. Marisa parou o tricô, descansou as agulhas no colo. Ficou assim, me olhando, um instante. Daí jogou os cabelos pra trás com as duas mãos, cruzou os braços e me disse in hot blood:

— Você toparia?

Gelei. Olhei nos olhos dela, que refletiam a luz suave do abajur. Aqueles olhos escuros de Marisa, fundos. Saquei que seria suprema tonteira minha perguntar "topa o quê?". Acendi o baseado respondendo a ela por trás da chama (quem perde a chance de uma boa cena de cinema?):

— Pour quoi pas?

Me levantei. Soprei a fumaça canábica que havia aspirado e descansei a bagana no cinzeiro. Não estava ansioso. Afinal, era minha irmãzinha de adoção. Com ela eu me sentia tão à vontade quanto comigo mesmo. Fui até minha amiga, tomei-lhe a cabeça com as duas mãos, ofereci a ela minha boca, sem impor o beijo — que veio naturalmente.

Daí, ela tomou minha mão, botou mais alto o volume do piano cheio de climas do Keith Jarret, me levou pro quarto. Fui tirando a roupa, sem olhar Marisa. Não queria vê-la striptizando. Queria a nudez dela duma só vez, integral. Na minha cabeça ainda soava aquele "Você toparia?".

E foi o que vi quando me virei: a longa nudez de Marisa sobre os extravagantes lençóis cor de laranja. Daí, besteira contar como é que foi. Só digo que foi legal. Uma das trepadas mais relax da minha vida. A gente se olhava nos olhos e ria. Se beijava e ria. Eu sorvia os peiticos dela com suprema delícia. Sem pressa nem limite. E quando gozei bem no fundo dela, foi com uma incrível certeza de que Marisa também orbitava. Que nossos gozos tão distintos eram partilhados pelo menos no tempo. Ao me separar do corpo dela me lembrei dos versos do Chacal: "tem um fio de vida/ entre eu e teu corpo/ recém-amado". É claro que se eu amasse Marisa de paixão não lembraria de verso nenhum. Não pensaria em nada. Minha cabeça estaria em queda livre e meu corpo em completo abandono. Mas acontece que eu amava Marisa de amizade. E me lembrei dos versos. Só que fiquei na minha, calado, feliz.

Marisa afundou no sono na mesma posição em que a deixei, quando saí dela. Antes de ir-me embora, cobri aquela magreza elegante com o lençol laranja. O gozado é que a gente nunca mais tocou no assunto. Nos vimos outras vezes antes dela voltar pro Brasil, jantamos juntos, charlamos paca, e nada mais aconteceu.

Essas coisas a gente atribui ao quê? Ao meríssimo acaso? Ou ao tricô?

57

Mais uma contribuição pr'aquele samba-canção:

e hoje eu vago nas ruas
olhando meus passos
andando por mim.

Ou, quem sabe, ficaria melhor:

e hoje eu ando nas ruas
olhando meus passos
vagando por mim.

Tanto faz.

58

Um dia, eu quase aprendi a fazer cocada.

59

A chuva passou de repente. Um baita sol acobreado de fim
de tarde pinta sobre as árvores. Lá-fora me atrai. Dou um gole
no uisquito, pito um du-bão, saio pra rua. A vontade é especí-
fica: flanar pelo cais da ilha de St. Louis.

Resolvo ir de metrô. Ainda na rua, um crioulão em flor passa
por mim com um vasto canhão de hash na mão. Uma mulher
iluminada pelo spot do crepúsculo na terrasse dum café me encara por um segundo. Um cachorrão invoca com a minha distinta pessoa. No metrô, o trem parece demorar décadas pra per-
correr três estações. Pirations.

De novo na rua, o guarda de impermeável branco bronqueia
porque eu botei o pé na faixa com o farol fechado pros pedestres. Levo um escorregão na escada de ferro molhada ao descer
pro cais. Quase que. O sol veste agora um pulôver cinza de nuvens e a luz é calma como é calmo aquele vácuo que se abre no
espaço-tempo um átimo antes das grandes catástrofes. Ninguém
no cais. Nobody, nenhum bode, tudo em paz. Uma procissão de
peniches passando em fila indiana. Alguém assobia tudo certo

como dois e dois são cinco: eu. Desvio das merdocas plantadas nos paralelepípedos do passeio com certa elegância. Acabo pisando no rabo duma: não tem jeito, pisar na merda é uma fatalidade na vida de todo flâneur. Flagro um garoto descendo pro cais. Uns treze pra quatorze anos, ele tem, no máximo. Cabelo castanho desalinhado, com uma mecha caindo na testa. A toda hora ele afasta a mecha com dedos distraídos.

O garoto chega no cais, enfia as mãos nos bolsos dos jeans, chuta uma tampinha imaginária e segue fazendo a contabilidade dos paralelepípedos. Depois, sobe seus olhos cinzas e dá comigo. Não esconde seu incômodo pela minha presença. Na certa queria apenas a companhia dos cordões do tênis dele. Aperta o passo pra cruzar rápido comigo. Quando o bicho está quase passando por mim, dou-lhe um close na estampa e verifico que ele é um Apolo júnior. Um mini-Adônis. Garoto lindo, sô. Me segura que eu também vô dá um troço, Waly.

Puxo pra trás meus cabelos com as duas mãos em ancinho, no melhor estilo chiquense, suspiro fundo, olho pro céu cinzazulado e me digo, puta que me pariu, não é possível que eu tenha virado viado e pedófilo tudo ao mesmo tempo. Pô, vamo dá um taime modernidade. Mas é verdade, sinto um tesão esquisito no garoto, igualzinho naquela história do Thomas Mann. Tesão pela juventude escandalosamente bela do guri. Me dá um medão. Não do viadaço que certamente há em mim (Freud já disse pra gente sossegar quanto a isso: todos somos ele-ela, faz parte da brincadeira). Até aí, foda-se. Me dá medo é dessa simetria inversa entre o meu corpo e o daquele guri: o dele buscando a forma futura do homem, o meu já em plena detonação dos cartuchos da maturidade, que, aliás, nesse ritmo diário de engazopação, não vão durar muito. Embora nós dois estejamos unidos nessa disposição de flanar sossegados pelo cais da ilha, caminhando em direções contrárias, é certo que estou muito mais perto da morte que ele. É aí que eu saco que o baby ali caminha a montante do rio, enquanto eu deslizo em direção ao mar, ou onde diabos desague o Sena.

O medo passa. Se atenua também o fascínio que o garoto me provocou. Dou uma tremenda cafungada na atmosfera do planeta. Cheiro verde de folhagem e de ar recém-lavado. Yes I know I must die, I'm alive.

60

De manhã, quer dizer, às três da tarde, vejo uns garotos atirando pedras no tanque redondo do jardim de Luxemburgo. Uma das pedras repica três vezes n'água. Depois vou comer, vou ao cinema, vou fazer porra nenhuma.

Ali pelas três da madrugada, atravesso a pont Marie, a caminho do salon de madame Sylvaná, e ultrapasso um sujeito de andar capenga de bebum, segurando com dois dedos uma Lettera 22 que pende do seu braço e ameaça cair no chão a qualquer momento. Já pinta uma história na minha cabeça: o carinha é um escritor-flâneur em busca de um lugar na cidade que lhe dê barato pra escrever. Em vez de caderno de anotações e bic ele carrega consigo a máquina de escrever logo de uma vez.

Estou quase no fim da ponte, a ilha de St. Louis já ao alcance dos meus passos, quando ouço um tchibum. Me viro rápido, vejo o sujeito debruçado no parapeito olhando os círculos concêntricos se abrindo na superfície do rio. A máquina sumiu da mão dele. Porra, a história dele devia ser bem, mais complicada. Um caso de bloqueio criativo resolvido na fina marra: a Olivetti vai pro fundo do rio, e o escritor frustrado vai caçar sapo alhures.

Ok, tem luz no número 37 da rue Budé. Raridade: Sylvana alone, trabalhando na tese da Marilyn. Recepção beijoqueira, como sempre.

— Pegou o resultado do exame no laboratório, Ricardinho?
— me pergunta Syl, com meio tom de inquietação na voz.
— Peguei.

— E aí?

— Foda — respondo, afetando um ar contido de tragédia. —
Tudo se resume numa palavra de quatro letras, tanto em francês
quanto em português.

— ...! — faz Sylvana. E me agarra o braço.

— Não é isso que você tá pensando, relax. Essa palavra que
tá na sua cabeça tem seis letras.

— Mas, o que é então, Ricardinho!? Não me tortura, menino!
— replica Sylvana, já impaciente com o meu jogo cabotino de
deixá-la sobressaltada por minha causa.

— NADA. Não é terrível? Passei uma manhã inteira no radio-
logista da Cité Universitaire, engolindo aquela gosma branca e
me deixando invadir por toneladas de radioatividade, pra no fim
das contas ouvir o veredito da ciência francesa: não tenho absolutamente picas. As dores de estômago são fabricadas pela minha loucura. Pas de câncer. Nem uma réles gastritinha.

— Sério? — faz Syl, me agarrando outra vez o braço.

— Sério.

— Viva!

— Sim, viva. Mas você não acha alarmante eu não ter nada e,
mesmo assim, me dobrar de dor de estômago pelo menos uma
vez por semana, assim, do nada? O médico acha que as minhas
encucações me provocam um Niágara de ácido clorídrico no
bucho, e é isso que faz o bucho doer. Ou seja, daqui a dez anos
vou ter no mínimo uma bela úlcera pra me divertir. Justo eu, que
já gastei dois anos pranchado no divã do Franq. Freud era um
péssimo gastrologista.

— Volta a se analisar, ué. Aproveita que o Franq tá em Paris
sem fazer nada.

— Não dá mais pé, né? Primeiro, que o Franq já passou o
ponto, não tá mais a fim de ser analista. Depois, eu acho que a
merda que sobrou na minha cabeça já faz parte do meu patrimônio psíquico. Vou pra cova com ela. E, se eu for pro céu, ela
vai me acompanhar lá também.

— Nossa, que ideia esdrúxula, Ricardinho. Quer um chá?

Topo o chá e ela mete o cassete do Charlie Parker no gravador, antes de botar água pra ferver. Lover Man. Nada como esse saxofone pra enlouquecer minha dor.

Meu olhar ocioso se põe a inventariar pela milésima vez o apê da Sylvana. Tem sempre alguma coisa diferente ali. A base da decoração é o papel: papelão, pôster, postais. Um rocker de blusão negro enfia um enorme coração de cetim vermelho dentro da cueca. Uma playgirl oferece o rabo ao voyeur. Uma reprodução de Courbet mostra duas babies gorduchinhas em plena ralação de coco numa cama fidalgal. Há Marilyns, de todos os tamanhos, por toda a parte, algumas novas pra mim. A melhor delas ainda é a do Andy Warhol: MultiMarilyn. Diva pra consumo das massas. Lots of Marilyns to lots of dreamers. Embaixo da luz lilás do abajur duas bocas violetas se beijam de língua. Carmem Miranda dá bananas pro querido público, com sua cara rechonchuda de bundinha feliz. Um leque estampa o sorriso de Dalva de Oliveira, com autógrafo e tudo. Onde será que a Syl arranjou aquilo? James Dean, o anjo mau, de camisa aberta no peito, sugere perigosas sacanagens a quem se arriscar a olhá-lo no olho. Há dois calendários brasileiros, um da Pirelli, outro da Mobiloil com mulheres peladas. A mulher pelada não tem nada a ver com o nu artístico. O nu artístico é o corpo com certificado de validade estética passado pelo Bom Gosto. A mulher pelada evoca motel na Raposo Tavares com cheirinho de buceta no cio e lençol galado. Marlene Dietrich, de coxas sublimes à mostra e cartola na cabeça, prepara-se para destruir a vida do velho professor apaixonado, no *Anjo azul*.

Acaba o Lover Man do Bird e entra what's new/ how is the world treating you na voz lindamente canastra do Sinatra. O puto pode ser o maior mafioso e dar grana pra eleger candidatos da ultradireita brucutu nos Estados Unidos, but, what a voice, man. Fuço na mesa redonda atulhada de bugigangas à la recherche da latinha de cigarrilhas onde minha amiga guarda o fumo.

Contas de telefone, contas bancárias, um bilhete marcando rendez-vous pra meia-noite. Sedinha, palito de fósforo, tickets de metrô, ingredientes que, junto com la marijuanita, se transformam num belo charo com filtro e tudo. Boto fogo nele e vou até a cozinha oferecê-lo à papisa dos voluntários da noite.

— Que charo lindo, Ricardinho! Decididamente, dos meus amigos, tu é quem melhor enrola.

— É isso aí. É o que eu sei fazer de melhor na vida: enrolar. Aos outros e a mim mesmo. Enrolo a dor e o amor. Vivo enrolando, enrolando mil horas sem fim... tempo em que vou perguntando se o pó tá no fim...

— O pó acabou faz tempo, naquela noite mesmo. Graças a Deus.

Daí, começamos um papinho sobre o último filme de não-sei-quem. No meio da conversa, Syl arria os jeans e senta na privada que fica num canto da cozinha, protegida por uma cortina de plástico, aberta agora. Ela segue dizendo que o diretor tem mão pesada mas que a atriz é a mesma que fez não sei que outro filme, e etc-e-tal. Sinatra na sala, xixi da Syl na cozinha, papel higiênico na xotinha. Bronqueio:

— Pô, Sylvanícola, um mínimo de opacidade ainda é desejável na vida social. Só os amantes se devassam dessa maneira. Porque são uns incautos.

— Tudo bem, Ricardinho. Minha avó já dizia: quem é dos beijos é dos peidos.

Volto pra sala ouvindo atrás de mim o som da descarga. Aproveito pra depor Sinatra e meter Angela Ro Ro no gravador: maravilhoso milk-shake de blues com bolero. Ro Ro é a Billie Holiday do Leblon. Pede à bem-amada pra não pintar nunca na hora marcada, como as paixões e as palavras. Syl volta da cozinha com a bandeja do chá, bota em cima da mesa, me dá um abraço e comunica:

— Ai Ricardinho, tô pensando em ir a New York comprar um chinelinho prateado. Quer ir comigo?

— Hum-hum — respondo, casual, como quem topa ir até a esquina tomar sorvete.

61

Me encantava o jeito desengonçado, pouco seguro de si — quase humilde — mas essencialmente simpático da pont Marie. Um dia, pesquei por acaso na rua, de um guia que falava a um grupo de turistas, a informação de que a pont Marie tem cinco arcos, todos eles diferentes entre si. Eis aí a explicação do jeito gauche da pont Marie.

A despeito da explicação, seu charme continua intato.

62

Batem na porta. Shit! Por que é que não experimentam a porta do vizinho? Estou na cama com Giselda. Mineira, morena. Seu nome é uma das coisas mais completamente mineiras que já ouvi: Giselda.

Batem de novo. Giselda fala manso, com aquele sotaque das alterosas, um pouco arrastado, como quem sobe uma das infinitas ladeiras de Minas Gerais. Giselda trouxe Engov do Brasil. Os envelopes amarelos de alumínio, rasgados, se espalham pelo chão. Ontem, no restaurante, ela me declarava:

— Menino, bebi tanto que vou sair miando desse bar. Cê me guenta?

No final, já falava português com o garçom do Coupole, que, por sorte, levou numa boa. Batem ainda. Giselda dorme, virada pra parede. Só vejo dela a cordilheira suave de seu corpo sob o lençol, os cabelos bem negros, um braço e um ombro nus. Admiráveis.

Esse travo amargo na boca. Me lembro que hoje é se-gunda-feira. Giselda vai pegar um avião à noite e quando me despedir dela em Orly estará fazendo só umas 24 horas que nos conhecemos. Giselda me confessou, no auge do porre: "Ter nas-cido em Minas foi um tiro de canhão na minha vida". Batem, batem. Por que é que não me deixam em paz? Pois se o poeta já não disse que é doce passar do dia na cama com o ser amado? (Com a seramada, no caso.)

Ligeira dor no fígado. Segundo Giselda, "depois dos trinta, a gente precisa dar um brilho no cadáver". Cuidar da velha car-caça pra não cair em desgraça e poder se engazopar numa boa. Se eu enfiasse uma flor em cada gargalo de garrafa vazia jogada pelos cantos do meu studiô, isso aqui viraria um verdadeiro jar-dim japonês. Ai, ai, fígado filho da puta. Me lembro do meu grande amigo Valadão, o sátiro do Sumaré, parando numa far-mácia pra tomar um coquetel de vitaminas na veia antes de cair de boca nos baratos da noite.

— Essa injeção vale por um filé a cavalo com salada de agrião. Só que é mais higiênico: demora apenas quinze segun-dos pra tomar e não precisa cagar tudo depois — costumava explicar com alto senso didático o bom Valadão.

Sem falar no Rafa, filósofo e bebum da Pauliceia, que tomava sua dose de glicose com Xantinon sentado na mesa do bar, dis-cutindo futebol e a dialética do iluminismo com os amigos. O auxiliar do farmacêutico, que ele mandava chamar na farmácia, nunca recusava o chopinho que Rafa lhe oferecia depois da apli-cação. Já eram velhos camaradas. Alcides se despedia: até a pró-xima dotô. Enfiava a latinha presa com fio de látex no bolso do guarda-pó branco, montava na bicicleta e voltava pro trabalho.

Cacilda, bateram mais uma vez. Talvez seja o caso de levan-tar e ver quem é. Giselda dormindo fundo. Ontem, ou hoje, sei lá, nos amamos tão gostoso. Estávamos tão chumbados quando nos metemos na cama que eu achei que ia sair do ar direto. Ou dar uma solene brochada. Que nada!

Giselda, és um fodão. Não me senti sozinho dentro dela. Não há nada mais terrível do que a solidão de um homem dentro de uma mulher. (Talvez só mesmo o desespero de uma mulher sendo penetrada por um homem que ela não deseja. Aí deve ser foda. Péssima foda.)

Isso me faz lembrar o dia que eu vi a morte trepando. Quer dizer, não era a morte que trepava, era eu, com uma mulher que tinha acabado de conhecer, assim como a Giselda. Estávamos tão bêbados e baratinados quanto eu e a atual mineira. Já era de manhãzinha quando fomos pra cama. Ela tinha na janela do quarto uma cortina à prova de luz. Fechada, mergulhamos no breu. Acho que tinha vergonha que eu visse aqueles trinta e muitos anos, talvez mais de quarenta, pendendo do seu corpo, ou algo assim. Ficamos nos pegando, ela procurando minha boca, eu tentando abortar a transa de algum jeito delicado. Ou o menos indelicado possível. Além da ânsia de vômito constante, meu cérebro tinha-se descolado das meninges e sacolejava dolorosamente dentro da cabeça. Eu queria mais era engolir uma caixa de Engov e dormir. Pensei: esse pau aqui não vai levantar nem que a vaca chupe. Tanto melhor. Amanhã explico tudo, uma mulher solteira da idade dela já viu de tudo nessa vida, no problems. Mas acontece que a desgramada não desistia e, dentro do negro absoluto daquela escuridão, me chupava e lambia em tudo que era canto, desvão e saliência do meu corpo. Acabei tesando, quase que contra a minha vontade: meia-rédea sem vergonha que mal dava pra realizar tecnicamente a coisa. Mas acabou dando. E foi aí que me pintou o bode metafísico. Eu dentro daquela mulher, bimbando sem vontade, me sentindo estranhamente alheio a mim mesmo. Olhei pra onde imaginei que estivesse a cara dela e não vi nada. Só aqueles gemidos na escuridão. E um bafo alcoólico. Tentava lembrar das feições dela, se era loira, morena, se tinha olhos claros, escuros, se os lábios eram cheios ou finos, se feia ou bonita. Não conseguia, aquela mulher não tinha cara. Tinha buceta, isso tinha, meu pau estava dentro dela, mas a cara eu não via. Começou a me pintar um vasto bode. Pelo menos o nome dela, se pelo menos eu me lembrasse do nome daquela criatura em cima de quem eu pesava com um pedaço de mim enfiado dentro dela... Nem isso. Tinha esquecido o nome daquela buceta. Ela era um nada trevoso dotado de buceta que me agarrava pelo cacete ameaçando me sugar inteiro pra dentro de si — um buraco negro, sem cara, sem nome.

Knock knock knock'n on heaven's door... Continuam batendo na minha porta. Caralho, quem pode ser? Isso que dá morar em prédio com acesso livre pela porta da frente. É como se a porta do seu apartamento, no terceiro andar, desse direto pra rua. Qualquer um se acha no direito de bater na sua porta. E é assim desde o século 14. Me ponho de joelhos a custo, sentindo uma vertigem violenta que me joga novamente na cama. Ó Giselda, serrana bela, será que a felicidade não será nada além de um cafuné no peito numa tarde fresca em Belo Horizonte, a gente olhando pela janela as montanhas azularem atrás dos telhados? Giselda, ó Giselda, deixa eu brincar de paixão enquanto você não pega esse aeroplano de volta pra BH.

Tento me levantar outra vez, com redobrado esforço. Boto uma calça, tropeço numa garrafa vazia, vou abrir a porta. É o carteiro.

— Bon jour, monsieur, tenho uma carta recomendada pour vous, é preciso assinar aqui — e me aponta um quadradinho num livro de capa preta. Pego a bic que ele me oferece, chamego no quadrado, fico com a carta. É do Instituto. Penso, chi, lá vem merda.

Mas ainda não é merda. É uma circular assinada pelo chefe do departamento de RH do Instituto comunicando aos senhores funcionários as novas porcentagens de reajuste salarial que entrarão em vigor a partir de maio. Ou seja, não só não estou sendo despedido como ainda vão me mandar mais grana. Ótimo. Me ponho em pelo de novo e volto pra cama. Me encaixo no corpo quentinho de Giselda, que murmura

huuummm e se acomoda no recôncavo do meu corpo. O tesão vem voltando devagarinho.

63

— Want some grass, man?

Loiro queimado de sol, paletó de listas azuis sobre a camiseta roxa com uma estrela prateada no peito. Tem olhos azuis e
um sotaque esquisito que não me parece americano nem inglês.
Brinco dourado na orelha esquerda. (Alguém me explicou que
brinco na orelha esquerda quer dizer que o cara é junky; na direita, gay. Ou será o contrário?) Respondo:

— I can't buy it. Have no money left, malheureusement...

— That's too bad — ele me diz. —Tô precisando muito de
grana. Em todo caso, chega mais e dá uma bola aqui com a gente
— ele diz, ainda em inglês. Na certa me achou com cara de maluco, o que me deixa envaidecido.

A gente, além do carinha, é um casal de... beats? post-hip-
pies? punks? A menina podia ser o carinha e vice-versa. Sim-
páticos. Os três levam jeito de curtirem um triângulo sem ber-
mudas. O que me abordou, lança a chama do isqueiro sobre
a pedra de hasch, pra amolecer. Mistura os fragmentos ao tabaco e voilà um canhão fumegante rodando entre nós quatro.
Puxo fundo e prendo a fumaça nos pulmões, conforme papai
não me ensinou.

Sinto uma vertigem braba. A água barrenta do Sena me atrai,
como um ímã. Sento na murada do cais, com medo de camba-
lear e cair no rio.

— Uau! Esse shit é du-bão, hein? — comento no meu inglês
cambaio com o blue eyes. Noto agora a coleção de rugas que ele
tem em torno dos olhos azuis.

— Yeah.

O charo circula em silêncio. Passa por ali um carinha de colete de cetim preto sobre a camisa branca sem gola. Blue eyes oferece ao passante suas especiarias. O carinha chega mais e responde em francês:

— Não tô comprando, tô vendendo. Coca. Quer?

— Deixa eu ver — diz blue eyes, mostrando que entende francês na boa. Então, por que escolheu falar inglês comigo? Mistérios de Paris.

O novo membro da nossa seleta sociedade se agacha junto de nós, abre um maço de marlboro e tira de lá um papelote pequeninho, que estende pro outro.

— Cem francos. É da boa.

Blue eyes abre o pacotinho com a delicadeza de um sapador desmontando uma mina, umedece a ponta do dedinho na língua, encosta de leve na poeirinha branca, passa o que ficou grudado na gengiva. Um segundo de gustação. E o veredicto:

— Muito cortada. Não presta.

— Bon bah — faz o cocaleiro, num dar de ombros, recuperando o papelote. — Au revoir, alors. — E se afasta rapidinho.

Me levanto de novo, já mais senhor das minhas pernas. Blue eyes me olha nos olhos e pergunta, misturando inglês e francês:

— Tá triste, mec?

— Não, tô relax.

— Good. Quer fumar outro comigo dentro da Notre-Dame? Tem um concerto de órgão lá agora. — E me sorri. Atrás dele vejo as complicações góticas da catedral.

— Não, thanks. Preciso conversar um pouco comigo mesmo — digo eu, com um sorriso que nem sei se chegou aos meus lábios.

Blue eyes repousa a mão no meu ombro:

— Hasta luego, man.

Quando já estou a uns bons dez passos do grupo, ele ainda me grita:

— Et bonne chance! Good luck!

Vou precisar de bonne chance, de toda a good luck do mundo. La vie peut être triste, mais elle est toujours belle, né mesmo Pierrot le Fou? Tropico na minha sombra. Uma peniche ancorada no cais solta uma fumaça branca pela chaminé. Na proa, o nome: Toi et Moi. I'm wandering round and round nowhere to go, ao contrário do rio, que esse tem sempre pra onde ir.

64

Telefono pra Sabine. Ela saúda sem muito entusiasmo minha reaparição, depois de meses. Recusa meu vamos jantar hoje? meu vamos jantar amanhã? e até o meu quando é que vamos jantar? Qualquer dia a gente se vê. Ok. Vamos e vortemos, Ricardão, não há motivo pra entrar em parafuso. Você já andava assim, meio.... Quer dizer, Sabine e eu, a gente já estava mesmo um pouco...

Acho que vou dar umas bandas pros lados de... Tomar um café e uns dois calvás em algum lugar. Frio pra caralho nesta interminável primavera invernal. Onde andarás, nesta tarde vazia? Onde andarás? Quem? Qualquer uma das mulheres que me disseram não. A Cleuza, por exemplo. Esse nome de manicure que ela tanto detestava.

Cleuzão, morenão, um verão de mulher. Saía de manhã, num doce balanço, caminho da piscina do Caoc, enquanto eu ia pro batente no Instituto, ali perto. Da minha janela, ao lado da minha mesa de trabalho, eu podia ver as copas das árvores do Caoc. Sabia que ali debaixo havia uma piscina, e, dentro dela, a mais bela mulher que eu já tive, nua e crua, nos braços.

Já vi todas as minhas mulheres chorarem. Nunca vi Cleuza chorar. Só conheci dela o sorriso que muito raramente se abria em riso franco. E o tédio. Eu me desdobrava em trejeitos e gracinhas, e ela, nada. Parecia uma tartaruga indevassável. A mais bela e indevassável tartaruga do mundo. Um dia me deu sa-mambaias lindas, de metro, três vasos com suporte pingente de macramê pra pendurar no teto. Nada mais hipongo. Na mesma noite se picou da minha vida, confessando que tinha reencontrado um grande amor. As samambaias ficaram lá, o verde-clarinho delas filtrando a luz do vitrô. Passava muitos dias sem regá-las, pra, de repente, ao levar uma porrada do remorso e da saudade, encharcá-las de água. Acabaram secando e morrendo, uma a uma. Cleuza me ensinou uma das mais óbvias lições amorosas, a de que ressentimento não reacende tesão de ninguém. Nas chances que tive de vê-la, depois da nossa separação, ela já separada de novo do tal grande amor, só rosnei rancores e fingi uma indiferença que estava longe de sentir. Rancor não é rima que se apresente para o amor. O rancor rói montanhas, mas não é capaz de movê-las.

Minha amiga Veralice, grande entendida de plantas e tran-sações humanas, passando um dia lá por casa e vendo os cadá-veres das samambaias pendendo do teto, me deu um baita escu-lacho por tratar tão mal das bichinhas. Argumentei que, se os humanos estivessem nas mãos das samambaias, também se dariam mal. Elas não iam lhes dar a menor atenção. Em todo caso, dei pra Veralice os vasos com os esqueletos das finadas samambaias e os suportes de macramê. E esqueci o assunto, embora não tenha esquecido o Cleuzão.

Recebi hoje um cartão-postal com os prédios de São Paulo tentando botar banca de Nova York. Era a Veralice me informando que voltou a transar o Marcão. Trancou matrícula na faculdade. Começou a fazer psicanálise. PS: As samambaias que você me deu rebrotaram e estão lindas de morrer nesse verão.

Ricardo, seu grande bostão, perdeste, por pura incompetên-cia, três samambaias de metro e uma namorada morenaça. Que acabou indo vicejar alhures, nos braços de um dos teus melho-res amigos. E a Sônia?

Sônia, essa baby-quindim-regado-a-cachaça, me disse que

sim, que queria o meu amor, e eu o que fiz? Peguei um avião pra Paris. Quindim, que sim, que fiz, Paris. Anda sobrando rima e faltando poesia na minha vida. Sônia, toda amorosa, pichando Tesão Voz Une nos muros do cemitério, eu, complicado e literatizante, bradando que todo anjo é terrível. Hoje, eu diria, talvez, que todo anjo é gostoso. Sônia se entristecia com as minhas esquivanças de amante inconstante. Queria mais era brincar de casinha comigo, ser feliz à maneira adolescente dela. Um dia, pouco antes de me picar do Brasil, Zé Libório veio me contar: Sônia anda reclamando pra todo mundo que você fica lendo Baudelaire na cama em vez de comê-la. Não sei se isso era verdade; sei que o meu coração era e é um pastel de vento.

Não me decido a botar os pés na rua. Preguiça de enfrentar o frio e as regras do ar livre. Preguiça, sobretudo, de pensar. Como enche o saco a lucidez. Rogério Duarte é quem tem razão: qualquer coisa, menos a lucidez! A lucidez que não é pirotécnica, penso eu. A lucidez planilha, cartilha, pastilha. Preguiça até de enrolar um charo e me deixar estar em qualquer um dos quatro cantos do meu quarto. Preguiça de qualquer coisa.

Preguiça de respirar. Deito no chão e deixo meu corpo pesar informe feito massa de pão descansando. Expiro a última dose de ar dos pulmões. Curto esse repouso perfeito de laje de mármore sobre a minha futura tumba. Queda livre na imobilidade. A queda dura o tempo de procurar uma boa razão pra voltar a encher os pulmões de ar. To breathe or not to breathe. Tanto faz? Mas, pera aí: lá dos confins do coração ouço, baixinho, o tantan da tribo do Tarzã Tantã, no ouvido, nas têmporas destemperadas, na caixa-fraca do peito, nos pulsos, na barriga, no saco, no olho do cu, cu-cu, cu-cu, cu-cu, cucurrucucu. Ok, vamos viver mais um pouco pra ver o que acontece. E os pulmões se fartam de ar.

65

"Nunca deixes para depois o que podes deixar para jamais"
Serafim PG — 18/6/22.

(Frase gravada possivelmente a ponta de canivete nas paredes circulares da escada caracolada que dá no alto de uma das
torres de Notre-Dame.)

Esse tal Serafim PG deve ter se arrependido, no meio do caminho, da empresa de subir os setecentos degraus, tendo à
frente bundas lerdas e, por trás, a energia indômita de turistas
bávaros e japoneses.

66

Por três dias e três noites o herói se entregou às libações ca-
tatônicas que os braços lassos da heroína lhe ofereciam. Brown
sugar, yeah. Tudo começou com um telefonema da Lica:

— Pinta aqui em casa hoje à noite. Ela chegou. É di-mais!

Fui ver a recém-chegada. Estava deitada em cima dum espelho,
submetendo-se às carícias telegráficas que Jacques lhe fazia com
uma gilete. Como se fosse uma branquinha qualquer. Mas não era.

Let it bleed na vitrola. Sniflamos com um canudinho de
plástico cortado pela metade, cada qual sua carreirinha, do tamanho de um dedo mínimo e espessura não muito maior que a
de um risco de Bic no papel. Imobilidade no carpete. Me jogo
nuns almofadões ensebados. Capoeira, a boxer do Jacquô, vem
lamber a minha cara. Ondas de vômito. Barra lúcifer. Náuseas e
delírios. Boca aberta, olho pregado no teto. E dizer que foi só no
cafungó; nos tubos dizem que bate ainda mais forte.

No terceiro dia seguido sem sair da casa do casal — eu tinha
chegado sexta à noite e já era segunda de manhã — me bateu um
medão dos diabos. Uma alucinação verde saiu de baixo da cama e

estendeu sua mão visgosa pra me pegar. A coisa verde e visgosa era eu mesmo. Respirar, ser e estar — tudo me doía. O sangue abria a tiros sua passagem pelas veias e artérias. Sartei de banda com o coração aos pulos de cabra-cega. Deixei a Lica e o Jacques chumbados na cama, peladões os dois. Eles tinham trepado várias vezes na minha frente, e até me convidaram várias vezes pra participar da lambança, mas achei melhor não. Eu já estava no céu de todos os desejos, não precisava comer a mulher do amigo, e muito menos o amigo. Desci pra rua maneirando nos quatro lances da escada pra não me esborrachar nos degraus de madeira gasta. Fraco — nossa dieta básica se resumira a um pacote de miojo, biscoitos doces amolecidos, vinho e cerveja —, deprimido até a raíz da alma, eu rumbava num mar de náuseas constantes.

Fui dar uma prise no ar fresco e geométrico das Tulherias. Primeiro tapa fundo no ar e eis que o vômito me sai numa golfada violenta por sobre o quintal de Luís 14. Um cachorro latiu pra mim, um matrimônio com crianças me olhou com nojo. O céu mal suportava tantas nuvens cinzentas e ameaçava desabar sobre a minha cabeça. Cheguei a torcer para que desabasse mesmo e acabasse com aquela tortura que meu corpo infligia a si mesmo, sem piedade. Nunca tinha sentido nada igual na puta da vida. Eu seguia pelas alamedas que cruzavam o jardim saturado de simetrias ao sabor dos trotes, disparadas, coices e relinchos do coração. Era uma espécie de milagre doloroso eu conseguir andar naquele estado. Saquei que aquele paraíso artificial não ia dar pé na minha vida. Basta você abrir os olhos no dia seguinte pra mergulhar de cabeça na boca do inferno. Na verdade a mente vai parar no estômago, e o estômago no cu, e o cu acaba te engolindo por inteiro, e você acaba virando uma bosta morta-viva, mais ou menos precisamente. No sábado, ao acordar na rue Croix-des-petits-champs de cara enfiada num daqueles almofadões azedos, já tinha começado a me sentir assim. Mas o gentil Jacquô logo me ofereceu o antídoto fulminante: mais uma carreirinha de herô. E tudo voltou a ficar azul e leve e lindo. No domingo, a sensação de ressaca belzebuína redobrou de intensidade. Nada, porém, que mais uma carreirinha de *cheval*, como eles chamam aquela porra, não tirasse com a mão. Na segunda-feira, aproveitei que o casal dormia e resolvi me mandar, mesmo com uma vontade imperativa de jogar o corpo na lata de lixo do apê, que transbordava de coisas orgânicas em avançada e fedorenta putrefação, metáfora concreta das minhas próprias sensações. Não, eu não queria mais papo com aquela heroína. Por mim, ela podia ficar lá amarrada nos trilhos do trem esperando a chegada da locomotiva. Na real, é ela que te amarra nos trilhos, a filha da puta da herô vilã. Eu tinha que aguentar o tranco sozinho. Como vim a saber depois, aquilo não era ressaca, e sim um típico ensaio de síndrome de abstinência. Era o organismo clamando por mais veneno, e aquele mal-estar absurdo era a chantagem que as células faziam para me obrigar a saciar a sede brutal que elas sentiam por mais opiáceo. Isso tudo, sem contar os trezentos dólares por onça que consumiriam num estalar de dedos o orçamento de qualquer bolsista.

Positivamente, não estou a fim de ralar o cu nas ostras tão cedo. Mens insana, tudo bem; mas, corpore numas. Co'a boca azeda de vômito, olhei pras nuvens chumbosas de fim de tarde. Dos meus olhos injetados escapuliram revoadas de corvos entoando em coro: nunca mais, meu rapaz!

67

Lígia chegando de Londres. Poetinha marginal envolta em casaco de pele comprado num brechó. Ela sumiu dessas páginas porque não tive saco de contar uma história complicada e meio tonta que me aconteceu com ela, onde entra o Chico também, e que passa por hotéis em Montparnasse, corações pingentes, ciumentas tolices, um adeus abraçado e triste na gare St.-Lazare e um livrinho de poemas do John Donne que eu dei de presente pra ela ler na viagem.

Desce do ônibus e a segunda coisa que ela me diz é: preciso mijar. Não falou fazer xixi. Falou mijar mesmo, o que acrescenta mais uma volta no parafuso do imenso charme da loirinha. Está cansada e bonita. Muito bonita. Quero, mas tenho medo de perguntar: leu meu romance? Mandei-lhe uma amostra grátis de umas oitenta páginas. Até a hora de entregar o envelope pro carinha do correio ainda não tinha decidido se mandava ou não. Mandei, e me arrependi no instante mesmo que o carimbo desceu sobre o selo. Me senti exposto como se estivesse pelado ao meio-dia na praça da Sé. Agora não aguento de vontade de encaixar a pergunta: leu? Quero que pareça casual, mas não tanto que ela não se sinta obrigada a comentar sua leitura, um tiquinho que seja. Se é que leu.

Entramos no carro do Zé Lino. O carro passa num buraco e Lígia volta a informar à distinta plateia que precisa mijar. Já abancados num restaurante americano do Halles, ela me dá de presente uma antologia poética da Emily Dickinson. Abro a esmo: ...but love is tired and must sleep.

A mulher do José Lino, a Rafaela, que é artista plástica, conta que descobriu um novo filão pra sua pintura; está interessada agora nos reflexos das vitrines de Paris. Rafaela, com seus lindos olhos redondos de boneca espantada, declara, em seu francês impecável: Je connais tous les miroirs de Paris. Lígia faz algum comentário witty sobre reflexos. Não consigo cortar direito a costeleta de porco banhada em ketchup que tive a imprudência de pedir; aquilo é quase que só osso. Na primeira brecha do papo, jogo finalmente pra Lígia, ocupada em trinchar seu T-bone steak:

— Se não ofende perguntar, leu meu romance?

— Li. Ah, li sim. Pô, se li. De cabo a rabo, sem parar. Te confesso que me sufocou, Ricardinho. No melhor e no pior sentido. Tem problemas técnicos que depois a gente conversa. A sua indecisão sobre o narrador, por exemplo. (Lígia dá um gole na cer-

195

veja.) Mas é ótimo, o seu romance. Quer dizer, pode ficar ótimo se você burilar mais o texto. Só uma coisa me invocou: as pessoas estão sempre mijando ou cagando no seu romance. Isso, quando não estão ejaculando ou escarrando. Tem que ser tão escatológico, Ricardinho? Por quê?

Todos riem. Matuto comigo que as pessoas estão sempre anunciando que vão mijar ou cagar, ou contando com quem e como foi que treparam, ou ainda anunciando que estão gripadas e vertendo rios de muco, mas não se dão bem com a representação artística da bosta e do mijo, da porra e do catarro. Secreções sempre provocam algum escândalo na arte, mais ainda do que na vida real. Lembro do filme do Wim Wenders: o troço fino, longo e escuro saindo da bunda branquela do Rüdi Vogler. Correu uma brisa de mal-estar na plateia do Action Christine. Poltronas rangendo. Tosses. E o cocô saindo sem pressa na tela. Me vem à cabeça também a mão branca e cultivada de Maria Clara segurando o pau mijante do Chico no meio da rue des Boulangers. Tínhamos saído do Savoyards completamente bêbados. Maria Clara tentava escrever Maria Clara com o jato do mijo do Chico. Mas era impossível porque Chico ria demais. Evocação imediata de uma imagem paralela: Flora segurando meu pau com uma mão e abrindo a torneira da pia com a outra pra desbloquear minha bexiga. Nunca mijei tão gostoso na vida. Essas coisas que acabam fazendo a gente se apaixonar por uma mulher. Outra recordação escatô: estou com Sônia no boxe do chuveiro, sentado no chão, com as pernas de Sônia a cavalo no meu pescoço. De repente sinto o líquido quente, de uma quentura diferente da água do chuveiro, a me escorrer pela nuca e sendo canalizado pelo rego da espinha. E a risada desbundada de Sônia atrás de mim.

Ainda mastigando sua carne, Lígia me pergunta desconfiada:

— Você não vai me botar nesse romance, vai?

Eu não tinha enviado a ela a cena no apê da Syl, quando a vimos, eu e o Chico, pela primeira vez.

— Já botei, se você quiser saber. E não venha me dizer que não sente um frisson cabotino de se saber personagem dum romancinho bem joia.

— Mas não do seu. Me desculpe, mas ele é meio...

— Grosseiro? — arrisco. — Vulgar? Pornográfico?

— Não é isso. É que...

— Já sei: não combina com a sua sensibilidade curtida no verde dos parques londrinos e nos versos da Emily Dickinson.

Ela não disse nada. Só deu um sorriso que dizia tudo. Zé Lino e Rafaela cochichavam entre eles, alheios à nossa conversa.

— Bom, Lígia, se você não quiser virar meu personagem cedo teu lugar pra outra musa. Tá assim de mulher querendo entrar pro meu romance.* Recebi até um cartão da Maria Emília, de Roma, implorando pelo menos um papel de coadjuvante.

O sorriso contido e encantador de Lígia. Maçãs redondas do seu rosto inglês. O corpo magrelinho de bailarina. Uma menina.

68

Uau!...

69

buêmia
nossos dias têm mais noites
nossas noites mais rumores
e os rumores mais 'stupores

* Maior palha.

e os 'stupores mais brancores
quando vai nascendo o dia
na barra da nossa noite

70

Stênio vai até a janela e informa pra gente, sem ênfase:
— Apagaram a luz da cidade.
E se põe a assobiar: "É de manhã, veio o sol e os pingos da
chuva que ontem caiu, ainda estão a brilhar...".
O dia começa útil. Nós continuamos inúteis em volta desse
samba-canção que sopra dos lábios do Stênio. Vou até a janela
ajudar meu amigo a contemplar a manhã. A rua lá em baixo dá
seus primeiros bocejos. Me lembro de Lígia, em Londres a uma
hora dessas. E me vem à cabeça um verso que devo ter lido ou
sonhado há muito tempo: amor beirou mas não caiu.

71

Vãs são as glórias, como vão-se os trens da estação de
Glórias, no metrô de Barcelona. Stênio Malfatti mira as bêibis
por trás das lentes miramares de seus óculos de cafetão de las
ramblas. Lots of babies nos calçadões repletos de olhares e pernas. Como diria don Pepe Legal, hace un calor de lascar en la
ciudad. As barcelominas não têm pundonores debaixo das pálpebras e te olham de chapa com os peitos e os lábios e os olhos
lampiônicos. Atrevidas e lascivas: não tem fórmula mais louca
de mulher.
Barcelona: um bronze na pele, depois de um ano branquela
em Paris. Barcelona é o descaralhamento da razão, o desbuceta-
mento dos sentidos. Um separatismo por quarteirão. Hash nas

ruas, à vontade, cerveja e vinho nos cafés, aos borbotões. Paellas baratas. Tudo pra todos.

As oito torres da Sagrada Família, do Gaudí. Eróticas paca e místicas a las pampas. Mísseis apontados pro cu de Deus. Por cima das torres, o braço arrogante de um guindaste. Capitão Bandeira e mister Dá-Bola estouram um basê na escada em caracol que nos leva ao topo de uma das torres. Vem descendo um bando de japas. Atravessam a marofa carregados de sorrisos e clik-claks. Pergunto ao Stênio:

— Será que os nikônikos sacaram? Será que não vão dar um bizú pros guardas lá embaixo?

— Pô, meu, dá um *time* na paranô. O doutor Moura Brasil não tá dando expediente no verão de Barcelona.

Reencontramos o sol no alto da torre. Tiro minha camiseta amarela. Stênio tira a dele, azul. Saco meu notebook pra anotar que Gaudí é o mau gosto que aponta pro futuro. Me sinto de repente um artista transcendental, de bic na mão. Meu olhar despenca no vazio de trinta metros. E se eu desse um jumping agora e fosse pingar lá embaixo meu ponto final? Mas o sol logo derrete as asas da minha morbidez. Antes não cair de um terceiro andar do que muito menos de um trigésimo, meu chapa.

Stênio também faturou uma bolsa que vinha passando distraída pela porta da casa dele na Vila Madalena e se picou pra Paris. Chegou lá preocupado:

— Ricardinho, tem que estudar muito aqui no pedaço?

— Meu, aqui nasce pentelho na tua mão de tanto coçar o saco — expliquei.

Syl o acolheu de braços abertos no saloon da ilha, e não só de braços. Ela vidrou no cara assim que bateu o olho nele. Meia hora depois já estava dizendo pra ele:

— O que é adorável em você é esse seu jeito de quem está na praia em qualquer situação. Você é o único homem bonito que, em lugar de um rei, tem o mar na barriga.

Stênio, marmanjo manjado e manjador, feliz proprietário de

uma carcaça enxuta de trint'anos e de uma charmosa simpatia transoceânica, enrubesceu feito um adolescente pilhado em flagrante delito de ser boa-pinta.

Em Orly, onde fui esperá-lo, a primeira coisa que me disse foi:

— Consegui!

— Conseguiu o quê?

— Me picar do Brasil!

Quando lhe perguntei como ia a jungle, me informou:

— Muita bêibi e muito tesão os males do Brasil são.

— Pode crer. Aquelas meninas são um perigo...

— Nem me phallus... — concluiu, com um clássico trocadalho do carilho.

Stênio largou aos leões da jungle uma bêibi inteiramente linda, sua namorada, e um bom emprego de professor universitário.

— Deixa a brava gente brasileira se virar um pouco sem mim — justificou-se.

— Pode crer — concordei.

No topo da torre do Gaudí, enrolamos outro canhãozinho de hasch. Boom no tampo da cabeça. Arranco uma página em branco do meu noutbuq, confecciono um aviãozinho, escrevo numa das asas *de leve* na outra *de love* e, depois de analisar a direção do vento com o dedo molhado de cuspe, lanço o artefato no meio da tarde estuporantemente bela de Barcelona, que é pra ver se as girls se tocam da nossa presença in town. Stênio e eu não despregamos o olho de cima do delevelove que bamboleia ao sabor do vento e, depois de espetaculares evoluções, acaba aterrissando na copa de uma árvore.

72

Compramos hasch na plaza Real, entre palmeiras imperiais e beatniks barcelocos. Chorei no preço, botei as pesetas pra reluzir sob a lua nova, o carinha acabou deixando pela metade. Quién no llora no fuma. Enrolei o primeiro numa ruela soturna, perto da praça, Stênio fazendo a segurança, com um olho na lua, o outro nos hombres. Solto uma baforada blue na cara plena da luna. Passo o chareco pro meu comparsa. Encosto num muro lambido pelo tempo e abro as comportas da bexiga com a cabeça caída pra trás, mirando os balcões de ferro que brotam das velhas casas. Balcões negros atulhados de vasos de flores arcoíricas. No rego do céu, por sobre a callecita estrecha, la luna e vagas estrelas da ursa menor, sin embargo de la astronomia. É quando sinto um líquido quente, quase efervescente, se insinuando entre os dedos dos meus pés, indefesos dentro das havaianas que o Stênio me trouxe do Brasil. Moral da história: não se deve mijar ladeira acima.

Fui chapinhando nas havaianas molhadas pras ramblas, a imensa passarela flanável de Barcelona. Queríamos ver las chicas. Miramares mareados de maconha mirando as morenas mirabolantes, miríades de miragens marchando morosas e amoráveis ramblas arriba, ramblas abajo. Pero nó pintó nada para nadie.

Pegamos um táxi, encerramos a madrugada.

73

Você já tentou dormir muito bêbado e louco de haxixe? Pra começar, você já está dormindo acordado. E às vezes é difícil conciliar um sono dentro do outro. Vou começar a redigir as "Memórias de um insone chapado". Merda. Nada pra ver, foder, fazer nessa madruga barcelônica. Nem lua tem hoje no céu. Encontro uma revista de 1926, *Selecciones Ilustrada*. Deduzo que haja ou tenha havido outra *Selecciones* não ilustrada, o que seria uma pena, pois as ilustrações e fotos são ótimas.

Tem pequenos contos, fofocas de artistas de cinema da época, alguns comentários inócuos e superficiais sobre política, reclames de produtos que os anos vindouros tornariam obsoletos, variedades, curiosidades, babosidades. A típica revista para pessoas horizontalmente profundas, como eu.

Ontem tinha uma lua aí fora. Mais que isso: tinha uma mulher também. Não vou dizer que era a mais bela dona aqui de Barcelona. Mas, peladona, deu pro gasto. Deu e sobrou. É dela esse apartamento de cobertura, no bairro de Gracias, onde estou hospedado. Elisa, moça da terra. Foi um brasileiro que me apresentou a ela, o Manaus. Ele morou anos estudando em Paris e agora se estabeleceu aqui em Barcelona. Não sei como o Manaus conheceu a Elisa, mas ela me levou pra jantar no bairro gótico, fumamos haxixe pelas ruas, tomamos todo o vinho branco barato da Catalunha. Ela vive com um tal de "amigo" neste apê, que era dele, agora é dela. Mas o amigo foi pra Londres e não se sabe quando voltará.

Elisa tem uma beleza tímida, que me atraiu de cara, e ao Stênião também. Mas meu amigo percebeu que a parada pendia mais pro meu lado e tirou o time. Nua, no colchão que pusemos na sacada da cobertura para um banho de media-luna, Elisa parecia uma ginasta olímpica, toda tesa de músculos duros, peitos duros também, perfumada de essências hippies. Dava um beijo um tanto duro, mas vá você querer tudo mole nessa vida dura. O resto, vinho, hasch, lua, tudo perfeito. Só consegui uma média-bomba, de prima, veja só. E coisa dela úmida e deslizante como o interior de um quiabo maduro. Afinzona aqui do terceiro-mundano que vos fala. Minha performance, na melhor das hipóteses, deu pra quebrar um galho relativo. Digamos que consegui salvar a moral da firma, da minha e a da Elisa também, já que as mulheres costumam se atribuir parte da responsabilidade por uma brochada. Enfim, não foi uma noite de amores chamuscantes, como eu gostaria que fosse, e ela mais ainda, imagino. A perfeição é uma longa balela.

De manhã a coisa melhorou. Nota sete e meio. Detalhes a qualquer momento ou em edição extraordinária. Elisa tinha uma reunião política hoje, em Valência, "Três hôras y mêdia com el Talgo", me explicou. Ela milita num grupo meio anarquista, se entendi bem, que lutou contra a ditadura do Franco. Ia dormir na casa de uma amiga em Valência. Não sabia quanto tempo ia ficar por lá. Achei melhor dizer pra ela que eu também não sabia quanto tempo ainda passaria a bundar em Barcelona. Minha grana tá nos estertores. Ela disse "Bueno, vale", com o v soando como b, me beijou na boca e se mandou com seu bag de lona velha de táxi pra estació Central-Sants. Ia pegar o supertrem veloz, o Talgo, o mesmo que me trouxera de Paris. Não fui com ela. Eu até me ofereci pra ir, mas, vendo minha cara de sono e ressaca, disse que não precisava. I didn't falled her to the station/ a suitcase in my hand...

Já li de cabo a rabo a *Selecciones Ilustrada*. Por absoluto desfastio, resolvo anotar parágrafos e frases que pesco ao léu na revista, de contos, matérias, anúncios, no melhor estilo I Ching chapadão. Vejo que o melê disso tudo forma um bom capítulo, que transcrevo a seguir, por puro espírito de porco surreal. Tasquei até um título no capítulo. Relendo-o, vejo que ele diz mais sobre a excepcional qualidade desse hash do que qualquer outra coisa. No entanto...

74

CASCATA COM LHUFAS

Tais artifícios produziram um efeito quase fulminante, caindo inocentemente na trama o rajá, que pouco antes sorria candidamente e se dava ao prazer de distrair-se excitando os zelos femininos. No meio da rua, uma mulher calçada com um sapato qualquer pode estar cansada e desalentada. Mas uma mulher que calce os sapatos MINERVA é toda gentileza e anda sempre tréfega, airosa e jovial.

Trapeiros: aqueles que comerciam trapos.

— Ah! — disse o senhor Dinsmead, com tonalidade apreciativa.

Apocalipse: último livro do Novo Testamento, onde se narra o que acontecerá ao acabar-se o mundo. Comércios orientais. Para evitar a dilatação excessiva dos tecidos do ventre, resultado da acumulação descontrolada de adiposidades nessa região do corpo, o senhor, a senhora, devem usar o colete elástico CLAXIS.

— Mas, querido! O que se passa? Parece que já não me queres...

Creio ter descoberto, assim, a razão do contágio, porém resta-me explicar o porquê da infecção dos macacos. Onomatopeia de prazer gatuno. Os sargentos Flag e Quirt se conheceram em Pequim. Estávamos n'algum ponto entre Jofa Yokull e Koflas Yokull. Então, a amarga surpresa se fez mais terrível: a locomotiva, que já estava a quase dois quilômetros do trem, se distanciava a todo vapor, sem se preocupar com os viajantes deixados para trás.

— Boas noites!

— Daqui a pouco; agora devo cuidar do meu asseio.

Menjú, o homem do sorriso fascinante.

— Deixa-me em paz! — respondeu Kolosov.

— Dez anos de trabalhos forçados... dez anos...

— Tânia, perdão!

— Ao regressar de uma viagem a Varsóvia, tive certas dificuldades na fronteira — dizia-nos Pola Negri. Foi assim que conheci aquele que seria, semanas mais tarde, meu esposo, o conde Domski, senhor do castelo de Sasshowiece.

Todas se enamoravam da pujança física e das brilhantes qualidades do jovem estudante. Luisa Hunter, destacada figura do Metropolitan, de Nova York, veraneou em Atlantic City com todos os seus gastos pagos por uma fábrica de chapéus, sob a única condição de cantar todas as manhãs dentro de um chapéu gigantesco. Vênus acariciando o amor. Sabia que sua mulher não o amava; que havia se casado com ele para livrar-se da miséria, e vivia no constante temor de perder seu tesouro. Lânguidos relatos de amor e de paixão, aventuras românticas em paisagens poéticas. Um romano solitário.

— Queres bailar comigo?

Sua culpabilidade, como afirmaram os jornais, era evidente. A tranquilidade de Ponsonley apenas se alterou quando o gerente da Sapphires, acompanhado por um indivíduo alto e robusto, entrou na sala de jantar e se dirigiu resolutamente à mesa que ele ocupava. Expulsar a umidade. Todos os que dedicam suas atividades ao comércio e à indústria devem possuir o Livro de Ouro do Comerciante e do Industrial. Não perca: Rodolfo Valentino e Tom Mix no próximo número. Assine *Selecciones Ilustrada*. 40 pesos anuais.

— Diga-me, Margarida, o que está acontecendo com a Condessa?

— A Condessa se evadiu.

— Impossível!

— No entanto, assim é.

— Com o barão, não é verdade?

— Sim, com o barão.

— É terrível!

A mais forte. A mais elástica. A mais econômica. Claxis. Expulsão do ar pela boca e pelo nariz, o que, expresso em termos onomatopaicos, resulta em atchim! Abraçou estreitamente sua mulher, que, chorando de alegria, lhe disse:

— Querido, querido. Só eu sei dar bem o nó da sua gravata, não é verdade?

— Tens razão, Garcia. O que podes oferecer para ser amado? És pobre, és feio, és triste...

— Oh, eu não seria triste se tivesse um amor.

A caspa desaparece rapidamente. Mil romanos. Atraía os homens para matá-los. Enfermidade que produz chagas horrorosas na cara. "As maravilhas do mundo e do homem" são uma deliciosa recordação para quem pode satisfazer suas ilusões de viajar, ao mesmo tempo em que são uma visão aproximada de toda as sublimes belezas do mundo de hoje e de sempre, para quem não pode admirá-las de perto. O que é próprio do varão. Marocas, não te atrevas! Enlouquecimento dos momentos. Existir. Creme de amêndoas. Eu e ela.

— Oh!

75

Logo cedo, Paris sonolenta na plataforma da gare de Austerlitz. Voltando de Barcelona, doze horas de viagem, segunda classe, um pé no saco. Bom é ter viajado, como diz o outro. Sete cartas me esperavam na caixeta do correio: mãe & pai, só mãe, Sônia, Chico, Instituto, Marisa, Lígia (from London). Abro os velhos primeiro. Sempre abro os velhos primeiro, com o coração de filho único dando coices de ansiedade. E de cagaço: medo que um deles tenha dançado. "Filho, é triste, é terrível, mas tenho que te informar: papai faleceu; ou: Filho, é terrível, é muito triste, mas sinto lhe dizer: mamãe não está mais entre nós". Me gela o saco, o mesmo que foi chutado na outra expressão, só de pensar nessa possibilidade. Meu pai, minha mãe, morrendo, puxariam pra cova a parte de mim que ainda mora neles. A versão encarnada desse filho se picou faz tempo da casa e do universo deles, mas me reconforta saber que algo de mim ainda mora com eles, assim como me assusta um pouco lembrar que esse algo com eles morrerá, sina geral de todos os algos conhecidos, aliás. Não sei com que estampa física e moral o velho e a velha me arquivam em suas respectivas memórias. Talvez não seja nada de muito afetivo e delicado e patermaternal. Vai saber se eles não me veem como eu mesmo me vejo às vezes: um cadáver de banho tomado e sorriso inocente repousando na morgue das recordações familiares. Um cadáver de terno e gravata, na versão deles. De jeans e camiseta, na minha.

Sem sobressaltos nas cartas todas, porém. Como sempre, as duas dos velhos, a conjunta e a exclusiva da mãe, eram só votos sinceros de moderado e precavido bem-estar, a última absurda cotação do dólar no Brasil, "Nossa Senhora da Aparecida, onde isso vai parar", notícias da parentália, das chuvas e dos sóis de São Paulo. "Afinal, quando voltas, filho?", perguntava mi madre. Pois é. Ano e meio de vadiagem ao sabor do fluxo policromático das águas do Sena, sem muito luxo, mas com relativa calma e alguma volúpia.

Chico: Quando você volta, grande bostão?

Essa é a famosa pergunta que não quer calar.

A bolsa acabou, a grana acabou, mas o vadio continua. Uma passagem de volta me espera em algum lugar de Paris, vou ter que pongar nesse bonde restrospectivo, back to the jungle, bicho. Chico me falando na sua letra epilética da menina linda que ele anda transando e que levanta da trepada e vai dar o peito pro filho de seis meses. "Continuo living by night, Ricardinho. Transo de vez em quando também aquela menina que você transou, a Sílvia. Boa gente, né?" Todo mundo transando todo mundo nessa república sexual periférica: capital concentrada, libido encurralada. Chico transando a Sílvia, que me transou. Eu já dei uma transada passageira com a Renata, que foi transa do Chico, que também transou a Lígia, que não me transou, que pena. E a Marisa, tão apaixonada pelo Chicão, me transou num descuido do tricô. Sônia, que não foi com os cornos do Chico (achava-o intelectualmente prepotente), em compensação encaçapou o Stênio Malfatti, que já tinha transado a Cleuza antes que eu me apaixonasse pronta e tontamente por ela, e antes, é claro, que o Cleuzão se surpreendesse rendida pelo charme esporrante do

Nelsinho, que não tinha entrado na história e carregou a morena escultural pra Califórnia. Nelsinho, antes da Cleuza, já andara prevaricando com a Eliete, psicóloga reichiana com quem eu dei uma solene brochada, certa noite (faltou energia orgástica, sobrou a estática). E Flora, por quem eu me apaixonei, por quem o Carlinhos se apaixonou, por quem o David se apaixonou, e que, do fundo da sua generosidade infinita de mulher-clown, se dava, sem reservas, ao desfrute de praticamente qualquer pau duro que lhe aparecesse pela frente. Ou seja, como naquele nefando refrão dos tempos de moleque, era amiga da garotada, dava a bunda e não cobrava nada. Flora, saudosa Flora, que escancarava seu prazer de trepar, sua grande e talvez única vocação, e que já se foi há tanto tempo de mi sintonia fina, e cuja irmã, a Margô, transou comigo e com aquele mesmo David e assim sucessivamente até o coração fazer bico. O who eats who do sulmaravilha mostra bem em que geleia geral de porra com baba de bacharel estamos atolados, nós, os tais privilegiados da barbárie periférica. Sônia: "Tô linda e completamente galinha, Rica. Tá muito joia essa nossa Sampaula, viu? Frio e sol. Medo e sassaricação. Vem firme, Ricardim, sou toda beijos e coração aberto pra você". Quê qui essa biscatinha deliciosa quer dizer com sou toda beijos e coração aberto? Que vai rolar tudo de novo entre nós? Êta, Sônia, Soninha-toda-pura, que ainda hás de encontrar novas artes, novo engenho para matar-me. A madrugada que ela levantou da cama, depois de uma trepada sublime e pixou na parede do quarto com spray vermelho de passeata: mistério sempre há de pintar por aí. Chico: "Tá meio difícil levar vida de dândi em SP, meu velho. Faço frilas culturais pra *Gazeta* agora, além da crônica. Picareteio numa grande pesquisa sobre literatura moderna brasileira financiada por alguma dessas Fundoluspaputstopec da vida. Ou seja: continuo não fazendo picas e amando de bobeira por aí. Mais fodendo que amando, pra falar a verdade. Mas não dá exatamente pra reclamar. Tô batalhando uma bolsa pra NY. Se pintar, é pra dezembro. Falei pra todo mundo que você é o maior escritor do Brasil, vivo ou morto. Ninguém acreditou. Qualquer hora tento de novo. Um beijo procê, bostão". Esse é o Chico, grande Chico. Lígia: "Meu novo livrinho de poemas se chamará *Condensações Lolypops II*. Gostas? Estou vivendo com um inglês. Ainda não sei se amo ele. Tudo bem; também não sei o que é o amor. Fred, ele chama. Faz uma tese sobre os românticos franceses; eu continuo nas minhas titias pós-românticas da Inglaterra do dezenove. Entre duas reflexões, a gente encaixa um lovezinho. Chuvinha cacete nessa Dull Old London, dia sim, dia também. Me escreve, relapso! Beijos elípticos in your lips. Lígia". Marisa: "Ando transando o Chico só de vez em quando. Meu amor por ele começa a entrar numa fase preguiçosa. Tudo mais calmo in my heart. O país tá na merda. Recessão. Par contre, eu estou mais ou menos feliz. Só volto pra Paris em novembro. Portanto, teremos pelo menos um mês aqui em Sampa, quando você voltar, pra botar nossos assuntos em dia. Beijoca doce. Marisa". Instituto: "Ilmo. sr. Ricardo de Mello, venho informá-lo, na qualidade de diretor-adjunto de Relações Humanas do IPASP (Instituto de Pesquisas Aplicadas ao Setor Público de São Paulo), que, em vista de sua defecção do curso de/". Pronto, voilà, deu merda: tô despedido, no olho cego da rua. Quod erat demonstrandum. A formiga e a cigarra nº 2. Que tédio. Ficaram sabendo em São Paulo que eu não fiz nada em Paris. Será que sabem também que eu ando feliz? Mais um brasileiro que perde o emprego na periferia do capitalismo. A diferença é que recebo a notícia quando ainda me acho fisicamente no centro do dito capitalismo. Então, foda-se. Dentro em breve bye-bye brisa vespertina no cais da ilha de St. Louis, madrugadas peripatéticas e embriagadas, as mulheres que passam na frente dos cafés, cinematecas, fliperamas e aperitivos, poesia sob o sol brando dos jardins. Bye, bye, seu dândi da porra. Vamo lá, vamos entrar nesse boeing, romance debaixo do braço, otimismo arrepiado, o que piar eu traço. Tive um sonho lúrido-lúgubre outro dia e acordei berrando: Manhê!!! Cada vez menos palavras, cada vez mais frases. Olhar. Cochilar na rede com a brisa bolindo nos pelos do peito. Abrir o olho e constatar que a noite baixou. Assobiar um velho sambinha com os lábios molhados de espuma de cerveja. Nos olhos das mulheres mais lindas Narciso se vê refletido; por isso a beleza não o devora. Coxa na coxa, dançar um bolero de pilequinho. Espreguiçar, coçar longamente as costas até onde chegar a mão. Peidar num canto da festa. Esvaziar os copos, encher as amizades. Se eu tivesse mãos tão belas quanto as de Marisa seria um grande pianista; bastava descansar as mãos sobre o teclado e sair dando contraponto sem nó numa fuga do Bach. Trinta anos e um romance dentro de um saco plástico da FNAC do Halles. Tecnoburocrata é palavra que evoca pelo encravado no cu. "Doutor, o que é essa inflamação no meu rabo?" — "É um tecnoburocrata anal que se instalou aí. Teremos que extirpá-lo cirurgicamente." A menina vesga e belíssima dentro do ônibus. Um rosto com duas caras, como num quadro cubista. Me olha ou não me olha? Qual das retinas me retém? Os estrábicos aprendem a casar as imagens, o que eu acho uma grande besteira. Acho uma vantagem ter sempre duas alternativas de realidade pra escolher. O epifenômeno? É o fenômeno de pifão. Saudades daquelas eternas cinco horas da tarde, a hora das marquesas. Azeitona, fabuloso contrabaixista da noite paulistana, cochichou no ouvido da Veralice, na mesa do Baiúca, certa madrugada: "A melhor hora da noite é dez pra uma". E não é? Cosí é si vi pare, ou seja, pode crer, bicho. Literatura, a volúpia de mentir por escrito. Exemplo:

R..., finalmente, enche o pulmão de coragem e diz:

— É o seguinte, M..., eu acho... eu acho... que te amo pra caralho!

M... alça o copo vazio na altura do olho direito, fecha o esquerdo, enfoca a luz do abajur. Em seguida, faz um giro pela sala com sua câmara-copo, enquadrando quadros, poltronas, almofadas, armário, porta, mesa com o resto do jantar e a cara ansiosa de R... Aí ela para. Abre o olho esquerdo e responde, calma:

— Eu também.

Literatritura — o atrito das letras com o real. Os brasileiros são cruéis na ternura, eufóricos na melancolia, enérgicos na preguiça. Encher linguiça. Juliá mudou de psicanalista no dia que flagrou debaixo da poltrona da sua doutora um novelo de lã e duas agulhas de tricô. Exame de sangue obrigatório, logo que cheguei a Paris, há um ano e meio. Medo que detectassem os álcoois, canabinoides e alcaloides que passeavam pelo meu sangue devido às visitas ao Jacquô. Mas eles só queriam saber se eu tinha sífilis, malária e hepatite, incômodos de que até agora não padeci. A mulher falando sozinha na plataforma da gare d'Austerlitz, com o jornal aberto diante dos olhos. Manchete: Jean-Paul Sartre est mort. Sartrei de banda, puxei a navalha e disse: pula má consciência! Franq deve estar desesperado: seu ídolo máximo do engajamento político morreu. Próxima atração: Sampa. Visões paulistanas de quase dois anos atrás: terça-feira de carnaval, rua Pinheiros, grossos pingos da chuva de verão começando a cair na tarde asfaltada. Meu fusca e eu pela rua quase vazia. Uma velha preta, nua, gorda, com os enormes peitos enlouquecidos, correndo pelo meio da pista, na contramão. Sugestão do Franq, jogando fliper no café da rue des Boulangers: e se a gente fingisse que o Brasil não existe? Yes, sir, a vida é bela. Contamos com as forças vivas e desabutinadas da nação. Mistérios banais: os quatro isqueiros de plástico preto que surgiram um dia no bolso esquerdo do meu paletó. Aquela noite na casa da Syl, quando o cabeleireiro gay amigo dela, o Arnaldo, me chamou pra perto de si e me solicitou, com ar de interesse científico:

— Com licença. Posso checar suas breubas?

— Quê!?

— Breubas. Vem cá que eu te mostro.

Me mandou abrir as pernas na frente dele e me apalpou a virilha esquerda, logo abaixo do saco. Comunicou:

— Era como eu supunha: as breubas dos brasileiros ficam na frente, enquanto que as dos europeus ficam atrás.

Jamais soube ao certo o que são as breubas. Sei é que ficam nas redondezas da genitália. Frases dispensáveis que vou riscar do noutbuq: "Aquela errância pelas ruas na madruga, aquela cópula com a cidade". És um bacharel, ó de Mello, vivia repetindo o Chico.

Amigo contando caso:
ela não tava
fiz a mala
desci de elevador
chovia
fui pra esquina pegar um táxi
depois de meia hora
entrei num fusca amarelo
disse o endereço pro chofer
e dei no pé

Você acha que poesia brota em árvore, meu amigo? Sem condição de papo com a humanidade de plantão; muito pentelho na jogada. Amar uma mulher como só outra mulher saberia amar. Atacar de lésbico, como Baudelaire, e ainda por cima dar uma lustradinha no capacete, se a parceira não tiver nada contra no momento. Love comes with silent feet (a antologia pocket da Emily Dickinson que eu ganhei da Lígia não sai do meu bolso). Bico de peito, calcanhar, grelo, cotovelo: tudo é sublime no corpo da mulher amada. Até aquele pentelho que enrosca no dente e faz cosquinha na gengiva da gente depois dum bom chupão na xota da mina. Lica me contando outro dia: "Minha infância em Niterói foi superlegal. Roubava manga no quintal do vizinho, tomava tiro de sal na bunda. Tenho marca até hoje. Depois mudamos pro Rio. Entre a minha primeira menstruação em Copacabana e o primeiro Mandrax no Leblon, a vida foi um saco. Puta tédio adolescente num 14º andar na Barata Ribeiro". No parque de Montpellier, um velho árabe de gorrinho rendado na cabeça lava a dentadura na água estagnada do tanque redondo onde nem pato quer saber de botar o trololó. A seu lado,

a mala de couro amarrada com barbante, como se fosse retirante nordestino. Tem retirante nordestino no mundo todo. E a
má -consciência também é um fenômeno internacional. Ser feliz
na rua, eis a questão. O inesperado beijo na boca daquela garota
no bar do boulevard St.-Michel só porque eu lhe dei um charo
0 km, recém-apertado, de presente. Lica confessando: "Já amei um
cafajeste. Mais de um, aliás". É preciso não deixar o dr. Mabuse
mergulhar o mundo num abismo de terror. O dia que eu comecei a ler Tonio Kröger no metrô. A novelinha de Thomas Mann
começa com uma criançada saindo em bando da escola, numa
tarde de inverno. Por coincidência, o trem para em Jussieu e
uma matilha escolar de moleques de sete a nove anos entra fazendo o maior esporro no mesmo vagão em que estou. Thomas
Mann descreve e eu vejo a molecada; continuidade dos parques,
diria o Cortázar. A descrição da cena, no livro, detalha a neve, o
céu cinza e pesado, o vento gelado fazendo vergar os pinheiros,
o grande relógio da escola, o portão de ferro. Eu não preciso de
frases lineares impressas no papel para perceber o que estou
vendo agora. Me lembro do Godard dizendo que desistiu de ser
escritor no dia em que precisou descrever a seguinte cena: um
trem chegando na estação às cinco da tarde, com chuva. Como
determinar a boa hierarquia na descrição? Trem-estação-
-hora-chuva? Ou estação-chuva-trem-hora? Ou chuva-hora-
-trem-estação? Ou qualquer uma das tantas combinações que
isso dá. Único jeito de resolver esse problema narrativo: fincar
uma câmara de cinema na plataforma da estação e filmar o instante completo: o trem que chega à estação debaixo da chuva e
um relógio que marca as cinco horas na plataforma. Foi aí que o
Jean-Luc decidiu virar cineasta. Enquanto afundava minha cabeça em tais e quais sacações, o trem parou em Châtelet e a
penca de crianças desceu berrando do vagão, pastoreada por um
casal de professores. Saquei então minha grande marcação: em
vez de viver a realidade de estar ali com vinte crianças francesas,
me deixei enveredar pela ponte que o acaso estendera entre o

Tonio Kröger e o vagão do metrô, mergulhando na velha e batida questão das limitações sensoriais da descrição literária frente à colossal força narrativa do cinema, e o caralhaquatro. Transformei a visão concreta e verdadeira dos kids à minha frente em mero referencial simbólico para construir um conceito. Refugiei-me num ensaísmo mental delirante, anotando com a Reynolds no meu caderninho alguns núcleos de ideias. Só por um instante levantei os olhos do papel pra topar com uma carinha de guria que me olhava fixo. Lindinha, a guria. Pisquei pra ela, que não piscou pra mim. Logo voltei aos meus rabiscos. Gil: "Ele disse abre o olho/ caiu aquela gota de colírio/ eu vi o espelho/ eu perguntei como era o mundo/ ele disse abre o olho". Trocar a Reynolds e o notebook por uma super-8. O que interessa em qualquer arte é o que eu estou dizendo, o que você não está ouvindo; e o que você está ouvindo, que eu nem sei que estou pensando. Aquele carinha de oclinhos redondos de míope esperto que eu encontrei na casa do Zé Lino, certa noite. Um francesinho totalmente pirex. Segurava um livro mais grosso que lista telefônica, que ele tinha acabado de escrever, segundo me explicou. Chama-se *L'eau*. "A água." Peguei pra ver. Tinha quase mil páginas datilografadas de alto a baixo com a palavra *l'eau*. Falô.

— Como você se sente quando está dentro de uma mulher?

— Terrivelmente só. Sozinho até os ossos. Solidão absoluta.

(Diálogo entre os dois amigos recentes, no *Fio do tempo*, do Wenders.)

Ricardo encurrala o ratinho num canto do banheiro, agarra o bicho com cuidado pra não machucá-lo, segura-o pela ponta do rabinho, solta-o sobre a privada, o rato cai glub, afunda, volta à tona cheio de agonia nos movimentos, até que a descarga leva seu desespero cano abaixo. Sorriso insano de vitória na cara de Ricardo. Chega mais meu coração. Quarto de escritor, oficina da solidão. "Cá entre nós...": essa fórmula inicia todas as fofocas da república.

Michel me conta que viu em Bruxelas uma estátua intitulada Le pet. O Peido. Fantástico, finalmente o peido recebe sua justa homenagem dos poderes públicos. Quantas coisas o *Tesouro da Juventude* nos calou. Romance sempre há de pintar por aí. O voyeur é um cineasta de ficção ou um documentarista? Se a gente lesse com mais atenção literatura de para-choque de caminhão evitaria muita desilusão na vida. Acordo em Barcelona com a nudez rija de Elisa ao meu lado. Ela me beija a fundo perdido. Invoco o espírito de García Lorca e arrisco uns versinhos de improviso:

— Tus sueños por la cena, tus besos por desayuno.

Minha espanholita catalānarquista acolhe minha cabeça entre seus peitos e me aclama:

— Para mi felicidad es muy mejor amante que poeta, Ricardito.

Não é verdade, mas vou me esforçar agora para que não seja totalmente mentira. E foi o que fiz. Na sequência, ela partiu pra València. Achei que não ia mais vê-la, mas quando voltou, três dias depois, eu ainda estava em Barcelona, acampado na casa dela, aliás. Passamos mais um dia juntos, e daí foi a minha vez de ir pra estação. Ela foi comigo. Mulher é um bicho tão mais generoso que até dá raiva. Antes que o movimento do trem fizesse Elisa encolher e sumir na plataforma, ainda tive tempo de gritar pelo janelão hermeticamente fechado do vagão:

— E la vida, Elisa?

— Bale! — ela me respondeu, com um aceno largo, um sorriso amargo e os olhos boiando em lágrimas.

Babies brasileiras: jeans Saint-Tropez, cintura baixa alinhada com o púbis. Peitinhos em liberdade debaixo da camiseta. Havaianas, nenhuma maquilagem. Cabelos desgovernados, olhar safado. O sol não adivinha, baby é magrelinha. Voo 861 Paris—Nova York—São Paulo, ressaca heroínica da festa de despedida chez Jacques & Lica, nuvens, nuvens, muito vômito no saquinho, a aeromoça francesa linda, mas puta comigo, que eu não devia ter embarcado naquele estado, foda-se a aeromoça linda, ano 1 dos meus trintinha, sorriso paletizado das outras aeromoças, bola no banheiro do avião pra ver se o enjoo me-lhora, soprando a fumaça com a boca colada no respiradouro do teto, três poltronas juntas, na janela um executivo, como na ida; eu na poltrona do corredor, o meio vazio, a baby perfumada queimada de sol pardon excusez-moi senta-se bem ali, no meio, à cotê de moi, não é possível, uau!, eu que sempre caio com ne-gociantes, padres, viúvas inconsoláveis, velhas carregadas de pacotes e histórias pra boi dormir, agora terei por companhia esta supergatinha com uma sacola cheia de discos fasten seat belt diz o luminoso as turbinas roncam ela me pergunta vous êtes français? esse sotaque não me engana, paulistinha linda, será que é?, não vou conseguir engrenar papo com ninguém agora, nem se fosse a Margot Hemingway pelada querendo dar pra mim, cabeça feita, pé no medo, respiro, suspiro, tomo fôlego, viajar no ar, voar.

ABACAXI

pra Ritinha K.
e também pra Maria Emília,
Rui e Úrsula

When I woke up this mornin'
Boys I was gone
New York Dolls

Enquanto isso, em Nova York...

Pega bem um capítulo nova-iorquino num romance brasileiro. Conheço gente que mora ou morou em Nova York. Quem não conhece? O carinha que vende mentex na esquina talvez não conheça. Mas esse personagem não conta. Agora, a cara dele aparece enquadrada pela janela do motorista. Deve ter uns doze anos, o moleque. Segura uma caixa de papelão fino cheia de caixinhas amarelas de mentex. O fusca vermelho parou no farol da Estados Unidos c/ Rebouças e foi logo abordado pelo moleque do mentex:

— Hei, mister, how about a pack of mentex?

O personagem na direção do fusca vermelho desbotado sacode um não de cabeça, sem olhar pro moleque, olhos fixos no farol vermelho quatro carros à frente. O personagem na direção do fusca aguarda impaciente que o farol verdeje. O garoto insiste:

— It's only five hundred bucks each, mister. Three will cost you only one thousand. Three for one thousand, for you mister.

— Não, brigado — responde o personagem na direção, dando olhadas de quina pro garoto. O farol ainda está vermelho, mas o personagem na direção engrena a primeira e dá uns cutucões nervosos no acelerador. O garoto não desgruda:

— O, c'mon, mister, I didn't sell a single mentex all day. My mother is very sick, my father just died, my brothers and sisters are very hungry. Please, mister, won't you help me? I'll make it four hundred a pack for you, ok? Ok? Ok?

O moleque joga uma caixinha de mentex no colo do motorista, que a devolve no ato:

— Escuta, eu não quero esse troço. Tô sem troco. Fica pra próxima, tá?

— It's no problem, mister, I can change your money.

O personagem na direção perde a paciência:

— Já te falei que eu não quero ESSA PORRA DESSE MENTEX! TÁ ME OUVINDO?

O moleque do mentex não acreditaria mas quinhentos paus é tudo que o personagem na direção tem na carteira. O farol fica amarelo, os carros engrenam, o moleque encara com ódio o personagem na direção do fusca vermelho, os motores roncam, os primeiros carros da fila começam a rodar. Na camiseta do moleque do mentex a palavra FAME vibra em lilás contra fundo azul; jeans estropiado, tênis imundo, e na mão esquerda a caixa de papelão com os mentex. O moleque rosna:

— Alright, mister! THANK YOU! I wonder why don't you stick your dirty fucking money UP YOUR ASS! You motherfucker!

É puro ódio na cara do moleque. O personagem na direção sobe a janela e trava a porta. Os carros na sua frente avançam com muito vagar; nervoso, ele quase para-choca o carro da frente. O moleque do mentex acompanha o fusca, xingando o personagem na direção. O garoto parece que envelheceu dez anos, agora que abandonou a expressão de querubim suplicante. As caixinhas de mentex vibram dentro da caixa de papelão feito guizo de cascavel. O personagem da direção disfarça o medo numa indiferença amarela. Se vê que da cabeleira à sola do tênis ele é todo um só desejo: zarpar dali o mais rápido possível. O moleque encosta o cano-dedo do revólver-mão no vidro da janela do fusca e aciona várias vezes o percussor-dedão.

Fosse um berro de verdade... — pensa num calafrio o carinha ao volante.

O comboio de carros demora séculos pra cruzar a Rebouças. Quando chega a sua vez, já com o farol amarelo, o motorista vê pelo retrovisor o moleque do mentex ruminando xingamentos e armando a rosca de dedos com veemência: Fuck you! Enquanto isso, a tarde, como era seu costume sempre que o trânsito começava a encrespar na cidade, morria.

Mas, por que diabo todo mundo aqui quer ir pra Nova York? Um amigo meu vive dizendo: "Mil vezes a decadência de Nova York ao apogeu de Campo Grande". As pessoas riem dessa frase. Os bois que pastam nas fazendas de Mato Grosso do Sul pouco ou nada têm a dizer sobre isso. No entanto, os fazendeiros de Campo Grande saboreiam steaks au poivre nos restaurantes franceses de Nova York e se consideram cidadãos do mundo. O boi que mastigam talvez estivesse, meses antes, comendo capim na fazenda deles, a milhares de milhas ao sul de Nova York. Os bois pastam, sob sol e chuva, noite e dia. "Night and day, you are the one, only you beneath the moon and under the sun..." Um dos bois cantarola essa canção, entre dois bocados de capim-gordura, para a sua vaca que pasta ao lado. Ele nem imagina que dali a um mês poderá estar em Nova York se desfazendo macio nos dentes rijos e sanguinolentos do fazendeiro e sua senhora ou amante. E não sabe que o apogeu de Campo Grande e a cintilante decadência de Nova York são uma única e mesma coisa. Os uníssonos das jazz bands americanas provocam um arrepio ondulante nos pastos mato-grossenses.

"Tô pensando em ir morar em Nova York ano que vem" é frase muito ouvida por aí. Todo mundo quer ir pra Nova York no ano que vem. Menos eu e meu bem. A gente vai pra Campo Grande de trem. (Eu, hein...) Até o carinha do mentex anda pen-

225

sando em ir pra Nova York no ano que vem. Dava pra ler isso na camiseta dele, enquanto filhadaputeava o personagem na direção do fusca vermelho. Quando todos tiverem ido pra Nova York, no ano que vem, ou daqui a dois anos no máximo, alguém vai botar uma placa nas portas fechadas de São Paulo: "Mudamos pra Nova York. Favor encaminhar correspondência pro consulado dos Estados Unidos em Campo Grande". Os poucos infelizes que não conseguirem mudar pra Nova York a tempo serão removidos pra Campo Grande. Lá passarão o resto da vida observando os bois no pasto e ruminando o desejo de estar em Nova York. "É bosta de vida", resmungarão, vendo o gado saudável defecar na paisagem.

Sempre que o assunto é Nova York e alguém me pergunta "Cê conhece Nova York?", eu respondo, no tom mais neutro possível, que eu já estive uma vez em Nova York. A pessoa então faz "Ah é?" me olhando incrédula, pensando "Como é que esse zé-mané, de tênis sujo, jeans demodê e camiseta furada pode já ter botado os pés em Nova York?". Ninguém pede detalhes da minha viagem a Nova York, julgando talvez me poupar o trabalho de mentir. Eu mesmo chego a duvidar de que já estive de fato em Nova York. Como pode conhecer Nova York quem muitas vezes não tem dinheiro prum reles chope no bar da esquina? It doesn't make any sense. Só que, salvo lapso ficcional ou etílico, eu já estive no duro em Nova York. Cheguei lá bêbado, ou melhor, oco de ressaca, e passei uns dez dias flutuando ao sabor de variadas drogarias na ilha nababa. No fim, sempre de barato, tomei um avião e voltei pra São Paulo, de onde tinha decolado pra França havia dois anos.

Minha lembrança de Nova York é um outdoor cubista de luzes, caras, copos, garrafas, belas mulheres, táxis amarelos, charos, pó, crioulões-em-flor, vitrines sedutoras, mercadorias cintilantes, prédios gigantescos de botar complexo de pau pequeno em São Paulo, mulheres, ruas retas numeradas e sem fim, mulheres, ruas, mulheres, ruas... Minto? Mito? Sei lá. Também não sei se gostei ou não de Nova York. Acho que sim, ou lembraria que não. Quando cheguei lá voltava de uma Paris feliz onde bundara avec Frédéric e escrevera um livreco à toa nos dois anos surrupiados ao tempo careta, graças a uma bolsa de estudos. Meti a mão na bolsa, chutei os estudos e, em vez de tese, teci um texto tóxico-tarado sobre o nada quase absoluto. Pra arrematar, resolvi voltar ao Brasil pelo atalho nova-iorquino, queimando uma raspa de grana que sobrara da bolsa.

Uma grande amiga minha de Paris tinha uma prima que morava em Nova York. A tipa trabalhava na sucursal americana de uma trade company brasileira, era divorciada e morava há quase dez anos nos States. Syl telefonou pra tal prima de Nova York me descolando hospedagem. A prima, segundo Syl, era business woman durante o dia e lobiswoman depois do expediente. Judia, inteligente, culta, cosmopolita, maluca, agitava todas e mais algumas. Tinha quarenta e dois anos. Um detalhe: a prima se recuperava de uma operação "de senhoras". Perguntei pra Syl: "Sua prima tirou um peitinho?". Syl respondeu: "Um ovário". Isso me tranquilizou. Pensei: um ovário, hoje em dia, não faz tanta falta; não sei direito onde fica, nem pra que serve e, se não me engano, elas têm mais dois ou três de reserva, de modo que...

Armaram um bota-fora memorável em Paris pra mim. Copos, canudos, charos. Até seringa tinha. Zorra pesada. No dia seguinte, eu tinha ânsia de vômito cada vez que piscava. Precisava estar no aeroporto às onze da manhã. Syl, que amanhecera pelada de mão no bolso no meu studiô, foi quem arrumou minhas coisas no bag de nylon e me rebocou de táxi até Charles De Gaulle. Na poltrona do DC-10 sentamos, na mesma poltrona, eu e a pior ressaca da minha vida, espécie de cômputo geral dos porres e junkerias parisienses. Trazia umas trezentas laudas de romance num saco plástico. Em pleno voo, depois de encher vários saquinhos de vômito ("O senhor deveria ter adiado a viagem, monsieur", bronqueou a linda aeromoça da Air

France) e de engolir litros de água mineral, rabisquei a bic as últimas linhas do meu romance, desconfiando que iria jogá-las no lixo na primeira oportunidade:

"No alto da torre Eiffel, ele se preparava para embarcar no Zepelim que o traria de volta a São Paulo. A representante da Associação Das Mulheres Que Ele Infelizmente Não Comeu Em Paris ofereceu-lhe um felatio de despedida, ao som da Marselhesa, enquanto a tripulação do Zepelim, perfilada na plataforma, batia continência coa mão esquerda e punheta ou siririca coa direita. Foi tocante, trepidante, esporrante. Ricardinho gozou na boca da representante da ADMQEINCEP com os olhos rasos d'água. Já a bordo do Zepelim, enquanto enrabava uma zep-girl (cortesia da primeira classe), o herói devolvido declarou suspiroso: 'Tchau vida boa...'."

Nova York, agosto de 1980. Verão lascado. O policial da imigração carimbou quinze dias no meu passaporte, depois de me interrogar com maus bofes sobre o que eu ia fazer nos States, o que tinha feito em Paris, quem eu conhecia em Nova York, se eu tinha passagem de volta pro Brasil. Me olhava de alto a baixo como se avaliasse a chance de eu estar ali para matar o presidente. Ou estuprar a estátua da liberdade. Ou envenenar todos os hamburguers da América.

O crioulão do táxi que me levou do aeroporto pra Manhattan reluzia de suor. Mantendo contato visual comigo pelo retrovisor, perguntou se eu era afins de "weed, coke, H, anything". Afins eu sempre era, claro, mas não ia dar bandeira pra ele. Quer dizer, não mais do que eu já tinha dado a ponto de suscitar essa perguntinha da parte dele. Eu entendia só 37,53% do que o negão dizia. O inglês era um chiclé naquela boca beiçuda. Véspera de eleições presidenciais e o cara com medo que o Reagan ganhasse. "It ain't going to be easy for us, black people", suspirou. Eu só falava: "Sure, sure, sure"; e o crioulão: "Shit, shit, shit". Lá estava eu na matriz. A paisagem pela janela do táxi me parecia estranhamente familiar. Já tinha visto aquele filme. Já tinha mesmo trabalhado naquele filme, ou melhor, numa versão barateada dele filmada em São Paulo mesmo.

Rua 59, nº 4.567. Puta prédio: 35 andares de puro luxo. Sheyla's home. Sheyla era a tal prima da Syl, minha superamiga brasileira de Paris. O negão do táxi disse o preço da corrida: doze dólares. Apresentei-lhe uma nota de cinquenta, ele resmungou: "ain't got no change, man", ficou puto, "what a shit", que eu me virasse pra trocar a nota, e rápido, que ele não tinha tempo a perder. Saí do carro, fucei bolsos e bagagem à cata de uns trocados. Peguei uma maçaroca de francos misturados com dólares, achei uma nota de vinte. Vinte era mais fácil de trocar que cinquenta. Perguntei a ele: "Cê troca vinte?". Ele disse "oh, sure", abriu um largo sorriso, pegou a nota, disse: "Alright", engrenou a caranga e se mandou, me deixando plantado na porta do prédio, com cara de otário. Vê se pode: crioulo pobre de país rico passando a perna em branquelo classe média de país pobre. Alright, eu disse. Dinheiro vai, dinheiro vem. No meu caso mais vai que vem, but it's alright, it's alright negão, falô, tá limpo, boa sorte. E vamos lá conhecer Sheyla-menos-um-ovário. Eu tinha um pau, duas bolas ansiosas no saco e um coração cheio de espaço pra todo amor que eu conseguisse descolar da humanidade com buceta, mesmo faltando um ovário. Acho que um pau de tamanho médio nem chega lá, de todo jeito.

Apertei a campainha do 253, 25th floor. Nada. Reparei de relance numa espécie de escultura ou vaso de porcelana com umas flores malucas que montava guarda ao lado da porta. Apertei de novo. Nada. Conferi o endereço. Certo. E nem podia estar errado: o porteiro tinha me anunciado pelo interfone e alguém franqueara minha subida. Vai ver, ela tá me espiando através de uma câmera oculta de tv, pensei, e decidiu que eu não valho a pena. Deve ter reparado no bolso descosturado do meu jeans, sem contar a sola de látex do meu sapato brasileiro que desgrudou do bico e boceja quando eu ando. Do cabelo aos borzeguins eu andava todo desfocado. Nada na moda. Roupas velhas, cabelo muito comprido pro gosto da época. Pelo menos a barba eu já tinha raspado em Paris. Ok, baby, open the fucking door, no bolso da bunda do jeans eu tenho mil e quinhentos dólares, falô? Pô, mil e quinhentos dólares não é nenhuma fortuna, mas já é o bastante pra você pelo menos me abrir essa porta. Eu ia apertar pela terceira vez a campainha quando a porta se abriu. Um carinha. Perguntou em brasileiro se eu era eu. Aperto de mão. Era magrelo, mais baixo que médio, testa riscada de cicatrizes. Deve ter enfiado a cara num para-brisa, imaginei. Me disse: "A Sheyla tá te esperando. Entra aí".

Educado e frio, o carinha. Larguei meu bag de nylon na sala e fui atrás dele por um corredor curto e estreito que desembocava num quarto. Ao cruzar o batente da porta, fui saudado com um tiro de champanhe seguido do alarde carnavalesco de duas mulheres. A mais efusiva vestia um mini-peignoir cor-de-rosa com laço da mesma cor no peito. Era Sheyla. De joelhos na cama, ela erguia uma garrafa de champanhe babando espuma. Me ajoelhei nos lençóis de cetim branco para abraçar Sheyla e ser carimbado nas bochechas e lábios pelo seu batom roxo-faiscante. Me apresentou à outra mulher, bem mais jovem que ela: Sandra, moreninha, beijos perfumados. Não era possível: endereço, data, nome, tudo batia, mas era outro que deveria estar ali, um sósia homônimo, não eu. Era muita sorte. E que boa bisca era aquela Sheyla, como diria minha tia Maria Pia. Ruiva fogaréu, pele azul de tão branca. Me estendeu uma flute de champanhe e eu foquei os peitos dela, dois animais irrequietos dentro do peignoir mal-apanhado na frente pelo laço cor-de-rosa. O cheiro da bebida me deu engulhos; mas não ficava nem bem recusar a champanhota comemorativa da minha chegada. Entreguei a ressaca e o destino ao bom God e mandei ver. Não é tão difícil obrigar o estômago a segurar champanhe francês. Lá pelas tantas, Sheyla disse que eu parecia galã de fotonovela italiana. Retribuí o elogio comparando-a a Luz Del Fuego no auge do vaudeville brasileiro — ambas sobejavam de seda, cetim e volúpias. Inda mais com esse nome de travesti: Sheyla, A Sugadora Implacável. Daí, perguntei se a sucuri estava debaixo da cama. Vedetes brasileiras sempre cobrem a nudez com sucuris. Ela gargalhou sacudindo muito as mamas fofas. Biscatão, pensei, fruta fêmea passando do ponto. Uns dez anos antes devia ter sido estupenda. Coxas pesadas, suculentas, a despeito da celulite, pés perfeitamente pedicurados. What a bitch. Em vinte minutos estávamos velhos amigos. Me sentia bem ali, diante da calcinha preta de Sheyla. Ela sublinhava suas observações galhofeiras com a mão que segurava a flute e um long-size entre dedos de ouro e diamantes. De vez em quando, ajeitava o cabelo e o peignoir no espelho da penteadeira atulhada de frascos e bibelôs, que ficava em frente à cama.

Sandra, a morena, era um tesão mignon, modelada por um vestido preto cujo tecido dava a impressão de estar sempre molhado, com um rasgo lateral que oferecia uma generosa fatia de coxa morena, roliça e rija. Meus dentes se afiaram de puro instinto canibal. Seu corpo se arredondava nos lugares certos. Baixinha gostosa, Sônia Braga style. Uma cabeleira preta, ondulada e brilhante, lhe escorria farta nos ombros. Gado de raça. Supus que fosse transa do carinha da porta. Estávamos os três sentados na cama. Eu tentava concentrar minha atenção em Sheyla, que, afinal, seria minha hospedeira. Mas os olhos espertos da morena não paravam de raptar os meus. Falamos de São Paulo — as duas eram de lá —, de Paris, Nova York, do mundo e arredores. Papo de multicidadãos. Eu disse pra elas que o meu primeiro travelling por NY, do aeroporto até ali, tinha me deixado com a sensação de estar de botina, carça cotó e pito da páia — jeca total. Me sentia uma partícula de caspa no sopé da pirâmide dourada. E olha que eu vinha de dois anos em Paris, que não é exatamente Botucatu. Eu estava pasmo, disse às duas, pasmo. Não tão pasmo quanto dizia, porém; era só o velho truque de hipervalorizar o reino alheio para ser bem recebido pelos súditos de ego inflado. Eu soltava porras admirativos o tempo todo. "Porra, Nova York é uma horta de nabos eretos", eu disse, me referindo àquela insana concentração de arranha-céus estratosféricos. Elas se desmanchavam em gargalhadas com as minhas tiradas, que iam melhorando de nível à medida que as borbulhas do champanhe iam massageando meus neurônios entorpecidos. Fazer as mulheres rirem é meio caminho andado pra entrar na vida delas. Brindamos, então, os três, à horta de nabos. Luxo e galhofa. Êta nóis...

O carinha que me abrira a porta apareceu no quarto. Tinha ficado na sala ouvindo som, um r&b qualquer que eu não identificava, me largando às moças. Melhor que ser largado às moscas, convenhamos. Eu não sabia que apito ele tocava no pedaço. Só falou "vamos?" pra morena, seco. Não olhou pra mais ninguém. Sandra respondeu "já-já", num tom impaciente. Discreto bang-bang de casal. O cara virou as costas e voltou pra sala. Sandra e Sheyla trocaram olhares. Sheyla, num gesto, incitou a outra a dar de ombros, e sussurrou: "Não vale a pena esquentar com mau humor de bofe". A conversa logo retomou o pique. Eu continuava fraseando adoidado. O efeito mais notável das minhas frases faroleiras era sacudir aqueles quatro peitos pra regalo do meu olhar. O subtexto da situação era o seguinte: Sheyla augurava me devorar ao molho de champanhe. Eu cobiçava a baixinha de vestido molhado e torcia pro carinha da sala se jogar pela janela. As abobrinhas rolavam soltas no cetim. Fiquei sabendo, no correr do papo, que Sandra era Piperini, tradicional família cafeeira do norte do Paraná, criada em São Paulo até entrar na faculdade. Logo no primeiro ano de Comunicações, porém, alçou voo pelo mundo num tapete de dólares mágicos. Senti a flor roxa da inveja desabrochar dentro de mim. Grana fácil de família é o combustível ideal pro ócio criativo. Rico, eu financiaria uma fundação sem sede nem estatutos pra sustentar os amigos vagabundos. Punha a vida da moçada na conta de um destino mais ameno. Mas, como heranças, trabalho e loterias não me acenaram nunca com fortunas, o jeito era casar de juiz e cardeal com alguma mamífera miliardária. A merda é que a minha fisiologia é burra: só a minha cobiça se alevanta à vista de dinheiro, meu pau necas. Solução: encontrar a miliardária tesuda, a miliardária apaixonante e apaixonada por mim. Até aquele instante eu nunca topara com semelhante animal. Ricaças, só bagulhos, pentelhas ou divas inacessíveis.

Bom, até ali, o único defeito de Sandra estava na sua risada que mostrava gengiva demais. Cada risada era um stripitise de gengivas. Figurei minha língua roçando naquelas gengivas molhadas. O que não figuraria, então, o dentista da mina?

Pelo janelão do quarto se via um slide nova-iorquino: cumes de arranha-céus, outdoors, luminosos apagados e um céu com tráfego pesado de aviões e helicópteros. Alucinei os anjos d'El Greco sendo atropelados sem piedade naquele céu atravancado. Então, Sheyla pediu pra Sandra apanhar mais champanhe na geladeira. Meio encoberto pela voz estridente de Sheyla, ouvi um bate-boca na sala entre o carinha e a morena. Daí, Sandra voltou pro boudoir de cetim trazendo uma Taittinger suada de frio. Enquanto eu desprendia o arame do gargalo, ela comunicou: "O Fábio foi embora. Saco que os homens são, viu". Concordei que os homens são mesmo um puta saco. Concordaria com qualquer coisa àquela altura. As bolhas de champanhe já me anestesiavam a ressaca. Eu entrava de novo em bliss alcoólico. Aí, Sheyla me pediu pra enrolar um charo, "fumo colombiano, de primeira; duvido que tenha igual em Paris", ela disse. Eu, ali, tratado a pão de ló pelas donas endinheiradas do meu país, pensei cá comigo que o único setor interessante da burguesia era aquele, bebunado, pirado, amoral, levando a vida a dissipar capital na boemia e na libertinagem. Crazy granfas. Desembrulhei essa tese, uma vez, pro Rodrigues, meu comunista predileto. Ele tem cinquenta e poucos anos e queima fumo há trinta. Queima e passa uma boa erva, aliás. Depois de um largo gole de cerveja na Panificadora, Bar e Lanches Real Grandeza ("Real Dureza", como ele a chamava), em Pinheiros, ele declarou à praça que eu, ao "fazer essa colocação", hasteava a bandeira do meu incurável "arrivismo pequeno-burguesoide". Onde já se viu desculpar um segmento da classe opressora só pelo fato de seus integrantes serem bêbados, drogados e sexualmente destrambelhados? "Absurdo, Ricardinho. Ninguém foge às determinações de crasse, meu chapa. Crasse é crasse", disse ele, ao que o portuga dono da padá, de botuca na conversa, concordou: "Possa crer, amigo, classe é classe, vem de berço. Um gajo com classe não dá pinga pro santo nem cospe no chão". O Rodrigues, como sempre, se pôs a tirar um sarro do portuga e o papo morreu por ali. Agora, porém, suspenso no ar de Nova York, me veio a réplica que eu não dei ao comunistão na hora: Ok, Rodrigues, crasse é crasse, mas me diga, com toda a tua sinceridade catimbeira, se você não consegue enxergar uma diferença fundamental, axiológica, entre um fazendeirão do norte do Paraná, de brilhantina no cabelo, bota de cano, relho na mão e revórve na cinta, e essa gatinha gratinada ao sol do ócio, filha ou neta do homem, e que provavelmente nunca viu um dos milhares de boias-frias que catam café a troco de banana nanica nas fazendas da família, lá no cu peludo do terceiro mundo? Fala a verdade.

Rodrigues não falou nada, porque não estava lá, o que, aliás, era ótimo. Continuei a me empapuçar de fumo da Colômbia e champanhe da França. Multinacionalização do engazope. Então, chegaram dois carinhas, um brasuca, outro argentino, amigos e fornecedores de pó da Sheyla. Trouxeram os dois gramas que ela tinha encomendado. Cento e trinta dólares o grama, uns dois ou três salários mínimos brasileiros. Os dois deviam ser um casal, o brasileiro sendo o óbvio polo feminino, se bem que o argentino não era nenhum gaúcho pampero. Jorge (Rór-re) e Paulo eram seus nomes. Jorge despejava um pouco do pó num espelho que jazia na cama. Nisso, um gargarejo eletrônico se fez ouvir debaixo dos lençóis de cetim. Sheyla puxou um walkie-talkie, esticou a antena e "hello?". Era um telefone sem fio. Passou o walkie-talkie pra Sandra: "É pra você". E cochichou: "É o Fábio". Sandra só emitia monossílabos: "Hum, ham, tá, sei, não, é, já?, tá bom...". Desligou e suspirou, enfadada, anunciando que precisava ir embora. Antes, me convidou: "Quer ir ao Metropolitan na quinta ver o *Wozzeck*?". Topei no ato. Um herói cool esbanjaria alguns segundos antes de responder. Mas eu sempre tendi ao précox. *Wozzeck*... Eu ia ter que enfrentar uma ópera alemã, e de vanguarda ainda por cima. Tesão, a quanto me obrigas. Será que o tal do Fábio também ia na ópera? Porra, ópera alemã... Caralho. Eu preferia um bom concerto de rock ou uma fumacenta boate de jazz. Sandra cheirou uma das fileiri-nhas que o argentino tinha acabado de esticar e se mandou, de-pois de me agraciar com dois beijinhos nas bochechas, prome-tendo me telefonar pra combinar a ópera.

Rór-re se vangloriava de ter conhecido Mick Jagger numa festa, ali mesmo na ilha de Manhattan. Acontece que ele era amigo da cabeleireira nova-iorquina do ídolo. Ou seja, eu estava diante de ninguém menos que um amigo da cabeleireira do Mick Jagger. Chocante. Eles não iam acreditar no Brasil. Me deu vontade de dizer pro argentino que eu conhecia uma prima em terceiro grau do Proust, uma senhora, dona de uma livraria em São Paulo; e que um amigo meu tinha visto John Lennon num supermercado em Londres; e que eu tinha encontrado o Cortázar em Paris, um encontro fulgurante e cronopial de quinze minutos com o doce gigante de olhos azuis, que ficou de telefonar quando voltasse da Polônia, para onde estava de par-tida, e nunca mais; e que aos dez anos meu pai me levou pra ver o Gagárin desfilar em carro aberto pela avenida Nove de Julho. O herói russo tinha voltado do cosmos diretamente pra avenida Nove de Julho cercada por milhares de bandeirinhas do Brasil. Mas não disse nada. Fiquei na minha, aspirando o brilho da es-trela longilínea que me era oferecida.

Daí pra frente, não lembro direito de muita coisa. Quer di-zer, lembro mais ou menos de uma coisinha ou outra através das frestas da amnésia alcoólica. Os dez ou doze dias que se seguiram foram de completo empapuço químico. Sheyla começava a sair na rua por aqueles dias, depois da operação. Fazia tudo que era rigorosamente proibido a uma convalescente: fumar, beber, cheirar, sair para longas caminhadas. Às vezes, na rua, parava, se escorava em mim, fechava os olhos, muito pálida, dispneica. Minutos depois, voltavam-lhe as cores e ela tocava o barco, impávida. Um dia, resbundelhou-se em plena Quinta Avenida. Ficou sentada na calçada, boca aberta, branca de morte. Botei ela num daqueles táxis amarelos com faixa xadrez nas laterais e voltamos pra casa. Cama, pílulas, silêncio. Duas horas depois já estava toda sirigaita sugando um charo colombiano. Capeta, a boneca quarentona. Uma coisa era certa: fogo no rabo, numa mulher, não tem nada a ver com o número de ovários no seu ventre.

Naquela primeira noite, Sheyla me apresentou as opções de acomodação no seu quarto & sala de alto luxo: o sofá da sala ou sua cama de cetim. A palavra *cama* saiu-lhe da boca num sorriso malino. Achei mais prudente o sofá, inda mais depois que ela me mostrou, num rasgo de intimidade, seu púbis raspado e tinto de mercúrio cromo, parcialmente coberto por uma tira horizontal de esparadrapo largo, cor da pele. Debaixo devia estar o corte da operação tentando cicatrizar. O sofá, de fato, era cômodo o suficiente, além do que nunca tive a menor vocação pra dr. Kildare. Aquele fogo todo no rabo da Sheyla, confesso, me assustou um pouco. Tava na cara e no púbis raspado que ela precisava trepar para se confirmar em vida e em fêmea. Se o bernadão me aprontasse uma falseta ali eu ia ter que puxar o carro do apê de Sheyla, me virar sozinho naquela zorra de cidade, pagar uma fortuna por um quartinho sórdido numa espelunca submundana, amargar fome, assalto, canivetada, tiro, o diabo. Os meus biógrafos topariam com o meu cadáver no fundo de um beco lazarento, entre latões de lixo abarrotados. No conditions. O sofá da sala iria acolher com toda a maciez de que era capaz minhas pobres células encharcadas de tóxicos contemporâneos, fora os tradicionais.

Não parava de passar gente pelo apê de Sheyla. Festa contínua. Os amigos apareciam com bolos, drogas, chás macrobióticos, livros, flores e papos do além. Uma dona da idade da Sheyla, americanérrima em sua calça acetinada superjusta e um salto alto everestiano, me explicou os princípios da God Dynamics Therapy, espécie de seita paramédica da qual ela era uma therapriest, ou sacerdoterapeuta, empenhada na transformação das pessoas em soulbodies (corp'almas). Sheyla era uma das adeptas desse troço. Tinha o maior respeito por Lorna, a therapriest, e se esforçava ao máximo para se tornar uma soulbody. A God Dynamics Therapy, se eu entendi bem o lance, tentava desentranhar o erotismo oculto em cada célula do corpo humano a golpes de massagens, vibradores, chás e fitas cassete com mensagens para serem ouvidas várias vezes ao dia. Aí, na hora que a pessoa estava em ponto de bala, em vez de se atracar com outro corpo humano, numa trepada trivial, sublimava o tesão num transe místico e "gozava em Deus". Ideal para senhoras e senhores solitários e cronicamente mal-amados, como há milhões no planeta. Lorna tinha aparecido com a filha de dezenove anos e sua amiguinha da mesma idade. As duas faziam o modelito pin-up da Playboy, peitos montanhosos, muita maquiagem, a mesma calça comprida justa e salto alto (talvez fosse um tipo de uniforme aquilo), uma loira, a outra castanho-claro. Eram bonitas e gostosas, mas eu é que não teria culhão para apresentá-las ao Rodrigues lá na Real Dureza, por exemplo. Elas riam muito do meu inglês titubeante e me explicaram mais detalhes da God Dynamics Therapy, que, segundo diziam, não era uma religião, e sim uma "técnica expandida de divinização do corpo" — ETBD (*itibidi*), na sigla em inglês. Não fumavam, não bebiam, não se drogavam, e sexo só mesmo com o deus dinâmico — o DG (*di-dgi*). Custei a acreditar que elas só liberassem a xaninha pra esse tal de Di-dgi, mas ali era a América, né? Pode tudo, dá de tudo. USA é a pátria do desperdício.

Sheyla não largava o telefone sem fio, no qual a cada meia hora pedia coisas na venda, ou delly, como eles chamam lá. Champanhe, uísque, rosbife, salada de batata, sorvete, pão, suco de laranja, tudo. Era só cutucar as teclas do walkie-talkie, formular os desejos a um certo Jimmy, Joe, John, e cinco minutos mais tarde os desejos se materializavam na porta do apê. Ela assinava um papelzinho, e pronto. Sugeri a Sheyla que encomendasse um admirável mundo novo pelo telefone; a cornucópia americana, tão pródiga, não ia negar. Ela respondeu: "O Admirável Mundo Novo é aqui mesmo, meu bem. Você está dentro dele. Seja bem-vindo".

Grana jacta est. Eu estava em New York City. O yeah.

Eu não via muita necessidade de sair do apê de Sheyla, para-raio de pirados, terminal da cornucópia que nada nos negava: rango, paraísos de beber, fumar e cheirar, jornais, revistas, sons e imagens — miragens. Tinha uma empregada porto-riquenha que arrumava o apê, levava a roupa na lavanderia, botava o café na mesa e se picava. Um vulto eficiente. Tudo que me ficou dela foi o ruído do aspirador de pó. Então, um belo dia, eu acordo no meu sofazinho individualista, aparentemente a salvo de coroas recém-operadas dos ovários, tomo café com leite e muffins aquecidos em micro-ondas, acendo o primeiro charolito do dia ao som de rádio-rocks e funks, e atendo o interfone que anuncia a visita de Gwen, a cabeleireira amiga do Jorge, a tal que tesourava Mick Jagger. Parece que a moça era uma minicelebridade entre os habitantes mais *in* da ilha. Apesar disso, revelou-se uma pessoa até que modesta. Quer dizer, ela carregava o pedestal debaixo do braço para que todos soubessem o quanto era distinguished, e que poderia muito bem estar lá em cima se quisesse, pairando a um metro da humanidade, pelo menos. No entanto, aceitava pisar o mesmo carpete que nós outros, anônimos mortais, pelo que lhe devíamos profunda gratidão, imagino.

Metida num macacão fúcsia (aprendi naquele dia o nome dessa cor), Gwen deu seus longos dedos pr'eu apertar, o que fiz com o máximo cuidado, pois eram mesmo muito longos e finos, terminados em unhas compridas pintadas de um verde metálico escabroso. Eram mais mórbidos que propriamente delicados, aqueles dedos. Eu não gostaria de ver um deles tentando adentrar algum orifício desprevenido da minha carcaça, te juro. Seus cabelos eram arrepiados pra todo lado, em meticulosa anarquia, à custa de muito gumex e tinham as cores de um arco-íris acrílico. Grossas camadas de cosmético rebocavam-lhe a cara, com maior ênfase no entorno dos olhos, que pareciam acesos por dentro. Lábios pretos de batom fúnebre. Eu nunca tinha visto uma mulher de batom preto, e esperava não ter que ver muitas mais na vida. Mesmo assim, a figura sorria, arriscando-se a trincar a bizarria da face. Tinha uma voz aguda e melodiosa, e seu "pleased to meet you" agudo lembrava um pouco o Jagger em "Simpathy for the Devil". Portava uma pequena maleta prateada onde guardava seus instrumentos. Fez "no thanks" pro charo que eu ofereci e "oh, thanks!" pro pó que a Sheyla lhe apresentou. Sheyla, de baby-doll e chinelinhas felpudas, preparava-se para o transe cirúrgico de um corte de cabelo post-modern, como as duas diziam. Foi a primeira vez, acho, que eu eu ouvia aquela expressão. Gwen tinha vindo ali exercer seu métier, "my art", como ela disse, embora o clima fosse de um ti-ti-ti entre stripers no camarim entre um número e outro. Matei, então, uma carreirona e disse a Sheyla que ia dar umas bandas pelas redondezas enquanto ela se deixava tosar pela artista. Sheyla me jogou, em inglês: "Dear, por que você não aproveita pra remodelar o seu layout? Você está pelo menos dez anos atrasado". Gwen veio pra cima de mim, como se fosse me beijar ou estapear, e, franzindo um olhar clínico, testou na ponta dos dedos a qualidade dos meus pelos, declarando: "Strong. Good. Vou fazer você ingressar na década de 80, my boy. You'll be a brand new guy". Vi que seria inútil qualquer objeção; as mulheres me condenavam à modernidade — pós-modernidade, no caso —, deixando claro que não admitiriam uma recusa da minha parte. Falei que voltava dali a uma hora e me mandei.

Tinha muito sol na rua, igual a todos os dias que passei em Nova York, embora o calor fosse moderado, com o ano já se encaminhando para o outono. Resolvi tomar umas cervas geladas antes de ingressar na década de 80. Entrei num boteco americano típico: de um lado, um longo balcão com banquetas; do outro, baias com mesinhas e bancos estofados; no meio, uma passagem. Sentei no balcão e pedi uma lata de budweiser, que matei em três goladas, pra lavar a secura canábica da boca. Puxei caderninho e esferográfica do bolso da calça e tasquei: "Cuidado! Década de 80 à vista! Rapar a cabeleira, comprar jeans com bolsos nas pernas e um par de tênis All Star. Acostumar os ouvidos com a azucrinação eletrônica do novo rock computadorizado. Botar banca de quem acabou de chegar do futuro num jato a laser. Perder a pança a todo custo caprichando nas drogas que tiram o apetite. Tomar o máximo de cuidado pra não parecer um ridículo heterossexual babolhando pras meninas na rua".

As latinhas de budweiser foram se perfilando como décadas na minha frente, cada qual relegando a anterior ao ostracismo, entremeadas todas por uns bons shot de Jack Daniels. Ao voltar pro apê de Sheyla, eu era um barril de espuma, todo arrotos e soluços. Estava munido de coragem etílica pra enfrentar a década de 80. Encontrei as duas mulheres parolando no "meu" sofá. A cabeça de Sheyla parecia um desses morretes pelados com um bosque no cocuruto. Esbanjei ohs e ahs e ulalás pra festejar o new look da minha hospedeira. Mas a verdade é que suas bochechas tinham sobressaído demais, agora que as laterais do cabelo estavam raspadas. Gwen perguntou se eu não achava Sheyla uma bela feiticeira do Congo milenar. Achei que ela estava mais pra Luluzinha new wave, mas jacaré confessou? Nem eu. A hipocrisia em mim é apenas uma forma de tolerância ante as ridicularias humanas, a começar das minhas próprias.

Sentei na poltrona, de quina com as duas, e, enquanto as duas trocavam figurinhas e tricotavam a valer sobre a vida alheia, fiquei imaginando uma história em quadrinhos: "Luluzinha new wave no Congo milenar". Depois de miliuma peripécias na selva, Luluzinha e Bolinha caem prisioneiros de uma tribo de sodomitas canibais. Luluzinha é confundida pelos aborígenes com uma deusa branca caída dos céus e se torna objeto de adoração, enquanto Bolinha é condenado a virar hambúrguer congolês. "E eu que nem comi meus cornflakes hoje", choraminga o pobre Bolinha. Luluzinha se diverte com o pavor do amiguinho, até constatar que os nativos, famélicos, estão prestes a empalar Bolinha e colocá-lo na grelha. Luluzinha, então, faz valer suas prerrogativas de ídola e diz que prefere comer Bolinha cru na sua tenda. E que não é necessário empalar o gordinho no momento. Os nativos ficam desapontados, mas obedecem, e no meio da noite o casal se safa pela selva.

Ao ver que as duas olhavam para mim, à espera da minha opinião sobre um assunto que passara batido pela minha atenção, propus um brinde de champanhe. "À mais nova feiticeira do Congo milenar." Tim-tim. Champanhe me deixava um estranho gosto de vômito debaixo da língua; eu preferia as budweisers do boteco. Daí, Sheyla disse: "E aí, Quim, pronto pra cirurgia plástica?". Fiz ok com o dedão e Gwen me mandou molhar o cabelo. No espelho do banheiro apreciei pela última vez, e já com doída saudade, meus longos cabelos românticos. Me deu um pavor de que aquela dona punk me transformasse num daqueles sofistigays nonchalants que eu via pelas ruas e bares da city, em versão mais radical do que os que eu vira em Paris. Molhei os cabelos, me achando ótimo do jeito que eu estava, e decidi: não corto porra nenhuma. A década de 80 que se foda. Mas, de volta pra sala, encarei Gwen, punkona, de pente e tesoura na mão, ao lado da terrível feiticeira do Congo milenar, de baby-doll, e afrouxei. Não tinha mais jeito, eu estava perdido. Sentei na cadeira plantada no meio da sala sobre folhas do *New York Times* salpicadas dos cabelos ruivos da Sheyla. Gwen foi sintonizar um funk no rádio antes de iniciar a cerimônia de castração. Reparei que ela tinha os calcanhares ligeiramente encardidos. Quando ela se voltou, empunhando suas armas, notei o suor rompendo a crosta de maquiagem no seu rosto sem idade. Mais que trinta ela tinha, isso era batata. Quase quarentinha, talvez. Ela veio por trás, pousou as mãos com pente e tesoura nos meus ombros — podia ver a ponta do pente no lado esquerdo, e as duas da tesoura no direito — e disse: "Relax, my boy. I ain't gonna hurt you". Olhei pra cima e topei com sua cara quase colada à minha. Seus dentes estavam borrados de batom preto. Ela desprendia um cheiro de baú há duzentos anos enfurnado no porão de um castelo escocês. Mofo, mistério, perfume. Gwen sorriu e começou a arar com seu pente não excessivamente limpo meus pelos molhados. Pensei na possibilidade de contrair a caspa do Mick Jagger. Podia ficar rico vendendo a caspa autenticada do rolling stone pros roqueiros de São Paulo. Ela disse: "Well, well, o que é que vamos fazer nesse jardim, my boy?" — "Olha, Gwen, é difícil te explicar isso, mas eu não queria ficar muito moderno, you know? Muito menos pós-moderno. É que eu estou voltando pro Brasil daqui a uma semana e... bom... lá é terceiro mundo, né, a turma tá sempre uns passos atrás da sede do império, além do quê, eu nunca fui mesmo dos mais vanguardeiros em matéria de moda..." — "Alright, alright, don't worry, my boy, estou sentindo o seu drama. Vou fazer o possível pra você entrar nos eighties sem parecer o líder máximo da pós-modernidade, if you know what I mean".

Fiquei um pouco mais tranquilo. Qualquer coisa, eu ia lá no Geraldo, chegando no Brasil, pr'ele acertar as pontas. O Geraldão trabalhava num velho salão de barbearia da alameda Tietê, onde por dez anos cortei meu cabelo lendo *Manchete* — a edição de carnaval, velha de dois ou três anos e ladrilhada de bundas, era a minha preferida — e ouvindo as não menos velhas piadas de sacanagem do Geraldão, um pernambucano safo da penúria da caatinga na abastança dorê dos jardins paulistas.

Os dedos esqueléticos de Gwen eram firmes e hábeis no batente. Mechas grossas do meu cabelo castanho-escuro se misturavam aos tufos ruivos de Sheyla no tapete de jornal. Gwen elogiou de novo a força do meu cabelo, "damn strong, baby", o que não a impedia de tascar-lhe a tesoura sem piedade. Sentia o lado esquerdo da cabeça ficando mais leve. Sheyla me passou o charo. Pensei: será que a Gwen já deu pro Mick Jagger? Talvez tenha até feito um corte new wave nos pentelhos do ídolo. Outra preocupação idiota me assaltou: será que ela usa bidê? E como era bidê em inglês? Ass fountain, vai ver. Eu sentia falta de uma boa *Manchete* com grandes fotos coloridas de bundas carnavalescas. Considerei por um instante a possibilidade de passar uma cantada em Gwen, só para ter no meu currículo uma ex-Jagger. Foi aí que ela me perguntou se eu jogava futebol e tocava samba. Respondi que, além disso, ainda subia em coqueiro feito macaquinho pra catar coco pros turistas nas praias fluviais de São Paulo. Ouvi a risada de Sheyla pelas costas. Gwen fez: "Really?". Eu dei um tapa fundo no colombiano; Sheyla apanhou a bagana, a caminho do quarto, avisando que ia experimentar uma roupa adequada ao seu novo hair-style de feiticeira do Congo Milenar. Eu perguntei pra minha barbeira chique se ela conhecia um samba bossa-nova chamado "O pato", The Duck, gravado, entre mil outros artistas, por João Gilberto. Ela pediu pr'eu cantar um trechinho. Eu disse que cantaria em homenagem a ela, pois havia na letra um refrão com seu nome. "Mi name!?" — "Yeah", respondi, com a canastrice inspirada pelo fumo & pó & budweisers que pululavam no meu sangue. E lasquei: "O pato, vinha cantando alegremente, *Gwen Gwen*/ quando o marreco sorridente pediu/ pra entrar também no sambá, no sambá, no sambá./ O ganso, gostou da dupla e fez também *Gwen Gwen*/ olhou pro cisne e disse assim, vem, vem/ que o quarteto ficará bom, muito bom, muito bem" — "Oh, keep quiet while singing", disse *Gwen*, reclamando do meu balanço; continuei, introduzindo a segunda parte com um fraseado de trombone de boca: "fon fon foooon... — na beira da lagoa foram ensaiar para começar o tico-tico no fubá/ fon fon fon fon foooon/ a voz do pato era mesmo um desacato/ jogo de cena com o ganso era mato/ mas eu gostei do final, quando caíram n'água/ fon fon fon fon fon fon!/ ensaiando o vocal/ *Gwen Gwen Gwen*/ fon fon fon/ *Gwen Gwen Gwen*...".

Gwen explodiu num riso aberto — "Great! Great!" — batendo a tesoura no pente. Ela quis saber o que significava Gwen na minha língua. Eu expliquei que na língua dos patos brasileiros Gwen queria dizer amor físico. "You're kidding!" fez Gwen. Aí, pediu pr'eu traduzir a letra d'"O Pato". Foi foda. Pato e ganso eu sabia dizer em inglês: duck e goose. Já marreco e cisne eu tava por fora. Expliquei, então, que o pato encontrou o marreco, que é uma espécie de pato, e que ambos encontraram o ganso, e que sempre a cantar, os três convidaram o cisne, aquele patão de pescoço comprido do balé célebre, pra ir até a lagoa ensaiar o tico-tico no fubá. Foi difícil dar a Gwen uma ideia do significado profundo de "tico-tico no fubá". Daí, as quatro penosas ficaram na beira da lagoa fazendo *Gwen Gwen* sem parar. Acho que ela não pegou bem o espírito da coisa. "Crazy lyrics", comentou.

Bom, lá pelas tantas, Gwen me pediu que molhasse de novo o cabelo, pra ela dar o arremate final. "Acabou?", perguntei. "Praticamente", ela respondeu. Eu sentia uma bizarrice por fora da cabeça, como se os desequilíbrios do meu psiquismo tivessem aflorado ao couro cabeludo, compondo um chapéu maluco. Fui no banheiro. Me olhei no espelho. Tóinnn! — Afronta! — Escândalo! — Opróbio! — Danação! — Eu tinha virado o mais aberrante entre os mais monstruosos animais das matilhas mais subterrâneas da cidade-síntese de todas as perversões capitalistas. Agora, só me restava a marginalidade ou o suicídio. Meu cabelo pendia longo e basto do lado direito, quase como antes, só que talhado à chanel, acompanhando a linha do queixo; já o lado esquerdo estava aparado até quase o alto da cabeça. No perfil destro eu era um travesti new wave, paródia da Louise Brooks; no ca-

nhoto, eu tinha saído um recruta Zero. Minha cara esquizofreni-
zava em duas porções inconciliáveis. Me imaginei sentado na
poltrona do Geraldão, lá na alameda Tietê, e ouvindo ele sarrear:
"Num falei? Foi pras França, vortô viado. Hê-hê!". Isso, se não me
levassem direto do aeroporto pro Juqueri.

Caí no conto da modernidade, pensei. Sentia crescer a vontade
de grudar Gwen pelos colarinhos e berrar nos ouvidos dela:
"Escuta aqui, sua punkona butiquenta, é bom você me deixar com
cara de gente de novo, se não eu vou ser obrigado a te mostrar o
que os nativos da minha jungle fazem coas cabeleireiras esperti-
nhas como você!". Eu devia ter percebido que aquela toalha ama-
relo-ovo que ela tinha posto nos meus ombros era a capa do
Capitão Trouxão. E pensar que eu ainda ia ter que sangrar minhas
divisas pra pagar por aquilo. Merda! Mas eu não era capaz de atitudes violentas. Molhei meus pobres pelos avacalhados pela maldita modernidade e voltei pra sala. Sentei na cadeira sacrificial coa
maior cara de bunda desse mundo. A delicadeza é que me mata.
Por delicadeza só faço cagada. Sheyla, num modelito preto longo
e maxidecotado, e Gwen, a grande castradora de macacão fúcsia,
cafungavam com uma nota de dólar no tampo de acrílico da me-
sinha de centro. As duas olharam pra mim. Devolvi-lhes meu
olhar de boi precariamente resignado a caminho do matadouro.
Gwen perguntou: "Como é, gostou?" — "Bom, eu... achei interessante... I mean... talvez eu tivesse uma ou duas sugestões a fazer, se
você permitir...". Minha voz saiu acachapada pela depressão.
Então, a Feiticeira do Congo Milenar e a Grande Castradora
Fúcsia se entreolharam e explodiram numa gargalhada uníssona.
Meu coração se desmanchou de alívio. Sim senhoras...

Daí, pra encurtar o assunto, Gwen tosou também o lado direito, mais ou menos igualando-o com o esquerdo, e eu acabei
ficando com cara de menino bem-comportado dos anos 50.
Meus velhos, pela primeira vez em quinze anos, iriam me achar
decentemente tosquiado — o que de fato aconteceu. A modernidade nova-iorquina tinha um pé na caretice paulistana de um

jeito absurdo que eu não chegava a compreender direito. Se é verdade que as modas são cíclicas, então os redutos passadistas de hoje são armazéns dos signos que fatalmente estarão na moda amanhã, com o sinal trocado: o que era careta vira *in*. Questão de viver pra ver. Depois do corte, mal sentindo a cabeça sobre o pescoço, de tão leve, convidei Sheyla e Gwen prumas budweisers na esquina. A barbeira de Mick Jagger agradeceu, jurando que estava superocupada, quem sabe some other time. Depois, com aqueles seus dedos sexy-macabros de Maga Patalógica, aprumou meu recente topetinho e garantiu que New York não resistiria quando me visse. Aí, eu perguntei quanto era, já pinçando a grana do bolso, quando Sheyla, com um "excuse me" azedo, se interpôs entre nós, depositando nas mãos da moça, com a máxima discrição, um envelope branco. Quando Gwen se mandou, deixando um pouco de seus lábios pretos nos meus, Sheyla me informou sobre o conteúdo do envelope branco: cento e sessenta dólares, oitenta dos quais eu lhe devia. Oitenta dólares por um corte que o Geraldão me faria por cinco — e em cruzeiros. Bom, foda-se, pensei; pelo menos não fiquei com cara de sioux lobotomizado; só um pouco aviadado, mas tudo bem, sinal dos tempos. Oitenta dólares foi o preço da passagem pra década de 80; só espero em 1990 não ter que pagar noventa. Melhor mesmo é me instalar numa década qualquer e ficar lá quietinho até o fim de todas as décadas.

Foi pensando nessas coisas, e, talvez, em outras também, que eu acendi a bituca do bom colombiano e inflei os pulmões de coragem e maconha. Sheyla me convidou pra ir com ela não sei onde. Eu estava louco pra que a nova década me visse de cabelinho bidú-legal, conforme dizia a molecada dos anos 50. Imaginava tempestades de papel picado, aplausos, pedidos de autógrafo à minha passagem. Ok, ok, New York, you fucking city, here I go. Segura!

Lá fora era só yellow cab de baixo pra cima, restôs, bares, lojas, tudo com a marca *the best* estampada em cada detalhe. Em NY fiquei sabendo no duro o que é o tal fetiche da mercadoria. Tem de tudo pra todas as taras consumistas. As vitrines reluzem de seduções, os objetos piscam pros passantes, mas os preços, como em todo lugar, defecam nas mãos ávidas dos pobretões. Um mundo táctil-visual onde nenhuma ideia é necessária. Manhattan é um acampamento de fregueses. Minha grana ia rapidamente virando troco, tilintar de moedas no bolso. Eu andava meio trôpego pelas ruas da multicity, sabendo muito bem que a memória não ia reter quase nada das cenas flagradas pelo meu cineolho engazopado. Minha cabeça era uma câmera sem filme. A memória não era mais minha companheira. A maconha e o álcool ajudavam a impedir que o presente virasse passado. Eu queria que o tempo presente se dissolvesse em si mesmo, espuma, bolha, bliss, brisa, angústia, vazio, esquecimento.

Vinte e cinco dólares por uma volta de helicóptero sobre Manhattan. Lost-angel terceiro-mundano sobrevoando o paraíso dos outros. Um dos truques do piloto era voar abaixo do nível dos prédios, aumentando a sensação de megalomania priápica da cidade. Outros helicópteros zanzavam à nossa volta e eu, mórbido de carteirinha, logo construí a cena do choque aéreo: crash, gritos, fogo, queda, vertigem, carne triturada, sucata sangrenta em Times Square. Fim sensacional prum escritor inédito. Mas o helicóptero pousou manso no topo do arranha-céu e um elevador supersônico, que me fez morder o estômago, depositou minha personalidade intata no chão da ilha, por onde, aliás, andavam as mulheres. Eu desejava demais aquelas mulheres todas, intelecas, hipongas, guerrilheiras, grã-finas, secretárias executivas, business women, junkies, putonas, new waves, skin heads, punkráceas, caretas, brancas, negras, chicanas, asiáticas, cucarachas, esquimós, vitais, moribundas, zumbis, elegantes, desengonçadas, sapatonas, femininas, felizes, desgraçadas, eu queria todas elas, todas. A morte não existia, nem a ideia da morte. Só sexo. Eu queria sexo 29 horas por dia — e cadê o sexo?

Sandra Piperini apareceu uns três dias depois do nosso primeiro encontro, ela e o Fábio, pra irmos ao Metropolitan ver a ópera *Wozzeck*. História dum soldado que mata a mulher por ciúmes e depois se afoga num lago, um treco assim. Sandra valia o sacrifício. Sheyla estava sem energia pra encarar um teatro; íamos só os três, o casal e eu. Estouramos uma bomba colombiana no apê da rua 59 e tocamos pro teatro. Eu não precisava me orientar em Nova York, pois tinha sempre alguém me rebocando de lá pra cá. Non duco ducor, o contrário do lema paulista. East, west, dava no mesmo, não sabia nome de nada e os nomes que ouvia eram puros sons sem localização no espaço. Eu ia conduzido desabutinado olhando sacando esquecendo os meandros geométricos daquele diagrama. Não conhecia ninguém em parte alguma, nem ninguém me conhecia. Eu era Mister Nobody chafurdando no anonimato.

Sandra cintilava numa roupa chinesa de seda preta, calça larga e casaquinho, com firulas e ideogramas bordados em cores vivas. Eu ia durango pop, como sempre, de sapato boca-de-jacaré, jeans e camiseta nova comprada numa pornoshop onde Sheyla me levara. A camiseta trazia um letreiro no peito: Nobody Does It Better. Meu cabelitcho anos 80 não mereceu mais do que um breve comentário de Sandra: "Cortou, né?". Azar. Ainda não era dessa vez que meus oitenta dólares iam render juros na nova década. Quanto ao Fábio, mal me lembro dele, só que ia casmurro, ele e suas cicatrizes. Sandra me contou depois que ele tinha dado uma porrada na marginal do rio Pinheiros, anos atrás.

Sentamos na plateia do Metropolitan entre gente cheirosa e elegante. Decotes e pérolas em volta. Mas ninguém parecia ligar pro meu esculacho pop. Eu levava um pouco de pó num inalador de bolso que a Sheyla me emprestara. De vez em quando, dava uma prise discreta. Snif. Ninguém sacava. Snif. Se sacava, não chiava. Snif, snif. Passei o inalador pra Sandra, que snif também.

Fábio não quis. Fábio tentava pegar a mão de Sandra que se desvencilhava dele. Eu não ligava pra nada, Fábio, ópera, volta ao Brasil, nada. Queria Sandra. A ópera começou e desde logo foi uma revoada de urubus dodecafônicos. Sombria, ameaçadora. Grandiosa e pentelha. Saí pra refrescar o saco no foyer. Tinha uma patota de desertores lá, todo mundo no bar de copo na mão. Eta raça de bebum. Como é que esses caras conseguem dominar metade do mundo bebendo gim e uísque desse jeito? Sentei numa banqueta de veludo, junto ao balcão de mármore, pedi um bourbon e fiquei lucubrando no caderninho que eu sempre trazia no bolso. Escrevi: "Anestesia na veia pra encarar a realidade na lata, urgente, plis. A seco, só martíni". Matei o bourbon e pedi um dry martini. Nessa época eu não aguentava padecer nem cinco minutos de culpa, tédio, tristeza, banzo, angústia, medo, rejeição; eu me rebelava de algum jeito, acendia um charo, ia no cinema, botava um rock na vitrola, batia uma punheta, bebia um bar e meio, qualquer coisa que me ajudasse a catar o porco-espinho à unha. Meu psicanalista, em São Paulo, me recomendava parlamentar com a dor psíquica, nunca fugir dela, pois a dor sempre acha um jeito de te pegar numa curva do rio. Ele tinha razão; mas o que tem com a razão quem quer viver um paraíso a qualquer preço, mesmo que artificial? De vez em quando, eu até encarava uns bodes, claro. Claro não, escuro, negro total. A noite caindo com estrondo surdo no peito, os bodes erguendo a cabeça chifruda do pasto e me encarando com olhos de estrume. É quando o coração para em diástole, sangue represado, pressão de mil léguas submarinas no peito, vontade de furar o coração a tiro pra morte jorrar vermelha. Muita lucidez sempre acabava em pânico; eu escorregava então pra translucidez das drogas e das artes. Sem ofícios. Me favorecia uma circunstância especialíssima de vida: grana fácil no bolso, apesar de pouca, alguma saúde no corpo, e muito tempo livre. Realidade era a vida dos outros.

Palmas civilizadas eclodiram na plateia. Tinha acabado o primeiro ato da ópera. Sandra e Fábio vieram me encontrar no bar debruçado sobre o copo e minhas distraídas reflexões no caderninho. Aproveitando a ida de Fábio ao banheiro, joguei pra morena: "Escuta, e se a gente se mandasse prum pub de jazz? Meu coração tá palpitando de ansiedade cocaínica, num guento tanta cu*lllll*tura, preciso urgente duma massagem pop na alma". — "Eu tô gostando do espetáculo. Meio pesadão, mas legal." — "Ah, vam'bora. Larga o meio pesadão e vamo pegá leve por aí. Cê já ouviu falar do Five Oaks? Tem um jazz da pesada lá. Depois cê pergunta pra alguém como acaba essa merda, digo, essa ópera, digo, essa merda, digo..." — "Mas, que que eu faço c'o Fábio?" — "Essa é uma missão pro demônio. Invoca o das trevas e pede um help, baby." — "Meu medo é que o demônio teja aqui na minha frente", disse ela, me olhando de chapa no olho. Plaf. Senti um sopro no coração. Ecce woman! Daí o Fábio voltou do banheiro comentando o primeiro ato da ópera. Ele era mesmo um cara muito culto, inteligente, fino e chato pra cacete. E rico. Acho que o melhor nele eram aquelas cicatrizes na cara, sua cota visível de risco na vida. Então, soou a campainha, chamando a turma pro segundo round de erudição sonora. Sandra foi correndo com o meu inalador pro banheiro. Fábio me explicava a oposição entre um revolucionário como Alban Berg e um contemporizador como Stravinsky, "de um ponto de vista adorniano, é claro". Eu fiquei abanando a cabeça e ouvindo ele falar até que Sandra voltou coas narinas fibrilando e os olhos vidrados. No segundo toque Fábio resolveu voltar pra plateia e perguntou se eu não ia entrar. Eu disse que ia dar mais um tempinho ali com o dry martini e o notebook. Ele disse até já, virou as costas e eu dei uma piscada canastrona pra Sandra, que me devolveu um sorriso cafajeste. Senti um vermelhão me embandeirando a cara. Mulher é foda, meu; pior que mulher, só mesmo homem muito a fim de mulher. Fiquei ali no balcão, a salvo da ópera, bebericando e empinando a alma nas nuvens, minh'alminha de circo: evolui no trapézio, dá salto mortal, cai de pé no chão, cospe fogo, faz

250

palhaçada, tira coelho da cartola, doma as feras, agradece os aplausos e some no nada.

Foi aí que alguém me tocou no ombro.

Se uma namorada me fizesse o que a Sandra fez com o Fábio, largar o cara plantado numa poltrona do teatro à mercê de uma ópera alemã pra ir gandaiar com um sujeitinho à toa, eu ia ficar mais é puto da vida, com inclinações homicidas. Mas não era eu, era outro que estava naquela situação. E eu nem era amigo dele. Então, foda-se, decretei no departamento ético da minha consciência. Pegamos, Sandra e eu, um amarelão na frente do Metropolitan e saímos chispando pelas ruas luminosas do inferno que os paulistanos imploram a Deus todo santo dia.

No táxi, acabamos com o pó do vidrinho. Inda bem, pensei, enquanto tem não paro de cheirar; depois, é aquela trava geral: dentes rangendo, musculatura concretada. Viro um pedaço de pau com olhos esbugalhados. É aí que pinta a marcha à ré da euforia. Enxames de abelhas africanas ferroando meu coração. Não há consolo no desespero químico. É esperar que as horas passem, e as horas não passam. Maconha e álcool, ao contrário de pó, primeiro enlouquecem, depois hipnotizam o cidadão. Porre e sono, a receita ideal. Enfim, tudo vale a pena, se a alma der conta da ressaca que nunca é pequena no dia seguinte. Eu trazia um beise enrolado no bolso. Mostrei o artefato pra Sandra, que fez obá, pegou o charo, um isqueiro e perguntou pro chicano que dirigia o táxi: "Hey, mister, do you mind if we light a little stick in here?" — "Go on", foi tudo que o cara respondeu, dando um look rápido na gente pelo retrovisor. Sandra acendeu a bomba. Descansei o braço no encosto do banco, por trás da cabeça morena da minha comparsa. Ela caiu pro meu lado, se aninhando debaixo do meu sovaco. Deixei meu braço escorregar do encosto pros ombros dela. Minha mão acariciou um pedaço de braço peludo que escapava da manga de seda.

Podia sentir em braile seus pelos se arrepiando. Rodrigues, o velho comunista da padaria Real Dureza, é quem dizia: "Morena boa é a peluda". Tesei. Dei um tapa brioso no charo, na mão dela. A cidade pela janela eram manchas velozes de luz. A vida seguia em frente, pressionada pelo trânsito. Cantarolei: "Life goes on in your mind, life goes on in your heart...". Ela virou a cara pra mim. Eu abri um sorriso besta pra ela, que não me devolveu sorriso nenhum, mas ficou me olhando de beiço bambo. Um beijo disparou sozinho. Smack! Atolado nos lábios de Sandra, ouvi o chofer murmurar lá na frente: "Alright".

Paramos na frente do Five Oaks, um buraco de jazz famoso no Village. Ficava num subsolo. Lá embaixo, dry martinis e uma velha crioula chamada Maria cantando blues comovidos e se acompanhando ao piano, tipo Clementina de Jesus americana. Novos beijos em Sandra Piperini, a morgadinha dos cafezais do Paraná. Ali estava um belo exemplo de como o suor dos boias-frias do norte do Paraná podia virar dry martinis com jazz numa boate em Nova York. Isso eu penso agora; na hora, só bebia, beijava e escutava all that jazz. Fui mijar, uma hora, encarei a privada, aspirando o mesmo fedor excremental de qualquer latrina de boteco em São Paulo, e vomitei bonito. Quem muito se empapuça vomita pra caralho, diz o dito popular. Várias golfadas amarelo-esverdeadas. Fiz gargarejo na pia. Vomitei de novo. Outro gargarejo. Achei melhor não me olhar no espelho. Encarei os azulejos encardidos e perguntei: "Azulejo, azulejo meu, tem alguém mais torto do que eu?". Os azulejos não falavam português e nada responderam. Por fim, mijei e voltei pros blues da Maria, pro dry martini, que me asseptizou a boca, pras beijocas da Sandra. Lá estava eu em pleno e rasgado namoro, salvo melhor juízo. Eta nóis...

Vários martínis, blues & beijos depois, escalamos a longa escada empinada que dava acesso à noite do Village, deixando pra trás a voz black'n'blue de Maria e seu piano swingado. Sandra subiu na frente e sua bundinha de seda preta requebrava na minha cara. Eu achava que a nossa intimidade já era profunda, a gente era o casal primeiro da criação, ela desde sempre minha, eu desde sempre dela, simbiose total. Vai daí, empalmei com firmeza uma nádega macia, quente, úmida, dela. Teria mesmo arriscado uma mordidinha naquela bunda sedosa se ela não tivesse se virado, brusca, e me lançado, lá de cima, um olhar acutilante de altiva indignação. A vergonha me congelou o estômago, perdi o equilíbrio, por pouco não rolava escada abaixo. Na rua, tentei passar-lhe um braço pela cintura pra atravessar a rua, mas ela tirou o corpo fora, dura, sem olhar pra mim. O encanto tinha ido pras picas. É, ponderei, não pegou nada bem aquela passada de mão na bunda. Que nádegas fricoteiras, sô. Tinha um monte de gente na rua, bebuns, patotas ferozes de garotos brancos e blacks, gente geral que eu não sabia decifrar direito pela aparência. Minha impressão era que todo mundo ali estava envolvido em altas transações ilícitas, malandragem, apronto, zoeira, tráfico, putaria. Tinha também uns tipos lesados, mendigosos, muito parecidos com os beleléus da Pauliceia. Um deles veio em zigue-zague na nossa direção, mamando numa garrafa envolta num saco de papel pardo. Vinha num tal embalo que a gente teve de saltar cada um prum lado pra ele passar no meio, alheio ao universo. Todos os fodidos do mundo se parecem, como os ratos e as baratas. De vez em quando, pintavam uns cops, quépe hexagonal de banda, mão descansando na coronha do berro preto, pose nonchalant de pistoleiro. Escancaravam olhares pra cima de Sandra, os John Waynes calhordas, um deles cum cigarro torto no canto da boca. Bloody cops. Não pareciam proteger nenhuma legalidade. Eram só uma tribo a mais na jungle. A gente navegava em silêncio, entre bêbados e drogados à deriva, putas, viados profissionais, chicanos enfezados, crioulos transbordantes de músculos e orgulho black portando gravadores enormes a berrar funks & souls & rythm'n'blues, e mais patinadores, muitos patinadores, aquilo devia ser um caso típico de adaptação evolutiva, gente nascendo com rodinhas na planta dos pés. E tinha também um farto estoque de vampiros, orientais de tinturaria, hippies grisalhos, punks com a carne mortificada por piercings toscos, skinheads reluzentes de ódio na cabeça raspada, guys and girls recortados dos magazines dos anos 50, mais ou menos como eu agora, e junkies sombrios saídos das páginas do Burroughs, anciãos falando sozinhos, pivetes, ciclistas disputando a calçada com os pedestres, everybody, tutti quantti, enquanto no asfalto rodavam táxis amarelos, motocicletas invocadas, limosines mafiosas — homens e mulheres, ruas e máquinas, vasta noite americana.

Sandra tinha esfriado comigo. Sim, mamãe, pisei na bola, porra mamãe, é assim tão grave passar a mão na bundinha da namorada? Um erro. Pior que um crime, segundo Balzac, quando se trata de mulheres. Elas não perdoam esse tipo de erro. Continuamos andando, calados. Não sabia se ela esperava desculpas. Não me imaginava dizendo: baby, desculpaí a mão na bunda, foi sem querer. "Foi sem querer" é péssimo. "Não foi por maldade" é pior ainda. Agora, cá entre nós, qual a diferença entre beijo e mão na bunda? Mão na bunda por cima da roupa é até mais higiênico, não há troca de fluidos e melecas.

Mas na travessia lenta dos longos quarteirões o papo foi engrenando de novo. Ela começou a me contar de um livro que andava escrevendo. Merda, basta você escrever um livro que todos os brasileiros resolvem te imitar. O livro de Sandra era a história de um personagem fantástico que ela conhecia desde a infância, espécie de amigo invisível. Se chamava Vanderbim, o personagem. Perguntei se não era irmão do Aladim. Ela riu pela primeira vez depois da fatídica mão na bunda. Bom sinal. Mais vale uma piada sem graça espontânea que um pau na mão quando cedo se madruga. I mean... Vanderbim vivia num planeta distante, falava com plantas e animais, e nas noites de lua magra voava espalhando luz pelo espaço. Vinha às vezes à Terra levar um lero com a Sandra. Quer dizer, não era bem a Sandra, era uma menininha muito rica que não achava a menor graça na puta da vida e vivia na maior tristeza. Sua única alegria eram esses idílios com Vanderbim nas noites de lua magra. Sandra me contava essa história cuma vozinha de fada madrinha de desenho animado. Me deu vontade de perguntar em que ramo atuava o Vanderbim lá no planeta dele; Vanderbim não era nome de quem tivesse carteira de trabalho assinada. A menina rica morava num casarão imenso. Nas noites escuras de lua magra, a menina, de nome Titliana, ia pro terraço da mansão e contemplava, ou melhor, perscrutava o firmamento em busca da luz de Vanderbim. Na verdade, era o coração de Vanderbim que emitia aquela luz de potência transgalática que só duas pessoas podiam ver na Terra: Titliana e um certo professor Baroni, astrônomo. Esse Baroni era tido como louco lírico no clube dos astrônomos, pois jurava de pé junto que havia lá no céu, nas noites escuras de lua magra, uma luz errante, visível a olho nu, feita de energia iridescente e mistério cru. Nem os mais potentes telescópios lá do monte Palomar, nos States, conseguiam captar sinais da luz do professor Baroni, que também passava em brancas nuvens pelas objetivas dos satélites. Os astrônomos passaram a chamar de "efeito Baroni" a uma síndrome alucinatória relativamente comum nas pessoas que vivem de olho grudado nas estrelas. Titliana calava o seu segredo. Baroni em vão alardeava a sua descoberta. Virou o gagá oficial do clube dos astrônomos. Só não ousava confessar que a visão da luz lhe enchia de uma felicidade esquisita, uma espécie de comichão gostoso nos cafundós da alma. Baroni calculava que a luz demorava setecentos bobilhões de anos para chegar à Terra. Ele postulava que a luz mágica era emitida por Letícia, uma galáxia extinta. A luz vinha, portanto, de um passado impensável para a mente humana, de tão remoto. Baroni atribuía a felicidade que o inundava ao avistar a luz de Letícia às ondas infraopiáceas que atravessam o universo e poderiam estar sendo canalizadas pelo fenômeno luminoso. Qualquer coisa assim. Só Titliana, que não ligava pra ciência, conhecia a verdade. Só ela tinha o poder de convocar Vanderbim, que não dava a menor pelota pro professor Baroni. Vanderbim intuía a existência dele, mas não fazia a menor questão de conhecer nenhum ser humano além de Titliana. Claro, pensei, a guria era fresca, bela, sensível, cheirosa e tudo mais, sem contar o pai latifundiário; que necessidade tinha o Vanderbim de conhecer o velho Baroni, careca e barrigudo, mero assalariado do observatório? Nesse ponto, interrompi a narrativa de Sandra pra dizer: "Que história mais linda, Sandrinha. Um puta barato! E... Ó... desculpe o lance da escada, tá? É que o pó, o fumo, o gim, o jazz... o desejo... me transformaram num fauno de subúrbio". Ela disse: "Tudo bem. Na hora me pareceu um pouco agressivo, só isso. Me assustei". Pensei cá comigo: se fosse o Vanderbim cê deixava, né, safada? Falei: "Claro, cê tem toda a razão. É que... sabe o que é, Sandra...". Ia dizer "acho que te amo", mas brequei em tempo. Ia ser outra cagada. Qualquer frase com qualquer variante do substantivo *amor* ou do verbo *amar* tem o poder de convocar as FÚRIAS, as TREVAS, os ABISMOS e, sobretudo, os ETCS. Um simples eu-te-amo pode detonar também um ridículo avassalador. "Acho que te amo" é foda. Assusta muito mais que mão na bunda, com a agravante de que era mentira.

O fato é que a barra foi ficando bem mais leve, e até nos voltou um pouco da euforia anterior. Cruzamos uma praça, a Washington Square, apinhada de gente morena, rastas de trancinhas, percussionistas, saxofonistas e guitarristas negros, bolivianos tocando flautas e quenas, crioulões maciços patinando ao som dos funks de seus gravadores stereo portáteis, uns carinhas queimando impunemente enormes cornetos de maconha e hash. Tinha uns cops ao longe, margeando a praça, na deles. Não pareciam muito interessados no que acontecia lá dentro. Tinha também uns hippies com seu comércio de ninharias. Coisa engraçada os hippies: formam uma tribo internacional, habitam um tempo estagnado, o tempo da utopia e da falta de coisa melhor pra fazer. Diva, minha amada junkie, que eu viria a conhecer depois, já de volta ao Brasil, alimentava um desprezo soberano pelos hippies, e planejava exterminá-los com overdoses de heroína aplicadas de sopetão por comandos junkies na rua. Ela ficava remedando os caras, "ê bitchô, tudo joinha, numa naice?", empostanto sotaque italianado da Mooca, e eu cagava de rir. Mas, naquela hora em Nova York eu ainda não conhecia Diva, isso era o futuro, que naquele momento pouco me importava, embora uns medos prospectivos me assolassem de vez em quando na aridez dolorida das minhas frequentes e devastadoras ressacas polidrogais. Ali era só a Washington Square e a zoeira das etnias terceiro-mundistas no abafamento da madrugada de agosto. O lugar cheirava a crime e sacanagem. A camiseta suarenta me grudava no corpo. Começava a me faltar gás. Foi então que topamos com um crioulão rasta, alto, magro, ombrudo, de cara angulosa e messiânica. Trancinhas apanhadas em contas coloridas jorravam do centro de sua cabeça de Leão de Judá e ficavam bailando ao sabor da ginga do cara. Essa figura parou a uns cinco metros da gente, abriu os braços em cruz, a boca em sorriso branco de aleluia, e avançou na direção de Sandra. Porra, pensei, que que eu faço agora? Daí, vi que Sandra também tinha se aberto toda pro cara. Deram um lindo abraço giratório, os pés de Sandra no ar. Era Peter, jamaicano, seu amigo e provável transa eventual. Me deu um cumprimento black, encaixe de mão de quem vai jogar braço de ferro. Peter apresentou pra gente um corneto queimado pela metade de uma pure and sweet jamaican weed. Dei uma bola; meus bofes se abrasaram e minha cabeça sputinicou pro infinito. Moleza nas pernas, bambeei. Valei-me São Vanderbim! Peter chamou a gente pruma festa ali perto: "C'mon, it'll be damn wild". Mas Sandra disse que estava com muito sono, ia dormir, "I'll give you a ring, Pete, bye, bye". E se despediu do rasta com um suculento beijo na boca.

Pegamos um táxi, Sandra disse o endereço pro chofer, e eu nem reparei se era o meu ou o dela. Fiquei na minha, padecendo de um terrível abilolamento neurogástrico. Tudo fora de foco.

Precisava vomitar de novo. Uma dorzinha ia me roendo a testa por dentro. Sandra me contou mais uns lances da fábula do Vanderbim, mas eu quase não prestei atenção. O táxi parou na porta dum prédio baixo, sombrio, da rua 21, onde ficava o loft da moça. Nunca tinha visto um loft, mas diziam que era o troço mais elegante de se morar em Nova York. Ela pagou o táxi. O dente do siso, que eu não tinha ainda extraído, me recomendava seguir direto pra casa de Sheyla. Minhas condições de voo não estavam favoráveis a nenhuma transa decente. Mas, só pra conferir, perguntei se ela não tinha Engov em casa. Sandra respondeu que todo brasileiro pergunta isso, "parece até que Engov é a salvação da pátria". Não, ela não tinha Engov, mas podia fazer um café e me arranjar uma aspirina, dava na mesma. Descemos juntos do amarelão.

O elevador era enorme, todo de ferro, um velho elevador de carga. Ela explicou que ali tinha sido uma fábrica antes, cada andar um pavilhão; nos últimos tempos é que tinha virado prédio residencial, mil e duzentos dólares por mês de aluguel, mais do que eu recebia na França do instituto que me dera a bolsa. A porta de entrada do loft era de ferro também, revestida cum pôster do homem-aranha. O espaço do loft não era normal. Um vasto salão que ia daqui até a puta que pariu, largão também, pé-direito altíssimo. Tinha um mezanino onde ficava um ateliê. Pra ir dum extremo ao outro do loft você tinha que levar marmita pra não passar fome no caminho. Perguntei a Sandra se ela pegava táxi pra ir ao banheiro, que ficava no fundo. Tudo ali era chic-retrô-pop-pós-industrial-artesanal-e-coisa-e-tal. Luminárias neon espalhadas pelo chão, abajur de saiote rendado, plantas espalhafatosas, esculturas neoclássicas, pedaços de outdoor colados na parede, manequins montando guarda, móbiles despencando do teto, uma cabeçorra de tigre de bengala empalhada, um cabide belle-époque cheio de chapéus esdrúxulos e guarda-chuvas pendurados. A cama era saldo de alcova de sultão; ficava debaixo duma espécie de baldaquino de panô indiano sustentado por fios presos no teto. No meio dos lençóis embalados tinha uma maquininha de enrolar fumo e um maço de sedinhas Rizla francesas. Cama de marquesa rolling stone. Pensei comigo que bom mesmo era dar uma discreta vomitada, tomar cinco aspirinas, um litro de café, dois de água gelada e, depois, ficar boiando naqueles lençóis perfumados, juntinho do corpo high-class da minha nova amiga. A vomitada, pelo menos, eu já ia providenciar.

O banheiro era a única peça do apê separada por paredes. No fundo, pensei eu com meu melhor despeito petit-burguês, aquilo não passava de uma superquitinete, igual às da rua Maria Antônia, onde eu ia prevaricar e dar as primeiras bolas no fim dos 60. Loft. Parecia onomatopeia de peido aguado esse nome: loftloftloft.

Vomitei bonito na privada. Gastei um bom tempo pra descobrir onde dava a descarga, uma alavanquinha ali atrás dum cano. Passei pasta de dente na boca e fiz vários gargarejos bochechados. Fui encontrar Sandra produzindo café numa máquina elétrica. A dor de cabeça só aumentava. Tomei três aspirinas bufferin com café forte enquanto ouvia mais fábulas do Vanderbim. Ela me mostrou umas ilustrações das histórias feitas por um amigo dela, um americano, "que, aliás, mora aqui mesmo no prédio". Eram umas aquarelas lindas, com paisagens de montanhas áridas, recortadas contra um céu noturno lisérgico, com pássaros estranhos e nuvens bizarras. "Cadê o Vanderbim?", perguntei. Sandra riu e disse que só ela podia ver o Vanderbim, o amigo invisível. Ela e raríssimas pessoas. Eu disse: "Sei...". Ela, então, mencionou uma grande tragédia na vida do Vanderbim. Um dia, lá no planeta dele, Vanderbim sonhou que seu coração luminoso ia explodir e aniquilar o planeta em menos de um segundo. Isso por causa da intensa concentração de energia cósmica no seu coração. O planeta de Vanderbim se chamava Letícia, justamente o nome que o professor Baroni atribuía à suposta galáxia extinta. O sonho de Vanderbim poderia não passar de um simples pesadelo, que com o tempo se dissolveria na memória, não fosse o fato de que em Letícia os sonhos das pessoas se transformavam cedo ou tarde em realidade. Vanderbim sabia que se permanecesse em Letícia estaria condenando seu povo à extinção. Por isso, passava a maior parte do tempo zanzando pelo universo. Comentei: "Pô, que enrascada", e ela me olhou com certo desprezo, ciente de que eu era mais um dos intranscendentes que jamais avistariam Vanderbim.

Uma hora lá, ela se lembrou que tinha de tomar um remédio. Eu, de enxerido, quis saber que remédio era aquele, se não seria bom também prum pobre fígado malhado como o meu, ou então se não dava algum barato. "Nada; é só um antibiótico banal", ela esclareceu. Daí, disse que planejava fazer um filme de animação sobre o Vanderbim, com a ajuda do amigo americano. Eu falei "que ótimo" e pedi licença pra me esticar um pouco na cama do sultão, que eu tava me sentindo superestranho. Ela não gostou muito da ideia. Saquei que tinha sapo naquela sopa. Ela relutou, mas deixou: "Tá bom, um pouquinho só então". Acabou confessando o que eu já desconfiava: ela tinha um causo recém-começado com o artista americano. O cara podia pintar a qualquer momento. Então, fodeu, pensei; como é que eu ia competir com um artista americano? Eu não tinha loft, grana, fama; só um romancinho num saco plástico e o meu noutbuq no bolso da calça e um pau ansioso na cueca.

E o Fábio Scarface? Devia estar lá no Metropolitan procurando a Sandra debaixo das poltronas, no palco vazio, nas cochias, na bilheteria, nos bolsos da farda marechalesca do porteiro, atrás dos cenários sinistros do *Wozzeck*. Se cruzasse com o fantasma da ópera, era bem capaz de agarrar ele pelos colarinhos e berrar: "Cadê minha mulher?! Quem roubou minha mulher?! Quero minha mulher!". Rejeição amorosa é coice no saco d'alma. Quem ainda não experimentou não perde por esperar.

Mas eu tinha que deitar de qualquer jeito, não me aguentava mais nas pernas. Não fosse na cama, ia ser no chão, não fosse no loft, ia ser na rua. Os últimos dias parisienses e esses primeiros nova-iorquinos tinham me botado a nocaute. Qualquer meia dúzia de degraus me deixavam o coração estrebuchante. As ressacas demoravam cada vez mais pra passar e, em geral, só passavam ao emendar com o porre seguinte. Cocteau tem razão: a ciência, em vez de só investir na pesquisa de novas curas pros vícios, devia mais é cuidar do aperfeiçoamento das drogas, pra que dessem menos xabu. Menos xabu e mais zoeira. Tirei o sapato e me estirei na cama de Sandra. Na vitrola tocava um jazz espacial, sax nebuloso com xilofone etéreo. Fechei os olhos e ingressei num redemoinho de náuseas. Ecos embaralhados, fusões de imagens, vagas de enjoo. A partir daí, já era.

Acordei minutos ou séculos mais tarde com Sandra me sacudindo forte: "Acorda! Acorda, Ricardinho!". Eu não conseguia descolar as pálpebras dos olhos. Por uma fresta visgosa, aberta a custo, vislumbrei um vulto de mulher. Demorei pra reconhecer Sandra. Num esforço monumental, ergui um pouco o tronco, apoiado nos cotovelos. Constatei que eu estava sem camiseta e só tinha uma perna enfiada na calça e na cueca. Quer dizer, eu estava tecnicamente pelado, coa genitália ao relento. Pé com meia, pé sem meia. Ou eu tinha tentado tirar a roupa ou colocá-la de volta. A cabeça, não sei onde estava; rolava pela cama, pelo amplo espaço do loft: rolava pelo tempo, desbucetada. O bambolê oscilando no meu estômago, o gosto de pasta de dente e bílis na língua, uma fraqueza pesada — tombei novamente. Sandra me puxou pelo braço, caí da cama. "Cê vai ter que ir embora, tem que se mandar agora mesmo. Desculpe, mas é que..." Não ouvi o resto. Me arrastei por léguas de malestar até o banheiro, calça e cueca enganchadas numa perna, resmungando impropérios: "Porra, isso não é jeito de tratar um ser humano. Shit. Catso, porra". Enfiei a cabeça debaixo da torneira da pia; a água fria me devolveu alguma lucidez. Sentei numa banqueta de plástico e fiquei tentando botar a calça de novo. Enfiei a perna pelada na perna de pano, mas não conseguia puxar a calça até a cintura. Demorei um bom tempo até descobrir que a perna da calça estava do avesso. Fiquei de pé, tanto quanto possível, e arrumei a calça. Numa das tentativas saltitantes de enfiar a perna de novo ali, perdi o equilíbrio e levei um puta tombo. Bati a cabeça de raspão na beira da privada. A dor aguda acabou de me despertar. Percebi que, agora, era a cueca que atrapalhava. Arranquei a cueca na marra e joguei ela na pia. Consegui, por fim, me ver calçudo de novo. Não teve jeito de fechar o zíper. Enfurecido, saí do banheiro num vigor insuspeitado prum moribundo e arremeti pra porta de entrada do loft, sem me despedir da Sandra. Puxei a maçaneta com força, mas a porta não abriu. Girei a chave e puxei de novo, com mais força; de novo não abriu. Soltei vários palavrões que rebateram na serenidade de ferro da porta imensa. A mão de Sandra pousou na minha e, com leve pressão, fez a porta se abrir — pra fora. A maldita porta se abria pra fora, e não pra dentro do apê, como todas as portas decentes que conheço. Fui pra porta do elevador e apertei o botão. Ouvi passos atrás de mim, mas não me virei; eu era um bloco de ressentimento maciço: a voz de Sandra explicava: "O Mike passou por aqui e viu você na minha cama... pegou super mal... disse que ia voltar daqui meia hora... cê entende, né?".

Não sei se disse, mas se não disse pensei: foda-se. Aí, ouvi um baque surdo no chão, seguido do ruído metálico da porta do loft se fechando. Só então me virei pra ver e catar meus sapatos e minha camiseta vermelha "Nobody Does It Better" que a Sandra tinha depositado no chão ao meu lado. Entrei no elevador, me vesti, e, vendo que o elevador tinha parado, saí cercando frango. Dei de cara com o homem-aranha na porta da Sandra. Eu tinha esquecido de apertar o térreo.

Enfim na calçada, ao ar livre da América, senti alívio por estar fora daquela pilha de lofts idiotas. Loftloftloft faziam os miolos na panela de pressão a ponto de explodir que eu tinha sobre os ombros e tentava passar por minha cabeça. Rua 21. E eu hospedado na 59, trinta e oito maxiquarteirões adiante. Vomitei mais um pouco abraçado a um poste. Pura bílis. Tem hora que um poste vale mais que todas as mulheres do mundo. Um casal passou por mim sem dar a menor pelota pro meu bode. Apenas desviaram um pouco. Se eu emborcasse ali, beijando a calçada, não ia ter nem cachorro pra lamber a minha cara. Um táxi, eu precisava pegar um santo táxi que me levasse de volta pro sofá de Sheyla, onde entraria em coma profundo por 24 horas.

Enfiei a mão num bolso da frente, no outro, no bom de trás, e nada. Nem um puto dum dólar. Só meu notebook com frases, e em português ainda por cima. A grana tinha caído no loft da Sandra. Eu é que não ia voltar lá pra pegar, depois daquela ópera bufa que tinha sido minha saída. Filhadaputinha, pensei. Nem trepamos — não trepamos? e a perna e o pinto pra fora da calça? —, e ainda me enxotou do loft no meio da madrugada, naquele estado lamentável, por causa dum bosta dum americano desenhista de vanderbins. Devia ser desses que passam desodorante no saco e usam halitol sabor menta. Pra completar, a latifundiária ainda tinha ficado com a minha grana de bolso que caíra em algum lugar do loft dela. Taqueopariu...

Os amarelinhos passavam zunindo por mim, os motoristas me olhando à espera de um sinal. Acho que eu dava um dedo por três dólares pro táxi. Talvez dois dedos. Bem pensando, dois dedos não eram nada pra quem quer salvar a pele. Ainda me sobrariam oito dedos pra estrangular a morena no dia do juízo final — se alguém não me estrangulasse antes por ali mesmo. O jeito era enfrentar com brio os 38 quarteirões que me separavam da rua 59. Era quarteirão pra caralho, umas cinco Pindamonhangabas de cabo a rabo. Mesmo considerando as distâncias quilométricas, é difícil nêgo se perder em Manhattan. Tem lá umas dez avenidonas de comprido e umas cento e tantas ruas transversais. Tudo plano. É um retângulo quadriculado e numerado, com exceção duns miolos de ruas. Number City. Cidade das Cifras. E eu sem tostão no bolso. Pé ante pé, cambaleante, fui vencendo o chão infinito da Sexta Avenida. Alright, eu me dizia, sebo nas canelas xará, mete bronca. À noite americana me acompanhava. Eu começava a reviver. Podiam me assaltar, me levar em cana, me chutar pra fora da cama de madrugada, como a Sandra tinha acabado de fazer, mas eu estava vivo. Podiam até me matar, mas, de algum jeito, eu continuaria vivo.

Vi um tremendo Cadillac branco estacionado no meio-fio. Senti uma pressão na bexiga; não tive dúvida: puxei a mangueira pra fora da calça já de zíper aberto e mijei solto e grosso no frontispício niquelado do Cadillac. A galera vibraria: brasileiro bêbado, sem um puto no bolso, mijando num Cadillac branco na ilha de Manhattan! Vingança contra a opulência imperialista! Mijada ideológica: o pênis como ser político. Era um gesto besta, que talvez nem o Rodrigues, com seu comunismo enragé, aprovasse, mas que me encheu de satisfação. Era a minha vingança contra as donas dos lofts que negam guarita pros bêbados apaixonados nas madrugadas estrangeiras. Se o gângster do Cadillac branco chegasse naquele instante era capaz de me costurar com uma rajada de metralhadora, e eu deixaria a vida boiando numa poça de mijo e sangue na cidade mais rica do país mais rico do mundo mais infeliz do universo. Dessa vez, consegui fechar a braguilha. Segui trocando pernas com a alegria da vingança consumada. Alright, alright, alright, fé na tábua e pé em deus, eu me dizia, marchando entre os tipos opacos que perambulavam na noite, vários empunhando garrafas. Se mamãe me visse, me dava uma chinelada na bunda e ordenava: já pra casa menino! Mas mamãe e papai estavam a milhas dali dormindo o sono manso dos aposentados, sin embargo de los fusos horários.

Eu ia firme no meu trote trololó, e, quando dei por mim, já estava na rua 38: Lembrei que a 42 era o centro do bas-fond mais pesado da cidade, cheio de bandidelhos que topam qualquer negócio por qualquer dinheiro. Me deu medo, mas um medo lateral, dos que não travam a caminhada. O medo ficou ali do meu lado, caminhando comigo, como um companheiro. Pedi-lhe desculpas por não poder parar e lhe dar toda a atenção. Se parasse, desmontava, ia de boca pro chão, nunca mais levantava. Não, não! Eu ainda tinha muito porre pra tomar, muita morena peluda pra desejar, muito Cadillac branco pra mijar em cima nesta vida. Não ia deixar a farra mixar tão cedo.

Passei pelo janelão com persiana entreaberta de um bar apinhado de gente. Colei a cara no vidro pra espiar lá dentro: peixes num aquário de fumaça. Eu tinha suado muito; me deu uma baita vontade de sugar uma cerveja bem gelada e trocar figurinhas coa mulherada, chicanas de pele jambo, loiraças bêbadas de boca borrada e olhar bochornoso, asiáticas de pernas curtas e peitos miúdos, que eu via pelas frestas da persiana. Mulheres. Uma cerveja, um gole de bourbon junto, pra temperar, e um papinho com os junkies, os viados, os traficantes, o barman, e todo mundo. Perguntar como ia a vida, se eles tinham visto o velho Bill Burroughs afundado no paletó mais largo que o seu cadáver, se eles achavam que o canalha do Reagan ia ganhar as eleições, se alguém ainda se lembrava de Carmen Miranda, qualquer coisa. Mas, lá estava eu, do lado de fora do bar, nariz esborrachado no vidro sujo, sozinho e mal acompanhado, durango, cansado pra caralho, com mais de vinte quarteirões pra palmilhar. Resolvi pegar meu rumo antes que me desse muita pena de mim mesmo. Nisso, um cara grisalho e barrigudo saiu do botecão puxando pela mão uma platinum blonde de minissaia de couro brilhante que mal lhe represava a banha lúbrica da bunda e da barriga. Os dois pareciam bem chapados — ela mais que ele. Engrolando resmungos, a loira se agarrou a um parking meter, mas o cara deu um repelão brutal e ela desancorou, trestrocando pernas pra não cair. Gritava coisas como: "Jack, you fucking bastard, fuck off! Lamego, lamego!". E o Jack respondia: "C'mon, you dirty bitch, c'mon, or I'll break your fucking neck right here!". Aí, a loira soltou um "Oh, shit..." num suspiro de abandono, e foi se deixando arrastar pelo tal do Jack ou George ou John. Tesei nas banhas da loira platinada e, em especial, num buracão de pele branca na meia preta dela, bem na batata da perna. Biscatão de primeira, grã-putona da pá-virada, pra Bukowski nenhum botar defeito.

Atravessando em linha reta a noite americana, me bateram vários momentos de lucidez cósmica, instantânea compreensão da minha presença no mundo e do mundo em mim. Aos meus olhos, eu era um santo grogue com o pé no sapato, na calçada, no espaço. Um santo sem milagres nos bolsos vazios. Na boca, o travo azedo de tudo que eu tinha bebido, cheirado, fumado, comido, vomitado, mais o veneno do ressentimento pela expulsão do loft-paradise da morena milionária. Buááááá! Na verdade eu não estava mais ligando tanto pra isso, pois a caminhada me enxugava a carcaça e, descontado o galo latejando um pouco acima da orelha esquerda, eu estava mais ou menos recomposto. Meu coração só começou a bater mais forte nas imediações da rua 42, onde tontons-macute cintilando homicídios nos olhos interceptavam a linha dos meus passos, me obrigando a mudar de calçada a toda hora. Black versus branco. Vontade de dizer pra eles, C'mon meus chapas, sou branco mas sou brasileiro, terra do mulato inzoneiro, do samba/ carnaval/ Pelé/ Ceci/ Peri/ cobras/ lagartos/ sacumé/ candomblé/ café/ pois é/ rima fácil/ vida dura/ tanto bate/ até que fura. Vontade de dizer isso pros blacks, omitindo, é claro, que eu era filho duma média e nédia família paulistana, armada de negros preconceitos contra pretos e pobres, minha mãe eternamente rosnando entre dentes que as pretinhas, mulatas, cafuzas, caboclas e mamelucas que serviam em casa por menos de um salário mínimo eram umas porcas, ladras, insolentes, preguiçosas, promíscuas e macumbeiras. Meu pai não tomava conhecimento do assunto; eu morria de vergonha culposa das êmpres, que não paravam muito tempo no serviço por causa do germanismo disciplinar da velha. Mas eu não disse nada disso ou daquilo pros crioulões e porto-riquenhos. Fui em frente, contornando as paranoias, até pisar por fim no carpete macio do apê de Sheyla, que dormia com porta do quarto aberta, nua no cetim, de bunda virada pra lua.

Contemplei uns minutos aquela bunda esférica de quarentona apetecível, enquanto mamava água, sabor geladeira, numa garrafa plástica. Fiquei de pau duro, me enfiei debaixo do jorro abençoado do chuveiro e comecei a socar uma lânguida punheta com o pau ensaboado. Quando estava prestes a gozar, me deu ganas de ir lá no quarto e me jogar molhado, tesado, sobre a bunda adormecida de Sheyla. Não deu tempo: gozei lindo na mão sobre a cidade de Nova York, enchendo de porra comovida aquelas ruas e avenidas numeradas, até cobrir o cume do prédio mais alto.

Duas ou três luas mais tarde, encontro um corpo estranho num bar. O corpo estranho acompanhava Marcela, amiga minha de São Paulo, com quem eu tinha dado uma rápida namorada, anos antes. Marcela tinha uma beleza instável que me obrigava a decidir a toda hora: ela é ou não é bonita? Em geral eu decidia que era. Tinha um corpo bem interessante, o que segurou nosso caso de mês e meio. Era toda lisinha, de um branco homogêneo, cheirosa de extratos variados, de maçã, capim-cheiroso, macelinha-do-campo, patchuli, noz-moscada e mais todo o herbário perfumoso à venda no comércio natureba. Ela gostava de ver meu pau "emplumado", como dizia, pois "o pau duro é a cauda de pavão da anatomia masculina". Eu retribuía chamando a bucetinha dela de "flúvia", porque na hora da lambança estava sempre lubrificada. Mas ela não gostava de flúvia, que lhe dava ideia de corrimento. Assim que eu bati os olhos nela, ali na mesa, ao lado do corpo estranho, antes mesmo de trocar beijos e abraços, tentei me lembrar: por que foi que não deu certo com Marcela? E com esse nome machadiano lindo. Acho que teve alguma coisa a ver com seu jeito insistente até a náusea de pantomimizar a vida o tempo inteiro, sob a direção do Grande Espírito Ludocrítico Universal (invenção dela), que só lhe dava alguma trégua na hora do tesão. De porre, então, era foda; eu e os amigos, a gente tinha que dar uns toques pro Espírito Ludocrítico se mancar, senão ela saía beijando garçom na boca, rebolava a dança do ventre na fila do cinema, fazia enquetes surrealistas coas pessoas na rua, tipo "O que o senhor costuma fazer quando não está fazendo nada?" — e outras intervenções pretensamente poéticas na crosta da normalidade. A merda é que era o tempo todo assim, a tal da "militância ludocrítica", como ela chamava. E se alguém ousava um "pô, dá um taime, Marcela!", ela voava no pescoço da pessoa com brados libertários, lhe pendurando no pescoço o cartaz verde-limão: CARETA.

Mas lá estava ela, agora, metida numas sapatilhas orientais que lhe conferiam lepidez de bailarina e um jeito meio infantiloide. Mulher ideal prum poeta lunático, pensei, enquanto cumprimentava o óvni antropomórfico que ela tinha por companhia. Um trintão calvo com longas madeixas laterais, a la Ginsberg anos 60. Todo de branco, braguilha de botão semiaberta, tênis imundos, sem meia, calcanhar encardido (não sei de onde me vem essa obsessão por calcanhares), e uns olhos azuis esbugalhados, numa cara inchada e lustrosa. Sentei com eles na mesa e pedi uma bud. Às vezes, no meio da conversa, as pálpebras do óvni iam tombando e ele entrava em alfa por alguns minutos, alheio a tudo. Daí, saía do minitranse e retomava a conversa, confundindo um pouco os assuntos. Chamava-se Alan, era de São Paulo, e tinha já três anos que andava ontheroading pelo planeta. Uma hora lá ele contou já ter dado umas bandas pelo cosmos numa nave de Marte. O papo do Alan era pluriorbital, atravessando na velocidade da luz temas como candomblé, Blake, música clássica hindu, Oswald, Zen, Jim Morrison, Breton, pré-socráticos e drogas. Ácido e ópio eram seus aditivos prediletos, embora não desdenhasse uma boa maconha. Nem um bom pó. Nem cogumelos alucinógenos. Nem nada, de fato, que desse algum barato. Era um vagal subsidiado, como eu tinha sido por dois anos, alimentando as turbinas da loucura com drogas, música e poesia piradas, e viagens a lugares remotos, nem todos situados no planeta Terra. Confrontado com os relatos de suas aventuras, eu me sentia nada mais que um bêbado sedentário e preguiçoso. Ele, pelo contrário, parecia um vulcão com pernas. Marcela logo virou plateia na mesa do bar, onde eu tinha entrado sozinho pra me benzer com budweisers geladas, no meio de uma flanação vespertina. Foi um encontro e tanto. Assim que me viu, Marcela disparou um "Hi, Ricardinho!" que instaurou um lapso de silêncio reprovativo no ambiente. Em seguida, veio pra cima de mim com muitos beijos (um na boca) e abraços constritores, na melhor tradição riponga brasileira. Como já contei, ela me apresentou pro Alan, que numa gentileza desengonçada se levantou pra me cumprimentar. Não demorou muito pr'eu começar a maquinar um jeito de ganhar Marcela prum repeteco erótico da nossa velha transa. Lembrei da gostosura que ela era na cama, mas também lembrei do quanto ela tinha ficado triste quando eu puxei o carro de fininho. Ela me caçava por São Paulo sem conseguir mais me arrastar pro amor dela. Tinha um ano que morava em Nova York estudando dança, teatro, acrobacia, técnicas de relaxamento e coisas do gênero. Não parecia ressentida comigo. Tentei ficar na minha, mas o palhaço carentão dentro de mim esfregava as mãozinhas sem parar, ansiando por um picirico. Só que, no fim das contas, Alan foi se revelando um louco genial, grande papo, e Marcela ficou um pouco de escanteio. Situação clássica: mulher na sombra assistindo o brilhareco cultural dos machos ilustrados.

Depois de uma profusão de budweisers com shots de bourbon, e tilintadas as moedas no tampo da mesa, fomos pra rua estourar um corneto de hash que Marcela trazia na bolsa. Ela me informou que estávamos no Soho. Achei aquilo meio parecido com Pinheiros, em São Paulo. Nas minhas flanadas por NY entrei numas de achar tudo parecido com São Paulo, só que em megaescala, Comentei isso com Alan, que lembrou uns versos dum argentino, chileno, mexicano, não lembro, mais ou menos assim: teus passos nesta calçada ressoam noutra calçada, de outra rua, noutro tempo e lugar. Eu ficava achando aquela cidade apenas uma ala muito mais rica do mesmo hospício que eu conhecia em São Paulo. Alan contou que estava há três dias sem dormir, indo de um lugar pro outro, tomando e agitando todas. "Meu, cê já tomou benzedrina? Os caras aqui chamam de bennies, uns tabletinhos, cê fica ligadão por dias a fio", ele disse, cum sotaque de roqueiro da Pompeia que contrastava com a sua figura de profeta pop-erudito cosmo-junky. Marcela se esmerava num andar de cadência tai chi teatral-sexy, que me deixou entrever o quanto seu corpo tinha melhorado nos últimos anos: enxuto, esguio; muita dança, muita comida natural, nada de vícios pesados. Pessoas como a Marcela vão morrer de quê? — é o que eu vivo me perguntado, enquanto não morro entupido de gordura, drogas e sedentarismo.

Alan estava na ilhota tinha menos de um mês, vindo da Índia, de onde trouxera uma cítara e uma naja dentro de uma cesta de vime que acomodou sob os pés durante a viagem. No aeroporto o funcionário quis ver o que tinha na cesta. Alan disse que era um pequeno animal de estimação, o funcionário foi conferir, desatando o fecho da cesta e advertindo que a importação de animais era rigorosamente proibida sem os papéis competentes, além do quê, Alan já tinha cometido uma séria infração do código aéreo transportando um animal junto com os passageiros, e que ele seria obrigado a/ — o coitado nem completou a sentença, pois, aberta a cesta, a naja emputecida armou-lhe um bote majestoso, de capelo eriçado e tudo. "Meu, o cara deu rabo de desmaiar de susto, mora, senão a naja ia abocanhar o nariz dele. Lá na Índia eles tiram as bolsas de veneno antes de vender as najas, de modo que o cara da alfândega nem corria grande risco se fosse picado, mas de qualquer jeito ia pegar mal pra caralho", explicava Alan, divertindo-se com a história que contava, feito um querubim traquinas. Marcela pontuava a narrativa do amigo fazendo evoluções de naja feroz em plena calçada, sem que ninguém desse a menor pelota pra ela, nem pro canhão de hash que dividíamos irmanamente. Alan quase foi repatriado, mas no fim conseguiu livrar a cara pagando quinhentos dólares de multa e doando a naja pro zoológico.

Com o tempo fui notando que Alan endereçava mais à Marcela que a mim as artimanhas da sua prosa. Eles não se tocavam — o toque físico nem sempre dá o toque do casal nesta altura da modernidade —, mas era óbvio que o citarista, poeta, filósofo e sublime picareta não era totalmente alheio ao charme pantomímico de Marcela; quer dizer, à maneira zen-tímida dele, Alan babava na bailatriz. De vez em quando, Marcela abandonava suas pirevoluções e se intrometia no papo com apartes teóricos: "Aquela naja era o próprio terceiro mundo dando um qualé na Babilônia imperialista", e "Tudo é signo. Por isso que entre a política e a poesia, eu fico com a semiótica". Alan mal ouviu semiótica e saiu disparatando: "Pruma boa leitura semiótica basta tapar um olho. Assim, ó", e tapou um olho. "Cês conhecem o lema dos semióticos? 'Em terra de cego, quem tem um olho é rei.' O patrono deles é o Luís de Camões", e se sacudia numa gorda gargalhada. Marcela, então, encerrava a intervenção verbal e retornava "à minha linguagem, a linguagem do corpo", como se a linguagem que sai da boca e leva o nome do músculo que lhe modula os sons viesse de outro lugar que não o corpo. Daí, o papo foi pro além e Alan começou a contar como foi seu passeio naquele disco voador marciano, certa noite, em São Paulo. Seus neurônios degustavam um ácido poderoso na cobertura do prédio dos pais dele, ao lado da caixa d'água, quando o disco apareceu. Eram uns adolescentes mandrakados de Marte que tinham roubado a naveta interestelar do pai de um deles pra dar umas bandas pelo silêncio eterno dos espaços infinitos. Deram uma rasante na Terra e avistaram Alan na cobertura do prédio mentalizando outros mundos e resolveram, só de sarro, fazer um contatinho imediato do primeiro grau com o terráqueo sonhador. "Foi demais", contava Alan, "uma energia luminosa ejaculava por todos os meus poros durante a viagem."

Marcela perguntou que cara tinham os marcianos e ele explicou que era quase impossível descrevê-los, pois não tinham forma fixa, e tanto pareciam enormes bolsas d'água transparentes, quanto rãs fosforescentes de um metro e meio de altura, sendo que o líder da gangue, em certos momentos, poderia ser confundido com um chafariz luminoso policromático se ficasse parado no meio de uma praça do interior. Alan achou tudo muito natural e aceitou o convite prum universe-by-night. A língua dos marcianos? "No começo, inglês, que eles detectaram como sendo a língua do lugar, pois era a mais ouvida nas emissões musicais de rádio que eles captavam. Depois, se mancaram e plugaram o conversor linguístico fonocerebral deles no portuga from Brazil, versão paulistana. Acharam que era um dialeto derivado do inglês, com ressonâncias afro", continuou Alan, entre umas risadas de autodeboche. Um deles captou vibrações poéticas na aura do terráqueo e ficou muito contente com a descoberta, confessando-se poeta também. "Meu, aí os outros marcianos caíram zombando em cima dele, chamando o carinha de viado, passando a mão na bunda dele, dando tapa na cabeça, aquelas ondas de adolescente. Mas tudo carinhoso, numa boa. Então, o marciano poeta — o nome marciano dele convertido pro português dava algo como Alaor — disse que tinha dezessete anos e todas as manhãs abria a janela do quarto e disparava abominações poéticas contra Marte, que explodia numa violência de fogo, cacos e gritos de dor e morte, até que, dissipada a fumaça e baixada a poeira, Alaor via que Marte continuava intacta, e tudo não passava de retórica aplicada. Então, enchia os pulmões de nitrogênio, compunha uma ode de amor a Marte e ia tomar seu café, antes de seguir pro colégio."

Nesse ponto, os três, meio que por acaso, meio que conduzidos por Marcela, que ia de baliza à nossa frente, entrando numas com os freaks na rua, brincando com as criancinhas e os cachorros, chutando porcarias, como num musical da Metro com Julie Andrews no papel-título, chegamos num píer do cais de Nova York, de onde tinha acabado de zarpar o barquinho turístico que faz a volta completa em torno de Manhattan. Alan achou o maior barato que as nossas pernas tivessem levado a gente até o mar por conta própria. Disse que a água atrai as almas de ambulantes, e que isso lembrava o narrador de Moby Dick. O cara perambula a esmo por Nova York até dar no cais. Aí, a visão do mar e das velas brancas insufla seu peito e lhe dá ganas de partir pruma aventura marítma. Por causa do Herman Melville, a gente decidiu esperar o retorno do barco turístico pra se engajar no périplo de quarenta minutos around Manhattan. Marcela, de braços abertos, brincava de equilibrista em cima da mureta rente à beira do cais, cinco ou seis metros acima da água. A mulher que vendia ingresso pra barcarola circulante deu-lhe uma tremenda chamada no saco, lá da bilheteria: "Hey, you, tem muito cadáver de equilibrista no fundo desse rio! Saia já daí!". Marcela obedeceu, dando de ombros. "Babaca", ela rosnou em português pra mulher. "A fulana tem razão, Marcela", eu disse. "Tava assim de tubarão torcendo procê cair. Não é todo dia que eles apanham uma brasileirinha tão sestrosa. Além do mais, quem ia pular na água pra te salvar?" Alan atalhou: "E justo hoje que eu mandei minha tanga de Tarzan pro tintureiro...", sacudindo corpo e aura numa sonora gargalhada. Aí, reacendemos a bituca, longe das vistas da bilheteira, e emendamos um papo torporoso, angu de abobrinhas gerais. Fomos sentar à sombra da marquise de um armazém, nuns caixotes vazios de grapefruits Holy Sun. Alan se encantou com a marca das grapefruits: "Sol Sagrado! Genial! Tô sentindo as vibrações incas chegando até a gente via caixas de grapefruit! Grapefruit, ó grapefruit, se fosses bola te dava um chute! Hahahahá! Fomos escolhidos pelo deus-sol pra alguma missão importante". Marcela pulou de pé e deu algumas piruetas rituais incas, que prum desavisado poderiam passar por egípcias. "A aparição do Sol Sagrado pode ser prenúncio de tragédia. Quem sabe não é um sinal de que o barco vai afundar nas águas oleosas e merdentas do rio Hudson. Olhaí rapaziada, a gente foi incumbido pelo destino de salvar as criancinhas e os idosos. Sem contar as senhoras gordas."

"Eu não", falei. "Só salvo as garotas bonitas de mais de treze anos. Em casos muito especiais, as de onze e doze também." Alan se cagava de rir, e eu também, e Marcela dançava em homenagem ao Sol Sagrado, e o tempo passou, e de repente o barco turístico apontou na curva do cais, apitou três vezes e atracou no píer.

Quatro dólares e sessenta e cinco cents, per capita, e nous voilá no banco de madeira do barco, a céu aberto. Tinha uma ponte de comando envidraçada, de onde o velho lobo do mar com seus longos cabelos brancos, a barba branca e o quepe branco coroando o bronzeado do rosto, babujava pitoresquices sobre Manhattan pelo alto-falante estridente, junto com propaganda de boates e restaurantes que deviam ser os piores da ilha pra se deixarem anunciar por aquele canastrino. Pensei: só lhe falta mesmo um cachimbo. Três ou quatro minutos depois, ele abocanhou um cachimbo recurvo, acendeu, arrancou volumosas baforadas, completando assim a imagem do perfeito babaca-do-mar. Marcela estava sentada entre Alan e eu. O resto dos passageiros era a mesma caterva média dos parques e zoológicos dominicais: matrimônios calados, namorados em êxtase de tédio, crianças pentelhas e pentelhadas por pais boçais, aposentados terminais e tias sufocando na menopausa, e até um casal de hippies andinos, ambos com ponchos de lã de lhama naquele calor de 35° à sombra. Olhavam tudo com a indiferença resignada de velhos incas. Devem ter ido a NY pra ver onde foi parar o ouro que Cortez lhes afanou, pois, como se sabe, os sereníssimos reis de Castela despachavam agora em Wall Street. Olhando pro casal de hippies peruanos, se não eram bolivianos ou equatorianos, uma sinapse paranoica se estabeleceu nos meus neurônios entre aqueles bistetranetos de incas e as caixas de grapefruit Holy Sun. Alan pitonisara: uma tragédia estava pra acontecer. Talvez o barco afundasse mesmo, e eu nem tinha certeza se ainda sabia nadar. De qualquer jeito, um banho naquele mar de petromerda multinacionalizada não estava incluído nos meus planos pr'aquela tarde. Ia perguntar pro Alan se os incas adoravam mesmo o sol, se não seria a lua, mas ele viajava de olhos fechados nas ondas cósmicas que o conectavam diretamente ao vasto universo e adjacências. Podia ser também, aliás, era o mais provável, que as greipefrutas do Sol Sagrado não tivessem picas a ver com os incas, que, por sua vez, nada teriam a ver com o casal de hippies andinos, e que o nosso barquinho navegasse até o fim de seu trajeto rotineiro ao largo dessa profecia besta, como vinha fazendo até ali.

O fato é que me bateu um medo da porra, tão irracional quanto eficiente em azedar meu sentimento do mundo, enquanto ouvia as histórias que Marcela me contava, tendo ao fundo a ereção prepotente de Manhattan, de mistura com as abobrinhadas que o velho capitão Little Shit gania pelo alto-falante sobre como o holandês Peter Stuveysant e sua perna de pau cravejada de prata perseguia cruelmente os quakers e luteranos na antiga Nova Amsterdam, depois New York City. Eu sentia no peito que alguma coisa de muito ruim estava pra acontecer. Íamos passar debaixo de uma tremenda ponte que liga Manhattan ao Brooklin ou a Nova Jersey, não sei bem. Pois eu encanei que a ponte ia desabar em cima do nosso barco assim que a gente penetrasse na sombra projetada n'água. E quanto mais eu procurava me dar conta da irracionalidade desse medo, mais ele me dominava. Juntei toda a atenção de que era capaz nas palavras que Marcela dizia sobre um aborto feito havia um tempo, ainda em São Paulo. Entramos na zona sombria e eu juro que enterrei um pouco a cabeça nos ombros, temendo catástrofes e jurando de pé junto pro Sol Sagrado que, se escapasse daquela, eu comprava uma caixa de grapefruits Holy Sun e jogava uma por uma no mar, em sua homenagem. Navegamos por alguns instantes de tensão máxima sob a ponte. Daí reingressamos na luz e nada nos caiu em cima, nem mesmo uma cuspida, um toco de cigarro, um olhar malvado de cigano. Alan continuava em alfa e o aborto foi saindo em palavras pausadas da boca de Marcela. O pai do feto tinha sido escolhido sem consulta prévia; ela simplesmente fisgou um cara num bar, se dizendo: é com esse que eu vou. Era um jornalista esquerdista ex-terrorista, três istas que o pai dela execrava. O pai de Marcela, um craque abonado do bisturi, entrava mais adiante na história, depois que o tal do jornalista comunista ex-terrorista a engravidou. O feto já ia pro quarto mês quando o jornalista conseguiu dar um corte definitivo nas pretensões maternais da minha amiga, que até ali contava seduzi-lo pra aventura da paternidade. Mas o cara bateu o martelo: Não quero! O feto se arrepiou todo no útero de Marcela. O barco e seu ronco surdo, Alan boiando numa canja de estrelas, o capitão Little Shit no timão e sua torturante simpatia ready-made ao microfone, o sol, que me carbonizaria se eu o comparasse a uma grapefruit luz-caliente pendurada no azul baço de Nova York, a menopausa das tias, o câncer dos aposentados, o tédio dos matrimônios e dos namorados, os hippies andinos, as crianças vazando perguntas e exclamações por todas as bocas, tudo isso e mais o perfil de Nova York à minha esquerda, por cima da cabeça de Marcela, não passava de um telão fútil contra o qual se destacava a única realidade que me espancava os sentidos naquele instante: o aborto da minha amiga. Seu pai se inteirou da situação pela boca fofoqueira de outra filha, irmã da Marcela, e partiu pro ataque: em que travesseiro ela estava coa cabeça quando se deixou inseminar pelo jornalista-ista-ista? Que, aliás, pegou a primeira saída à esquerda e decretou o fim do affaire amoroso. Não queria saber do filho em gestação, nem da mulher. Garantiu que lhe pagaria o melhor aborto do país. O cara chegou a brandir o dedo e ameaçar vinganças, a mais efetiva sendo: não reconheço o guri, de jeito nenhum, nem que eu vá em cana, desista. Um ex-militante da luta armada sabe bem o que não quer, e melhor que ninguém sabe não querer. O pai de Marcela, por sua vez, se prontificou a fazer ele mesmo a operação, delicada àquela altura da gravidez, pois não confiava em nenhum outro carniceiro de São Paulo. Marcou a operação num hospital pequeno do Jabaquara, do qual um amigo seu era diretor clínico. Pai operando filha — ainda por cima aborto — só na mais extrema urgência, rezam as regras éticas da máfia de branco. Mas o velho cirurgião não quis nem saber de ética nem de meia ética, e foi assim que o avô trucidou o netinho numa cirurgia dramática. "Avô aborta neto", confesso, dá um belo tema de melodrama romântico português, com muitos bigodudos apopléticos e peitudas histéricas em cena. Mas foi exatamente essa a história que Marcela me contou, enquanto a nau dos patifes rodeava a ilha dos caciques. O avô arrancou o neto do ventre da filha e jogou o guri (era mesmo um menino, revelou depois a Marcela) no saco plástico azul que foi parar na lixeira da humanidade. "Arrancá fruto verde machuca o gáio", diz o ditado. E não deu outra: Marcela perdeu muito sangue, sofreu uma bateria de infecções pós-operatórias, perigou de empacotar. "Até hoje não recuperei a velha forma", disse ela, apontando pra magreza de seu corpo, que eu tinha confundido com saúde atlética. "E não sei se não fiquei estéril pra sempre."

Me bateu uma súbita queda de pressão sob o sol acachapante depois de ouvir aquele relato. Se eu fosse uma senhorinha, desmaiava nos braços mais solícitos em volta. Joguei a cabeça pra trás, crispei as mãos na borda do banco, inspirei fundo. Passou um tempo. "O preço foi alto, mas tô te achando joinha, assim magrela", foi tudo que eu achei pra dizer a Marcela, que ainda me fez o favor de se sentir galanteada. Aí, Alan retomou do hiperespaço e eu quis saber como acabava aquela história da viagem dele no disco voador. "Que história do disco voador?", ele perguntou, ainda um tanto alheio. "Você não deu umas bandas num disco voador pilotado por uns adolescentes de Marte?", perguntei. "Dei", disse ele. "Como cê sabe?" — "Você tava contando antes da gente embarcar nessa joça. Você disse que tinha tomado um acê na cobertura do teu prédio e aí pintou o disco." — "Orra, meu, pode crê. Onde é que eu parei mesmo?" — "Um dos garotos marcianos se revelou poeta e entrou numas com você." — "É mesmo...", fez Alan, e enxugou o suor do rosto na camiseta, deixando à mostra uma pança branca perfeitamente esférica e dura, ao contrário da minha que era mole e se derramava pra fora da cintura da calça. Buda era pançudo; por que não Alan e eu? Ele continuou: "Bom, aí me apresentaram kriptoína, um pó verde que eles aspiravam com um tubinho fluorescente. Meu! Perdi os limites, me expandi em círculos irradiantes que se abriam pra imensidão. Nenhum efeito colateral no organismo. Êxtase puro. Então, o Alaor, já falei do Alaor, né?". — "Já", eu disse. — "Pois é, o Alaor recitou pra mim alguns poemas de uma *Pequena antologia da poesia clássica marciana*, organizada por um emérito poeta de Marte, cujo nome, traduzido instantaneamente pro português pelo conversor línguístico, dava Alberto Marsicano. Pô, meu, esse conversor dos caras era o maior barato, não só traduzia como também encontrava equivalências culturais entre Marte e os demais planetas do sistema solar. Enquanto o Alaor recitava, outro marciano fazia um som num instrumento híbrido de sopro, teclado e cordas que não se parecia com nenhum instrumento terráqueo e, ao mesmo tempo, era parecido com todos. Depois do recital, o conversor linguístico puxou um pigarro eletrônico e anunciou com sua voz metálica as equivalências terráqueas daquele som: Parker Hendrix Monk João Gilberto. Aí eu comecei a sacar tudo de uma perspectiva marciana. Meu! Foi ducaralho!" Eu interrompi Alan pra perguntar: "Me diz uma coisa, Alan, cê lembra dos versos que o Alaor recitou?". — "Da *Pequena antologia da poesia clássica marciana*?" — "É." — "Lembro, claro." — "Então declama uns poemas aí, que é prum bom espírito marciano baixar entre nós", eu disse, espremendo Marcela num abraço solidário, por conta daquela cabulosa história do aborto. Alan disse: "A merda é que eu só consigo lembrar dos poemas quando eu tô num mood muito especial. Preciso de música, mas nunca sei que música é essa até que ela começa a soar e eu entro numas e aí me pintam os poemas marcianos. Com cítara e ácido costuma dar certo". — "E com pó?" "Não sei, talvez." — "Cê tá coa cítara no hotel?", perguntei. — "Tô, mas não tenho ácido nem pó." — "Então, vamo lá pegar a cítara. Depois a gente vai pra Sheyla, onde eu tô hospedado, que lá sempre tem pó. A Sheyla é um barato, cês vão adorar ela e vice-versa."

O hotel, L'Hermitage, na rua 30, west ou east, não lembro, era uma espelunca bastante razoável. Marcela e Alan partilhavam um quarto com cama de casal e color tv. O sarcófago preto da cítara cochilava em cima da cama. Do quarto, dei um telefonema pra Sheyla, avisando que eu ia chegar com uns amigos. Ela estava audivelmente bêbada do outro lado, s'escangalhando de gargalhar com as besteiras que alguém lhe dizia. Falou e liberou: "Vem logo, Ricardinho, traz seus amiguinhos". Ao fundo, um coro de vozes e risadas briacas. Pensei: será que vai ter clima pro Alan evocar os poemas marcianos? Não custava tentar; ninguém tinha picas pra fazer mesmo. Alan sobraçou a caixa preta, Marcela trocou a sapatilha azul com apliques chineses por uma vermelha de pano reluzente e mudou de camiseta na nossa frente, não fazendo nenhuma questão de esconder os bastante apreciáveis peitinhos. Alan olhava os peitos de Marcela, que eram pequenos e duros, cum sorriso de beato tarado. Eu matutava: se rolar um lance entre mim e essa menina, o Alan que vá se consolar no cosmos com seus amigos adolescentes marcianos. A nova camiseta de Marcela tinha uma foto de um tronco de mulher nua estampada no peito, imitando a Vênus de Milo. Os peitos da imagem se sobrepunham aos de Marcela. Daí, a gente caiu fora, se meteu num amarelão, e rumou pra rua 59. Éramos quatro agora: Alan do Além, Marcela Bela, Ricardim Kascatim e a implícita cítara em seu traje a rigor. Minha mão roçou a mão de Marcela no banco de trás do táxi. Meu pau acordou. Olhei em frente, através do para-brisa, a rua larga, reta e longa. O motorista enfiava o pé no acelerador, o carro velho trepidava, já eram oito da noite no relógio digital da esquina, mas a luz do dia ainda estava a postos. Eu já estava acostumado com esses dias intermináveis de verão ao norte do planeta, mas me batia, às vezes, uma nostalgia dos crepúsculos brasileiros que compareciam religiosamente no fim da tarde e logo afundavam na escuridão.

O porteiro do prédio da Sheyla examinou nossa comitiva com sua costumeira desconfiança fardada, seguindo a gente até o hall dos elevadores. Eu disse um hello sucinto pra ele e recebi de volta uma leve oscilação da aba de seu quepe. Alan, claro, era o foco principal do olhar investigativo do cara, e mais ainda o ataúde preto da cítara. Aquele porteiro devia ter visto muito filme de gângster e, na certa, farejava uma sólida metranca dentro da caixa preta; ou bananas de dinamite; ou pedaços de cadáver. A porta do elevador abriu, eu entrei, Alan entrou atrás com a cítara, e Marcela, antes de entrar, executou um tournant completo na ponta do dedão, mor de se exibir pro porteiro. Lá dentro, ficou experimentando poses de estátua sexy num espelho de corpo inteiro que colaborava com o narcisismo dos condôminos. Alan curtia de olhos fechados a trip vertical ascendente de vinte e cinco andares até o andar da Sheyla. Nunca vi day tripper maior que esse cara. É como se ele tentasse instaurar um paraíso aqui na Terra pro caso de não haver nenhum disponível depois da morte.

Ao lado da porta do apê da Sheyla, no 25th floor, tinha um vaso no formato de um transatlântico com exuberantes flores artificiais jorrando da chaminé. Eu mal tinha reparado naquilo ao chegar ali da primeira vez, mas agora a peça provocava êxtases exclamativos em Alan e Marcela, que fizeram vários comentários sobre a surpresa poética de topar com um transatlântico

280

ancorado no vigésimo quinto andar de um prédio em Manhattan. Alan disse que aquele devia ser o bateau ivre do Baudelaire fazendo a todos que entravam ali uma invitation au voyage. Lá dentro a viagem seguia seu curso no boudoir da Sheyla. Música, risadas, vozes exaltadas, cheiro de fumo colombiano, tilintins de taças e alguns esparsos snifs de canudinhos feitos com nota de dólar. Eu já tinha advertido meus amigos de que a Sheyla, apesar de sua inclinação pelo kitsch, era mulher cultivada nas bibliotecas do ócio. Fora casada por dez anos com um ricaço intelectual da família Snorrenfeld, economista e industrial da pesada (máquinas-ferramentas) com breve passagem pelo ministério do planejamento de um dos governos militares, como principal assessor do ministro. Sheyla tinha perfeita consciência teórica do seu cotê kitsch. Dizia que o bom gosto burguesoide, do pop ao clássico, passando pelas vanguardas, tinha caído na vala comum da mesmice consagrada pela mídia, acuando o kitsch prum reduto cada vez mais restrito, onde se abrigava uma verdadeira elite que ela chamava de "aristocracia camp". Gente com espírito lúdico e endinheirada a ponto de desembolsar duzentos e cinquenta dólares por um vaso em forma de transatlântico, sem desprezar as pequenas bugigangas kitsch-poéticas a preços irrisórios, como a torre Eiffel de plástico com luzinha colorida que ela tinha na penteadeira, ao lado de outros badulaques, sem falar na própria penteadeira. Entrei no quarto liderando a comitiva: Marcela, que se apresentou numa mesura de bailarina, e Alan, abraçado à citara, sua verdadeira amante, o que certamente não excluía umas bimbadas na Marcela. Sheyla se esbaldava com Jorge (Rór-rê), el ar-rentino gay, y su colega no menos gay, o brasileiro Paulinho Bê, os mesmos que eu tinha conhecido na minha chegada. "Bê do quê?", perguntei pro Paulinho mais tarde, quando já estávamos atrolhados do pó que eles tinham trazido e mareados do espumante espanhol oferecido por Sheyla, que, pelo visto, começava a economizar no luxo. "Bê, de Bethânia", explicou Paulinho Bê, com sua voz grave e rouca de fera dos cabarés. O cara venerava a Maria Bethânia, pra ele uma santa baiana capaz de produzir milagres em série com a voz: "Que Berré nos proteja e alegre por essa vida afora, e que Oxum-Maré proteja ela de sempre à eternidade. Saravá!", declamou o devoto.

Marcela e Sheyla se detestaram à primeira vista. "Gostei do seu pretinho básico", ironizou Marcela, referindo-se ao layout de puta sadomasô da outra: sutiã-copa, que lhe alçava a peitaria por baixo, deixando à mostra as rodelonas marrons dos bicos; calcinha-tanga, cinta-liga e meias longas, tudo preto. Sheyla se divertia comprando paramentos de suruba em pornoshops, e dizia, sei lá se era verdade, que de vez em quando ia caçar uns níqueis numas boates de putaria soft, só de farra. Sheyla não deixou barato e assestou sua zarabatana venenosa contra as sapatilhas e os apliques bordados nos jeans e os longos cabelos de Marcela. "Acho hippie uma gracinha", soltou. "Sempre que posso compro um colarzinho de contas que nem o seu aí, pra ajudar o coitadinho do hippie artesão que não tem onde cair morto. Depois, dou tudo pra minha faxineira porto-riquenha. Ela adora bugiganga". Me vi, pois, prensado entre a gratidão a Sheyla, que me hospedava, e o tesão renascente por Marcela, que eu encontrara por acaso na rua. Resolvi que era melhor não meter o bedelho naquela briga de aranhas.

Sheyla tomava o primeiro porre sério depois da operação. Debicava sem parar flutes sucessivas de Cordoniú, com intervalos cafungadores e chibabeiros. Desbordava em gestos espalhafatosos, falação enfatuada, gargalhadas obscenas. Chamei-a de Rainha das Impudicas; em troca, ela condecorou minha cara de beijos: testa, bochechas, queixo e boca — vários na boca. Sheyla deixava claro que nessa noite eu teria a grande chance de demonstrar toda a minha gratidão pela hospedagem na ilha de Manhattan. Considerei de relance seus países-baixos, mal tapados pela calcinha-tanga com cinta-liga. Pornoshop style. A calcinha tinha o requinte sacana de um rasgo rendado no entrecoxas, por onde lhe afloravam os grandes — enormes! — lábios. Considerei sem ternura aqueles beiços pendentes. A tanguinha de nylon deixava à mostra um pedaço do esparadrapo cor da pele que protegia a cicatriz. Eu me arrepiava só de imaginar meu pau penetrando na fresta da calcinha até atingir a região traumatizada pela cirurgia. O corte podia abrir durante a transa: sangue e vísceras se esparramando no cetim branco da cama bitch-kitsch da Sheyla. Eu seria processado por lenocínio sexual, matar para fornicar, e puxaria cinco anos de cana em Nova York, antes de ser repatriado. Eu mantinha Marcela na alça da mira, eu queria aquela mulher e não achava impossível que voltasse a rolar um bate-coxa de responsa entre nós. Afinal de contas, eu já conhecia o caminho. Intuindo uma rival na "hippie", Sheyla era toda um esbanjamento de gracinhas pro meu lado. Foi aí que eu dei uma briosa cafungada e sugeri ao Alan que dedilhasse umas ragas na cítara pra nosso deleite espiritual. Sempre rindo — esse bom humor inabalável devia ser uma sequela benigna da carona sideral —, Alan tirou a cítara da caixa preta, provocando alvoroço instantâneo na roda. Olhos e dedos avançaram pra cima do instrumento bojudo de madeira envernizada e cordas de cobre. Jorge quis saber se tinha algum espírito hindu preso naquela gaiola. Alan respondeu que ali morava a alma do grande Marajá Marahkuj'Ah (ele empostava a voz de um jeito que resultava nessa grafia, acredite), que morreu de overdose de chutney de maracujá no século quinto, d.b. — depois de Buda. Enquanto a gente fuçava a cítara, que ele cedera à nossa curiosidade, Alan se atracava com um bolo de chocolate cortado em fatias que descansava numa bandeja de papelão laminado em cima da penteadeira. Daí, empapuçado de bolo, chupou os dedos, enxugou as mãos na encardida calça branca de algodão cru e recuperou seu instrumento. Marcela avançava pra desligar o gravador que tocava um ska dos Specials, quando Sheyla barrou-lhe o caminho, proclamando: "Deixa que eu mesma controlo o som na minha casa. O som e o silêncio". Aquela segunda frase, mais, assim, poética, tentava relativizar a dura. Em todo caso, a grande potentada do Congo rebelde desligou o gravador. Clima.

Alan começou a afinar a cítara. Disse que ia começar pela raga dos Paraísos Artificiais. Sentado de iogue corcunda no carpete bege, pálpebras a meio-pau, cítara no colo, ele tangia as cordas e apertava as tarrachas com torções cada vez mais sutis. Paulinho Bê, Jorge e Sheyla trocavam cochichos e risinhos. A mão esquerda de Alan deslizava pelo longo braço da cítara, enquanto a direita, coa palheta, fazia carícias sensuais nas cordas. De vez em quando, apertava uma tarraxa, subindo ou descendo o tom de uma corda. Vibrações místicas percorriam a sonoridade trêmula do instrumento, impondo-nos aos poucos um silêncio respeitoso. O zumbido modulado de um enxame de pernilongos dominou a cena. A afinação durou uns cinco minutos. Quando finalmente Alan e a cítara se puseram de acordo e o silêncio cresceu no quarto, a plateia explodiu em palmas e assobios. Alan agradeceu, unindo as mãos em prece na testa, e contou: "Uma vez, num concerto de rock, a turma aplaudiu delirantemente o Ravi Shankar depois que ele afinou a cítara, que aliás é um instrumento muito sensível e precisa de afinação a toda hora. Aí, mora, o Ravi Shankar disse assim pros caras: 'Se vocês gostaram tanto da afinação, estou certo de que vão apreciar também o concerto'. Eu diria o mesmo a vocês, com todo o respeito". A turma, inclusive eu, aplaudiu a verve do Alan, que já ensaiava os primeiros acordes da raga dos Paraísos Artificiais. Mas Sheyla não se conteve, "e por falar em Ravi Shankar", atropelou a raga com uma história acontecida em 1970 envolvendo um outro citarista indiano e uma orgia iogue, com muito incenso, massagens de óleos perfumados, maconha e o seu desquite (mais tarde divórcio) do inteleco-industrial. Em resumo, o maridão chegou pra jantar no duplex do casal, na praça Buenos Aires, com dois ilustres economistas canadenses e senhoras, em visita ao Brasil, e topou com uma "Sessão de sensibilização erógena coletiva" promovida por

Sheyla e seu mestre de ioga, com a participação de todo o elenco de uma peça de vanguarda em cartaz na cidade, mais uns iogues avulsos não menos excitados. O marido da Sheyla abriu a porta justo na hora que a sessão atingia o clímax sensorial, com paus penetrando bucetas e cus e bocas e tudo mais, ao som de Ravi Shankar. Sheyla, flagrada em pleno felatio com o mestre de ioga, não perdeu o rebolado e propôs que o marido e os canadenses aderissem à suruba hare krishna. "Um dos canadenses ainda deu uma olhada pra mulher", contava Sheyla, "pra sondar o que ela achava da proposta. Mas o constrangimento acabou dominando a cena e os caras deram no pé." — "E o teu marido?", perguntou Jorge. "O Hugo? Sumiu. Uma semana depois, o advogado dele me telefonou pra me informar que já estava dando entrada no desquite. Cê acredita que eu só fui reencontrar o Hugo quase um ano depois, na primeira audiência judicial?" — "E a suruba?", quis saber Paulinho Bê, "Que fim levou a suruba?" — "A daquela noite? Continuou firme e forte noite afora, menino!", mandou a devassa para novos aplausos dos dissipados presentes. Ouvindo aquela história, meio fantástica, fiquei imaginando o que eu faria no lugar do tal do Hugo. Talvez dissesse algo como: "Sheyla, querida, quando você acabar de chupar o pinto do seu amigo, enxuga a boquinha e vem aqui conhecer o pessoal do Canadá que eu trouxe pra jantar". Pros canadenses eu explicaria com alto senso didático e no meu melhor francês, aqui já em tradução simultânea: "Não liguem, não, mas nós brasileiros somos um bocado informais. Se quiserem aceitar o convite da patroa, fiquem à vontade. Temos camisinhas e vaselina de sobra. E quem preferir não botar camisinha, pode desencanar, na boa, que no final serviremos uma dose de Benzetacil 500g na veia pra quem quiser".

Alan aproveitou a pausa para dar mais uma sniflada no pó esticado num espelho sobre a cama. Virou também duas flutes seguidas de champanhe, "pra limpar os canais competentes", antes de voltar à raga. O som sinuoso de serpente sensual se expandia em espirais no ar saturado do quarto. Marcela, empertigada numa cadeira, acompanhava com dedos ondulantes a melodia fugitiva da raga. Sheyla se encaixou entre Paulinho Bê e Jorge na cama, recostados os três na cabeceira, sobre almofadas. Eu tirei os sapatos e fiquei traçando rotas ansiosas no carpete, impossibilitado pela cocaína de parar quieto. Uma tempestade de correntes elétricas se desencadeava na ravina que separava meus dois hemisférios cerebrais. Se eu dissesse que ideias embarcadas em naus de papel desciam de roldão a enxurrada do meu pensamento, o leitor alérgico a lugares-comuns talvez interrompesse aqui a leitura desses autos que se atam e desatam à revelia do escrivão. No entanto, era o que me acontecia. Fui olhar pelo janelão: três helicópteros, dois aviões à vista. Nenhum Vanderbim. Mandei uma rápida banana telepática pra Sandra. Atrás de mim, a raga se desenhava no ar em arabescos cada vez mais intrincados. Mesmo assim, achei que tinha conseguido identificar um daqueles desenhos melódicos: era "Prenda minha", espichada em longos ciclos rítmicos. *Vou-me embora, vou-me embora, prenda minha, tenho muito que fazer...* Depois, "Prenda minha" se dissolveu num improviso acelerado, e o improviso caiu na trilha do Bolero de Ravel, indo em seguida pra "Asa branca", e dali pruma fuga de Bach, que não demorou em se transformar no estudo nº 11 do Villa-Lobos, sempre com um emoliente improviso nas transições. Era lindo de doer aquilo, e eu tirei o caderninho do bolso pra anotar uma ou duas pataquadas líricas. Nisso, ouço a voz de Alan num tom alto, quase feminino, declamando esses versos, acompanhando-se na cítara que apenas esboçava acordes mínimos:

vislumbres violáceos
espáceos bólidos
tresluminosos vértices

Em seguida, um improviso acelerado na cítara. Devia ser um dos tais poemas marcianos. Aproveitei o caderninho na mão pra capturar os versos entocaiados na memória profunda de Alan, e que só agora botavam as manguinhas de fora. Logo veio nova bateria de versos:

neste rubro planeta
observo cuidadosamente
os fenômenos naturais

neste disco
maravilhado!
nem pisco
nestes canais

purpúreos abismos
de outros carnavais
Novo improviso, e:

meu corpo transparente
abarca negligente
o universo

Seguiram-se novos improvisos. Marcela agora girobailava a cabeça, de olhos fechados, sempre sentada a prumo no carpete, mãos descansando de palmas pra cima nas coxas: o trio Jorge, Sheyla e Paulinho Bê, agarradinhos na cama, cabeças unidas, levitava. Formavam um lindo modelo pra biscuit de sala de jantar: a marafona entre dois efebos de bordel. E lá vinham novos poemas da *Pequena antologia da poesia clássica marciana*, organizada pelo marciano Alberto Marsicano, segundo Alan ouviu do jovem Alaor, o bardo do disco voador:

ó asteroide
perfuras o espaço
seu habitat natural

Eu via Alan de costas, relaxadão, quase desabando pro lado. Mas a execução citarística continuava límpida, brilhante. Seu espírito estava desperto a 100% de luminosidade, sem contar o brilho extra do alcaloide. Seu corpo, porém, baqueava, depois de dias emendados nas baladas da vida. A voz dele ou nele (àquela altura eu acreditava em tudo) voltou a modular versos:

NESTAS ESTRANHAS PLANÍCIES estridências marcianas filhas do espaço: esta é a sua imensa herança!

Improviso curto, e logo:

NAVE
rotas à toa
mitos que voam
rótulas siderais
firmamento luminoso
astrovia sem pedágio

Daí, um agitadíssimo improviso, meio pro bebop, seguido do que seria o último poema marciano daquela noite:

mater
terma
— Marte!

Depois dos acordes finais da raga dos Paraísos Artificiais, o citarista se levantou titubeante sob aplausos — fui ajudá-lo a se conformar com a lei da gravidade —, sem um pingo de sangue na cara, um olho mais aberto que o outro, mas ambos mais fechados que os de qualquer um ali. Marcela e eu acompanhamos Alan até a porta do banheiro, onde ele fez questão de entrar sozinho. Tranquilizei Marcela: "Enquanto um bêbado consegue parar em pé, tudo bem, ele se arranja". Na volta ao quarto, Sheyla falava no walkie-talkie com alguém que tinha acabado de chegar a Nova York. Pelo que entendi era uma pessoa indicada por um amigo dela de São Paulo. Sheyla foi logo incorporando o cara: "Venha aqui. Estamos curtindo um Chá Musical em Calcutá. [...] Cê tem o endereço? [...] Isso mesmo. [...] Então tá, tô esperando. Um beijo". E desligou, explicando que era um tal de Marco Dourado, amigo do Beltrami, um diretor de teatro famoso no eixo Rio—Sampa, amicíssimo dela. Marco Dourado disse que conhecia Sheyla, mas ela não tinha a menor ideia de quem era ele. Eu já tinha ouvido falar em Marco Dourado, que também era diretor de teatro e televisão, tendo sido ator de grupos vanguardeiros no começo dos anos 70. "Se ele me conhece, é de muito tempo atrás. Eu vim pros States em 71..." — Sheyla ponderou. Marcela também já tinha ouvido falar em Dourado. Idem Paulinho Bê: "Se não me engano, ele até já dirigiu um show da Bethânia, quando ela ainda não era muito famosa", informou, excitado. "Nossa", disse Sheyla, "esse Golden Marcos é uma celebridade nesse quarto. Quero só ver a cara do bofe."

Ficamos de papo mais um pouco, Jorge e Paulinho Bê dando notícias de um clube gay do Harlem, do qual tinham ouvido falar, especializado em fist-fucking. Apesar de ficar no bairro black, eles admitiam bichas brancas. A duplinha brasuco-argentina achava aquilo um horror, "coisa de bicha sofredora que fica se punindo por ser homossexual. Magina aguentar um punho fechado e um antebraço no rabo! Pode?", disse Paulinho Bê. Jorge concordava: "Cabecitas morbosas tienen los tipos eses. Cosas de gran império decadente". — "Ainda se os fuckers fossem manetas...", falou Paulinho Bê, pra gargalhada geral. A conversa seguia nessa toada. Marcela e Sheyla se trocaram palavras menos ásperas, mas se via que jamais seriam amigas. Eu falei um pouco sobre o romance que estava escrevendo, mas ninguém se interessou muito. Normal, eu não era exatamente uma celebridade literária, não tendo publicado nada até então. Para mim, no entanto, meu primeiro romance demarcava um antes e um depois na história da humanidade. Eu e ela, a humanidade, jamais seríamos os mesmos depois do meu romance publicado, disso eu não tinha a menor dúvida. Enfim, entre um assunto e outro cafungávamos as primorosas carreirinhas esticadas por Jorge e degustávamos a Cordoniú que Sheyla confessou custar um terço do preço da Taittinger, a champanhota com a qual eu tinha sido recepcionado na minha chegada: "Mas é um bom vinho espumante", se justificava. A certa altura, lembramos do Alan, ainda trancado no banheiro. Sheyla e os meninos tinham se impressionado muito com a aura místico-sarrista dele. Ficaram encantados com o recital de cítara e com os poemas marcianos. Contei pra eles a história do passeio no disco voador e da naja no aeroporto. Marcela contou que conhecera Alan dias antes e se ligara de cara nele. Agora, repartiam um quarto de hotel e viviam na maior camaradagem. Camaradagem em quarto de hotel com cama de casal rima direto com libidinagem explícita, pensei. Se bem que eu já tinha repartido uma cama de hotel com uma brasuquinha em Londres, muitos carnavais atrás, sem que tivesse pintado nada entre a gente além de um constrangimento dissimulado em companheirismo evoluído. Companheirismo evoluído entre homem e mulher na cama é simplesmente falta de tesão. Enfim, foda-se, pensei. Eu já tinha me acostumado com o fato de que as mulheres, em geral, dão pros homens, que, também em geral, comem as mulheres, sendo que, nos dias de sorte, eu sou um desses homens. E ponto final.

Daí, soou a campainha. Levantei do carpete pra atender à porta, mas Sheyla tomou a dianteira, labaredas lhe escapando pelo rabo, quase visíveis. Que fogo tem essa mulher, pensei. Não deve ter macho com uma mangueira potente o bastante pra dar conta desse incêndio permanente. Não sei que cara fez Marco Dourado quando topou com aquela perua pirada de calcinha e sutiã à sua frente; sei que ele já entrou no quarto abraçado à Sheyla, muito alegre e íntimo e, se não me engano, um tanto bêbado também. Quando viu o pó, que ninguém se preocupara em esconder, bradou: "Tirem isso da minha frente, ou me arranjem um canudinho imediatamente!" — no que foi logo atendido por Paulinho Bê, que lhe passou a nota enrolada. Dali por diante, Sheyla só tinha olhos e peitos e quantos ovários ainda lhe restassem pro recém-chegado. Marco era um homem bonito, ainda que magrinho e não muito alto. Tinha uma basta cabeleira preta que açularia os instintos castradores de Gwen, uma cara magra e zigomática, encimada por uma testa alta e larga, e um par de lábios carnudos e protuberantes que lhe davam um ar de Mick Jagger misturado com Pierre Clémenti. Via-se pela espontaneidade com que tratava Marcela e Sheyla que era um femeeiro de marca. Nenhum homem é tão espontâneo assim com as mulheres se não tiver quintas intenções, sendo que as quartas, as terceiras e as segundas já são dadas de barato.

Não vi o que aconteceu na sequência, pois logo depois da chegada de Marco Dourado fui ajudar Marcela a rebocar Alan pro hotel. Ele tinha vomitado o bolo de chocolate pelo banheiro todo, pia, privada, chão, bidê, azulejos; fomos encontrá-lo desmaiado na banheira, todo babado de vômito. Enquanto Marcela tratava de trazer o bardo cósmico de volta à Terra, com água fria e nescafé extraforte, eu dei um trato na vomiteira do banheiro, antes que Sheyla visse aquilo, numa operação que, se narrada em detalhes, deixaria no chinelo a descrição dos Yahoos, na quarta parte d'*As viagens de Gulliver*, do Swift. (Pra quem não sabe, os Yahoos sagram seu novo rei lançando o sujeito numa piscina de merda coletiva.) O banheiro ficou exalando um buquê acre de vômito com desinfetante até o dia da minha partida. Marcela disse que ficaria enfermeirando Alan no L'Hermitage e se mandou com ele a reboque. Nem tentei convencê-la de outra coisa. Me ofereci a ir com eles, ajudando no que fosse necessário, e foi o que fiz. Quando saí do quarto do hotel, ela tirava as roupas emporcalhadas do citarista, com um desvelo de enfermeira apaixonada. Confesso que ganhei a rua me pelando de inveja e ciúme do Alan do Além, a quem não vi mais, nem Marcela, em Nova York. Me enfiei num McDonald's, onde forcei um x-salada pra dentro do bucho vazio, com a ajuda de um copo gigante de coca-cola, e voltei pra rua 59 assobiando "Nada de novo", do Paulinho da Viola, sambinha maneiro que sempre me vem à cabeça quando me acho sem parâmetros para decidir qual o próximo passo a dar na vida. *Nada de novo, capaz de despertar minha alegria...* Encontrei Sheyla pranchada de costas na cama, descoberta, pernas abertas, de calcinha "frestada" e cinta-liga, sem o sutiã que jazia no chão, cada peitão desabando prum lado do corpo, uma aréola olhando a bombordo, a outra a estibordo daquela nave-mãe. Destroços da última farra juncavam o cenário. Ainda tinha muito pó no espelho, descansando agora sobre a penteadeira, ao lado do bolo de chocolate estraçalhado. Deixei tudo como estava, fechei a porta pra não ouvir os roncos da minha anfitriã, dei uma mijada no banheiro ainda fetibundo de vômito de poeta marciano — quase botei pra fora o x-salada de puro asco — e desabei no sofá, de roupa e tudo. No dia seguinte, acordei com um berro de pavor vindo do banheiro. Um berro, dois, três berros, seguidos de vários "puta que pariu!". Pulei do sofá, empurrei a porta entreaberta do banheiro, e vi Sheyla nua, toda molhada, apontando horrorizada pruma toalha no chão. Me contou que estava se enxugando, depois da ducha, quando notou umas asperezas na toalha felpuda. Foi ver, era vômito seco. Confessei o desarranjo do Alan na noite anterior. Ela entrou de novo na ducha estrachinando o poeta, citarista e gran vomitador. Mais tarde me contou, jubilosa, que tinha finalmente quebrado o jejum sexual com o "a-do-rá-vel" Marco Dourado. "Cê sabe de onde ele me conhecia, Ricardinho? Cê não vai acreditar! Lembra da suruba iogue que eu te contei, aquela ao som do Ravi Shankar, que o meu marido chegou com os canadenses no meio, e tudo mais? Pois é. O Marco tava lá! Juro! Era um dos atores da peça do Beltrami que tinham ido participar da gandaia à la Gandhi. Pode? E o pior não é isso. O sujeito me contou — eu fui me lembrando aos poucos — que naquela noite ele tava com o pau todo enfaixado, tinha operado da fimose poucos dias antes. Disse que eu não acreditei na história da operação, achei que era fita, obriguei ele a tirar o curativo pr'eu ver. Aí, quando Marco tirou as bandagens, apareceu aquele pau coa cabeça vermelha de mercúrio cromo. Então, o pau dele começou a ficar duro, eu forcei a barra e a gente acabou transando. De repente — imagina só! —, o corte abriu e saiu uma sangueira desatada do pau do pobre coitado. Não é incrível?!".

Mais tarde, já em São Paulo, Marco Dourado, de quem fiquei grande amigo, me confirmou essa história, dando também detalhes da transa com Sheyla no apê da rua 59. "Cê não imagina o tesão que é enfiar o seu pau pela fresta rendada de uma calcinha preta. As rendas ficam fazendo cosquinhas na pele do pau, não há Cristo que segure a geleia por mais de dois minutos", me contou Dourado. Disse também que, tão logo eu, Marcela e Alan saímos, se instaurou um clima de putaria deslavada no quarto de Sheyla. Jorge e Paulinho Bê insinuaram uma suruba a quatro, mas ele, Marco, ameaçou de ir embora, pouco interessado em interagir sexualmente com os rapazes da banda. Sheyla interveio com decisão, e quem se mandou foi a dupla gay. "Daí ao pau na fresta foi um passo. Digo, um pico", disse o lúbrico Dourado. Perguntei se ele sabia que ela tinha tirado um ovário. "Nem reparei", foi sua resposta.

No dia seguinte, sei lá o que aconteceu no dia seguinte, mas dali uns dois dias entrei num jato com meu bag de nylon cheio de roupas sujas, os anos 80 ondulando na peruca pós-moderna que Gwen me confeccionara, um romance esquisito que eu ia tentar publicar, nem que fosse em cordel na feira de Caruaru, e mais um saquinho de biscoitos de maconha e cacau que a Sheyla tinha feito especialmente pra minha viagem. "São talismãs comestíveis", ela disse. Grande Sheyla. Um dia antes de embarcar ofereci-lhe o jantar mais caro da minha vida, cento e vinte dólares num restô francês superchique. Comi um bife metido a besta, enchi a cara de vinho e fiquei quase sem um puto no bolso. Sheyla, sacando a situação, me escorregou cinquentinha, no abraço de despedida: enfiou a nota de cinquenta dólares no bolso de trás do meu jeans, conforme percebi depois. Só que era o bolso furado e a nota já ia se evadindo de fininho como entrara; quem me avisou foi o motorista do táxi que me levou ao aeroporto, um crioulo comprido, magrão, óculos espelhados, pinta de ex-craque de basquete. Ele tinha ido abrir o porta-mala pra botar meu bag de nylon e viu: "Hey, man, look at your butt! Your're shitting money! Ha ha!". O motorista do primeiro táxi que eu peguei em Nova York tinha me arrochado oito dólares; esse último não me deixou perder cinquenta. Saí ganhando quarenta e dois. Eu devia alguma coisa aos negros americanos. Dei dois dólares de gorja pra ele, que me devolveu aquela rosquinha de dedos que no Brasil é vá-tomar-no-cu, mas nos States it's ok. Foi legal da parte da Sheyla aqueles cinquentinha. Meu anjo cafajeste me sussurrou: "Tivesses comido a moça, levavas cem. Dependendo da performance, duzentos".

Sentei no meio de uma fileira de três poltronas, no 747 da Varig, com uma baby brasileira butiquenta de um lado, e uma senhora cinquentona de luto fechado e bigodinho do outro. As duas, a certa altura, aceitaram agradecidas os biscoitinhos caseiros que eu lhes oferecia, sem desconfiar do ingrediente principal. A argentina contou que vivia em Nova York e tornava à pátria de luto pela morte do único irmão, um oficial do exército baleado acidentalmente por um colega. Ela chorou muito ao contar isso pra mim e pra baby; depois, ficou repetindo: "Ah, los hombres y las armas... los hombres y las armas...". Parecia uma viúva de tragédia grega esmurrando as muralhas do destino. Quem sabe se o pobrecito do hermanito da mulher não era um caçador de brujas, um escroto dum torturador, cupincha da ditadura militar. Às vezes o destino dá uma dentro. Mas a dor daquela mulher a cinco mil pés de altura me comoveu, até começar a encher o saco. A garota, sentada à minha direita, se declarou paulisssssta e primeiranisssssta de arquitetura no Mackenzie. Era meio gordota, tinha um nariz de plástica e peitos lolobrígidos. Era também meio fresca, ou melhor, *clean*, dessas que têm o mesmo cheiro químico no suvaco e na buceta, embora eu não tivesse tido a chance de comprovar isso in loco. De qualquer maneira, eu me inclinava mais pra conversa de shopping dela que pras lamentações da carpideira ao meu lado esquerdo. Mas logo uma e outra me abandonaram à velha solidão, de onde eu sempre soube tirar coelho, paca e tatu (cotia não). A baby mackenzista capotou pouco depois de saborear o segundo biscoito, só acordando no Galeão horas mais tarde. Em seguida, a senhora de preto, que só tinha comido um, ficou lívida, encheu um saquinho de vômito e foi levada ao banheiro pela aeromoça. Passando pelo corredor, mais tarde, topei com ela dormindo lutopálida sob cobertores numa fileira de cinco poltronas liberadas pra ela poder se esticar.

Eu não consegui pregar o olho durante quase toda a viagem. Viajava dentro da viagem, sob o efeito dos talismãs comestíveis da Sheyla. De vez em quando, ruminava lentamente um biscoito pra manter a altitude da trip interna. Se o avião caísse, eu morreria com a boca cheia de farelo, o que certamente me dificultaria pronunciar minhas últimas palavras: "Fufa que o fariu, fô fufifo!".

Brasil. Lá minhas camas têm mais fodas, considerei. Eu me excitava com essa minha volta ao Brasil como um europeu típico em visita a um paraíso tropical-sexual-cambial, onde a moeda forte do turista torna a carne dos nativos e nativas ainda mais fraca. Brasilzão: "Là, où les jeunes filles ne sont pas connues par leur vertue excessive et les hommes n'ont pas peur du désir des autres hommes", escrevia o correspondente do *Monde*, referindo-se ao carnaval brasileiro de 80, "onde as libidos desabrocham num alegre e confuso despudor". As garotas, umas putinhas, os homens todos viados, essa era a imagem que se difundia na França do nosso Brèsil brèsilien, que exportava para o

Bois de Boulogne toneladas de travestis, cujas chupetinhas famosas sugavam milhões de francos do honesto cidadão francês, sem contar as incursões penianas ao trou du cul lá deles. Será que o correspondente do *Monde* tinha razão, será que a nossa república generalesca, que tinha na censura e na repressão política e comportamental seus dois grandes pilares, tinha mudado tanto assim em dois anos? O mesmo lugar onde eu já tinha amargado tanta solidão punheteira era agora um éden genital?

Meu copo de plástico vazio pedia mais um uísque. Eu estava sentado agora na poltrona do corredor, onde antes espojara-se em lágrimas a trágica argentina. A poltrona do meio, vazia, me separava da burguesinha mackenzista nocauteada pelos biscoitos da grande bacante da rua 59. Pela janela ao lado da baby vi o dia amanhecendo no universo. Lembrei do Alan e do Vanderbim. Um nos braços da bailarina dadaísta, o outro voando ao léu pelo espaço com seu coração-bomba irradiando luz para o deslumbre de Sandra/Titliana na janela do seu megaloft nova-iorquino, e a grande admiração do professor Baroni no observatório da solidão. Fiquei sem saber o fim da história do Vanderbim. Talvez ele estivesse ali fora, só esperando eu botar a cara na janela do 747 pra me lançar todo o seu desprezo por eu não poder vê-lo nem meu pai ser latifundiário no norte do Paraná nem eu morar num loft em Manhattan. Mandei Vanderbim pros cornos da lua e levantei pra batalhar mais um uísque. Um alarme agudo disparou no labirinto da minha cabeça. Álcool e biscoitos de fumo colombiano, mistura desorbitante a 5 mil pés de altitude. Me apoiei no encosto da poltrona e esperei passar. Estava escuro e todos pareciam dormir a bordo. Então, me lembrei que antes de embarcar pra Nova York mon ami Jacques, que tinha ido a Charles De Gaulle se despedir de mim, me jogara na mão uma meleca preta dura, dizendo: "É dross, um resíduo de ópio carburado que também dá barato. Enfia no cu, que nem supositório, ou debaixo da língua, comme tu veux. Demora, mas bate". Eu tinha mocosado a meleca dura no tambor do meu isqueiro a fluido, atrás do chumaço de algodão úmido de nafta. Era um isqueiro de bronze em formato de miniobus que foi do meu avô. Meu avô era um portuga do Alentejo, terno-terrível, tremendo bebum, que morreu c'o fígado do tamanho de um barril, há muitos séculos de saudade.

Madrugada de férias em Pitangueiras. Um cheiro de linguiça frita entrando no quarto e no sonho. Era o vô Celestino sapecando a calabresa na frigideira, que em seguida iria saborear aos goles fartos do bom tinto da terrinha. Ele aproveitava o sono da mulher, das filhas, dos genros e dos netos pra se empanturrar de calabresa com vinho português. Daí, só acordava ao meio-dia, mal-humorado feito urso com enxaqueca. Por que diabos fui me lembrar disso agora? Ah, sim, o isqueiro de bronze do meu avô com a pedra de ópio escondida. Pois então: lembrei do ópio, peguei o isqueiro que estava no bolso do blusão de brim, no bagageiro acima da poltrona, e fui cambaleando pro banheiro. No caminho, contemplei meus companheiros de aventura, enrodilhados num sono difícil. Eu podia apostar que todos ali sonhavam com acidente aéreo. Tinha só um cara de olhos abertos, aninhado em posição fetal na poltrona, com as mãos enterradas em prece entre as coxas. Tinha os olhos grudados no chão. Certa gente acha que se despregar o olho por um segundo durante o voo, a porra cai. Era a vigília daquele carinha que mantinha o avião no ar. Cruzei coa aeromoça que saía do banheiro das leides; mesmo sabendo que a morena era brasuca, pedi-lhe um uísque em inglês, num sotaque bogartiano que faria Bogart cagar de rir. Ela olhou pra mim torporosa de sono, se é que não tinha acabado de tomar um shot de herô no banheiro, e respondeu em bom portuga da Guanabara Bay: "O café da manhã será servido logo mais. Acho melhor o senhor tentar dormir mais um pouco em sua poltrona", e foi se acomodar na poltrona dela. Entrei no banheiro. Mijei. Me deu uma ardência fodida na uretra, típica de punheta ensaboada, pensei. Tirei o dross de dentro do isqueiro e meti debaixo da língua, como Pierrot tinha recomendado. Senti o gosto petrolífero do fluido impregnado na meleca preta, e tive que travar a garganta pra não vomitar. Saí do banheiro com o tal dross debaixo da língua, passei de novo pela aeromoça morena em sua poltrona e recebi dela um olhar que dizia claramente: "Se você me pedir qualquer coisa, mando o comissário te chutar do avião cuma coca-cola família amarrada no pescoço". Aí, num assomo de impertinência galante, cantarolei: "O yeah, alright, are you gonna be in my dreams tonight?". Ela soltou seu mais glacial boa-noite e eu voltei pro meu lugar, me lembrando de como aprendi inglês. Elisa, minha namoradinha de Barcelona, achava estranho que eu enfiasse tantas palavras e expressões anglo-americanas na minha fala. Dizia que era um índice notório de colonização cultural. Pra ela, o castelhano, imposto à força por Franco à marruda Catalunha, depois de 36, já era uma língua por demais invasora pra ainda por cima tolerar a intromissão ianque-britânica. Aí eu contei pra Elisa que num belo dia de 63, descendo a rua Augusta, em São Paulo, ouvi na porta de uma loja de discos uma voz rouca acompanhada de órgão, bateria e guitarras, cantando: "Once upon a time, you dressed so fine...", que pros meus ouvidos de treze anos eram apenas "uanssaponataimiudressoufaine", mas que, de todo jeito, inaugurou na minha vida um estado de rebeldia eufórica contra a família, a escola e a tábua dos dez mandamentos. Comprei o compacto do Bob Dylan, ouvi "Like a Rolling Stone" umas cem mil vezes e me dispus seriamente a aprender inglês, língua que me perseguia por toda a parte em Sampa City. Claro que nisso ia muito de arrivismo pequeno-burguês colonizado, como diria meu amigo materialista-científico Rodrigues, o comunista de plantão na padaria Real Dureza. Eu já tinha consciência de que pra vencer na vida no Brasil desenvolvimentista era preciso sacar a língua pátrix, o inglês. Me parecia impossível ter Simca Rally, apê no Guarujá e uma namoradinha loira de shortinho vermelho e óculos ray-ban, sem falar inglês. No way, Claudinei. Agora, afora isso, eu tinha um interesse des-

298

lumbrado pelas palavras inglesas e os mundos que elas escondiam, de que eu entrevia fragmentos iluminados no cinema made in USA: mulheres, carros, armas, cavalos, bang-bang, rock, road, love-love-love, como dizia Caetano. Os caubóis se chamavam Ronnie, Frank ou Joe e galopavam do Texas pro Kansas, tocando gado e pensando em sua Kathy bem-amada, saudável professorinha de bochechas rosadas, ou intrépida filha de fazendeiro, hábil na sela e no gatilho, loiras ou ruivas de cara sarapintada. E dá-lhe Shell no ford, Elvis no picápi e colt no coldre do caubói!

Fosse qual fosse o barato do ópio, ainda não tinha batido. Só mesmo aquele sabor de refinaria na boca. Continuei me lembrando dos meus treze anos, o cheiro moderno da calça Lee de contrabando, o mocassim sem meia e a Whitman English School, no Jardim Europa, onde fiz meu pai me matricular. Tinha lá uma garota de cabelo caramelo e pele sempre tostada de sol que ia pra aula de uniforme de tênis, suas pernas grossas e bronzeadas avultando do saiote branco plissado. Um puta dum tesãozinho. Ela vinha pra Whitman direto da aula de tênis no clube Paulistano, que ficava ao lado. Chegava com raquetes e cadernos debaixo do braço e a mãe vinha buscá-la num impala novinho, daqueles de rabo em asa-delta — "aerodinâmico", se dizia então. Foi por causa dessa menina que eu aprendi inglês; por causa dela, do saiote branco de tenista com pernas taludas dela, do impala aerodinâmico da mãe dela, da possibilidade nunca emplacada dum love entre nós. Once upon a time you dressed so fine... Tinha lá um professor inglês, embora o curso fosse americanófilo, loiro, magro, bonitinho, delicado, que me dava pra ler umas condensações in english do *Tom Sawyer*, *Oliver Twist*, *Moby Dick*, e os gibis do Charlie Brown. Me chamava depois da aula na sala dele pra me dar os livros, ficava papeando comigo, me olhando, me dando tapinhas no ombro. Um dia, na despedida, ele me abraçou e encostou seu rosto no meu. Daí, eu cabulei a aula seguinte, e na outra devolvi os livros que ele tinha me emprestado. Ele, muito fino, não aceitou a devolução, argumentando que os livros eram a recompensa pelo meu avanço no inglês, e não se falou mais no assunto. Mais tarde, botaram outro professor e eu nunca mais vi o inglês. Maria Lúcia, a tenista tesuda, foi minha colega de classe por três semestres consecutivos. Aí, aconteceu a cagada: Maria Lúcia não passou no exame pro quarto estágio, ficou pra trás. Deixar Maria Lúcia à mercê de novas intimidades numa classe estranha, repleta de meninos ricos que se bronzeavam no Guarujá? Nem pensar. Tomei a decisão que me pareceu mais cabível: cair fora da Whitman English School, que perdera uma dose essencial de charme pra mim. Maria Lúcia, claro, nunca se soube musa das centenas de punhetas fervorosas que eu lhe dedicava e que encheriam de porra apaixonada o tanque do impala aerodinâmico da mãe dela.

Eu sempre tive muita vergonha de confessar — o Rodrigues me mata quando ler isso — que eu frequentava a biblioteca do usis, United States Information Service, no consulado americano do Conjunto Nacional, uma espécie de braço cultural da cia, como eu viria a saber muito depois. Eu saía do Colégio Paes Leme, na esquina da Augusta c/ Paulista, atravessava a avenida, entrava no Conjunto Nacional e me internava no usis. Passava horas sentado lá, folheando *Times* e *Lifes*, sacando o tempo e a vida dos big brothers do norte. Não entendia por que eles não faziam também uma revista *Death*, pra completar o ciclo. Eu não tinha dúvida de que, se havia Deus, ele morava nos Estados Unidos, onipresente da Califórnia a Nova York, da fronteira com o Canadá à divisa com o México. E chorei muito quando balearam o John Kennedy em Dallas. Achava que os mariners tinham mais é que exterminar aqueles chinas cruéis no sudeste asiático, tais de vietcongs. Comunismo pra mim era mijo de sapo: traiçoeiro, venenoso. Até que, no último ano do ginásio, me pinta um professor de, vê se pode, Educação Moral e Cívica, ex-major cassado em 64, membro do partidão, amigo de caserna do Lamarca, um sergipano bigodudo que pagou o primeiro chope da minha vida e me introduziu nas luzes marxistas: modo de produção, burguesia, proletariado, luta de classes, imperialismo, aquele papo todo. Abri os ouvidos pro samba de protesto — "Feio não é bonito/ o morro existe mas pede pra se acabar..." — e parti prum antiamericanismo bravo, de atirar ovo podre na limosine do secretário de estado americano em visita oficial à cidade, aos gritos de yankees go home, com sotaque apurado na Whitman English School. Depois que eu me declarei comunista a imagem dos States ficou pendurada de cabeça pra baixo no altar dos ódios libertários. Virei um pastiche de guerrilheiro juvenil, sempre de jeans e tênis, tiete do Che, e por muito pouco não descolo uma bolsa pra estudar na Universidade Patrice Lumumba, em Moscou. Well, tal sanha revolucionária não me impedia de ouvir todo o rock disponível na atmosfera eletrônica de São Paulo, com destaque absoluto para os Beatles e o Presley, de mistura com os protest-sambas dos festivais de mpb, nem de transformar o fusca familiar num intrépido fórmula 1 e sair cometendo altas cagadas no trânsito, no melhor estilo "pra frente Brasil".

Daí, no meio dessa falação da rádio-cabeça, cochilei. Não sei se ronquei; prefiro acreditar que não; quem ronca são os outros, diria Simone parafraseando Jean-Paul. Sonhei, e podia vos contar o sonho que tive, mas sei que sonho é como peido, só o da gente é desfrutável. O ópio? Devo ter engolido durante o breve cochilo, pois quando acordei só me restava o gosto de nafta na boca. Em todo caso, não senti a flutuação mental dos opiáceos, que eu já conhecia da heroína, espécie de alma balsâmica que abre suas grandes asas transparentes no coração da mente. Com herô, depois do enjoo inicial, você é introduzido a um éden de imagens e sensações em que todas as demandas da vontade são logo satisfeitas pelo gênio da droga, sem a necessidade de mover sequer uma falangeta — aliás, é recomendável a inércia total, sobretudo aos iniciantes, sob pena de náuseas e vômitos convulsos. A merda é que depois de criada a dependência, o prazer de uma cheirada ou pico se resume ao alívio do inferno da privação, e os neurônios já não bailam a dança dos prazeres. Não cheguei a conhecer na carne as torturas da dependência; puxei o carro de Paris e da heroína antes. Acho que tive sorte.

Ao abrir o olho, conferi a presença adormecida da minha companheira de viagem, a paulistaninha careta. Podia ver um pedaço dum peito dela pela fresta do vestido. Eu andava muito necessitado de chupar um peito, ponderei. A janelinha do avião recortava um azul mais intenso que o dos sonhos de herô. Naquele instante, um pescador de Canoa Quebrada, no Ceará, levantou os olhos da rede mergulhada no verde mar pro azul do céu, onde nosso avião prateava arranhando lento o silêncio da manhã. Será que já era mesmo Brasil?, me perguntei. Ou ainda sobrevoávamos alguma revolta popular contra um daqueles tiranetes sacanas da América Central? Um comissário empurrava o carrinho de vários andares com os pertences do café da manhã. No topo do carrinho tinha um arranjo de frutas tropicais coroado pela eminência exuberante de um abacaxi. Uma aeromoça vinha na frente do carrinho ajudando o comissário a servir os passageiros, a maioria ainda adormecida. Alguns despertavam surpresos, com cara de "ué, essa merda ainda não caiu?" e se atiravam com avidez à comilança matinal. O abacaxi por fim chegou na minha fileira; perguntei-lhe se ali já era Brasil. Com uma ligeira oscilação da coroa ele respondeu que sim, this is Brazil, for sure. A aeromoça se debruçou sobre mim pra acordar a garota, que a custo abriu meio olho, resmungou qualquer coisa na língua invertida dos sonhos, virou a cara pro outro lado e se afundou de novo no coma canábico. A aeromoça me perguntou se a menina estava passando bem. "Ótima", eu disse, "não se preocupe. Mais vale um sonho bem sonhado que uma xícara de café com leite, cê não acha?" A aeromoça abriu seu sorriso plastificado e me serviu café preto, suco de laranja em lata, croissants ressecados e uma fatia de abacaxi em conserva, segundo meus desejos soberanos de aeronauta internacional com direito a morte catastrófica noticiada em várias línguas. O abacaxi em conserva estava nojento.

O dross com gosto de nafta de isqueiro estava muito mais saboroso. O carrinho coroado pelo abacaxi ornamental passou de novo por mim, vinte minutos depois, recolhendo os detritos do meu desjejum. Me pareceu que o abacaxi, do alto de sua realeza, queria saber o que eu pretendia fazer no Brasil. "Nada, é claro", informei. "O que mais um filósofo contemplativo poderia fazer? Talvez rabisque mais um romancinho, entre um ócio e outro, pra manter as aparências. Um romance por década é uma boa média, cê não acha?" Mas o abacaxi não achou nada e deixou-se conduzir pelo comissário, em toda a sua pompa bromeliácea. No Galeão, em trânsito pra São Paulo, sentindo o calor aliciante do setembro carioca, não resisti: me enfiei num orelhão azul e passei um fio pruma grande amiga minha, a Lídia, só pra dizer alô. Ainda sonolenta — eram sete da madruga — ela me convidou pra passar uns dias na capital proibida do amor. Me lembrei dos cinquenta dólares da Sheyla em meu bolso e topei. Depois de deixar em aberto minha volta pra São Paulo no balcão da companhia e de me desvencilhar da enxurrada de cambistas pés de chinelo querendo mamar meus parcos dólares, introduzi minha recém-chegada personalidade num táxi que me levou ao Jardim Botânico, rua das Acácias. Dei uma piscada pro céu, que bem podia estar azul, mas estava cinza suave, e fui ao encontro de Lídia e do meu Brasil brasileiro...

Pela primeira vez na vida eu estava me sentindo um pouquinho superior aos cariocas. Eu chegava de Nova York, e isso é trunfo na terra dos zébedeus. "Nova York, é?" — "É..." Daí, as pessoas queriam saber se eu tinha morado em Nova York, eu respondia que só uns dias; morar mesmo, morei em Paris, dois anos... Os olhares, então, analisavam minhas roupas, buscando indícios da minha superioridade. A verdade é que não causei espanto nem admiração nesses dias flanados sob os braços abertos do Redentor, pois só vestia jeans surrados, brasileiros por sinal, umas camisetas americanas com frases ou desenhos no peito e sapatos ou tênis sambados, também made in Brazil. À noite eu jogava nos ombros um paletó de veludo italiano, um tanto ruço nos cotovelos e na gola, comprado de segunda mão num brechó em Roma, e tentava me sentir bacana na primavera carioca. Além das camisetas, eu usava também uns camisões que me batiam no meio das coxas, um cáqui, outro cinza-claro, folgadões, com grandes bolsos no peito. Meu jeitão geral era de um esculacho garboso, vamos dizer assim.

Olhando a moçadinha nas ruas e bares, eu sentia que alguma coisa tinha mudado em matéria de layout jovem no Brasil. As pessoas de classe média, mesmo as muito jovens, me pareciam muito arrumadinhas, modernosas, ainda pingando do último banho de loja. Em certos quarteirões do Leblon eu me sentia o próprio clochard, perto dos dândis do pedaço. As meninas analisavam com mais curiosidade que cupidez a minha figura branquela, sem a aura solar do homem tropical. Pelo menos olhavam, ao contrário das europeias que andam na rua com viseiras morais. Mas que porra era aquela? Até eu me picar do Brasil, em fins de 78, a turma era mais chegada num escracho, ficando a beleza por conta dos corpos e das atitudes, mais que da grã-fineza das roupas. Era até considerado de mau gosto escancarar riqueza na indumentária, coisa de burguesia careta e classe média burguesófila. Na França, idem; neguinho até se aplicava no esculacho pra não parecer clean. Agora, no fim do ano zero da nova década, com o mundo atolado numa das maiores crises econômicas do século, os carinhas resolviam se cobrir de panos chiques. Vai entender. Bom, pensei, se o lance é envergar etiquetas, vamo lá; eu é que não vou ficar pra tia militante de modas pretéritas. Se Eros começa na roupa, vou me erotizar na primeira butique de Ipanema. Mas logo constatei o óbvio: o esmolambo pop era bem mais barato que as novas etiquetas chiques; com duas calças Lee fabricadas no Brás você vivia anos a fio dentro da modernidade. Agora, roupa velha e gasta voltava a ter o mesmo significado de antes dos anos hippies: pobreza, simplesmente, sem o charme contracultural.

Anfan, como diria Baudelaire, lá estava eu na porta do apê de Lídia. Ela apareceu embrulhada num roupão de homem, com cara de sono, e linda como sempre. Linda e casada cum uruguaio — e grávida de dois meses, segundo me informou. Me instalou, me deu fumo & seda, e anunciou que ia voltar pra cama: "Fiquei cafungando até às cinco da matina c'o Miguel. Tomei um lorax pra dormir. Tô morta de sono. Té já, Rica", e me deu um beijinho na boca. Meu quarto era amplo e claro, como o resto do apê. Tinha só um colchão sobre o carpete e uma escrivaninha com tampo de granito. Olhando pela janela, dei de cara com o Redentor, a cabeça sumida no céu baixo. Enrolei o primeiro charo brasileiro. Três tapas depois, o fumo, dubão, me devolveu às nuvens, de onde saíra não mais que duas horas antes. Fiquei como o Cristo lá no topo do Corcovado nevoento, head in clouds. Fui tomar banho. Sentia um cansaço excitado de pós-voo. No chuveiro, soquei uma poderosa em homenagem às mulheres que eu certamente iria transar no futuro. À mim as cunhanzinhas da mata virgem! E choc choc choc até esporrar no boxe, entre azulejos azuis e a cortina de plástico transparente, com água me escorrendo abundante pela cara. A ardência na uretra chamuscou um pouco meu gozo. Cada vez pior aquela ardência. Devia ser excitação pela chegada, mais as bronhas frenéticas. Me enxuguei, lembrei da Leila Diniz, tesei de novo, e quase soquei a segunda, mas resolvi me poupar. Eu tava que tava. Pelado na cama, dando um repique na diamba, estilhaços de memória caleidoscopavam na minha cabeça: sampa, mãe, pai, vida prática, Sônia, Paris, cinematecas, Sabine, porre, literatura, budweisers in New York, e agora esse Rio mitossexual que me esperava lá fora. Então, veio o pai do sono e me deu uma paulada na moleira. Saí gostoso do ar.

Acordei umas horas depois com o ruído tropegofegante do que me pareceu uma anta dançando polca com um porco-do-

-mato em cima de um estrado de tábuas soltas. Vesti a calça e fui ver que porra era aquela. Era Miguel, o uruguaio da Lídia, de agasalho esportivo, fazendo jogging na sala quase vazia de móveis, entre almofadas e cinzeiros abarrotados de bitucas e capas de disco e uma porrada de livros espalhados pelo chão. Miguel era alto, acolchoado de banhas, moreno. Suava feito um suíno na sauna. Avançou pra mim de mão esticada e braços abertos. "Hola, Ricardo, todo bién?", exalando uma simpatia instantânea, canastrona, além do bodum de seu corpanzil suarento. Achei engraçado a Lídia, supergatinha paulista encampada pelo Rio, se ligar num caretôncio gordolino daqueles, a ponto de encarar um filho com ele. Depois, vendo Miguel banhado e vestido, entendi tudo: ele era rico, chique, sempre a bordo de modelitos descolados, de grife, como todo bom cidadão da banda ateniense do Rio. Tinha vindo de Montevidéu com grana pra investir num bar chamado Cirrose, junto com a Lídia, que tinha recebido uma herança e também entrou com uma boa grana no negócio. A jogada tinha tudo pra dar certo, mas na real ia à borra. Eles arranjaram um sócio especial com participação nos lucros do bar, mas que de capital só entrava com seu prestígio na patota boêmia do Rio. Era o famoso poeta Marcus Montenegro, bebum lírico, sexygenário exibidão, sonetista neoclássico e letrista genial de bossas novas memoráveis. Tudo que a Lídia e o Miguel queriam dele é que se deixasse estar numa mesa cativa com o scotch obrigatório na mão, recebendo seus amigos e, eventualmente, dando alguns autógrafos aos anônimos que iriam lá para vê-lo e sentir-se parte da banda descolada da cidade. Só que não calhava nunca do Montenegro ir ao Cirrose, pois não conseguia desgrudar do restaurante que frequentava há décadas, o Aurélio's, onde se reunia com os amigos de sempre. O Cirrose, sem a poderosa isca do poetinha célebre, e sob o mau agouro clínico sugerido pelo nome que lhe deram, foi ficando às moscas e a uns poucos viados, sapatões e transeiros de pó malhado. E os poucos amigos do casal que compareciam pediam pra pendurar a conta e não eram nunca executados. Meus hospedeiros estavam falindo, o que dava ao apê da rua das Acácias um clima de últimos dias de Pompeia, versão classe média alta. Faltava leite em casa, mas tomava-se champanhe francesa, uísque doze anos e vinhos alemães. Tinha caviar, mas faltava torradinha. Entupia-se o nariz de cocaína, mas cadê açúcar na cumbuca?

Miguel me deixou à vontade, como se fôssemos velhos companheiros. Isso foi bom, pois não tenho talento nem saco pra batalhar simpatias num primeiro encontro. Lídia me contou depois que Miguel tinha ciúmes violentos dela e costumava aprontar altos escândalos. Agora com a gravidez de sua musa, ele andava mais aplacado. Uns vinte dias antes da minha chegada talvez não fosse tão receptivo. Mulher grávida entra pro coro dos anjos. De qualquer jeito, Miguel não teria muito com que se preocupar, sendo eu velho amigo de uma Lídia que jamais demonstrara tesão por mim. Pelo contrário, ela tinha até me descolado umas namoradas no passado, fazendo elogios canalhas da minha pessoa pras amigas dela. Talvez a gente se amasse de amor sublimado, que outros chamam de amizade. Sei lá; o certo é que eu queria uma mulher com a mesma urgência patética daquele tio patso do *Amarcord*: "Io voglio una donna!". O homem se fez verbo, e o verbo era foder. Mas, com quem? Na tarde do primeiro dia carioca, eu papeava com a anta Miguel e a garça Lídia, quando a campainha tocou e, de repente, me vi tête-à-tetinhas com uma ninfeta morena, miúda, de braços musculosos e cabelos molhados, espremida numa calça de pano fino que deixava bem visível o desenho da calcinha mínima, sem falar nos peitinhos delineados pela camisetinha de manga cavada, é claro que sem sutiã. Dezessete anos, Lídia me informou depois. Aqueles peitinhos caberiam na ponta de um bico de bem-te-vi. Os olhos aqui do sênex fissuradão babavam lágrimas seminais pela puella recém-chegada. A puella, pra confessar a triste verdade, não me deu especial atenção. Só um oi rápido, quando Lídia nos apresentou. Eu nunca sei quando uma mulher tá ou não tá botando tento em mim. Os olhos das mulheres são feras sabidas que te abocanham quando você menos espera. Inda mais uma lolitinha apetecível como aquela, acostumada à guerrilha de olhares pelas ruas e praias do Rio. Morava no andar de cima; queria saber se um certo pó inalante tinha pintado. Fez um muxoxo ao saber que não. Dezessete anos... Lídia, que me conhecia de velho e velhaco, sacou que eu me sacudia todo dentro das minhas pelancas trintonas de puro tesão pela menina. Convidou Solange pra fumar unzinho coa gente. Meu coração ficou daquele jeito, dando pinote dentro do meu peito, feito naquele sambinha delicioso. Mas a guria não aceitou o convite, alegando que um tal de Cacau esperava por ela "lá em cima". Eu fiquei fetichizando os dedinhos dos pés dela, alinhados como quitutes nas sandálias de couro cru. Me imaginei pirulitando cada um daqueles dedos. "Hajam piedade as leis de quem, entregue à vontade, vai em poder de seus olhos." É isso aí, seu Sá de Miranda, meus olhos me puxavam sem remédio praquele abismo delicado que o destino instalara na minha frente. Mas Solange se mandou e Lídia ficou me gozando: "Cê não se emenda, hein bostão?". Ela me chamava de bostão, forma áspera de intimidade que não me agradava muito, talvez por eu me sentir de fato um tremendo bostão. Confessei pra Lídia que nos últimos dias eu andava com o coração empalado no meu próprio pau. Precisava urgente dum picirico. "Sossega, leão. Fissura não dá futuro", ela me aconselhou. E justo quem: Lídia sempre tinha sido a mais sapeca das minhas amigas, multitranseira, esmagava corações em série com seu sapatinho de cristal, e vivia, por sua vez, chamuscando o loló em transações equivocadas, em geral com homens comprometidos. Só queria saber de sentar de frente pra porta, nos bares que a gente frequentava em São Paulo, pra não perder nenhum lance do agito.

Lídia explicou que Solange tinha dois namorados, um guitarreiro, o outro surfista profissional. Tinha cheirado éter aos quatorze, queimado fumo e trepado aos quinze, cafungado aos dezesseis, e se algum ar virginal eu lhe havia notado é porque mui trouxa era eu. Foi aí que lembrei duma tipa que eu tinha transado em Paris, a Martha Maria, uma socióloga cearense trintona, chegada num copo, muito boa praça, que — juro! — sussurrou no meu ouvido a seguinte palavra de ordem, quando eu comecei a chacoalhar dentro dela pela primeira vez: "Solta o bridão, alazão!". Aquele apelo equestre me fez cair na gargalhada, cortando o barato sexual. Riso e gozo são dois fenômenos mutuamente dissolventes e não costumam andar de passo. Martha Maria morava no Rio agora e eu tinha o telefone dela. Não era muito bonita de cara, que eu me lembrasse, mas peitos e coxas durinhos e uma conversa cativante mais que compensavam esse, digamos, detalhe. Mulher madura é o que há: ardem lentas e vão fundo no gozo. Telefonei pra Martha Maria. Ela mesma atendeu. Apesar de surpresa e contente por me saber na cidade disse que não ia dar pra me ver. "Tem boi na linha?", perguntei. "Boi? Touro brabo, meu filho", ela respondeu. Mas eu tanto insisti, e com acenos tão docemente sacanas, que ela me enfiou na agenda dela pro dia seguinte, um sábado. Disse que ia dar um jeito do touro brabo pastar alhures. Nos cruzaríamos às dez da noite, salvo tretas súbitas, que ela me comunicaria pelo telefone da Lídia, conforme combinamos. Ou seja, no sabadão, mais um corno pastaria na cidade do Rio de Janeiro, e mansamente, como eu esperava. Desliguei o telefone de pau duro. A carência é uma espécie de véspera dolorosa da felicidade, frase besta que, no entanto, não resisti a cravar aqui.

Miguelito e Lídia me levaram pra conhecer o Cirrose. Tinha chovido e o Jardim Botânico cheirava a verde noturno com matizes perfumados, enquanto o Rio se contemplava em luzes na lagoa Rodrigo de Freitas. O Cirrose ficava no Leblon e tinha uma patotinha na porta. "Olhaí, o bar encheu hoje em minha homenagem", comentei. Miguel esclareceu: "Ilusión, tchê, todo eso és punhetación de porta de bar. Los tipos metem la cara pra ver quiém tá, quién no tá, dan um tiempito e se van, los cabro-

nes. No consomem. És una mierda, tchê. Montenegro nos ho-
dió, poeta genial que sea y el carajo". De fato, lá dentro as falên-
cias conversavam melancólicas com os prejuízos nas mesas
vazias. Tomamos um scotch embarrigados no balcão. Lídia investiu umas notas num papelote oferecido por uma garota branquela que não parava de mastigar os lábios. E puxamos el coche.
Fomos numa cantina italiana na rua de trás movidos pela crença
de que o ser humano precisa comer alguma coisa em algum momento do dia. Assim que enchi o bucho, fui ao banheiro experimentar a substância que minha amiga tinha acabado de adqui-
rir. Saí da cantina ponderando que a cocaína tinha se adaptado
bem melhor que o canelone ao Rio de Janeiro. E voltamos pra
debaixo do sovaco direito do Cristo iluminado. Me rendi ao
cansaço, recusei o pó que Lídia esticava numa capa de disco e
fui pra cama. Soquei uma, sonhando que enrabava Solange. Daí,
afundei no lodo do sono. Se não sonhei com alcachofras, devo
ter sonhado com tomates. Ora, abobrinhas.

A campainha esgoelava e ninguém ia atender. Olhei o relógio
digital: 2:14 pm. Luz vespertina de tocaia atrás da janela bascu-
lante. Virei pro outro lado. A campainha gania. "Catso", resmunguei, encoxando o travesseiro-Solange. Acordar todos os dias
grudado naquela gata era o segredo da vida eterna. Trampo,
grana, morar, comer — nada disso tem importância se você pos-
sui uma Solange na cama. A campainha urrava sob o dedo cruel
de algum infeliz. Me levantei, me enrolei no lençol listrado e fui
esganar o impertinente. Passei pela porta do quarto do casal, fechada. Nem sinal da empregada. Eu pretendia encoxar o travesseiro por mais umas duas horas. Abri a porta disposto a nem
olhar pra cara da pessoa e dei de chapa com a Solange em pessoa,
de minissaia justa e sandálias de escrava grega com tiras trança-
das até os joelhos. E eu ali, escondendo o corpo atrás da porta,
pelado debaixo do lençol que nem um Sócrates de chanchada da

Atlântida. Fez-se a Grécia naquele momento tragicômico. Pelo tobogã da minha língua escorregou a seguinte frase: "Sê bem-vinda, bela púbere! Por Afrodite, bom dia pra ti, colibri!". Ela soltou um "Quê?", rindo, e entrou. Eu já ia fechando a porta quando uma força imperiosa pressionou do lado de fora. Fui jogado pra trás, pisei no lençol, caí de bunda no chão, meio nu. A força imperiosa vinha de um rapagão aloirado e ombrudo, tisnado de sol, um Alcebíades metido numa camiseta do Flamengo. Acompanhava a filha de Afrodite. Me deu a mão pr'eu levantar. Pelo atlético do porte, deduzi que o carinha era o namorado surfista da Solange, que tinha descido minutos depois dela. Eu disse: "Ô meu, sculpaí, não te vi". E ele: "Tá limpo, cara". Expliquei que o casal ainda dormia, mas a ninfeta, íntima da casa, foi entrando no quarto deles. O assunto urgente, soube em seguida, era pó. Mais duas ou três gerações cafungadoras e os cariocas vão nascer com tromba de tamanduá. O surfistão ficou comigo na sala. Sócrates sonado fazendo sala pro Alcebíades solar. Vontade de propor ao cara: Xará, me amarrei na tua mina, me vende o passe dela por cinquenta dólares? Grana viva, tá na mão.

Lá do quarto do casal vinham risadas fêmeas. Tentei engrenar um papo com o surfista à base de perguntas idiotas, tipo: "Cê é daqui do Rio?" e "Cê estuda?" e "Mora com os pais?". Fiquei sabendo, por exemplo, que o surfista não era surfista e sim guitarrista duma banda de rock. O namoradinho surfista devia estar enxaguando os cornos no Atlântico com sua prancha, naquela hora. A banda do guitarrista, como o próprio me contou, em resposta às minhas instigantes questões, chamava-se Caranguejos do Posto Nove. E ele estudava, sim — música. Morava com amigos em Copacabana. Bom, calculei eu, se o guitarrista era aquele baita Apolo parrudo, imagina só o colosso de Rodes que não devia ser o surfista. Um tremendo titã tantã e tatuado, na certa. Solange saiu rindo do quarto da Lídia e se despediu de mim com dois beijinhos faciais. Chupetinha rápida, nem pensar, né? — foi o que meu subconsciente perguntou em precavido silêncio. O guitarrista esmigalhou os ossos da minha mão num aperto viril. Solange tinha me olhado com mais atenção dessa vez — ou era só delirium meum? Lídia tinha dito a ela, no quarto, que eu era escritor, embora ainda não publicado. Segundo Lídia, ela ficou interessada, nunca tinha visto um escritor na vida, quis saber o que fazia um escritor. Minha amiga foi de um didatismo exemplar; disse que um escritor escrevia. Eu discordava: um escritor que se preza não faz picas. Solange pôde contemplar o primeiro escritor de sua vida, a dois palmos de distância, enrolado num lençol de listras azuis. Ela, que deitava e rolava com guitarristas e surfistas esculturais, quem sabe não topava experimentar um escritor magrelo com pança alcoólica, só pra variar. Eu com certeza não seria páreo pros caras em matéria de turgidez peniana nem de frequência copulativa, como dar três sem tirar, essas proezas juvenis. Mas eu costumava ter umas ideias bem divertidas na cama, e mais de uma fêmea da espécie já se deixou levar com facilidade e encantamento no meu bico.

Enfim, fui mijar, pois era o que de melhor eu podia fazer na hora com meu pinto, e senti de novo a ardência na uretra, bem mais fudida dessa vez. Era lava ardente escorrendo ali. Devia ser o efeito cáustico da nova década, pensei, tentando ignorar que alguma coisa parecia bem errada nas internas da minha piroca. Me olhando no espelho, ponderei: hoje é sábado, amanhã é domingo. Os bondes não andam mais em cima dos trilhos, como nos tempos do poeta maior da ilha do Governador, mas, de qualquer jeito, amanhã cê pega um avião e toca pra São Paulo, falô?, você e sua pica ardente e ardida. Fim da trip, xará. A menos que aquela Solange... Nossa, nem é bom pensar. Em São Paulo, ninguém sabia que eu estava no Brasil. Melhor, assim eu podia escolher a quem cruzar primeiro no planalto de Piratininga. Pensei na Sônia, claro. Ela era a minha namorada oficial quando saí de São Paulo quase dois anos antes. Será que aos vinte aninhos ela tinha ficado numa cadeira de balanço fazendo tricô à minha espera? Estava dois anos mais velha agora, já não era a deslumbrante teenager que eu, dez anos mais velho que ela, tinha passado alegremente na cara. Devia ser agora uma deslumbrante mulher. Jovem mulher, mas adulta plena. Do cabelo aos pentelhos, passando pelos bicos miúdos dos peitos. De minha parte, eu também não estava mais nos meus anos vinte. Tinha emplacado trintinha em Paris, no coração do inverno. Meu amigo e conselheiro Nê Valadão mandara um telegrama a Paris no dia do meu aniversário: "Parabéns pelos trinta, bostão. O pior já passou". Adorei essa ideia de que o pior já tinha passado na minha vida. Inseguranças sexuais, profissionais, intelectuais, metafísicas, tudo isso eram relíquias no museu da memória. Agora, mais rodado na vida, tudo era lucro, pelo menos enquanto minha carcaça desse conta do recado dos meus desejos. Era o que eu pensava. "É o que ele pensa", disseram-se os deuses com seu sorriso marmóreo. Meu projeto de existência era de um hedonismo primário: espremer a vida até a última gota de prazer. Meus guias eram fortes, eu achava; haviam de me dar boa rede na varanda, brisa amena e meninas bonitas pra me fazer cafuné. Não me interessavam as instâncias ditas fundamentais da existência: trabalho, família, política. "Oi, dessa vida o que se leva é o que se come, o que se bebe, o que se brinca, ai ai..." — eis o lema daqueles meus dias voadores. Vadiagem, alienação poética e individualismo errante, era tudo que eu pedia ao destino. Dona Culpa, velha beata raquítica de bigode e verruga no nariz, dona Culpa que se fodesse. Um projeto greco-beatnik de existência: ócio e curtição. Voltei pra cama e puxei uma suave palha abraçado à minha Solange de fronha.

No final da tarde fui pegar uma praia com a Lídia. O dia estava meio bundão, com esparsas possibilidades de azul no cinza luminoso do céu. Miguel, de Chevette, largou a gente no Leblon e seguiu em frente; tinha que tomar providências no Cirrose, o grande dreno de seu capital e humor. Lídia não se metia na administração do negócio. Miguel ficava com a parte do *neg*, ela se encarregava do *ócio*. Notei que o corpo de Lídia, exposto pela generosidade de um minibiquíni, deixava de ser magrelinho e leve, como antes, pra se arredondar nos ângulos e atenuar nas curvas, por causa da gravidez. Eu podia ver os bicos dos peitos dela através da trama larga do biquíni de crochê. Sem falar nos pentelhos singelos que lhe escapavam por cima da calcinha mínima. Comentei com ela: "Inda bem que eu nunca cometi a imprudência de me apaixonar por você". Ela só fez sorrir e olhar o mar. Eu tinha levado o meu petit roman pra ela dar uma espiada. Duzentas e tantas laudas datilogradas num saco plástico, saldo de dois anos de vadiagem do outro lado do Atlântico. O sol, crepusculando em cinza, não ameaçava a brancura esverdeada da minha pele. Tirei uma soneca estendido na toalha, enquanto Lídia sapeava o meu texto. Acordei com suas gargalhadas. "Que barato, Ricardinho, não consigo parar de ler. A cena do catarro no elevador é hilária, apesar de nojenta." Meu ego ficou tinindo. Tudo que eu quero na vida é que as mulheres me achem engraçado. E foi aí que minha amiga formulou uma pergunta simples mas fundamental: "Que que teus pais vão achar disso?". O isso se referia às putarias, drogarias e reflexões debochadas sobre a vida, que eram a matéria do meu romance. Lídia conhecia meus velhos — Paulo, de sessenta e tantos, consumidos em escritórios modorrentos, e Laura, cinquenta e poucos anos de prendas domésticas — e sabia que eles tinham de mim uma imagem razoavelmente impoluta. Me achavam meio esquisito, mas respeitador de morais cívicas, dogmas religiosos e deveres profissionais. Achavam que eu ia voltar da França coberto de galardões acadêmicos, pronto pra abiscoitar altos cargos e salários. Se lessem meu romance ficariam no mínimo chocados. Magoados. Putos da vida. Meu pai, cardíaco, era capaz de tombar fulminado por uma síncope, e minha mãe, rainha das hipertensas, podia sufocar numa crise de apoplexia. Ambos morreriam esticando dedos acusadores pra mim. "Ora", disse à Lídia, "eles nunca vão ler isso. Não tem perigo." — "Mas como não vão ler? Cê não vai batalhar publicação?" — "Vou, claro... mas vai ser um troço sem muita repercussão, petit comité, eles nem vão saber. Os velhos são completamente por fora de tudo." — "Ricardinho, deixa de ser besta. Um livro circula. Dia mais, dia menos cai na mão deles, ou de algum parente que vai bater pra eles. E aí?" — "Bom, eu sempre posso usar um pseudônimo, né?" — "Mesmo assim... Pseudônimo é um biombo muito transparente, é capaz de chamar mais atenção sobre você. Aí vai ser pior, escuta o que eu tô te falando."

Fiquei olhando o mar que se encrespava com o vento do final da tarde, vento frio, recuerdo do inverno recente. Um cubo gelado de pura angústia foi se delineando no meu peito. Mostrar aquele livro aos velhos equivalia a descarregar um 45 na cara de cada um. Mas eu daria um jeito. Sempre pinta um jeito pra se dar na vida. Agora, era só aquela tarde macia com algumas meninas na praia e o mar se excitando à minha frente e o horizonte flú balizado pelos morros e Lídia fazendo um filho ao meu lado, embora não comigo, e os meus trintanos novinhos em folha, dispostos a todo uso e abuso que eu viesse a fazer deles, e tudo tudo tudo ia dar pé, conforme Gil não parava de cantar nas rádios, augurando tempos melhores para todos nós. E o que não desse pé que se fodesse. Não há abacaxi que não se descasque com um foda-se bem aplicado.

A noite acabou chegando. Noite carioca. Dez o'clock. Martha Maria veio me encontrar no apê da rua das Acácias. Lídia me consultara antes sobre a cabeça da cearense em relação a drogas. Álcool e fumo, tudo bem, eu disse, que em Paris a gente tinha se empapuçado de ambos. Quem andava com uma garrafinha de conhaque na bolsa, como ela, não se espanta com nada. Martha Maria chegou toda de branco, camisa e calça, com um pulôver azul-marinho jogado nos ombros. Estava uma perfeita mulata, pros padrões europeus: queimadíssima de sol, cabelos negros brilhantes e meio frisados. No seu rosto continuavam faltando os traços que desenham a beleza inequívoca. Os lábios finos eram o pior ali, pois beiços rechonchudos combinariam bem melhor com seu jeitão fogoso de ser. O nariz, grande e reto, não ficaria mal num homem. O que ela tinha de bonito mesmo era a testa larga, as maçãs salientes e os olhos otchitchórnios. Pra mim bastava. Lídia abriu o papelote comprado na véspera e despejou o pó branco na fórmica da mesa da cozinha, a única do apê. Informou que pros padrões do Leblon aquele pó até que não era dos piores. "Escama de peixe", ela disse, técnica. O Rio de Janeiro é a saída da Bolívia para o mar, pelo que eu ia percebendo. Martha foi a primeira a cafungar, desfazendo nossas dúvidas quanto à sua opinião sobre a substância; eu e Lídia atacamos a branca em seguida. O bem-estar turbulento do alcaloide nos invadiu de imediato. Beleza. Íamos passar no Cirrose na sequência pra apanhar o Miguel e sair pra jantar, com que fome, não sabíamos. Depois de cinco minutos nos confessamos: os três coraçõezinhos batucavam um frevo rasgado. Martha comentou: "Vige, esse pó tá mais malhado que Judas em sábado de aleluia". Mas, tudo bem, tudo bem, ninguém estava ligando muito pra saúde ou lucidez naquela noite. Mamávamos num Jack Daniel's que Sheyla tinha me dado em Nova York. A certa altura, Lídia foi trocar de roupa e eu aproveitei pra passar a mão na cabeleira negra de Martha Maria. Ela estava simpática comigo, mas de uma simpatia genérica e não libidinal-amorosa como eu queria. Fiz a carícia no cabelo de MM e MM sorriu encabulada. Entre nós, a mesa de fórmica riscada de fileirinhas brancas. Parecíamos antigos namorados que há muito não se viam: íntimos na memória, desajeitados e ainda meio formais no aqui-agora. A gente tinha transado três dias seguidos em Paris, na véspera da volta dela. Na verdade, não nos largamos, dia e noite. Foi como um casamento relâmpago. No final, já estávamos trepando de conchinha, como velhos cônjuges. Nos conhecemos em sua festa de despedida, onde eu tinha ido parar por acaso, levado por um sujeito que nem era amigo dela, e o picirico rolou gostoso, com direito ao inacreditável "Solta o bridão, alazão!". Em Paris, ela não me pareceu pertencer à raça das pudicas. Se bem que acima do Equador as libidos terceiro-mundis-

316

tas costumam ficar de pernas pro ar e bem abertas; agora, abaixo da linha imaginária, é possível que lhe tivesse voltado algum pudor. De todo jeito, a noite apenas começava, não era o caso de cair logo de boca. Muita água ia transitar por debaixo da ponte e muito pó pelas fossas nasais.

Martha Maria sorria de olhos baixos. Eu não tinha do que reclamar. Ela viera me ver, estava ali na minha frente com sua camisa branca de linho estalando de limpa, sem sutiã por baixo. Era um pouco mais velha que eu, mas tinha um corpão rijo, em muito melhor forma que o meu. Contei um pouco de Nova York pra ela, que me falou do seu trabalho na universidade carioca — era professora de economia, pós-graduada em Paris —, até que Lídia voltou e reesticou o pó da mesa em três perfeitas carreiras do divino, uma pra cada um. Depois, acomodou o resto do pó na minha garrafinha cafungológica, comprada em NY, guardando-a em sua bolsa. Enxugamos, então, nossos copos de uísque e caímos na night. Novamente o circuito da lagoa Rodrigo de Freitas, no fusca de Martha, dessa vez. Cinemá merveille pela janela: Rio cintilando suas tentações na cabeça mitificadora de um paulista fissuradão. Lídia ia atrás, eu ao lado de Martha. Falei pras duas que eu tinha lido o Fellini dizer numa entrevista que adorava conversar num carro em movimento, que isso era o próprio cinema falado. Lídia, por sua vez, comentou que tinha lido num livro do Cocteau sobre o ópio que a única coisa capaz de tornar a ausência do ópio suportável prum opiômano é andar de carro em alta velocidade. Martha disse que nunca mais tinha andado sem carro, desde que chegara do Ceará, dez anos antes. Nos tempos parisienses, tinha um Citroën 2 chevaux, no qual rodara meia Europa. O carro tinha virado um prolongamento do seu corpo, tanto que ela sentia na pele qualquer arranhão no para-lama e no esqueleto qualquer trepidação mais forte. Era como se seu próprio corpo estivesse em contato direto com o chão. Neurose pura. Eu disse que não queria mais ter carro em São Paulo, como também não tive em Paris. Eu vivia muito bêbado e lunático pra dirigir automóvel. Já estava há dois anos sem guiar e achava ótima a sensação de ser levado por trens, ônibus e táxis, sem contar as pernas, pensando em outras coisas durante o percurso. A imaginação e a inteligência se soltam mais quando não é você quem dirige. Martha argumentou: "Só se for em Paris, meu filho, que tem metrô pra todo lado e aqueles ônibus espaçosos. Transporte público aqui é foda, estouro da boiada comprimido numa lata de sardinha. Os ônibus são sujos, detonados, apinhados, demoram séculos pra chegar nos lugares". Aí, eu apelei pro dramático: "Cê sabia que desde 1920, por aí, quando saiu o modelo T da Ford, que foi o primeiro carro produzido em linha de montagem no mundo, até hoje, morreram mais de vinte e cinco milhões de pessoas em desastres de automóvel, sem contar outros tantos milhões de aleijadinhos? Sabe lá o que é isso? É mais carne humana do que todas as guerras deste século já conseguiram estraçalhar". Do banco de trás, Lídia reclamou, imitando prosódia de bicho-grilo do Baixo Leblon: "Ãi, Ricardinho, que pãpo mãis bãixo ãstral, cãra. Muda de estação, cãra, isola". Daí, acendeu uma bela bagana, aspirou fundo e concluiu o assunto, prendendo a respiração: "Eu só ando de táxi ou com o Miguel dirigindo o nosso carro. Nem tenho carteira de motorista". O rádio, pra variar, tocava a versão de Gil do "Woman no cry", do Marley, "tudo tudo tudo vai dar pé...". Aquilo tinha virado uma espécie de hino da resistência odara contra a ditadura militar que já estava apodrecendo de madura e ninguém aguentava mais, nem mesmo a rançosa classe média maria-vai-com-as-outras. O charo rodou entre nós. Ofereci um tapinha pra noite, que recusou — já estava empapuçada de estrelas. Nisso, passou xispando do nosso lado um camburão da PM. Um dos ratos encarou a gente. Pronto: blitz, cana. Vou chegar algemado em São Paulo, pensei, gelado de terror. Mas a rataria passou direto. Lídia falou: "Tá que o pariu, tem cada vez mais rato nessa cidade, é uma blitz por quarteirão, tá foda. E não é pra pegar bandido, é só pra empatar a vida dos maluco". Só pra exor-

318

cizar a urucubaca fardada, demos mais uns tirinhos na garrafinha mágica que a Lídia tirou da bolsa.

Chegamos no Cirrose flutuando no bote coca-cannabis. Martha flutuava mais que a Lídia e eu. "Fumo me deixa completamente zambeta", disse a morena pra justificar o número alarmante de vezes que dobrou a esquina errada, atravessou faróis vermelhos, ficou parada em faróis verdes, ligou o pisca-pisca pra esquerda quando ia entrar à direita, acionou o limpador de para-brisa em vez de dar sinal de luz com os faróis, ameaçou a integridade física dos pedestres e outras pequenas barbaridades automobilísticas. Pra finalizar, fez uma baliza primorosamente punk na frente do Cirrose, espancando sem dó os para-choques dos dois carros que demarcavam a vaga. Entramos por fim no Cirrose. O barman disse que Miguel estava no escritório, no andar de cima. Subimos por uma escada emparedada e estreita, quase sem luz. Teto, parede e degraus pintados de bordô escuro. No meio da escada dois carinhas se beijavam, barrando a passagem. Fui o primeiro a atravessar o beijo dos dois; não sei, não, mas tive a impressão de roçar num pau duro ou algo assim. Podia ser também um drops salva-vidas no bolso de um deles. No escritório, Miguel esculhambava um garçom, um tipo gayforme de roupa branca e avental vermelho bordado com o logotipo do bar. Interrompeu a esculhambação pra beijar Lídia e me dar a mão. Logo retomou o esporro, por causa de horário, pelo que entendi. O garçom, mais vermelho que o avental, de humilhação e ódio, não olhou pra mim nem pra Martha; só cumprimentou Lídia e se mandou, cabisbaixo e tenso, ainda sob os xingamentos do patrão colérico, repetindo que aquilo estava virando "el culo de la madre Djoana, porra!". Em seguida, o uruguaio trancou a porta, resmungando contra "esos cabrones de mierda que me quieren hoder la vida". Daí, tirou um pôster da Marilyn Monroe da parede, deixando à mostra a porta de um cofre, que ele abriu sem precisar lidar com o segredo, puxando de lá de dentro um espelho com cocaína já devidamente geometrizada em fileirinhas. Meu coração dançava o baião da anfeta-mina, mas não resisti: caí sniflando na pozeira. Eu não precisava me preocupar com a saúde, que já tinha perdido fazia tempo. Cinco degraus me botavam os bofes pra fora. E era raro o dia que eu não vomitava. Ao pular rápido demais da cama ou de uma cadeira, o mundo em volta saía de prumo e um zumbido supersônico atravessava minha cabeça de ouvido a ouvido — ziiiiiim! Meus olhos jaziam no fundo de dois abismos cor de fossa negra. Estava magérrimo e pançudinho, feito cobra depois de engolir uma ratazana. A merda é que eu gostava demais da zoeira das drogas, do rock pauleira de pensamentos e sensações que elas provocam, irrealizando o mundo em volta e realizando todas as fantasias da mente insana — pelo menos enquanto du-rava o brilho da piração. Além disso, eu insistia em me sentir feliz, e a felicidade tudo perdoa. Mas o fato é que eu andava pla-nejando dar um tempo na bagulheira quando chegasse a São Paulo. Tomar sol, nadar, comer bem, dormir — à noite, de prefe-rência. O corpo é uma estrela cadente, e não adianta reclamar pro fabricante, que ele mora duas ou três estações além do infi-nito e tá cagando e andando pra gente.

Depois de um restaurante de frutos do mar — mal tocamos no rango; em compensação nos encharcamos de vinho branco — e de um bar buchichado no Baixo que nos forneceu boa dúzia de chopes, Miguel e Lídia, Martha Maria e eu, desaguamos numa boate da retro-moda. Quer dizer, era um lugar novo onde ia a velha guarda boêmia do Rio ouvir o piano de Luís Carlos Vinhas. Não lembro o nome da boate, nem como fomos parar lá, nem mesmo se o Luís Carlos Vinhas tocava piano naquela noite; só sei que, a certa altura, senti a mão de Martha Maria boli-nando minha braguilha por baixo da mesa. Ela tentava puxar o zíper, no que lhe dei uma forcinha. Àquela altura eu já tinha lascado uns beijos nela, beijos mordidos e cuspidos sabor lata de lixo: droga, birita, comida, tabaco. Ela pegou no meu pau mole com a mão molhada de segurar o copo de uísque. Miguel con-

versava com alguém, ao lado do piano; Lídia tinha se abando-
nado de comprido no banco estofado e roncava alto, com toda a
beleza e finesse de que seu inconsciente era capaz. Não vi ninguém em volta da nossa mesa; acho que o bar já ia fechar. Meu
pau cresceu um pouco na mão da cearense, àquela altura inteiramente vesga de porre. Ela, então, deu um golaço no uísque
aguado e mergulhou de boca no meu pau, gaivota tonta aboca-
nhando o peixe. Difícil descrever a sensação de uma boca gelada
chupando o seu pau a meio-pau. Meu superego sinalizou um
garçom que vinha na nossa direção. Puxei rápido a cabeça de
Martha pelos cabelos e cubri o pau jonjo com a fralda da toalha
da mesa. Com um olho focado no infinito e o outro no Oriente
Médio, ela perguntou: "Que foi?" — ao mesmo tempo em que o
garçom se aproximava pra perguntar se precisávamos de alguma coisa. Disse pra ele que a moça não estava se sentindo
muito bem, acordei Lídia e, depois de alguma falação mole e
desconexa, convenci as duas a irem ao banheiro jogar uma água
na cara. Foram abraçadas, ziguezagueando entre as mesas, aos
tropeços e esbarrões, e não se sabia ali quem sustentava quem.
Pedi uma água mineral pro garçom e fiquei ouvindo uma melodia indistinta ao piano, bossa nova jobiniana qualquer. Eu precisava vomitar, só que não vencia a preguiça de ir ao banheiro.
Martha e Lídia voltaram, a cearense parecendo nórdica de tão
pálida. O garçom trouxe a água, que deixei intocada na mesa.
Daí, meu diafragma tomou a iniciativa de se pôr a rir sozinho
um riso destrambelhado, incontrolável. Afundei no banco às
gargalhadas, me desfazendo todo em derrisão. Simplesmente
não conseguia parar de rir. As duas começaram a rir também,
sem saber por quê. Miguel se juntou a nós e logo aderiu ao coro
gargalhal. Tive câimbras nas entranhas de tanto rir. Saí da boate
abraçado a Martha, sempre às gargalhadas, e foi rindo que entramos no carro, os quatro. Nunca soube quem foi que pagou a
conta, mas acho que só pode ter sido o Miguel. Ele tinha a maior
cara de quem pagava todas as contas.

No caminho baixou um silêncio submarino no carro. Martha anunciou que precisava vomitar. Miguel parou o carro ao lado duma árvore, saímos todos, eu segurei a testa da cearense, e ela liberou o suco podre das entranhas. O vômito respingou no meu sapato. A custo, travei na garganta meu próprio vômito. Lídia arregaçou a saia, abaixou a calcinha e deu uma mijada no canteiro da árvore. Miguel lhe ofereceu um pano sujo pra enxugar a xota, o mesmo que ela estendeu pra cearense limpar a boca. O pano voltou pro porta-luva, de onde havia saído, esperando a próxima oportunidade de se mostrar útil à sociedade. Depois, paramos numa farmácia pra Martha tomar um Xantinon com glicose na veia. Eu queria ver a cearense boa o mais rápido possível; tinha planos para o nosso futuro imediato. No apê da rua das Acácias, Lídia esticou na fórmica o que restava do pó da garrafinha. O casal e eu caímos chinflando na branquela. Foi só aí, diga-se de passagem, que eu pensei se cheirar tanto pó não seria um tanto prejudicial à gravidez da minha amiga. Mas, por que seria? No máximo o bebê sairia fissuradinho da barriga da mãe, com tendência a embocar o bico da mamadeira numa narina, conjecturei. Depois de forçar meio litro d'água pra dentro do bucho da minha companheira, tomei o outro meio litro e fui pro banheiro dar uma cagada. Fiquei vendo umas atrizes peladas numa Playboy que achei dentro do bidê, tesei um pouco e a cabeça do meu pau esbarrou na louça molhada da privada. Achei aquilo um bom sinal — sinal de que eu ia comer gostoso aquela nordestina logo mais. E foi passando o papel higiênico na bunda que me ocorreu a necessidade urgente de instaurar um mínimo de romantismo na cena. Saí do banheiro arquitetando lirismos pra dizer à Martha. Não encontrei ninguém na sala. A porta do quarto do casal já estava fechada. Risos lá dentro. Martha Maria não estava na cozinha. Não estava em nenhum lugar visível. Teria se pirulitado, a bandida? Porra... — resmunguei. Será que mais uma vez eu seria obrigado a fazer justiça com a própria mão? Um terço preocupado com a cearense arquichumbada derivando de fusca na madrugada carioca, dois terços chateado pela foda perdida, entrei no meu quarto, já desabotoando a calça que tinha ficado de braguilha aberta desde a boate. Encontrei Martha espichada de bruços no colchão de solteiro instalado no chão. Estava de roupa e descalça. Ninguém viu o sorriso obsceno me iluminando a cara. Me agachei do lado dela, passei a mão no desengonço daquela cabelama negra, desci a mão pelas costas, enfiei-a por dentro da calça branca e acariciei aquela bunda calipígia, agarrando com delicadeza uma nádega fria. Martha soltou um longo, interminável suspiro. Achei que ela ia se esvaziar toda, feito um joão-bobo furado. Continuei apalpando a bunda adormecida, sem provocar mais nenhuma reação de sua proprietária. Pelo jeito, a moça pretendia passar um par de eternidades naquela cama. Decidi que, pelada, ela estaria mais confortável para enfrentar as eternidades à sua frente. Arrancar a roupa da Martha foi uma operação complicada, pois eu estava zonzo, com marés de vômito avançando pra boca quando eu abaixava a cabeça, e, além disso, a mulher não me ajudava em nada. Ao puxar as pernas da sua ex-imaculada calça branca, acabei arrastando-a pra fora do colchão. A calça acabou saindo. Ela resmungou palavras borradas, sem abrir os olhos. Calcinha e camisa foi fácil tirar; difícil foi guindar seu corpo inerte e nu de volta pra cama. No meio dessa operação, Martha foi saindo do limbo alcoólico pruma semiconsciência pastosa. Me pus em pelo, eu também. Pelo visto, só o Cristo Redentor continuava vestido naquela madrugada carioca. Ondas de tesão pinicavam meu corpo, embora meu pau não ultrapassasse trinta graus de ereção, 33 nos melhores momentos. Da mente à pica, Eros se emaranhava nas toxinas, sem energia pra comandar todo o sangue necessário ao lugar certo. Mas isso não era problema; depois de um certo ponto da função, com meio pau se faz a obra inteira. Contemplei o corpo da brava, da forte, da filha do norte. Martha tinha um corpo mais jovem que ela, sem muitas sobras e dobras. Tinha pifado de novo; parecia morta. Linda que ela ficava de morta. Ajeitei Martha morta de costas, montei nas coxas unidas dela e fiquei apreciando a paisagem. Os cabelos pretos tapavam-lhe uma parte da cara, compondo uma figura trágica, como o de uma mulher assassinada com brutalidade. Baixou um santo necrófilo em mim. Ê Gira! Pensei, num estalo de língua: vou comer esse belo cadáver. Abri, pois, as coxas morenas da minha defunta amada, aproximei a cara dos seus pelos íntimos, aspirei o lírio do mistério, tive um arrepio, e caí de língua naquele mato cerrado. *Entre fezes e urina nascemos...*, já disse um observador dos fenômenos mais básicos da natureza humana. Dali viestes pr'ali retornarás, disse eu ali na hora, ecoando a velhíssima sabedoria bíblica. Só que o tira-gosto escatogenital foi demais pro meu delicado paladar. Só deu tempo de virar a cara pro lado e liberar o jato de vômito no chão. O vômito respingou em nossas roupas comuns esparramadas. Martha, a nocaute, nada percebeu. Fui gargarejar no banheiro e aproveitei pra vomitar mais um pouco. Mandei três aspirinas americanas de um frasco de plástico cheio delas, engolindo-as com água sorvida no bico da torneira, mijei doído — mijar era um suplício cada vez maior —, voltei pro quarto munido do tapetinho de pano do banheiro e dei um trato geral no vômito espargido no carpete e roupas. Não ficou um serviço muito bacana, mas foda-se. Daí, joguei o tapetinho pela janela aberta, o que me pareceu a coisa mais higiênica a fazer. Os dedos róseos da aurora já siriricavam as nuvens do céu do Rio. Respirei fundo o ar da antemanhã. Me senti melhor. Não muito melhor, mas melhorzinho, de qualquer jeito. Quando me voltei pra dentro do quarto, vi que a Martha tinha se virado de bruços. Tava bem viva aquela mortinha da silva, embora nem ela estivesse muito certa disso. A visão daquela bunda triangulada em branco pelo biquíni contra a morenice compacta do resto do corpo acrescentou mais uns quinze graus ao ângulo do meu tesão. Um pau a 45 graus já está tecnicamente duro. Me assaltou uma vontade súbita: comer aquele cu. Por que não? Madame não parecia em condições de opor nenhuma resistência a essa espécie de intromissão em sua anatomia. Entreabri-lhe as nádegas e untei de cuspe a íris rugosa do cuzinho dela, cor-de-rosa como os dedos da aurora. Enfiei o indicador nada róseo lá dentro, devagarinho, como reza o manual do perfeito e delicado libertino enrabador. Ela teve um estremecimento, gemeu, remexeu a bunda, num sinal que interpretei como de mediana aprovação. Um cheiro mesclado de vômito, merda e suor climatizava o ambiente agora. E havia passarinhos na porra da antemanhã. Então me preparei pra entrar no De Profundis de dona Martha Maria. Deixei o cuspe cair em cascata lenta na ponta do meu pau quase ereto e avancei, embocando a cabeça no botão de carne quente. Meu pau dobrava em corcova; e mais dobrava quanto mais eu mais avançava, flexível, o puto, bem na hora que a nação exigia firmeza e rigor. Apertei o cabo do bicho pra endurecer a ponta; consegui enterrar mais dois ou três milímetros. Martha gemeu baixinho. O resto não havia meio de entrar. Deixei cair mais cuspe na fuselagem do míssil, que avançou mais alguns preciosos milímetros, antes de emperrar de novo. Cu exige tesão total, pau a noventa graus, tinindo. Tive que desistir. Perdi um cu de bandeja, caralho. Pena. Pena mesmo. Mas não deixei barato; desentubei o bicho, percorri os centímetros de terra-de-ninguém que separavam o cu da buceta, e afundei o herói nas carnes complascentes do sexo da companheira. Molhadinha! A safada estava curtindo o tempo todo, na moita. Na moita de um sono profundo. Ali, foi que foi: slippin'n'sliding no terreno escorregoso, liso, fácil. Aí tesei total. Martha devia estar sonhando que metiam nela. Eu fodia o sonho de uma mulher. Pensei em voltar a trabalhar aquele cuzinho já lubrificado de cuspe, mas desisti. Não convém mudar de assunto nessas horas.

No que eu tô ali, encarapitado sobre Martha Maria, meu pau atolado no mangue gozozo dela, a porta do quarto se abre de sopetão e entra em cena uma Lídia descabelada, respingada de sangue, num alvoroço de gestos e choro convulso e palavras desconexas, me puxando pelos ombros pra fora daquele paraíso natural. Nunca saí de um lugar tão a contragosto. "Porra, que foi?", eu falei, caindo de banda, coa mandioca lustrosa e o coração disparado. Lídia ofegava: "O Miguel pirou! Cê tem que me ajudar, Rica! A gente brigou de porrada, ele tá quebrando tudo no quarto, ele quer me matar! Meu Deus, que que eu faço! Pelo amor de Deus, Rica!".

Desespero. Drama. De calcinha e camiseta, Lídia me puxava pelo braço. Mal tive tempo de vestir a cueca, molhada de vômito, botando pra cima meu pau ainda entumescido. A cabeça do pau ficou presenciando os acontecimentos por cima da cueca. Entrei no quarto do casal e vi Miguel pelado, de pé na cama, estraça-lhando com mãos e dentes um vestido da esposinha. Sangue bro-tava da cabeça e das mãos do uruguaio, compondo abstrações vermelhas na sua nudez balofa. A luz do abajur projetava a som-bra insana dele no teto e na parede da cabeceira. Um diabo gordo soltando labaredas de imprecações, "puta que la vida, la corro, la mato, carajo, puta que me parió", e mais puta que isso e puta que aquilo, e outras pragas do lunfardo de Montevidéu que eu não conhecia. As portas do armário embutido estavam escancaradas, roupas de homem e mulher espalhadas pelo chão junto com des-pertador, violão destroçado, livros e revistas eventrados, má-quina fotográfica, notas de cruzeiro, dólar e peso uruguaio, pa-péis, cinzeiros, fitas cassete — cacos de caos conjugal. Miguel grunhia e urrava num furor patético. Nem sei como não tinha ouvido aquela zorra toda, lá do quarto. A gente só escuta mesmo o que quer. Considerei a possibilidade de aplicar um bom murro no estômago do cara, pra ele se dobrar às circunstâncias de hora e lugar, e eu poder voltar aos amenos trabalhos da carne com a minha bela adormecida e vomitada. Mas eu nunca tinha socado o estômago de ninguém antes. Talvez fosse mais prático pegar um grosso dicionário de inglês que jazia no chão e jogar na ca-beça dele. Tinha medo, porém, de não acertar. Tinha medo, na verdade, de tomar qualquer atitude. Com um tresoitão na mão, tudo seria mais simples. Não deve ser difícil apertar um gatilho. Afinal, tanta gente aperta tantos gatilhos todos os dias no mundo. Um tiro, e pronto; depois eu pensava no assunto. O que acabei fazendo foi encher os pulmões com o ar denso de ódio do quarto e berrar: "PORRA, MIGUEL! PARA COM ISSO, SENÃO EU VOU CHAMAR A POLÍCIA, CARALHO!".

Ele estancou, com o vestido esfrangalhado nas mãos ensanguentadas, boa parte do rosto tinto de sangue também, e me encarou. A insânia crepitava no olhar que ele me deu. Gelei. Puta merda, vai sobrar porrada pra mim, pensei. Não sei quanto tempo durou aquela encarada de serpente obesa que nos imobilizou, a mim, à Lídia, trêmula atrás de mim, e a ele próprio. Avaliei a força do adversário. Ele era bem troncudo, o filhadaputa; se partisse pra cima de mim com aquela raiva toda eu estaria agora escrevendo minhas memórias póstumas na escrivaninha celeste do Brás Cubas. Bem pensando, aquilo não passava de um faniquito sensacionalista del milonguero Miguelito; mas, na hora, a gente acha que tudo pode acontecer, inclusive as piores merdas. Aí, ele deixou os braços caírem em abandono ao longo do corpo, uma das mãos segurando o vestido esfrangalhado, armou careta de menino magoado e desatou num choro sentido. Suas pernas fraquejaram e ele, mais seu barrigão y tetones peludos, desabaram de bunda na cama. Daí, tapou o rosto com o vestido e teve soluços monumentais de anta trágica que faziam a cama chacoalhar toda. Então, Lídia foi lá e abraçou o corpanzil ensanguentado do homem, com ternura de irmãzinha benevolente. Minha amiga devia amar pra valer aquele estrupício. Eu me mantinha a uma distância prudente; aquela paz choramingante podia ser apenas o intervalo entre duas erupções de violência, fenômeno comum em surtos psicóticos. Lídia me disse: "Ricardim, tá tudo certo agora... desculpa, tá?... eu... é que... me deu um medo danado, sabe... mas tá limpo agora... a gente conversa amanhã, tá legal?".

Os dois ensanguentados, Miguel coa cara enfiada no peito dela, chorando e soluçando forte, o quarto numa desolação de saloon depois do bang-bang, e tava tudo certo, tudo limpo, tudo legal. Então tá, eu disse. Dei as costas pra pietá entre escombros e voltei pra minha cearense, que devia estar dormindo profun-

damente uma hora daquelas. Eu só pedia aos céus que a bucetinha dela não tivesse secado. No hall, me lembrei de voltar e perguntar pra Lídia: "Cê não tá machucada?" — "Não tô não, o
sangue é dele. O Miguelito deu cabeçadas e porradas na parede,
no armário, por aí tudo, coitadinho". Coitadinho? Coitadinho, o
cacete. Uma das portas do armário estava, de fato, rachada e as
paredes decoradas com ideogramas sanguíneos. Aquilo sim é
que era arte radical. Eu, hein.

A caminho do quarto constatei que meu pau tinha sumido
dentro da cueca. Deve ter ido tomar média com pão e manteiga
na padaria, esperando os ânimos se acalmarem, pensei. Aí, entrei na câmara ardente onde tinha deixado meu amor de bunda
pra cima ou pra baixo, não lembrava — e cadê a porra do meu
amor? Procurei na sala, banheiro, cozinha, quarto de empregada, lavanderia, e nada. "Five o'clock as the day begins she is far
away..." Essa canção dos Beatles me veio instantânea à cabeça.
(Há uma canção dos Beatles pra cada momento da vida, se for
pensar bem.) Tinha se picado, a morena mardita, com suas roupas brancas manchadas do seu e do meu vômito. Pelo menos
não era de sangue. Deixara um único vestígio: um brinco de
pena colorida. Sei lá por quê, tive a ideia de enganchar o brinco
na cueca, na altura do pau, e fui olhar o Cristo na janela. Ele tinha acabado de acordar, pois se espreguiçava lânguido em pedra. Fiz o mesmo, num longo bocejo. Acendi uma bagana que
dormia num cinzeiro e fumei até queimar os dedos e os lábios.
Daí, caí no colchão de cueca e brinco de pena de sabiá (ou de
curió ou de tico-tico no fubá), e fiquei olhando a cabeça do
Cristo no quadro da janela. De repente, uma asa-delta entrou
em cena, pássaro leve e lento, contornando a cabeça do
Redentor. Fechei os olhos e saí do ar.

Acordei umas três horas depois. O mingau cerebral estava
em plena ebulição na minha cabeça, me impedindo de dormir

fundo. Resolvi que era hora de decretar o fim do meu périplo pelas cariocas plagas e puxar o carro pra São Paulo, se é que ainda havia alguma cidade com esse nome ao sul do Rio de Janeiro. Levantei com certa dificuldade, fui no banheiro e verifiquei com alívio que a porta do casal estava fechada. Eu não queria presenciar a ressaca moral das cenas estrambólicas de horas antes. Deixaria um bilhetinho simpático e ligaria pra Lídia na segunda-feira, de São Paulo, agradecendo a hospedagem. Ao mijar, quase desmaiei de dor. Vi que tinha uma crosta de pus nas bordas da uretra. O mijo me saía em jatos atrozes de chumbo quente. Me bateu a maior deprê. Eu desconfiava que aquela seria a quinta ou sexta gonorreia da minha vida. Sandra, o jamaicano, o americano, o antibiótico, o loft nova-iorquino, a cama do sultão, a calça arriada, a amnésia alcoólica — elementos de uma história tão recente quão nebulosa foram se encaixando no meu entendimento. Eu devia abrigar um gonococus rastafari de Kingstown, se é que não era uma legítima bactéria white-anglo--saxon-protestant de New York City, ou então brasuca mesmo, com cicatrizes na cara microscópica, iguais às de seu dono. Botei a memória na prensa, a ver se me lembrava da buceta da Sandra. Ela devia ter uma bem pujante, de pelos negros, hirsutos. Mas eu não me lembrava de nada. Nada.

O banho me animou um pouco. Em São Paulo me entregaria a rigorosas terapias de corpo e alma, começando por uma consulta a um urologista. Uns dias na casa dos velhos me poriam ok de novo. Rango de primeira, horários regrados, roupa limpa e bem passada, carinhos e bons conselhos — excelente sanatório. Embrulhei meu pau gotejante em papel higiênico. O bichão ficou parecendo uma múmia chocha. Daí, juntei os cacos da consciência dispersa no sem-tempo da vadiagem, empanturrei meu bag de nylon de roupa suja, menos as peças vomitadas, que joguei no lixo, escrevi um bilhetinho pra Lídia: "Valeu, amiga. Te ligo de Sampa. Feliz barrigona. E muita calma na Província Cisplatina, hein! Fica aí com a garrafinha de pó, de presente.

Beijo. Teu Rica". Daí, desci de elevador e entrei de sola numa bela manhã azul solar de setembro, justamente o dia lindo que o Rio estava me devendo. Na porta do prédio, topei com Solange, que vinha entrando, a museta dos surfistas e guitarristas cornudos, que chegava carregando, veja só, pão e leite. A jovem cafun- gueira não dispensava o café da manhã em família, mesmo que depois passasse a tarde numa quitinete em Copacabana, na fo- delança cocaínica com o guitarrista, ou com o surfista, ou com os dois juntos, vai saber. Solange sorriu ao me ver, e você sabe que um sorriso de menina colhido num fim de manhã solar é capaz de te fazer olhar pras coisas estourando de luz na rua e achar que a vida é bela, a vida é bela, meu amor. Pelo menos por alguns quarteirões. Vendo meu bag de nylon estufado, ela disse: "Caindo, já?" — "É..." — "Achei que cê ia dar um tempo na Lídia."

O que significava aquilo? Ah, Solange, se você dissesse que me ama, eu ficava agonizando de papo pro ar em Ipanema pelo resto da minha vida, como o Último Tamoio daquele quadro român- tico. Virava vapor, vampiro, voleibolista, só pra te sustentar no ócio e na traquinagem. — Qualquer coisa. Disse pra ela: "Pois é, baby, uma hora o errante navegante tem que voltar pra casa. Faz duas semanas que eu tô tentando voltar pra São Paulo, desde que saí de Paris". — "Cê não gosta do Rio?", ela perguntou. — "Eu?! Eu amo o Rio", disse eu, olhando bem nos olhos dela, "mas meu lance é lá em Sampa, sacumé? Família, amigos, trabalho." — "Hmmm... 'tão tá", ela mandou, me aplicando um beijo em cada bochecha, mais um terceiro, de misericórdia, nos lábios, sem língua. Entrou no prédio e eu fiquei parado na calçada, segurando o coração pra ele não cair duro na sarjeta, e eu com ele.

Bom, daí peguei um táxi pro Santos Dumont. O chofer, um mulato de óculos ray-ban, reclinado no banco com encosto pra cabeça, braços esticados, mãos crispadas no volante, chispava no fusca, costurando o trânsito com furor kamikaze. Eu, o branquelo da elite dominante, segundo os manuais de sociologia e política, ia no banco de trás, passageiro e vítima, me agarrando onde podia. Os táxis do Rio deviam portar um decalque advertindo: A vida é breve. Tim Maia no rádio: "Quem tem na vida um bom motivo pra sonhar/ tem um sonho todo azul/ azul da cor do mar...". Pelo espelhinho o piloto saboreava meu medo, achei. A ressaca, chacoalhada sem dó, se vingava em ondas de enjoo. Pedi: "Xará, dá procê manerá um pouco? Tô cuma ressaca da porra e sem a menor pressa". O desprezo filtrado em ray-ban que ele me jogou pelo retrovisor me refrigerou até os fundilhos da alma. O cara soltou um "falô" cavernoso e maneirou por uns três minutos. Daí, enfiou de novo o pé na tábua, com mais gosto que antes. Fiquei na minha, encanando que ele podia puxar um berro se eu reclamasse de novo. Só me restava a fé em Deus. Como eu não tinha fé em nenhum deus, o que me sobrava mesmo era o cu na mão. O cara enfiou o fusca entre dois ônibus que tiravam um racha na Nossa Senhora de Copacabana. A paralela dos coletivos se estreitava às vezes ameaçando a gente de sanduichamento. Com muita dificuldade íamos vencendo os dois brucutus quando um farol vermelhou à nossa frente. Rayban brecou? Nem o motorista do ônibus da esquerda. O buzunga da direita arregou quando viu os carros da transversal avançarem pra cruzar a Nossa Senhora de Copacabana. Conteve seu ímpeto em guinchos de breque agônico e evitou um massacre. Foi generoso da parte dele. O outro ônibus e o meu táxi só deram uma chegadinha pra esquerda. Um opala branco, liderando um grupo de quatro ou cinco combatentes que avançavam pela transversal, quase chapou a traseira do nosso fusca, o que naquela velocidade daria em capotamento na certa. Eu ia morrer com o sorriso da ninfa Solange estampado na memória, e o sorriso da ninfa Solange se espalharia no asfalto quente em forma de miolos esfacelados. Mas passamos incólumes, sob a ira das buzinas. Adiante, não aguentei: apertei o ombro do cara e bradei: "Para, pelo amor de Deus, senão vou vomitar aqui mesmo!". No ato o cara encostou no meio-fio tomando antes a precaução de fechar uma Brasília, o que provocou um grito de pneus e um jorro de palavrões. A brecada súbita do fusca me lançou no vão livre, ao lado do motorista, com direito a uma leve cabeçada no para-brisa. O do ray-ban soltou um "sculpe" sem convicção e me abriu a porta. Corri pra árvore mais próxima, me escorei no tronco encardido e soltei a bílis. Pra minha surpresa, o taxista teve a manha de me levar um pedaço de papel higiênico. Do fuscão estacionado vinha a voz do Tim Maia: "Ah, se o mundo inteiro me quiser ouvir/ tenho muito pra contar/ dizer que aprendi...". Me limpei, ponderando o que tinha aprendido ali: a nunca mais pegar táxi no Rio de Janeiro. Andei um pouco pra expandir os pulmões. Rayban ficou sentado no para-lama do fusca, me esperando. Daí, quando achei que o meu estômago tinha voltado pro lugar de sempre, entramos no carro, ele arrancou e eu nem precisei falar mais nada, pois daí em diante o fusqueta rolou mais ou menos suave até o Santos Dumont.

Tinha pouca gente no avião, naquele meio-dia dominical. Eu tentava me imbuir da solenidade da ocasião: afinal, era o derradeiro voo de volta pra casa. Mas eu estava muito enjoado pra me sentir solene. O gozado é que eu não sentia nenhum estranhamento nessa volta a São Paulo. Era como se eu tivesse saído um dia antes pra ir comer uma peixada estragada no Rio e voltasse agora, de estômago embrulhado e a alma do avesso. Pedi uma cerveja pra aeromoça, mas ela informou que não estavam servindo álcool na ponte aérea. Pedi um suco de tomate, ela disse que não tinha. Me contentei com um guaraná em lata. Desidratadão, tomei direto duas latas. Dei um vasto arroto, aproveitando que não tinha ninguém do meu lado. Me espalhei nas duas poltronas pruma soneca, tendo antes o cuidado de acomodar o pau enfaixado em papel higiênico dentro da cueca. O primeiro paulistano que eu queria ver na segunda-feira era um urologista. Dei um peidão muito mais sulfuroso do que eu imaginava. De olhos fechados, ouvi tosses, resmungos, cochichos ao redor. Apostei no anonimato e soltei mais alguns petardos igualmente putrefatos. Novas tosses, cochichos e resmungos em volta, mais veementes dessa vez. Teria soltado novos e diabólicos traques, se não me reprimisse o medo de levar um esculacho da aeromoça: "O senhor tenha a bondade de controlar seu esfíncter, se não quiser ser jogado aos tubarões lá embaixo!".

Assim sendo, implodi os gases, pra meu grande desconforto e fui me deixando afundar num delírio verbal-imagístico, semiconsciente, típico de sonolência de ressaca. Qual terá sido a primeira imagem que me veio à cabeça? Acho que ninguém se espantará de me ouvir dizer que a de uma mulher — obsessão implacável do carentão que vos fala. Era uma mulher furta-fêmea, mistura cambiante das mulheres que eu conheci em carne viva, em outdoors, telas de cinema e tevê, em revistas, quadros e ilustrações, sem contar as que o desejo solitário se incumbiu de me desenhar na fantasia. Nenhuma mulher real e completa me visitou ali, nem mesmo a prodigiosa nereida da rua das Acácias que me dera três beijinhos uma hora antes. Let it rock: "Got to get the money to buy some brand new shoes/ gotta find a woman to take away my blues...". Era isso aí: descolar grana prum sapato novo descolar a mulher que me leve embora a tristeza. Uma girl e um antibiótico potente me resolveriam a vida no curto prazo. Agora era relaxar e dar um belo cochilão pra não chegar na casa dos velhos com cara de cu do avesso. Quem diria: domingão no Brasil, e eu voando no vácuo da ressaca de volta pro lar. Lar?! Se nem profissão eu tinha. "Tá tudo solto na plataforma do ar..." Ou seja: sai de baixo, Melodia! Voltar pra casa dos pais. Rentrer chez soi. Que puta atraso de vida. Ideia prum filme me pintou de repente: personagens diversos se aproximando da grande cidade, cada qual de um jeito: carro, trem, avião, moto, pé-dois, barco, paraquedas, cavalo, bicicleta, zepelim, patinete, patins etc. Planos rápidos mostrando os limites da cidade e o assalto dos personagens ao grande cagalhão geometriconcretex. Uma nova história ia começar. Plano de voo: sem ofícios, só off-ócios, sem embargo do tracadalho. Correr por fora, na maciota. Vie d'artiste. Eis que o meu pau deu de endurecer dentro do seu envólucro de papel higiênico, ao sabor da lem-

333

brança nítida de um filme de sacanagem nível Z que eu tinha visto na cabinê privê de uma pornoshop, em Nova York: triângulo sexual numa cama redonda de motel. Um homem e duas mulheres, uma loira e uma ruiva. O filme repassou inteiro na minha cachola ressacada. Maconheiro bebum só tem memória involuntária. Certas lembranças se evocam sozinhas com fidelidade absurda. Era assim o pornomovie: enquanto o cara trabalha os orifícios da loiraça de pau e língua em riste, a ruiva fica puxando, mordendo, lambendo, arranhando ele, de todo jeito e maneira. O cara, tipo vendedor do Mappin, seção de sapatos para senhoras, se aparta relutante da loira e passa a bolinar a ruivaça de peitões caídos. A loira tem peitões também, só que um pouco mais rijos; os da ruiva segurariam uma lata de budweiser cheia, os da loira no máximo dois maços de chesterfield. Daí, é a loira que passa a disputar o bofe com a ruiva. Numa manobra contorcionista, ela abocanha as bolas do sujeito, quando o pau dele já está enterrado até a metade na xota da ruiva. O cara grita de dor. Solta um palavrão em dinamarquês castiço. Desentuba a ruiva, agarra a loira pelos cabelos, cospe na cara dela, recebe uma cuspida de volta, e os dois acabam se beijando com selvageria. Ele bota a loira de quatro, cospe no pau, ainda teso, e o enfia na bunda da moça, que ainda ajuda, arregaçando uma nádega. Ao mesmo tempo que castiga o roscofe da loira, o cara repele com coices e empurrões o assédio felino da ruiva. Quando está a ponto de gozar, a ruiva consegue entocar-lhe um dedo no cu, aliás um belo ramalhete de hemorroidas, como a câmera faz questão de mostrar em close. Ele urra e vira uma porrada certeira na cara da ruiva, que, no entanto, não arreda o dedo do fiofó do cara. Daí, depois de algum pugilato, ele acaba tirando o pau meio amoleciclo do cu da loira, e tomba pra trás, exausto, rendido, brochado. É a vez da loira e da ruiva se abraçarem e beijarem por cima do amante estatelado. Elas vão de carícia em malícia até um paroxismo de excitação que culmina num 69 vibrante, filmado em campo/contracampo invertidos. Quando as duas começam a gozar, uma na boca da outra, entra um take do carinha voyeurando as aranhas assanhadas e se aplicando uma punheta que logo se derrama em gozo e gosma sobre as mulheres acopladas — e fim.

Minha uretra ardia dentro do pau duro só de lembrar do filme. A carne cruel castigava a libido peralta. Só sexo, só sexo, só sexo — mas e o amor? O amor não é sério, ponderei. Quando a gente leva o amor a sério, a gente sofre. E quem quer sofrer, sabendo que ainda por cima vai morrer no final do filme? A excitação mental me impedia de dormir. Saquei o caderninho, puxei a lapiseira toison d'or presa na camisa, e mandei ver: "Fábula: Um cara bem forte pegou um paralelepípedo bem pesado, jogou ele bem pro alto, o paralelepípedo caiu bem na cabeça dele, deixando ele bem morto e bem esticado no chão. Moral: SAI DE BAIXO, BEM!". Parei de escrever, sabendo de antemão que quando começo a ficar mórbido o fim é o desespero. E eu não queria chegar desesperado em São Paulo. "I know what it's like to be dead", concluí por fim no notebook. As aspirinas que eu tinha tomado no apê de Lídia começavam a perder efeito, cedendo lugar a uma dor funda no meio da testa. Talvez eu estivesse prestes a ganhar a tal da terceira visão. Em todo caso, eu precisava de mais aspirina. Uma angústia no peito veio fazer jogo de cena com a minha dor de cabeça. Me sentia mal no ar; não me sentiria melhor em terra, mas pelo menos não teria a morte como passarela constante por debaixo. O velho Elektra trepidava em certos trechos, fazendo soar em meus ouvidos o brado celestial: Já era! Fechei os olhos, tentando controlar o mal-estar através da respiração. No que abro os olhos, vejo um padre passando no corredor. Ele para um instante perto de mim, saca um lenço ranhoso da batina, e assoa o narigão rubro-roxo. Daí, o desgraçado segue em frente. Fechei de novo os olhos e apertei a boca pra que um jorro de vômito verde a la Exorcista não me saísse por ela. Lembrei de ter lido não sei onde que dez por cento dos padres são bebuns de carteirinha. Inda bem que não é o contrário, penso. Se dez por cento dos bebuns fossem padres, o mundo virava uma missa troncha recendendo a vinho de sacristia. Quantos cus de coroinhas não teria comido aquele santo homem gripado que acabara de passar por mim? E quantas vezes não dera o próprio orobó santo pros dedicados sacristãos? Armei figas nas duas mãos. Se o avião caísse, ia ser por causa daquele filho da puta de padre melequento. Pensei que, se padre em avião dá azar, falar mal de padre em avião deve dar mais azar ainda. Caralho. Estava a ponto de me arrepender de ter sacaneado o padre em pensamento, quando a aeromoça passou por mim. Abordei a guapa: "Would you please love me right now?". Não, não; o que eu disse foi: "Será que dava procê me arranjar umas duas aspirinas, por favor?". Daí, o aviso de apertar os cintos se acendeu. A aeromoça trouxe as aspirinas e um copo d'água. Logo depois, ouvi a voz do comandante: "Quem vos fala é o comandante Castro. Dentro de cinco minutos estaremos aterrisando no aeroporto de Congonhas. O tempo está nublado, com chuvas esporádicas. A temperatura é de dezoito graus. Em nome da tripulação e da Vasp, despeço-me, esperando contar com a presença das senhoras e senhores nos próximos voos da ponte aérea. Tenham todos uma boa tarde".

Trânsito parado na rua Estados Unidos, no cruzamento coa Rebouças. O moleque do mentex chega no personagem na direção do fusca vermelho. O personagem o reconhece imediatamente e teme pelas consequências daquele encontro, considerando o que ocorreu no anterior. Mas o guri não o reconhece.

— É pra ajudar minha mãe e meus irmãos que tão passando fome. Uma caixinha é mil e quinhentos. Três eu deixo por três e quinhentos. Pro senhor.

O personagem na direção não se segura e retruca, num espanto indignado:

— What?! One thousand and a half bucks a single pack of mentex? You've gone crazy? It was only five hundred the other day. Are they putting gold in that shit now?

— Pois é, meu, mas num sou eu, é os hóme aí que aumenta os preço todo dia. Leva três aí, vai. Deixo por três e quatrocentos.

O personagem na direção resolve dessa vez puxar a carteira e assinala dois barões na mão do moleque. Os carros na frente avançam.

— Gimme only one pack, ok?

O carinha do mentex procura troco no bolso. Carros buzinam atrás do fusca vermelho, que começa a se movimentar. Já está quase cruzando a Rebouças, quando o moleque grita:

— Xará! Olha o troco e o mentex! — correndo atrás do fuscão.

O da direção, virando à esquerda na Rebouças, berra pro do mentex:

— Keep'em for you. I hate mentex, anyway. Good luck!

O moleque do Mentex estica o dedão pra cima e joga um sorriso pro da direção, que desce a Rebouças em direção à avenida Brasil. Ele vai, sabe-se lá pra onde ele vai.

Junho de 85, rua Alagoas, SP/ você acabou de ler um texto de ficção/ obrigado Matt pelos retoques no inglês/ obrigado Marsicano pelos poemas marcianos/ obrigado Ivan, Lima e Peninha pela força na grana em 84/ obrigado Samuca pelos New York Dolls.

Reinaldo Moraes nasceu em São Paulo, em 1950. Estreou com *Tanto faz* (1981; reeditado em 2003) e, depois de *Abacaxi* (1985), passou dezessete anos sem publicar ficção, até lançar o romance juvenil *A órbita dos caracóis* (2003), os contos de *Umidade* (2005), a história infantil *Barata!* (2007), todos pela Companhia das Letras, e o romance *Pornopopéia* (2009, Objetiva).

ESTA OBRA FOI COMPOSTA POR OSMANE GARCIA FILHO EM WARNOC
E IMPRESSA PELA PROL EDITORA GRÁFICA EM OFSETE SOBRE
PAPEL PÓLEN SOFT DA SUZANO PAPEL E CELULOSE PARA
A EDITORA SCHWARCZ EM MARÇO DE 2011